文春文庫

# 武将列伝

## 戦国終末篇

海音寺潮五郎

文藝春秋

目次

# 武将列伝

## 戦国終末篇

黒田如水

# 一

江戸時代の大名の家系は、大々名でもあやしいのが多いが、黒田家の家系は大体において信用出来る。近江源氏佐々木の庶流で、代々江州伊香《いか》郡黒田郷に居住していたので、黒田を名字《みょうじ》とした。数代して黒田高政の代に、足利十代の将軍義稙《よしたね》の怒りにふれて本国を去り、備前邑久《おおく》郡福岡郷にうつり住んだ。この近くに一族の者がいたので、それを頼って来たのである。ここにとどまること十数年、子重隆の代になって、戦乱を避けて播州姫路にうつり住んだ。その時重隆の家族は妻妻鹿《めが》氏、子甚四郎、ほかに家来が三人いたというが、これはあやしい。

黒田藩に伝わる古記録によると、この頃黒田家はおそろしく貧乏している。名子《なご》百姓というのは、大百姓の家の代々の奴隷《どれい》百姓のことだが、姫路の大百姓竹森なにがしの名子百姓の空家があったのを借りて住んでいたところ、生活にも窮するようになったので、広宗（広峰の誤）大明神の神主に会って相談した。

広峰大明神は、俗に広峰天王という。姫路の北方三十町ばかりの山中にあって、牛頭《ごず》天王をまつり、奈良朝の天平《てんぴょう》年間に創建された神社だ。京都の八坂神社は平安朝時代にここから勧請《かんじょう》されたのであるというから、日本最初の祇園神社で、中々の由緒《ゆいしょ》ある社なのである。

神主は重隆の話を聞くと、

「そなた様、諸人の重宝するような薬の処方などはお知りでないか。わしの社は播磨《はりま》一国中の軒なみに祈禱札《きとうふだ》をくばりますによって、その札にそえて、これはわれわれが懇意な浪人衆が渡世のために調合せらるる薬でござれば、お札へのお初穂と同じように米少々ずつ合力して下されと申しましたなら、よほどの米が集まるは必定と思うのでござるが、いかが。さような薬の処方を御承知ないか」

と、まことに親切に言ってくれた。

重隆は奇妙な思いにたえなかった。黒田の家には効験《こうけん》ある家伝の目薬の処方があったのである。

「これはまことに奇妙なること。ひとえに広峰大明神の神助と存ずる。拙者の家にまことによくきく目薬の処方を伝えております」

「それそれ、それを調合して持ってまいられよ」

そこで、目薬を調合して神主に渡すと、神主はお札につけて配ってくれたところ、ずいぶん多量の米が集まった。しかも、その目薬がなかなかよくきいたので、買いに来る者がひきもきらない。隣国からさえ買いに来て、門前市をなすの有様。黒田家では目薬ばかりでなく、気付薬、馬の薬まで売り出したが、これまた大いに行なわれ、ついに大福長者となった。

するとある日のこと、家主の竹森が来て、重隆に言う。

「あなた様が当所にお出でなされました時から、尋常のお人でないと存じましたので、氏素姓をお尋ね申しましたが、ただ『黒田入道』とばかり仰せられて、お名前さえしかとお告げ下さいませんでした。てまえはその後御様子をずっと見ていますが、たしかに由緒正しいお人に相違ないと思います。また御子息の甚四郎様の御様子を見ても、常の人ではござらぬ。されば、今より後、てまえはお二人を主人と仰ぎ仕えたくござれば、今日よりてまえが屋敷におうつり下さりませ」

重隆はおどろいて、

「そなたはとんでもないことを言われる。何として理由もなく、人の所帯《しよたい》を受取ることが出来申そうか」

と、こばんだが、竹森はきかない。

「てまえにも思わくはあるのでござる。御承知の通りてまえには子供が両人ござるが、その子供等の行く末の幸せを思うて、お願い申しているのでござる。唯今は戦国の世で、当播州でも守護の赤松屋形《やかた》は微禄せられてあるかなきかの姿となられ、その被官であった小寺・別所・宇野などが勢いをふるっておられます。しかしながら、この人々はわずかに一郡か半郡の大名衆にすぎませぬ。もしあなた様御父子が思い立たれますならば、この人々くらいのお大名になられることは造作《ぞうさ》のないことでござろう。ぜひにてまえの屋敷にお移り下さいますよう」

と言いはって、強いて重隆父子を自分の屋敷に移し、自分はこれまで重隆のいた家に移り、主従の契約《けいやく》を結んだ。

この後、黒田家の身代は益々太ったので、近所の村々に、必要ならば米でも銭でも貸してやる故申して来い、とふれをまわした。聞き伝えて借りに来る者があると、今は番頭となった竹森が出て応対する。

「当家の米や銭の貸し方は、他《よそ》とは違う。先ず質物《しちもの》がいらぬ。二つには、五割じゃの四割じゃのという高利はもらわぬ。二割しかもらわぬ。三つには、からだの頑丈な男の子を持った者なら、一人あたり米五石は貸そう。四つには、借りたら毎年米一石ずつ利息として払ってもらえば、元米《もとまい》は貸し切りにして、返弁の期限は切らぬ。ただ一つ、ここに条件がある。借りた者は元米を返弁するまでは被官分《ひかんぶん》（家来分）となって、一月のうち二日ずつ当家へ来て、耕作の手伝いしたり、壁や垣根のつくろいをしたりして、働いてもらいたい。どうじゃな、承知ならば貸してやる。すこやかな男の子一人あらば五石、二人あらば十石、三人あらば十五石、銭がほしいなら銭でもよい」

二割の利子は今日ではずいぶんの高利だが、当時としては非常な低利だ。担保《たんぽ》物件がいらないというのも、月に二日の労働というのも、まことに好条件だ。丈夫な子供を持った者は争って銭穀《せんこく》を借りて、黒田家の被官分となった。

重隆父子は、この百姓共の中から律義な者を選んでは、酒を飲ませたり、やさしいことばをかけたりして、心を引きつけることにつとめたが、数年の後には譜代の家来同様に黒田家を慕《した》うものが二百余人となった。

以上は「夢幻物語」「村田出羽伝」を総合して書いたのであるが、黒田家ではこれを疑っている者が多い。重隆といえば如水の祖父だが、そんな近い先祖が目薬売りなどをしていたというのが、藩士等の自尊心を満足させなかったのであろう。しかし、黒田家には家伝の「玲珠膏《れいしゅこう》」と名づける目薬があって、その処方が黒田藩の眼科医三木家に伝わっていたというから、ほんとであると見てよろしい。

江戸時代二世紀半の間に、武士は戦争専門家をたてまえとする遊閑徒食階級となったし、近代以前はどこの国でも、遊閑徒食を貴いことにする観念があったするので、黒田家の藩士等もこんな阿呆な虚栄心で事実を事実と認めたがらなかったのであるが、この時代の武士は後世の武士とちがって、百姓もすれば商売もし、金貸しもしたのだ。恥じることはさらにないのである。徳川期の武士を見る目で、他の時代の武士を律してはならない。武士の発生は大体九世紀末頃だと見られているが、その生態は明治の初年になくなるまでの千百年の間には、たえず変化して来ているのである。

この話は歴史的眼孔《がんこう》を以てすれば、まことに示唆に富んだ興味ある話になっている。第一には、この話が戦国という時代の一面の特徴をきわめて鮮明に物語っている点だ。

戦国時代の一つの特徴は鎌倉時代から足利時代にかけてさかえた旧い豪族大名が没落して、その家来筋のものに取ってかわられ、ところによっては一介の旅浪人がのし上って大名になっているところにある。前者は全国的の現象であり、後者には坂東に北条早雲がおり、畿内近くには美濃に斎藤道三《どうさん》がいる。黒田家もやがて姫路城主となってひとかどの大名となるのだから、この部類に入るのだ。

第二には、黒田重隆父子の貧しい百姓共にたいするいかにも仁愛深く、いかにも利口なやり方が、如水を髣髴《ほうふつ》とさせる点だ。読んで行かれるうちに、読者諸君も同感されるに違いないと思うが、如水の性格、如水の方法は黒田家伝来のものであったようである。史記の田斉世家《でんせいせいか》に、戦国時代に斉の王となった田氏の先祖田敬仲《でんけいちゅう》はもと陳《ちん》の公族であったが、陳国に乱がおこった時難を避けて斉に移り、斉王につかえて大夫《たいふ》となった。敬仲より五伝して田乞《でんこつ》に至ったが、この田乞とその子田成《でんせい》の二人は、自分の領内から貢米を収納する時には小桝《こます》をもってはかり、民に穀物を払い出す時には大桝ではかって、民の利となるようにしたので、民心田氏に帰して、田成から田和《でんわ》に至ると、ついに太公望呂尚以来の姜斉《きょうせい》をほろぼしてその国に王となることが出来たと記述している。まことに気の長いところはさすが大国の人間の風格だと思うが、黒田重隆のやり方は実によくこれに似ている。子孫のために遠いおもんぱかりをしているのである。

このようにして財も出来、数百人の信頼するに足る家来分の者も出来たが、これだけではまだ土民中の豪にすぎない。武士として大をなすには一応は相当な大名の被官となる必要がある。

# 二

天文十二年、重隆は三十六であったが、一子甚四郎満隆を呼んで言った。

「わしは年ごろ当国の大名衆を観察しているが、その人々の大方は力が微弱でこの乱れた世には家を立てつづけて行くことまことに不安なように見える。ただ、御着《ごちゃく》の小寺殿はなかなかの勢いだ。さればわが家は小寺殿の幕下になったらと思うが、いかがであろう」

満隆は当時二十。当時としてはもう思慮も分別もそなわった年頃だ。ことにかしこい生まれつきだ。

「至極のことと存じます。拙者においては異存はございません。小寺家は家柄もよろしいとうけたまわっております。佐々木の流れを酌む当家が随従してもはずかしくはございません」

小寺家は当国の守護大名であった赤松家の庶流でその被官となっている家柄であるが、赤松家では中々の名門であった。赤松家は足利六代の将軍義教《よしのり》の時、義教をうらむことあってこれを弑殺《しいさつ》して叛乱したため、一旦滅亡したのであるが、その後南朝の遺臣等が京都御所に乱入して三種の神器を奪い去り、南朝方の皇胤《こういん》を擁して自天王《じてんのう》ととなえ、正統の天子は当方であると称して、奥吉野の峡谷地帯にたてこもったことがある。その時、赤松家の遺臣小寺藤兵衛等は、吉野に潜入して自天王を弑《しい》し、神器をうばいかえして来て、その功によって赤松家を再興した。この後、赤松家は播磨の守護に任ぜられ、播磨、備前、美作《みまさか》の三国を併《あわ》せ領するほどのさかえを持つことになるが、もとはといえば、これは小寺氏の力なのである。だから、赤松家では特別な家柄とし、その功を記念するため代々藤兵衛を襲名させているほどであった。もっとも、前述の通り、この当時は赤松家は衰微し、あるかなきかの形となっていた。

さて、重隆はまた言う。

「そこでだな。そなた御着《ごちゃく》へ行って、随従のことを申し入れて来てくれまいか。しかし、ただ随従いたしたいとだけ申して随従したのでは、後々こちらの肩身がせまい。幸いなこと、当国の住人香山《かやま》重道は以前から小寺殿となかがわるく、ややもすれば小寺殿の所領を荒している。『御奉公の手土産に香山を討ち平げますれば、なにとぞ御被官の端にお加えいただきたい』と、かように申すがよい」

「よい御思案、かしこまりました。早速に参ります」

満隆は御着に行き、小寺藤兵衛政職《まさもと》に謁《えっ》して、帰服を申しこみ、香山征伐のことを言った。

小寺方でも、黒田家の隠然たる力は知っている。政職は大いに喜んで帰服をゆるし、香山征伐には当方も兵を出そうと言った。

「ありがたきおことばながら、それでは手土産になりませぬ。われらが一分《ぶん》の力をもって、討つことをゆるされとうござる。香山は剛敵とはいえ、拙者にも覚えのないわけではござらぬ」

と答えて、姫路にかえった。

この年の冬十二月二十九日、天文十二年の十二月は小月《しょうげつ》だから二十九日までしかない。つまり、大みそかの夜だ。元旦を明日にひかえて油断しきっているに相違ないと見た満隆は、かねて手なずけている百姓兵らをひきいて、急に香山の居城を襲撃して香山を討ち取り、金銀財宝あまたの分捕《ぶんど》りを獲《え》て、香山の首にそえて御着《ごちゃく》に献じた。政職は喜悦して、香山の領地全部をあたえたほかに四十余町歩の田地をそえて満隆にあたえて恩賞とした。

この時から、黒田家が再び武将として返り咲くことになる。江州の本貫《ほんかん》を立ち去ってから三十三年目であった。

以後、しばらく黒田家の運勢はとんとん拍子だ。小寺政職の満隆を信任すること一方でなく、明石城主明石正風の女《むすめ》をおのれの養女として満隆に嫁がせて娘聟とし、家老の一人となし、小寺の姓と名乗りの一字を授け「小寺職隆《もとたか》」と改めさせ、つづいて首席家老とし、姫路城をあずけるに至る。以後、天正六年に至るまで三十数年、黒田家は小寺姓を名乗ることになる。

## 三

天文十五年十一月二十九日、職隆夫人明石氏は姫路城の一室ですこやかな男子を生んだ。これが後の如水である。万吉丸と名づけられた。

当時父職隆は二十三の若さであり、祖父重隆も三十九の壮年で健在だ。ずっと書いて来た通り、二人ともあらあらしい乱世にはめずらしく愛情の豊かな人々である。いかに万吉が愛せられたかが推察出来るのである。彼はおそろしく慧敏《けいびん》――その慧敏さはとぎすました剃刀のようであったに似ず、終生愛情が豊かで、残酷な点が露ばかりもなかった人で、当時の武将としては最もめずらしいのであるが、これは、血統による遺伝ももちろんあろうが、幼時における父母や祖父母の愛情に満ちた養育法も大いに関係があるに相違ない。

少年時の万吉のやさしく感じ易い性質を語る話がある。万吉が十四歳の時、母明石氏がなくなった。すると、万吉は悲嘆のあまり食もすすまず、眠りも結びかねるほどとなり、ついには性質や行ないまでかわって来たように見えた。それまでは性質は快活で放胆で、行ないは時代の風尚や必要もあって、武事に熱心で弓馬剣槍の修練をこのんだのに、沈鬱寡黙となり、歌学に熱中し、三代集その他の歌集ばかりを耽読《たんどく》するようになった。

万吉の読書と手習の師匠であった浄土宗の坊さん円満坊は心配して、ある日、

「若君は今の世をなんと思うておられます？　弱ければ他に食われてしまうおそろしい世の中でござるぞ。学問は大事なものではござるが、お武家方にとっては、先ず武辺の道こそ大事で、学問はその次か次の次の次のものでござる。唯今の若君の御行状、わしは案ぜられてなりませんぞ」

と、手強く諫《いさ》めた。

もともと万人にすぐれて慧敏な万吉だ、翻然として感悟し、文学書をなげうって、かわりに兵書を読むようになったというのだ。

情愛深いと同時に慧《さと》く鋭い——これが生涯を通じての彼の特質である。

万吉は十六歳で御着の小寺政職の許に近習として出仕し、十七歳で初陣した。この頃通称を官兵衛と改め、名を孝高《よしたか》とつけた。十九歳の時、祖父重隆が五十七歳を一期《ご》として病死した。二十歳の時、後に栗山備後となって黒田家の一の家老となった栗山善助が奉公にまかり出た。この時善助十五。

姫路から飾磨《しかま》に行く途中に栗山という土地がある。今日では姫路の町に近接して相当にぎやかな町の体裁をしているが、当時はさびしい農村であったに相違ない。善助はこの生まれである。貝原益軒の「黒田家臣伝」では姫路に近き所にありし栗山何某が子なりとあって、郷士程度の者の子であったような書き方をしているが、土地の名だけしるして名前すら伝わっていない親であってみれば、百姓の子であったかも知れない。あるいは百姓ではないまでも百姓同然の郷士であったのかも知れない。

善助は、官兵衛に拝謁《はいえつ》をもとめ、

「御当家の様子を見ていますと、事につけまことにすぐれて、世間でもやがては大国の主ともなられるであろうと風説していますので、お慕い申して、主君に頼み奉りたく存じてまいりました」

と言った。からだは小柄だが、顔つき引きしまり、ものの言いぶり、身のこなしなどもきびきびとして、しかも誠実そうな少年だ。官兵衛は気に入って、善助の親許へも話を通じて召しかかえ、小姓として召しつかうことにした。

二十二歳の時、官兵衛は小寺政職のお声がかりで、政職の姪で、同国志方《しかた》の城主櫛橋《くしはし》氏の女をめとった。またこの年には、父職隆は首席家老を辞して隠居し、官兵衛が家老の一人となっている。

官兵衛のこの家老就任は、父が退職するにあたっての推薦《すいせん》によるのであろうが、父にしても、政職にしても、官兵衛の手腕力量が年の若さに似ず十分にその任にたえると見きわめがついたから、推薦もし、承諾もしたのであろう。父は当時壮強四十四、しかもこの後二十年近くも生きているから、老衰であったとも病弱であったとも考えられない。官兵衛を自分以上の大器であると見たから、自分は退いて官兵衛をその局にあたらせた方が、主家のためにも自分のためにもなると思ったのであろう。

特に言っておかねばならないのは、十七歳の初陣以来この時まで、官兵衛はいく度も戦場に出て、その巧妙な作戦と見事な兵の指揮に、いつも人を感嘆させているが、自ら槍をふるっての功名は一度もなく、すべて采配《さいはい》とっての働きであったということだ。

彼は終生そうであった。ずっと後年、如水入道と名のるようになってから、大坂の天満《てんま》の彼の屋敷に、かねて懇意《こんい》な糟屋助右衛門（賤ヶ岳七本槍の一人）らが遊びに来てのよもやま話の末、一人が、

「貴殿の名誉ある武功談については、自ら見もし、人のうわさで色々とうけたまわってもいますが、すべて采配とって大将としてのお働きばかりで、槍や打物《うちもの》とっての武者としてのお手柄の話は聞いたことがござらぬ。しかし、事実はどうなのでござるか」

と聞いたところ、彼は、

「人には得手《えて》不得手のあるものでござる。拙者は弱年の頃から自ら武器をふるっての働きは得手ではござらなんだ。したがってさる働きはしたことがござらぬ。拙者の得手は采配を取って軍勢を指揮し、一時に千も二千も敵を討取ることにござる。しかし、このことは各々すでによく御承知のことなれば、説明する要はござらぬ」

と答えている。

二十三の年の暮、夫人櫛橋氏が姫路城で男の子を生んだ。松寿と名づけた。後の長政である。

この翌年、母里《もり》万助が小姓として奉公に上っている。後に黒田家の勇士として天下に武勇の名をはせ、中にも日本号の槍を福島正則から飲みとったというので今に至るまで有名な母里太兵衛である。万助はこの時十四歳。栗山善助とちがって、すでに黒田家に

家来となっている家の子であった。

官兵衛は万助を召使うようになってから、万助の様子を観察していると、途方もない乱暴者で、気の荒いこと一通りではない。しかし、大竹を打ちわったような気性と誠実さはまたまことに頼もしかった。そこで、栗山善助と万助を呼んで、

「その方共は共に誠実で、おれは頼もしく思っている。しかしながら、善助は分別もの、万助は無分別ものだ。ついては、両人兄弟の契約を結べ。善助は年長であれば兄となってよく万助を導き、万助は弟となって何事によらず善助の訓戒をきいて、決して違背《いはい》せぬようにせい」

言いわたして、各々起請文二通ずつを書かせ、一通は互いにとりかわさせ、一通は、

「これはおれがもらっておく」

といって、自らとりおさめた。母里は成人の後も幼時の性質がなおらず、生涯乱暴で直情径行《けいこう》で、誰にむかっても言いたいままのことを言い、したいままにふるまって、晩年になってからまで一旦言い出したことは絶対にまげず、主人の長政さえ手こずるほどであったが、栗山にたいしてだけは終生従順であったと伝えられているが、それは少年時のこの契約のためであった。この時、官兵衛二十四、栗山十九、母里十四、それぞれ五つちがいである。

# 四

天正三年に官兵衛は三十になったが、その年の夏であった。小寺政職は家老らをはじめ重立った家臣等を集めて言った。

「当今の天下の形勢を見るに、最も勢いのよい家が三家ある。織田、毛利、三好の三家である。いずれ天下はこの三家の中の一家の手に落ちると思うが、わが小寺家はいずれに所属するが得策であると思うか。皆々所存のほど包まず申してくれい」

こんな相談は、後世のわれわれから見ると、笑うべきことのような気がする。織田信長にきまっているではないか、迷うのはどうかしていると思うのだ。しかしながら、歴史の方向は後世からふりかえってみれば明瞭《めいりよう》だが、現実の狂瀾怒濤《きようらんどとう》のさなかにあって浮き沈みしている者にとっては、いずれが歴史の主流となるか傍流となるかを見わけることは、決して容易なことではない。織田信長が勢威隆々として京都にあって皇室を擁して天下に号令していることはもちろん知っているが、それがいつまで続くかという疑惑もある。これにたいして山陰山陽十カ国を領有し、信長に逐《お》われた将軍足利義昭を擁し、本願寺と気脈を通じ、はるかに越後の上杉と策応《さくおう》している毛利氏の力も、すでに何人かの足利将軍を擁立した閲歴《えつれき》をもち、今でも将軍職継承権を持っている別派の足利を擁しながら阿波に蟠踞《ばんきよ》して、一衣帯水のかなたの京坂の地を眈々《たんたん》として虎視《こし》している三好氏の力も、決しておとるものと見えないのは、むしろ当然のことと言ってよい。迷うのはあたり前だ。

人々は皆毛利氏に属するをよいと言ったが官兵衛はただひとり異議をとなえた。

「拙者はそうは思いません。拙者は織田にこそ属すべきであると存ずる。なぜなら、三好の勢いはすでに盛《さか》りをすぎて過去のものとなりつつある上に、主君たる足利将軍を二方《かた》も弑《しい》していますゆえ、天の悪《にく》みもおそるべく、人々の思いつきもまたござらぬ。毛利はその分国《ぶんこく》も大であり、吉川《きっかわ》元春、小早川隆景などのすぐれた一族が羽翼となってもいますが、元就の死後は保守をこととしており、当主輝元は英雄の器《うつわ》ではござらぬ。ところが、織田は家柄もよろしからぬ上にわずかに尾張半国の主《あるじ》から起こり立ったのではござるが、稀世の英傑であるばかりでなく、すでに京都を手に入れ、天子の威をかりて天下に号令しているのでござる。義昭将軍を一旦は立てながらこれを逐うたのは瑕瑾《かきん》といえば瑕瑾でござるが、これは将軍家が擁立の恩義を忘れて謀叛《むほん》をくわだてた為で、織田の敵でないかぎり、世の人々は織田の方を道理としています。かれこれ、名実共に天下《てんか》人《びと》となるは織田に相違なしと見ます。返す返すも織田家こそ主《しゅ》と頼むべきと存ずる」

透徹した見識と明快な議論だが、人々は同意しない。そのうち、織田信長が長篠で精鋭天下無敵の名のある武田軍に快勝したといううわさが伝わってきた。もう人々もなるほどと合点せざるを得ない。政職もその気になる。官兵衛を使者として信長に帰属を申しこむことになる。

七月、官兵衛は当時の信長の居城であった岐阜へ行った。

信長は人物の鑑識には卓越した長技がある。官兵衛もまた年少気鋭ではあり、かねて風采を想望して敬慕している人の前に出たことではあり、煥発《かんぱつ》の才気を十二分に見せたにちがいない。黒田家譜によると、快弁滔々《とうとう》として播州の諸豪の形勢を説明し、その経略の方法を説いている。信長は長時間にわたって飽きずに傾聴したばかりか、いよいよ官兵衛が暇乞《いとまご》いして退出にかかると、座側の太刀一ふりをあたえて、

「播州へは木下藤吉郎をつかわす。その方案内役となり、万事藤吉郎と談合して、播州を手に入れてくれい。播州が手に入った後は、毛利の征伐にかかるが、その時は必ずその方を先鋒とするぞ」

と言った。

「仰せ下されました趣き、逐一かしこまりました。ありがたきしあわせ。必ずいのちがけの御奉公をいたすでございましょう」

官兵衛は感激して退出し、帰国の途についた。黒田家の記録にも、藩中に伝わる記録にも記述がないが、ぼくはこの帰国の途中、木下藤吉郎の当時の居城である江州長浜に寄ったのではないかと思う。信長から木下藤吉郎と万事談合して播州の経営をするようにと言われた以上、立寄って顔つなぎだけでもしないような怠け根性の官兵衛ではない。必ずや会ったにちがいないのである。ただ記録がないため、日本歴史上まれに見る名コンビの最初の会見がどんな工合に行なわれたかがわからないのが残念である。

この時官兵衛のもらった刀は二尺四寸一分、長谷部《はせべ》国重の作で、「圧切《へしきり》」と名づけて、

信長の最も珍重している中の一《ひと》ふりであった。

ある時、信長の下人《げにん》の一人が信長の怒りにふれた。信長はこの刀で斬ろうとした。下人は恐れて台所に逃げこみ、膳棚の下にかがみこみ、奥に身をすくめたまま出て来ない。

「こいつ、きたないやつめ！」

信長はますます腹を立て、刀を棚の下にさしこみ、刃を相手の胴中にあてがい、力をこめておしつけると、おどろくべし、何の手ごたえもなく、おしつけるにしたがって羊羹《かん》を切るように切れて、ついに斬りはなしてしまった。そこで、この名をつけて、愛蔵おかなくなったという由緒《ゆいしょ》のある名刀だ。これほどの愛刀をくれたのだ、官兵衛がいかに信長の心をとらえたか、よくわかるのである。

この翌年、官兵衛は早くも毛利家の軍勢と戦っている。

小寺家が織田家に服属をしたと聞いた毛利家は、これを見のがしにしておいては、他の豪族共も二心を抱くようになると思ったのであろう。総勢五千、海路広島からおしよせ、姫路の西南方一里半の英賀《あが》という村におし上り、海遠く進んで陣を張った。

大軍の堂々たる陣容に、姫路城にこもる黒田勢も、御着にこもる小寺勢もふるいおそれたが、官兵衛は即座に計を立てて政職に説いた。

「味方は小勢、敵は大軍、不意を撃つよりほかは勝つべき理はござらぬ。定めし敵は大軍に心おごって、小勢のこちらが寄せて来るとは思いもよらぬでござろう。ここに敵の油断がござる。この油断を撃ちましょうぞ」

「よかろう」

そこで、近郷の百姓等を多数駆り集めて、味方の軍勢の後陣にひかえさせて大軍が続いているように見せかけ、士卒をひきいてまっしぐらに突撃した。

この戦術は見事な成功を見せた。毛利勢はしばらくの間は手強く防戦したが、やがて敵の背後《はいご》に真黒に見えて押してくる百姓の群を見ると、大軍があとにつづくと思い、おじけづいて崩れ立った。官兵衛等は勝ちに乗って追いつめ追いつめ斬り立て、多数の敵を討ち取って追いしりぞけた。

信長はこの年の二月に安土城が竣工《しゅんこう》して、岐阜からここに移りすんでいたが、報告を受け取ると、すぐ小寺政職に感状をおくり、なお荒木村重にあたえた手紙の中に、こう書いている。

「官兵衛ノ尉《じょう》別して精を入るるの旨。然るべき様に相心得、申し聞かすべく候なり」

官兵衛は特別精を入れて働いたという、そのつもりで念を入れてほめてやるように、という意味である。

荒木村重は播州の隣国摂津の国主であったので、小寺家からの注進状は先ずここに送られ、村重の折紙《おりがみ》をそえて安土に送られたからである。

奉公最初のこのあざやかな勝戦《いくさ》は、おれの目は狂わなかったと、十分に信長を満足させたのである。

毛利方は敗戦はしたものの、出兵の効果だけは上げた。播磨の豪族等が動揺の色を見

せはじめたのだ。これに乗じて、毛利家は遊説戦《ゆうぜい》を展開した。弁口の士をつかわして、播磨、摂津の豪族等に、

「なるほど、織田家は今は大した勢いでござるが、一体信長をどんな人物とお思いか。利のためには肉親を殺すもはばからぬ人物だ。考えてもごらんあれ、同腹の弟信行を殺し、妻の実家斎藤家を亡ぼしてその国を奪ったではござらんか。いかに彼が残忍刻薄であるかおわかりであろう。また喜怒定まりなく、昨日まで覚えめでたかった寵臣も今日は殺害されること往々にしてあるために、譜代《ふだい》恩顧の家臣等も一日として安き心でいることがない。貴殿等は新付の身でありながら、何を頼みにして織田家に従っておられるぞ」

と言った工合に説きつけた。

信長にはたしかにそういうところがあった。人を安心させないものがある。豪族等は心を動かして、毛利家に心を寄せる者が多くなった。

## 五

この形勢は様々な流言となって信長の耳にも達した。すると、信長の持ち前の猜疑心《さいぎ》はむくむくと頭をもち上げる。誰を疑い、彼を疑い、官兵衛にたいしても疑いを抱くようになった。信長のこの疑い深さは用心深さということにもなるのだから、あながち欠点とばかりは言えないが、覚えのない身で疑われる人間にとっては迷惑千万だ。

「かようなことになるのも、御軍勢をつかわされぬからだ。軍勢をつかわされ、経略に着手されさえすれば、いざこざは一切おさまるのだ」

天正五年夏、官兵衛は安土に行き、信長の臣で寄騎《よりき》の一人として秀吉に付属させられている富田平右衛門を招いてこれと会い、播州の形勢を説明し、何事も軍をくり出していただくことだ、のびればのびるほど事情は困難になるばかりであると説いて帰国し、その後も度々秀吉に手紙を出して、播州下向をうながした。

この頃の秀吉の手紙に、こんな文句がある。

「その方の儀は、われら弟の小一郎めどうぜん（同然）に心やすく存じ候」

小一郎とは秀吉の実弟秀長のことだ。後に大和大納言といった人物。

「なに事をみなみな申すとも、その方ぢきだん（直談）の（を）もて、ぜし（是非）は御《おん》さばきあるべく候」

誰がどんなことを言って中傷しても、そなたはわしに直談してたしかめた上で真偽を決定してほしいの意。

「われらにくみ申す物は、其方までにくみ申すことあるべく候、其心へ（得）候て、ようじんをあるべく候」

わしに悪意を抱く者は、そなたにたいしても悪意を抱くこともあろうから、そのつもりで用心すべきであるの意。

秀吉という人は手紙上手で、十分の技巧がありながら、素朴で卑俗なことば使いとやたらに多い誤字とがかえって技巧を技巧と思わせない真情流露の感をおびさせて、人の心をぴたりととらえるところ、神技に類する。ここにあげた文句なども、それである。ましてや、いくら秀吉が技巧派でも、技巧や演出だけでここまで書けるはずがない。官兵衛にたいして十分以上の信頼があり、肝胆《かんたん》相照らすものがあったればこそ、この文章となったにちがいない。まだ若い官兵衛が感激したことは言うまでもなかろう。この時官兵衛三十二、秀吉は十歳上の四十二。

秀吉もまた安土に出て信長に拝謁して、播州出兵の急務であることを説いた。

信長はやっと秀吉に播州出向を命ずることにしたが、それに先き立って官兵衛に、その方の働きによって播州の諸豪から人質を差し出させることにせよと命じた。官兵衛はお受けしたが、こんなことは自ら範を示す必要があると思って、主家の小寺家から差出させようとしたが、政職《まさもと》の嫡子氏職は人目に立つくらいの阿呆である。こんなものを差出しては、かえって信長の心証を悪くするおそれがある。小寺家中一同こまっていると、官兵衛は言った。

「それでは拙者のせがれをつかわすことにいたしましょう」

せがれというのは、松寿のことだ。官兵衛にとっては一粒種だ。この時やっと十。人々は官兵衛の義心に感じたというが、官兵衛にしてみれば、義心だけのことではあるまい。小寺家のような小豪族や、ましてその小豪族の家老クラスの家は、織田家に密着するよりほかに安定を保ち運命をひらく途はないと見切っていたであろうし、一粒種の子供をさし出すことによって、信長の信用をかためることも出来るとの目算もあったにちがいない。

ことが決すると、官兵衛は早速松寿をつれて安土に上り、これを差出した。信長の満足は一通りでない。

「いず方よりも先き立って、しかもひとり子《ご》をさし出すの条、忠誠のほども見えて、うれしいぞ」

と言って、受取ったが、すぐ秀吉にあずけて、その居城長浜におかせることにした。

官兵衛は、

「他の家々の質人の儀は、すでにそれぞれに申しつけてありますれば、これより帰国して早速にとり集めて差出すことにいたします」

と言って、すぐ帰国の途についた。

官兵衛がこれだけのことをしたので、信長もやっと踏ン切りがついて、秀吉に出動を命じた。

十月十九日、秀吉は安土を出発、二十三日播州に入った。官兵衛は姫路から二里余の阿弥陀宿《あみだじゆく》まで出迎えて、

「本丸は住みあらしていますので、唯今掃除いたさせております。掃除の出来ますまでは見苦しくはございますが、二の丸の拙者が宅へお入りいただきとうござる。御案内つかまつる」

と、言って、馬に乗って真先きに立って導いた。姫路につくと、軍勢は城下にとどめて民家に分宿させ、秀吉を二の丸のわが家に請じ入れ、掃除のすんだところで、本丸に移らせた。

官兵衛はなお城下の屋敷を全部目録にして、秀吉の重臣にわたし、おのれも城外にしりぞいた。すべて提供いたしますから、存分に御使用下さいとの含みである。中途半端が一番いけない、この人と見こんで属するときめたら徹底的に屈した方が所詮《しよせん》は得《とく》と見きわめをつけたのである。この時代、この高等政策を知っていたのは、官兵衛以外には、徳川家康しかない。家康の信長にたいする態度、秀吉に帰服して以後の秀吉にたいする態度、ともに徹底的な従順さである。

この官兵衛のきびきびと歯ぎれのよいとりまわしに、秀吉の官兵衛にたいする信頼は一層深くなり、前々通り二の丸に住むように命じて、呼びかえした。

官兵衛のこのあざやかさにくらべると、主人の小寺政職は垢ぬけしないことおびただしい。官兵衛は政職に、お礼言上のために安土へお出でになるべきであると説いたのであるが、政職は、

「わしはこれまで膝をかがめて人につかえたことのない男だ。そなたの才覚を以て、何とかつくろいくれよ」

と言って、ついに動かなかった。

官兵衛はさらに秀吉の許にあいさつに来るようにともすすめた。御着と姫路の間はわ

ずかに一里少しだ。さすがに政職も拒《こば》みかねて、承諾し、一先ず官兵衛を姫路にかえした上でいざ出かけようとすると、老臣共がとめた。

「官兵衛はせがれを人質にさし出しているのでござれば、今や藤吉郎と一つ穴のむじなになっています。軽々しくお出かけになっては、どういうことになるかわかりませんぞ」

いくら田舎の小大名でも家老をつとめているほどの者が、単なる田舎思案でこう言ったとは思われない。ふだんから官兵衛があまり切れるので、快く思っていなかったのだと思われる。

ともあれ、もともと行きたくない政職だ、決心がまたぐらりとなった。

官兵衛は姫路にかえって、秀吉に政職があいさつのために来ることを告げて待ったが、待てど暮せど来ない。秀吉の心にはじめて政職を疑う心が生じた。

官兵衛は気が気でない。また御着に出かけて、色々と諫《いさ》め、当家の安全は織田家に従うよりほかはないのだと説いたので、政職はまた行く気になったが、官兵衛を帰して老臣等の意見を聞くと、またぐらつき、ついに顔を出さなかった。

いくら官兵衛が面《つら》にくくても、うかうかすると主家の存亡にかかわることだ。こんな態度に出るとはあきれかえった家老共だが、こんなことは東西古今の歴史に無数の実例がある。主家の滅亡は将来のことだが、官兵衛のにくさは現実のことだ。見識、あるいは推理力、あるいは想像力の低い人間には、将来のことより現実のことが常に重大に考えられるのである。

秀吉は姫路到着後五日目には、織田家に帰服を申しおくっている播州内の豪族等の人質を全部とりまとめているが、この迅速さは、官兵衛がこれまでに十分に手くばりをしておいたためである。

官兵衛は、何としても、小寺家にたいする秀吉の疑惑を解消しなければならない。それで、単身軽装して、まだ織田家に帰服しない豪族等を歴訪して説得につとめ、明石だ、梶原だ、別所だというような連中を帰服させた。

こういう間にも、秀吉はしげしげと官兵衛を本丸に召しては、中国経略《けいりやく》の意見を聞いたが、官兵衛の調査の周密なこと、戦略の卓抜《たくばつ》なことにいつも驚くばかりであった。

こうしたさまざまなことが重なって、秀吉の官兵衛にたいする愛情と信頼は深まる一方で、ついに誓書をとりかわして、兄弟の約を結んだと、黒田家譜は伝える。

官兵衛の働きによって、播州中の平和的手段を以て帰服すべきものは全部帰服させ得たので、以後、秀吉は帰服を承知しない連中を征伐にかかる。官兵衛は常にその軍にしたがって、信長から秀吉に与力衆の一人としてつけられている竹中半兵衛と共に左右の先手《さきて》をつとめて、戦う毎に戦功を立てている。竹中は当時知謀第一と言われた人物だが、官兵衛の知略もこれに劣らなかったので、当時の人々は秀吉陣中の張良・陳平と称したという。二人は漢の高祖の知嚢《ちのう》であった人々である。

この間の官兵衛の功績中の最も大きいのは、備前・美作《みまさか》両国の主である宇喜多直家を説いて降服させたことだ。宇喜多は毛利方の大名としては最も大身で、その力は侮りがたきものがあり、秀吉の播州攻略の間に攻められている豪族等に援軍をおくること二度におよんでいるのであるが、官兵衛はその援軍が第一回目は直家自ら出陣して、その戦いぶりも手強《てごわ》かったのに、二度目は直家は病気ということで出ず、弟の忠家（坂崎出羽守の実父）を代理として出陣させ、戦いぶりもそれほどでなかったのを見て、帰服の内意があると判断し、信長の命によって秀吉が力攻めにしようとしたのをとめて、

「拙者におまかせ下されば、一兵を損ぜずして帰服させましょう」

と乞い、許されると、密使をおくって、利害を直家に説いた。官兵衛の見通しの通りであった。直家は家老の花房助兵衛を使者として官兵衛のところに、帰服のとりつぎを頼んで来たのである。これは天正六年七月のことであった。

もっとも、このことについて、秀吉も孝高もひどく信長におこられている。秀吉が宇喜多家のために本領安堵《あんど》の朱印状を乞う使者を安土につかわすと、信長は、

「力をもって切取れと申しつけたことを、おれに伺いも立てず、勝手なことをする！」

とどなりつけて、使者を追いかえしている。

信長は、一旦命令したことは命令通りに行なわなければならないとするのだ。たとえ数等よい方法であっても、無断でそれに従うことはゆるさない。それは越権《えっけん》であるとするのである。いささかも権力を下に仮さない信長の、専制君主としての面目の躍如たる話である。

信長の怒りは十月一日になってやっと解け、宇喜多家へも本領安堵の朱印状を下したが、凶《わる》い時には凶いことが重なる。官兵衛の生涯を通じての最大厄難《やくなん》がおそろしい口をあいて、早くも待ちかまえていたのである。

## 六

ちょうどこの前月九月のことだ。荒木摂津守が毛利氏に心を通じて伊丹の有岡の居城にこもって、信長に反旗をひるがえしたが、十月になって間もなく、官兵衛は主家の小寺家もこれに一味しているという情報を受取った。調べてみると、事実である。おどろいて、当時入道して宗円《そうえん》と名のっていた父職隆《もとたか》とも相談して、二度も御着に行き、政職に会って諫言した。

官兵衛のこの往復の間に、政職は家老等と計略を練って、

「官兵衛を生かしおいては、うるさくてかなわぬ。やつはまた骨髄からの織田びいきである故、殺さねば害をする。しかし、この城で殺せば、宗円が腹立てて敵対しよう。荒木のところにやって、荒木に殺させれば、あとくされがないわ」

と、きめた。

政職は官兵衛に言った。

「そなたの言うことは道理至極だ。しかし、わしがこの企てに同意したのは、荒木への義理でいたし方がないのだ。もし荒木が翻意《ほんい》するなら、わしも前にかえって織田家に従

おうぞ。そなた、荒木のところへ行って、説得してくれぬか」

「かしこまりました。誠意をもって利害得失を説きましたなら、必ず説き伏せることが出来るでございましょう」

と、官兵衛は承諾した。官兵衛ほどの知恵者があまりにも他愛ないと思うが、知恵者だけに自負《じふ》があったのかも知れない。知恵者であると共に血統的に誠実な人がらなので、ぜがひでも主家を災厄から救い出さねばならないと思ったのかも知れない。あるいはいわゆる魔がさしたのかも知れない。人が大凶運におちいる時は、常識では考えられないほどに不用心なものである。

官兵衛は一旦姫路にかえって宗円に告げると、宗円も知らんなかの荒木ではない。

「わしからもくれぐれも忠告したと言ってくれい」と言った。この時秀吉は別所長治《ながはる》の三木城を攻囲して三木の陣中にいたので、官兵衛はここにも立寄った。

「おれも信長公の仰せを受けて意見しに行ったのだが、聞かなんだ。そなたの弁舌ならきくかも知れん。しっかりと頼む」

と、秀吉は言った。

御着では、官兵衛が去るとすぐ有岡城に密使を走らせて、これこれのことで官兵衛が行くことになっているから、行ったら捕えて殺してほしいと申しおくったのだからたまらない。官兵衛が到着すると、究竟《くっきょう》な勇士数人を伏せておいて捕え、城内の牢獄に投じた。政職からの依頼は殺してくれであったが、荒木としては官兵衛ほどの人物を味方に引き入れることが出来たら大利と思ったのであろうか、殺しては宗円はじめ黒田家を即座に敵にまわすことになって損だと考えたのであろうか、あるいは荒木もキリシタンであり、官兵衛もこの頃はキリシタンであったようであるから、殺すに忍びなかったのであろうか、いずれにしても、これは大厄難中の幸いであった。官兵衛は一時キリシタンに帰依《きえ》したことがあって、キリシタン名をシメオンという。

報告が姫路にとどくと、一同仰天した。官兵衛を助けんとして荒木に一味すれば織田家に人質として差出してある松寿を捨て殺しにせねばならず、松寿を助けんとすれば官兵衛を捨てなければならない苦しい場に立ったのだ。しかし、宗円の裁断によって、織田家への忠誠を立てつらぬくことになった。

黒田家譜や古郷物語に伝える所では、宗円が武士の道を説いてこう決定したということになっている。それほど儒教くさくないところが、江戸期になって修飾しているものとは思われず、実説を土台にして書かれたものと思われるのだが、宗円の本心は必ずしもこうではなかったろう。もちろん説く所は武士の道を立て前としたものであったろうが、心に思う所は官兵衛を殺すことになっても黒田の家だけは潰してはならないというのであったろう。「人を重しとせず、家を重しとす」とは、当時の武士の常識である。

ところが、信長は官兵衛が有岡城に入ったきり出て来ないのは、荒木に一味したのだと見て激怒し、松寿を殺すように命じた。当時長浜城は秀吉が播州路に出て不在なので、竹中半兵衛が留守していた。半兵衛は安土に行って信長に諫言したが、信長は聞

き入れようとしない。飽くまでも殺せという。しかたがないので、半兵衛は、

「いたし方はござらぬ。さらばふびんながら殺しましょう」

と言って長浜にかえると、松寿を連れ出し、自分の居城である美濃の不破郡岩手の菩《ぼ》提《だい》山城にかくしてしまった。

信長ほどの人間がどうしてこんなに軽率なのかと一応不思議なような気もするが、信長は時として狂的なくらい猜疑心の深くなる人である。殺伐なのが普通であったこの時代の人々さえ驚かずにおられないほど人を殺すに平気であった人だ。その上、思うに、荒木方では、信長方の人心を攪乱《こうらん》するために、

「官兵衛はおれに説得されて一味することを承諾した」

と言いふらしたにちがいない。最も普通な謀略だ。

官兵衛の投ぜられた獄舎は有岡城の西北隅にあり、後ろには深い溜池があり、三方は大竹藪でかこまれていたので、日の光もささず、いつも陰湿の気がじけじけと立てこめていた。官兵衛はここに幽閉されていること満一年、肉落ち、骨枯れ、全身しらみと蚊に食われて、そのあとが瘡《かさ》となって満身を蔽うた。この瘡はとりわけ頭と膝がひどく、後に出獄後なおってからも頭はジャリ禿げになり、膝は曲ったままついにのびなかった。後年秀吉が天下人となってから、官兵衛のことをよく陰で「瘡あたま」とか、「ちんばめ」とか言っているが、それはこのためなのである。

この瘡は唐瘡《とうがさ》であったというから、梅毒性のものである。安土往来の間に感染したも

のかもしれない。姫路からほど近い飾磨《しかま》は古い港町で、平安朝の昔から遊女屋のあるところだから、ここでうつったのかも知れない。それがこの不健康な場所で不健康で不潔な生活のために一ぺんに吹き出したのであろう。

梅毒はこの時代から三、四十年前に、支那の貿易船によって日本に渡来したのだ。タバコと同時に原産地であるアメリカ大陸を出発してヨーロッパに渡ったのであるが、タバコより先きに日本に到着している。タバコの渡来はこの時から数年乃至二十数年後だというから、五十年は早いわけだ。喫煙欲より性欲の方が強烈なだけ、伝播力も強いのであろう。

これほど悲惨をきわめた境遇にいながら、官兵衛は荒木の説得をきかず、節を守りとおしていた。超人的骨の硬《かた》さだ。彼が単なる才人でないことの証拠であろう。

この苦難の間に、わずかに官兵衛の心をなぐさめたのは、栗山善助が商人姿に身をやつして伊丹に来て、ひそかに城内に忍びこんで時々訪れたことと、牢内の大竹藪からのびて来て獄窓にからみついた藤蔓が新芽を吹き出し、やがて可憐《かれん》な紫の花房をひらいたことであったと伝える。幽鬼のように痩せおとろえ、垢づいたぼろをまとった、蓬髪垢面《ほうはっこうめん》の囚人が、日かげの獄窓に花咲いたかぼそくはかなく色淡い藤の花房を見て、自らの運命を卜《ぼく》しながらかすかに微笑している様は、哀怨《あいえん》にして悲痛、悲惨にして苛烈《かれつ》な情景である。

この藤の花占《はなうら》は見事に的中した。花咲いてから八カ月目、十一月十九日、有岡城は織田家の将滝川一益のために陥れられ、火に包まれた。栗山は主人のことが気になるままに、寄手の勢《せい》の中に知人のいるのを幸いに、その人の陣中に滞在していたが、火の起るのを見るや、かねて知った忍び口から駆け入り、牢を破って官兵衛を救い出した。官兵衛は満一年の長い牢舎住いのために足がすくんで萎《な》えている上に、膝の瘡のために立つことも出来なかったので、背負い出したという。

「魔釈記」によると、戸板にのせて信長の本陣に連れて行ったところ、凄惨《せいさん》な官兵衛の姿を見て、信長は涙を流したという。

「黒田家譜」では、松寿を殺してしまったことを後悔して、

「おれは官兵衛に合わせる顔がない」

となげいていたが、竹中半兵衛から松寿を助けておいたことを聞いてよろこんだとある。

しかし、この時信長は伊丹には来ていないはずだ。官兵衛が信長に拝謁したとすれば、「古郷物語」の語るように、京都の信長から迎えの使者が来て、京都に行って拝謁したというのが本当であろう。

有岡落城の播州の形勢に及ぼした影響は大きかった。先ず頑強に抵抗すること三年に及んでいた三木城が開城した。すると、それまで毛利氏に心を通じていた諸豪族の城々は一たまりもなく陥落したり、逃散したりした。

官兵衛の主人である小寺政職も居たたまらず御着城を捨てて逃げ出し、近国をうろう

ろしながら、面の皮あつくも、官兵衛に頼って信長の赦免を乞うた。官兵衛はうらみを忘れて引受けて、いくどか信長に嘆願したが、信長の怒りはとけなかった。しかし、官兵衛が切に乞うたので、ついにこう申し渡した。

「信頼の出来ぬ表裏者《ひょうりもの》とわかっているものを、家人《けにん》の中に入れることは出来ぬ。本来ならば首斬って捨つべき者であるが、その方がそれほど申すことであれば、それはゆるす。どこへ住んでも咎《とが》めもせぬ。それ以上のことはしてやれんぞ」

そこで、政職は武士を捨てて百姓したり、商売を営んだりしたが、いずれもうまく行かなかった。転々として諸所にうつり住んでいるうちに天正十年に備後の鞆《とも》で死んだ。

政職の子氏職は少し足りない人物だ。忽ち窮迫して目もあてられない様子になった。

官兵衛は風のたよりにこれを聞くと、秀吉に、このことを語り、

「政職は御敵《おんてき》となったのでござるが、氏職には罪はないのでござる。拙者にとっては旧主の子でござる。介抱を加えて、小寺の家の祀《まつ》りをつがせたいと存ずる。ゆるしていただきとうござる」

と願った。

秀吉は官兵衛の情誼《じょうぎ》の厚さに感心して、

「かもうまい。お咎めがあったら、わしからおわびしてやろう」

と言ってくれた。

官兵衛はすぐ使いを出して氏職を迎え、わが家において世話していたが、後年長政が

筑前の太守になると、長政に頼んで知行地をもらってやった。小寺家は明治初年の藩制廃止まで黒田家の客分としてつづいたという。

官兵衛はよい血統を受け、よい親のもとに、よい薫陶を受けて育った人だ。策士であり、意志堅剛の人であるとともに、このようなよさもあった人なのである。

# 七

小寺家がほろんだ後の官兵衛の身分ははっきりしない。織田家の臣になったようにも見えるし、秀吉の臣になったようにも見える。しかし、秀吉の下について参謀長的役目をつとめたことは従前の通りである。

この頃から、官兵衛の苗字は黒田にかえった。小寺は織田家の御敵《おんてき》であるというので、そうしたのである。これは当時の習慣である。

有岡城で見せた操守《そうしゅ》の固さは、官兵衛という人物の一面を知るに最もよい材料であるが、次に彼の他の一面を最も雄弁に示すのは、本能寺の凶変直後における働きである。

本能寺の凶変があったのは、天正十年六月二日の早暁、その知らせが備中高松城を攻囲している秀吉の陣についたのが、四日の夜半。

使者は信長の家来長谷川宗仁《そうじん》の出したもので、川角《かわすみ》太閤記には、先ず秀吉が会ったとあり、黒田家譜には官兵衛が会ったとある。秀吉が会うのが自然のようだが、官兵衛は参謀長的地位にあるのだから、こんな報告は先ず参謀長が面接するものと考えられないことはない。一先ず黒田家譜に従って書く。

官兵衛は、書状を見ておどろいたが、すぐおちつきをとりかえした。

「さても汝《われ》は早くついたものだの。このこと、決して人に語ってはならんぞ。こちらへ来い」

と、手を引いて台所に連れて行って酒食をあたえ、休息させておいて、秀吉の前に出て、手紙を披露した。

秀吉はおどろき、あきれ、愁傷《しゅうしょう》し、茫然たる有様であった。官兵衛は膝を進めて、これからの形勢の変化を推理し、天下は明智《あけち》を討った者の手に帰するであろうから、大いに努力なされよと説いたということになっているが、これはなまぬるい。「老人雑話」ではこう説く。

官兵衛はするすると いざりよって、秀吉の膝をほとほとたたき、にこりと笑って言った。

「ご運のひらけさせ給うべき時が来たのでござる。よくせさせ給え」

こちらの方がずっと生き生きとしている。

秀吉はうなずいたが、こちらの心中の機微を苦もなく見ぬいた官兵衛の鋭さと、こんな時に早くも感傷をふり捨てて開運の好機到来と見る根性のたくましさにおどろき、油断のならぬ人物と見るようになったと伝える。

信長は家来から見れば、おそろしい主人であった。いつその雷霆《らいてい》の怒りが爆発するかわからない主人だ。一度《ひとたび》きげんを損ずれば、唯今までの寵臣も弊履《へいり》のごとく追放し、死を命ずる主人だ。しかも、病的なほどに猜疑癖《さいぎへき》のある主人だ。これに仕えるには四六時中緊張しきっていなければならなかったのだ。

だから、秀吉としても、その死を知った時は、驚愕《きょうがく》し、悲嘆しながらも、心中のどかでは先ず解放感があり、つづいては、これでやりようによっては、おれが天下人になれるかも知れんぞと思ったに相違ないのであるが、それを他人からハッキリと指摘されては、胸の奥底に土足で踏みこまれたような気もしたであろう。また、ここに気のまわるところを見ると、同じような機会が来ればこいつは、おれと同じことをするかも知れんと思いもしたであろう。

つまりは、鋭さあまってつい見せてしまった鋒芒《ほうぼう》であった。官兵衛の生涯の不覚であったことは間違いない。官兵衛ほどの人物、しかも数々の大功ある人物に、秀吉が生涯わずかに十二万二千石の小封しかあたえていなかったのはこのためであると伝える。

この時もまた官兵衛は人のいのちを助けている。秀吉が、

「その飛脚、殺さずばなるまい。下郎は口にしまりなきもの。人に語ったら、敵に漏《も》れるであろう。急ぎ殺せ」

と言ったところ、官兵衛は、

「かしこまりました」

と言って席を立ったが、一日半に六十里の道を馳《は》せつけたのは人間業ではない、天の

助けのあったればこそのことである、殺すは冥利《みようり》につきると思案した。台所に来て、疲れ切って熟睡している飛脚を揺《ゆ》りおこし、自分の陣所に連れてかえり、「本能寺の変のことは決して人に語るな。また人に会うこともならぬぞ」と、かたくいましめて、家来にあずけてかくしておいたという。恐らくは事実であろう。官兵衛は人を殺すことを出来るだけ避けた人である。

もっとも、この飛脚は疲れ飢え切っているところににわかに大食したので、間もなく病気になって死んだという。

官兵衛は、ここで秀吉が明智を討って信長の弔合戦をすることが秀吉の雲蒸竜変《うんじようりようへん》の大機会であることを知っている。また秀吉に競争者の多いことも知っている。だから、「急ぎたまえ、一刻も早く馳せ上りなされよ」と、急ぎに急がして馳せ上らせている。即ちこの点では秀吉を天下とりにしたのは官兵衛だともいえる。

この時、官兵衛三十七。

## 八

秀吉の九州征伐は、官兵衛四十二の時行なわれた。

九州が平定した後、彼は豊前《ぶぜん》六郡十二万二千石をあたえられた。

九州地方は、秀吉が平定を急ぎ、また大腹《だいふく》ぶりを見せすぎて、やたら地侍《じざむらい》共に本領安堵状を出したために、地侍共の鼻息があらく、新領主との間に摩擦が頻発し、ついには佐々成政が新領主となった肥後に地侍の一揆がおこったのをきっかけに、昔ながらの領主をいただく所以外は、一揆だらけになってしまった。

官兵衛の分国内《ぶんこくない》もその例にもれなかった。しかも、彼の領内の地侍らはおそろしく強かった。官兵衛は平定に半年かかり、なお数カ月かかって領内の仕置を整備し、天正十六年の秋になって上洛した。

この前年に秀吉は聚楽第を営んで、大坂とここに半々に居たので、諸大名もその周囲に邸宅を造って住んだ。官兵衛も上洛のついでに一条猪熊《いのくま》に邸地をもらって営み、ここに滞在をつづけたが、翌年天正十七年の晩春か初夏の頃だと思われるのだが、一日、秀吉の前に出て言った。

「本日はおり入ってのお願いがあってまいりました。拙者は近来多病になりまして、この分ではとても長生きはおぼつかなしと思われます。されば、せめてもの願いは、存生のうちにせがれに家督を譲り、家来共の召使いようや領民の治めようなど、せがれに慣れさせ、恥かしからぬ御奉公の出来る者と仕立て、安心してこの世を去りたいだけでございます。このこと、なにとぞ、お聞きとどけ下さいますよう」

突然のことに、秀吉はおどろいた。

「そちはわしより十《とお》若いのじゃから、やっと四十四になったばかりではないか。隠居とは以ての外だ。ならんぞ」

「年はそうでございますが、多病の身でございますから……」

「ならん、ならん。その方など、世を捨てるには早い。当分は相談相手をつづけてもらわねばならん」

全然きき入れない。

官兵衛はその場はそのまま引きさがったが、手をかえて秀吉の正夫人政所《まんどころ》に頼みこみ、ついに秀吉の許しを得た。

しかし、秀吉はそっくりそのままには許さない。

「せがれに家督を譲ることは許してもやろうが、隠居はゆるさん。従前通りおれが側にいて、相談相手たることはつづけねばならん」

という。

ここで、かつての松寿、今は吉兵衛長政は、家督をつぎ、従五位下甲斐守に任ぜられた。

官兵衛がなぜこんな決心をしたかについては、こんな話がある。ある日、聚楽第で、秀吉は世間ばなしのついでに、侍臣等に言った。

「わしの死後、天下を取るものは誰じゃと思う。どうせ慰みのためのことじゃ、遠慮はいらん故、言うてみよ」

侍臣等はそれぞれ思うところを言った。あるいは徳川家康、あるいは前田利家、あるいは毛利輝元と、すべて大身の大名等の名があがった。

「なるほどな。しかし、もう一人あるぞ。わからんか」

「わかりませぬ」

「ちんばめが取るわい」

「黒田殿はわずかに十二万の身代。どうしてさようなことが出来ましょう」

「わいらはあいつの知恵をよく知らんのじゃ。わしが天下を平定するまでの間には、息のつまるような大事な場がいく度かあった。大抵は工夫がついて切抜けることが出来たが、どうしてもつかぬこともあって、ちんばめに相談すると、即座に、それはこう、あれはかくと、いともやすやすと策を立てた。その策はおれが久しく心をしぼって工夫したことと同じであったり、事によってはそれよりはるかに上策と思われることもあった。このような知恵者である上に、将に将たるの器《うつわ》がある。わしが存命のうちでも、天下を取ろうと思うたらたやすく取れる男だ。されば時節が到来したら、四方に手配りして乱をおこさせ、人に骨をおらせ、まさにその者の手に天下が落ちようとする時、横から出てチョロリと自分のものにするであろう。これはやつが得手《えて》のわざよ。小身ゆえに天下が取れぬというなら、このわしはどうじゃ。考えが浅いぞ」

この話を、官兵衛に告げたものがあった。

秀吉がこれほどまでに自分を高く評価していると知ったら、官兵衛が喜ぶだろうと考えたのであろうか、用心なさるがよいと忠告するつもりであったろうか、あるいはまた、官兵衛に凄味をきかせるために、秀吉が言わせたのであろうか。

ともかくも、官兵衛は、

「南無三！　わが家の禍《わざわ》いさし迫ったわ！」

この上は子孫の計をなすにしかずと考え、この願い出をしたのであると、古来考えられている。

普通には、この時髪を剃《そ》り、「水ハ方円ノ器に随フ」「身ハ褒貶毀誉《ホウヘンキヨ》ノ間ニ在リト雖モ、心ハ水ノ如ク清シ」の二つの古語から取って、如水円清《じょすいえんせい》と号したということになっているが、黒田家譜には、この時は家督を譲っただけで、隠居は許されず、前々通り出仕をつづけているのだから、入道はしていない、入道したのはこれから四年後の文禄二年であるといっている。

間もなく秀吉の北条征伐がおこっている。官兵衛はこの役にしたがって、彼らしい大功を立てている。

坂東一の名城である小田原城は、秀吉ほどの者が天下の兵を以て攻囲してもなかなか落ちず、堅固にもちこたえること百余日におよんだ。力攻めではいかんと見た秀吉は、先ず宇喜多秀家をして当主北条氏政の次男である氏房に、北条氏がもし降伏するなら、伊豆・相模・武蔵の三カ国をあたえようと伝えさせた。

氏房は意をうごかし、氏政に伝えた。

しかし、氏政は一も二もなくしりぞけた。

秀吉は第二の手段を講じ、堀秀政に命じて、北条氏譜代の重臣松田憲秀《のりひで》を説いて内応

の約束をさせた。憲秀はこれを承諾し、手筈を定めた後、嫡子新六郎と次男左馬介とを呼んでこのことを告げた。新六郎は、

「よい御思案。北条家の運命はもう見えています」

と、一議におよばず賛成したが、左馬介は、

「これは父上・兄上のおことばとも思えませぬ。松田家は北条家譜代の臣、しかも重臣の列にあります。下人・小者も恥じるようなきたないことをしようとは以ての外のこと」

と、泣いて諫めた。

「くちばしの黄色い分際で何を言う。その方にはわからぬことだ」

憲秀と新六郎は耳にもかけず、左馬介を一室にとじこめてしまった。

左馬介は主家の存亡この時にきわまったと焦心して、小姓に命じてひそかに鎧櫃《よろいびつ》の中にひそんで舁《か》き出させ、氏政に訴え出た。

氏政はおどろいて、憲秀と新六郎を捕えておしこめた。

かくして第二策も失敗に帰して、百計つき、さすがの秀吉も困《こう》じはてたが、ふと思案して、官兵衛を召し、北条氏を降伏さすべき策をたずねた。

「徳川殿が最も適任でござる。徳川殿は関東の事情にもよく通じてござるし、北条家とは姻戚の関係もござる（家康の次女督姫《こうひめ》は氏政の長男氏直の妻である）。この周旋役には最も適当なお人でござる」

そこで、官兵衛をして家康に内意を伝えさせたが、家康は姻戚であるからかえって工合が悪いと辞退した。官兵衛としては、家康のこの辞退は予期していたことであったろう、かえって来て秀吉に言う。

「拙者におまかせ下さいましょうか」

「まかせる。やってみい」

官兵衛は矢文を北条氏房の陣所に射込んで和睦をすすめる一方、武州岩槻《いわつき》に捕虜となっている氏房の妻子を説いて氏房に降伏をすすめる手紙を送らせた。氏房はまた氏政に和睦を説いた。

官兵衛は時機を見はからって、氏政の本陣に、陣見舞と称して、美酒二樽、粕漬魴《はも》十尾を贈った。すると、氏政の方からも答礼として鉛と火薬それぞれ十貫目を贈って来た。氏政の方では、矢《や》弾《だま》には少しも窮していないぞとの意を示したつもりであったろうが、官兵衛の狙いはそんなところにはない。答礼と称して、みずから城中に乗りこんだ。そのいでたち、肩衣《かたぎぬ》にはかまを着し、大小もすてて無腰という瀟洒《しょうしゃ》な姿であった。

さらさらと乗りこんで行き、氏政・氏直に面会して、利害を説いて、ついに降伏を承諾させたのだ。

北条氏は松田憲秀を殺して開城した。秀吉はこれを理由にして北条氏をとりつぶしてしまった。

この時にはまたこんなこともあった。

開城の後、秀吉は官兵衛を呼んで、

「松田が子は父を訴えた不孝者じゃ。首を斬れ」と命じた。

「かしこまりました」

官兵衛は退出すると、新六郎を殺して、左馬介は助けておいた。

秀吉はこれを聞いて、官兵衛を呼び、

「なぜ新六郎を斬ったのじゃ。新六郎はわしにたいしては功のある者だ。左馬介は父と兄を氏政へ訴えた憎い奴ゆえ、殺せと申しつけたのじゃに」

と、叱ると、官兵衛は、びっくりした顔をつくり、

「やれしまったり。左馬介を殺すのでございましたか。これは申しわけなきこと。しかしながら新六郎は譜代の主君にそむいて裏切りして武士の道をとりはずし、先祖の名をけがし、忠孝ともになき者であります。これに反して、左馬介は父には不孝者でありますが、主君には忠義であり、先祖には孝行者であります。拙者が聞きちがえて新六郎を殺したとて、ご損にはなりますまい」

と答えた。

秀吉はやむなくうなずいたが、官兵衛が去ると、いまいましげに言った。

「ちんばめがまた空とぼけしおって」

黒田家譜によると、官兵衛が入道して如水と号したのは朝鮮役がはじまって二年目で、この年の二月、官兵衛は浅野長政とともに朝鮮派遣軍の相談役を命ぜられて渡鮮し、数

月の後病気と称して帰国しているのであるが、石田三成が、「官兵衛殿は在鮮中浅野弾正殿と碁ばかり打っていて、軍事の報告に行ってもろくろく相手になろうともしなかった」

と秀吉に報告したので、秀吉は怒って、御前に出ることを禁止した。その時剃髪《ていはつ》したという。

たしかに、剃髪入道はこの時であったろう。秀吉が官兵衛の在鮮中につかわした書状にはすべて、「黒田勘解由《かげゆ》どのへ」と、官名を以てあて名を書いてある。

また石田の報告したような事実も、ある程度はあったようだ。官兵衛と浅野長政の朝鮮滞在中の生活はずいぶん面白くないものであった。軍奉行《いくさぶぎょう》として行っている石田三成、大谷刑部、増田長盛等は若くして気を負うているだけに、この老人らを邪魔ものにして、自分らだけでことをさばいて、ろくろく相談もかけなかった。単なる相談役で何の権限もあたえられない二人は、それをどうすることも出来ない。好きな碁でも打って憂さばらしをするよりほかはなかったようだ。官兵衛が病気を言い立てて帰国したのも、こんなことでは居ても無意味だと思ったからにちがいない。

官兵衛が入道して如水と号するようになったのは、秀吉の怒りが昂じて、ひょっとして身の破滅となるかもしれないと思案したからのことであったが、本営へは平気で出入した。御前を遠ざけられているから、秀吉の御前には出なかったが、隣りのへやくらいまでは出入して、大きな声で談笑して、すこしもはばかることがなかったという。なまじ屏居《へいきょ》してすくんでいては、かえってあぶないと見たからである。

## 九

関ヶ原役の時、如水は国許の豊前中津にいた。当主の長政が上杉征伐のために徳川家康に従って東国に行っていたので、家中の精鋭はあらかたこれに従い、如水の手許にはいくらも兵がなかった。

古郷物語によると、石田三成は中津に密使をつかわし、

「故太閤の御恩を受けられること深き貴老なれば、ぜひお味方ありたい。御同心においては、急ぎお上りあって、諸事御指南にあずかりたい。功者の名ある貴老がお味方下さるなら、味方いかばかり勇み立つか知れませぬ。戦い利運となり、秀頼様天下を治め給う世になった暁には、御領国はいかようにでもお望みにまかせ申す。なお甲斐守（長政）殿も急ぎお呼び返しなされたい」

と言ってよこした。

如水は自ら使者に会って、

「愚老はいかにも太閤様の御恩をこうむること人にこえているものだ。されば秀頼様のおんためとあれば、どんなことにも疎略には出来ぬ。しかし、賜わるべき領地のことを先ずきめておこう。かかることは先きに確かにきめておかぬと、あとで面倒のおこりがちなものだ。もし当九州において七カ国たまわるなら、お味方して、家康退治の御計略

に粉骨いたすであろう。御承諾においては誓紙をいただきたい」
と答えて、宇治勘七という家臣を判元《はんもと》見届役として使者と同道させて上坂させようとした。

家臣等は、如水のすることが腑《ふ》に落ちず、きびしく諫言した。すると、如水は笑った。

「にぶいの、汝《わい》ら。当時九州の大名共はあらかた大坂方だ。小早川、毛利、筑紫、竜造寺、鍋島、立花、小西、秋月、相良《さがら》、高橋、伊東、竹中、中川、島津。徳川方は細川と加藤しかおらん。しかもその細川は主人は東国に行っていて、家来ばかりが少しいるだけという有様だ。迂闊《うかつ》な返事をしては、この無勢《ぶぜい》なるに、すぐ四方から攻めかけられる。石田はおれをだまそうとしているのだ。だから、おれもやつをだましているのよ。こうしてあしらっているうちに、戦《いく》さ支度を整《ととの》えて戦おうという算段よ。まあ、黙って見ているがよい。おれはまだ老いぼれてはいぬ」

戦さ支度にかかった。まずふれを出して、兵を募集した。武家浪人、親がかりの若者、年を老《と》って隠居している者、百姓、町人、職人、なんでもよい、希望ある者は皆集まれというふれだ。われもわれもと集まってきた。

種々雑多だ。昔よほどの大身《たいしん》で、浪人してからも心掛けがよかったらしく、立派な甲《かっ》冑《ちゅう》をつけ、相当な馬に乗り、中間《ちゅうげん》に槍をかつがせている者もいるが、こんなのは至って少ない。普通の甲冑で、痩せ馬にまたがったのはよい方で、大抵は方々でもらい集めて来たらしいチグハグな具足をつけたり、せっかく馬に乗っていると思うと、くつわやあぶみは縄というのがあり、具足はなくて紙子《かみこ》の羽織に朱で大紋をつけ一着におよんでいるものもあり、冑《かぶと》だけのものもあり、冑がないのでかわりに竹の子笠のへりに色紙《いろがみ》で房《ふさ》をこしらえてぶら下げた踊花笠《おどりはながさ》のようにしたのをかぶったのがあり、百鬼夜行さながらであったが、皆はり切って傲然《ごうぜん》としてそりくりかえって来た。

如水は人のためや家来等のためには思い切って金を恵んだり使ったりしたが、自分自身の生活にはおそろしく倹素で、一切ぜいたくがましいことをせず、せっせと金銀をたくわえた人だ。

皆箱につめて天守閣に積んでいたので、それをおろさせ、箱から出して大広間にぶちまけさせると、大きな金銀の山がいくつも出来た。燦然としてかがやき、目をおどろかす絢爛《けんらん》豪華な情景だ。

広間の前の庭に集まった応募者等は目をみはり、舌を巻き、

「さてもおびただしい金銀かな。大方日本国が買えようず。なにほど戦さしたとて、軍費にこまることはないわ」

と勇気百倍した。

やがて、かかりの役人共が一人一人に金《かね》を配分《はいぶん》する。騎士には銀三百匁、歩行《かち》武者には銀百匁、下人には十匁ずつという割合だ。

この金くばりの時、二重三重にもらったものがあった。かかり役人は気づいてしばり上げ、報告して、さしずを仰ぐと、如水はいった。

「察するにその者は貧窮して出陣の用意がととのわぬため、心ならずもそうしたのであろう。おれが年頃倹約して金銀をたくわえたのは、かかる時のためよ。二重に得させたとて、味方となって出陣さえしてくれるなら、無駄になったわけではない。こせついた料簡を捨て、一人なりとも多く集めるようにせい」

こうして集め得た兵が三千六百人あったという。

いよいよ出陣となり、城下を少し離れると、道べの小高いところに堂が立っていた。如水はこの戦さを通じて馬に乗らず、手輿《たごし》にのって指揮を取ったが、輿をおりて、堂の前に立ち、下を通過する兵共に一々名のらせ、一々ことばをかけた。

壮強な者には、

「あっぱれ武者ぶり。馬も強く見えるぞ。よくかせげ」

年の若い者には、

「年は若いが面魂《つらだましい》が尋常でないわ。あっぱれよき手柄立てるであろう」

老人が来れば、

「その年でわしがために働いてくれようと来てくれたか、ありがたい志じゃ。あっぱれ大剛の者」

といった工合に、相手に応じてふさわしいことばを選んで励ましたので、皆感激し、勇み立って通った。

如水はこのかき集め勢《ぜい》を主力とする軍をひきいて、縦横に活躍した。向うところ敵はなく、およそ十日あまりで、半数以上の敵を平らげ、のこる所は小倉の毛利吉成、久留米の小早川秀包《ひでかね》、柳川の立花、薩摩の島津だけとなった。

トントン拍子の勝ち戦さに、如水の夢はしだいにふくれ上って来た。

「よし、この勢いで上方に馳せのぼり、東西いずれが勝つか知らんが、勝った方と天下を争おう。これまでおれの運はおれの器量にふさわしくなく悪かったが、どうやらおれにも運が向いて来たらしいぞ」

この時のことを、後年彼は長政に、

「ひとり子のそなたではあるが、捨て殺しにして、大バクチを打つつもりであった」

と言っている。

東西両軍の勝敗がすでに九月十五日に、しかもたった一日でついたとは彼の知るはずのないことである。天下分目《わけめ》の戦いだし、会津で上杉も事をおこしていることでもあり、徳川内府がいかに戦さ上手でも、二カ月はかかるに相違ない、願わくは三月かかってくれ、その間には十分こちらの力も太って上方へ押し出せると、一日でも長引くことを祈りながらも、知略のかぎりをしぼって精力的に働いていると、九月末、かねて如水が大坂・鞆《とも》・上《かみ》ノ関の三カ所にそなえつけておいた早船が、関ガ原合戦の報をもたらした。

「しまった！　もうすんだのか！」

おぼえずうめいた。しかし、まだ半信半疑であった。間もなく、長政からの手紙がとどいた。

長政は合戦の模様、黒田勢の働きぶり、家臣等の手柄、勝敗を決定したのは小早川秀秋の裏切りであったこと、その秀秋を説得して裏切りを約束させたのは自分であること、それ故に戦いが済んでから、家康の感謝が一方でなかったことなど、こまごまとしたためてあった。

今はもう疑いようもない。「如水したたかに腹を立て、さてさて、甲斐守、若き者とはいひながらも、余りに知恵もなきことなり、天下分目の合戦、左様に捗《は》やるものにてはなきぞ。日本一の大たはけは甲斐守なり。何ぞや忠節立てをして、あれをくりわけ、これに裏切りをさせ、それほど急ぎて、家康に勝たせて、何の益はあるぞ。さりとは残り多きことかな」と言ったと、古郷物語にある。十月四日に彼が吉川《きっかわ》広家におくった手紙にも、「美濃口の御取合ひ、当月までもござ候はば、中国へ切りのぼり、花々しく一合戦つかまつるべくと存じ候に、はやくも内府御勝利にまかりなり、残り多く候」とある。

しかし、今はせんなし。思い切りよく心を切りかえた。

「これで天下は定まった。ここで態度をかえては、徳川家に難くせをつけられる。この上は終始徳川家のために働いたように見せかける必要がある」

と一層精をはげまして、平定に力をつくした。中津城の門前を通行することがいく度かあったが、一度も入ったことがなかったと伝える。ついにのこるところは島津だけに漕ぎつけて、肥薩の境まで兵を進め、今や不日に薩摩に攻め入るというところまで来た時、島津氏と徳川氏との間に和議が成立し、戦さをやめよとの命令がきたので、中津へかえった。

こんな話が伝わっている。

関ヶ原役の戦功によって、黒田長政は筑前一国五十二万三千石の大封を賞賜《しょうし》され、大得意で中津にかえってきて、父に語った。

「この度の戦さの勝敗のきまったのは、金吾中納言の裏切りによってでありますので、戦さすんで後、拙者がお祝いのために御本営に参上いたしましたところ、内府様は拙者の手をとり、『この勝利、ひとえに御辺《ごへん》のおかげでござる。子々孫々に至るまで御辺の家に疎略はあるまじいぞ』と仰せられて、三度までおしいただかれました」

すると、如水はニコリともせず言った。

「フーン、内府がいただいた手は、左手であったか、右手であったか」

不思議な問いだ。まごつきながらも、長政は答える。

「右手でございました」

「フーン、その時そなたの左手は何をしていたのだ」

長政は父が必ずしも全面的に喜んでいるのではないことをはじめて知って、言うべきことばがなかったという。

この年の暮、如水は家康の命によって大坂に上り、家康に会った。家康は関ヶ原における長政の働きぶりをほめたり、九州路における如水の合戦ぶりを聞いたりして、

「この度の勝利、ひとえにおことら父子の働きによる。甲斐守にはすでに筑前をまいらせたが、おことには別に上方で領地を進ぜよう。いずくなりとも望まれるよう。また官位も進めるよう朝廷に執奏《しっそう》したい」

と言った。しかし、如水は、

「身にあまる御諚ではござるが、老年といい、また多病でござる。すでに愚息に大国を賜わりました以上、拙者にはもう官禄の望みはござらぬ。この上は長政の養いを受けて、余生を安らかに送りたいと存ずる。願うところは身の暇《いとま》をたまわりたいだけでござる」

と言ったので、家康は、

「今の世にいて古人のふるまいをなすとは、そなたのことじゃな」

と感嘆したという。

あざやかな転身ぶりである。

もっとも、この話には異説がある。武功雑記には、家康が一向如水に恩賞しようとしないので、井伊直政と藤堂高虎とが如水に同情して、家康に運動すると、家康はわらって、

「如水が働きは底心《そこごころ》の知れぬことなれば、長政にのみ恩賞してよきぞ」

と言ったとある。

しかし、前に書いた説は黒田家に伝える書物にだけあるのではなく、徳川家で訂正加筆編纂した、「改正三河後風土記《みかわごふどき》」にもあるのだ。この方を信じたい。見切りと変り身

のすばやい如水の風格が躍如としている点でも捨てがたいのである。

如水は大坂から京に上り、一条猪熊《いのくま》の邸に入った。旬日の間に九州を切りなびけたとの武名が赫々《かくかく》として、上洛のうわさを聞き伝えた大名、小名、公家らの訪問客がひきも切らず、門前常に市をなす有様であった。中にも家康の次男結城秀康はとりわけ如水を慕って、毎日使者をつかわして安否をたずね、自分も三日にあげず訪問した。

すると、ある日、山名禅高《やまなぜんこう》がやって来て、

「貴殿の許に、諸大名や歴々衆が切々《せつせつ》とおいでになり、ことに夜間人を遠ざけて御密談もあるとかで、世間の人々疑惑の目をもって見ています。中にも結城宰相様は貴殿をうやまいたもうことが親にたいするようであられるとか。かようなことは内府様はお気に入られぬでござろう。内府様は思慮の奥深い方でござれば、ひょっとして、こちらに心やすく出入りしている人々の中に目付《めつけ》を入れておられるかも知れませぬ。御子息甲斐守(長政)殿は内府様の御前《ごぜん》よろしく、恩賞も浅からずあられますのに、貴殿がそのようでは、甲斐守殿のおためにもならぬかと存ずる。内府様がしきりに御用心あるも、皆貴殿を恐れられてのことであると、世の人ども申しています。また、真偽は存ぜぬが、醍醐・山科・宇治、その他京近い在家《ざいけ》に浪人衆が多数います由、これは貴殿がかくしおかれている人数であると、世間では申しています。かえすがえすも、御勘考ありたきこと」

と忠告した。おそらく、これは家康の命を受けてのことであったろう。それと気のつかない如水ではない。聞きもあえず、言った。

「お聞きあれ、禅高。拙者に内府公を攻めほろぼして、天下を取ろうとの所存があったならば、いと易きことでござったのだ。拙者はすでに九州を打ち平げ、のこるところは島津だけでござったが、これとて相談を申しかければ、味方となることを拒《こば》みはせなんだでござろう。もしどうしても楯つくならば、攻めやぶることも、むずかしいことではござらなんだ。その頃、中国路は備前・播磨まで大名ども皆こちらに来ていて空国《くうこく》でござった。拙者が二万余の兵をひきい、加藤・鍋島らを両先鋒として海陸二手より押しのぼり、道すがら浪人どもをかり集めてまいったなら、当地につく頃には十万余の勢にはなっていたでござろう。清正は猛将でござる。拙者の軍配のもとに戦うならば、内府公を討ちほろぼさんこと易々たるもの――と、思いもしたのでござるが、老人のせんなきことと思い、せっかく打ち従えた国々を捨てて、こうして上ってきたのでござる。それを臆病者どもがあらぬ妄想をかいて恐れているのを、貴殿はまことと考えておられるのか、少しは魂あって、ふぐり下げたる者ならば、さようなことを信ずるはずはござらぬ。やくたいもない！」

扇子で畳をたたきながら、居《い》丈高《たけだか》になって、はばかる色もなく大言した。これは禅高に言ったのではない。家康の猜疑にたいする痛烈なあてつけであり、おのれの不運にたいするなげきのことばであった。禅高は有名な臆病人だ。若い頃、まだ豊国といっていた頃、その臆病のために家来共に居城鳥取から追い出されたという経歴がある。おどろきおそれ、顔色を失って立ち去ったという。

十

如水の晩年は、風格まことに掬《きく》すべきものがある。彼は福岡城内の三の丸の小高い丘の上に、自ら望んでごく質素な館《やかた》を長政に建ててもらって、召使う者も軽格の者四、五人と小者七人、夫人の侍女も五、六人というきわめて手軽な生活をした。城下に出る時には、若党に刀を持たせ、草履取《ぞうりと》り一人召しつれているだけであった。

子供が好きであったので、時々人に小鳥や菓子を持たせて連れ、道で逢う子供らにあたえたので、如水の外出姿を見ると、家中《かちゅう》の侍共の五つ六つから十くらいまでの子供らがここかしこから集まって来て、如水をとりまいてぞろぞろとついて来た。子供らは館に来て、

「大殿様、今日もどこぞへお出かけなされよ。お供します」

とさいそくし、如水が外出しない時には、庭をほりくりかえして遊んだり、座敷に上りこんで鬼ごっこしたり、角力をとったりしてあばれ、時には障子を破ったりふすまにきずをつけたりすることもあったが、如水はいつも上機嫌であったという。

外出して疲れると、貴賤を問わず道筋の家臣等の家に立ち寄り、まっすぐに奥座敷に通って、

「茶を馳走せい」

といって茶を飲んで休息した。

いつもこうだったので、しまいには妻子どももなれて、少しも恐れはばからず、冗談などいうようになり、如水が門前を通っていると聞くと、下女を出して、

「お立ち寄りなされませ。ちょうどよいかげんにお湯がわいています。お茶進ぜましょう」

とさそうようになったという。

やはりこの頃のことであろう。如水の草履取りの竜若《たつわか》という者は剛力で、下郎ながら戦場での働きもあった者だけに、気が荒く、度々乱暴を働いたので、ある時如水は折檻のために縛らせて、大黒柱につながせた。その翌朝、如水の侍臣等が、

「いいかげん懲《こ》りたろう。わびを言うてやろうではないか」

と相談しているとき、如水は侍臣を呼んで、切紙《きりがみ》をわたして言った。

「これを藍原《あいはら》村に持ち行き、代官にわたし、瓜を持ってまいるよう。竜若をつかわせよ」

やがて竜若が瓜を持ってかえってくると、如水は竜若を呼び出し、瓜を二つくれて言う。

「食え」

竜若も、侍臣等も、はやごきげんがなおったかと思っていると、竜若が食べてしまったところで、またもとのように縛らせた。

しばらくすると、縄をといて家中へ使いに出し、かえってくると縛らせ、二、三時間経つと庭の掃除などをさせてまた縛る。縄を解いては用事をさせ、用事をさせては縛りして、三日ぐらいしてやっとゆるした。

如水の気に入りのお伽坊主が、

「めずらしい御折檻、世にも稀なる囚人《めしうど》でございましたな」

と笑いながら言うと、如水も笑って言った。

「いたずら者である故、懲らしめのために縛ったが、使わねば損が行く故、使った。もっとも、内心は憎うは思うていぬ。縛りづめにしては縄のあとが傷になる故、時々ゆるめるために用をさせた。ああしてゆるゆると折檻すれば、懲りようも、ひとしお強かろうわい」

この類の如水の逸話は実に多いが、如水という人をよくあらわしている点で、この話は最もすぐれている。「使わねば損が行く」というのは、如水的表現である。内心はそうではないのである。彼にはおのれの知恵を誇示する性癖があって、ついこんな言い方をしてしまうのだ。この点が人をして彼を誤解させるのだ。

人は彼の衷心の愛情と誠実さに気づかないで、単なるおそるべき策士、警戒すべき野心家とばかり思ってしまうのだ。彼が秀吉に警戒されたのもこのためであろう。

## 十一

如水は不運な人である。一流中の一流の人物であり、稀世の大才を抱き、運と力量さえあれば、立身出世思うがままであったはずの戦国のさなかに生まれながら、十二万二千石の小大名でおわらなければならなかったのだ。その大才のゆえに秀吉の在世中には秀吉に忌《い》まれ、家康の時代となってはまた家康に忌まれた。秀吉や家康と時代を同じくし、ややおくれて出発したことが、彼の不運であったのだ。山名禅高にたいして、彼が畳を打って大言した時の胸裡の憤懣悲壮はいかばかりであったろうか。深く思いやれば目がしらが熱くなる。

しかしながら、彼が一旦俗世に望みを絶って以後の悠々たる生活を見ると、秀吉よりも、家康よりも、数等立ちまさった人物ではなかったかと思わせるものがある。家臣の幼児らにとりまかれて無心に遊んでいる老雄の姿を想察する時、無限の興趣なきを得ない。

ぼくは史記の列伝中の人物では陸賈《りくか》が一番好きだ。彼は漢の高祖を助けて、三寸の舌をふるって天下に周旋し、ついに高祖をして天下を一統させた功臣の一人であるが、高祖が死んで呂太后の専権時代がはじまると、さっさと隠居し、五人の子供に財産全部を分けあたえ、みずから所持するところは四頭だての乗り心地よい馬車一台、歌舞と琴瑟《きんしつ》のたくみな美女十人、宝剣の価百金なるものだけであった。子供らにむかって、こう約束した。

「わしがそなたらの家に行ったら、そなたらはわしと従者や馬に酒食を出せい。わしは十日ほどで立ち去るであろう。もしわしが死んだら、宝剣、美人など一切はその時わしが止宿していた家のものになるということにしておこう。わしも度々は行かんよ。よその家のお客さんになることもあるからな。まあ一年のうちに、一軒あたり二、三度のものじゃろう。あまり度々会っては、おたがい新鮮感がなくなるからの（シバシバ見レバ鮮ナラズ）」

こうして悠々自適している間に、呂氏一族の専横にたいする人々の不平が昂《こう》じ切ったと見るや、当時の宰相陳平《ちんぺい》と将軍絳侯《こうこう》とを握手させ、クーデターをおこなわして呂氏を誅し、劉氏の天下を回復したのだ。この時代の中国では、非常にえらい人物は皆災厄におちいって非命にして死んでいるが、陸賈は寿命をもっておわっている。

如水のえらさは、陸賈にまさるともおとらないと、ぼくは思う。「今の世にいて古人のふるまいをなすとは、そなたのことじゃな」と、家康が嘆じたのも、この意味であろう。

慶長九年三月二十日、伏見の藩邸で死んだ。行年五十九。法名竜光院如水円清。

# 蒲生氏郷

# 一

蒲生氏は田原藤太秀郷の子孫である。秀郷は後に関東下野に居住し、平将門の叛乱を鎮定して関東一の豪族となり、鎮守府将軍にまでなったが、そのはじめは近江の栗太郡《くりもと》（今はクリタとよむ）田原の庄にいたので、田原ノ藤太と呼ばれたというのが昔からの通説だが、秀郷は祖父豊沢《とよさわ》の代から下野に土着している。今宇都宮市の北方に田原という土地がある。ここにいたので田原ノ藤太と呼ばれ、やがて将門を退治して武名上り、中央政界にも顔がきくようになり、近江に荘園をこしらえ、時にはここに居ることもあったので、下野の居住地の名をここにうつして田原と呼ぶことにしたのではないかと、ぼくは見ている。

ともあれ、秀郷の子孫は北関東にひろがって、結城・小山等の諸氏となり、ついには奥州にもおよび、平泉の藤原氏もその姓を冒《おか》していたことは、周知のことである。この平泉藤原氏の一族に源義経の郎党佐藤継信・忠信の兄弟、西行法師（俗名佐藤義清）がおり、今でも奥州地方に多い佐藤・首藤・近藤・武藤等は、皆秀郷の子孫、あるいは子孫と称しているものである。

一方、近江地方にもひろがり、蒲生・大石等の諸氏となっている。大石内蔵助の家はこの大石氏で、田原郷に隣接して、今日でも大石郷がある。内蔵助の家は、彼から二、三代前の先祖が下野の小山から来て大石郷の領主となったと伝えられているが、思うに大石郷の領主が死にたえたので、同族である関東の小山氏からあとつぎに来てもらったのであろう（赤穂浪士の一人であとで脱盟して不義士の名をとった小山源五右衛門が内蔵助の一族であったことは、義士伝を研究した者は皆知っていることである）。昔の氏族がどんなに強いきずなで結ばれていたものであるかがわかるのである。このきびしい同族の結びつきを頭におくことも、必要な読史態度であろう。

さて、蒲生氏はいつの時代からか、同国の蒲生郡に居住し、蒲生をもって氏とするようになったが、大した人物も出なかったと見えて、ほとんど聞こえるところがない。どうやら聞こえるのは、氏郷の祖父定秀からだ。

鎌倉時代以来、近江で最も勢力のあったのは佐々木氏だ。佐々木一族は四郎高綱の話でもわかるように、頼朝の最初の挙兵当時から忠勤をぬきんでている。高綱は頼朝が挙兵するということを聞いたが、貧しくて馬もないので徒歩でてくてくと下って来る途中、道連れになった者を刺殺して馬をうばい、それに乗って駆けつけた。頼朝の感動は一通りでない。だから、秘蔵第一の名馬生月《いけづき》を寵臣梶原景時の長男景季に乞われても、「これはおれが出陣の時の乗料《のりりよう》にするのだ」とて、第二の馬磨墨《するすみ》をあたえ、四郎高綱には乞われもしないのに生月をあたえたのだ。これが有名な宇治川の先陣争いになることは皆様ご承知である。四郎高綱だけではなく、四郎の兄三人もそれぞれの居場所から駆けつけて、頼朝に忠勤をぬきんでた。(源頼朝伝参照)

こんなわけで、頼朝の佐々木氏にたいする恩寵は一方でなく、その一族で近江の守護職をはじめとして十七カ国の守護職をしめたというほど栄えた。近江は本国であるから、総領家が世襲していたが、これが鎌倉中期に両家にわかれ、近江を南北二つにわけて、それぞれその一を領有することになった。南なるを六角家といい、北なるを京極家といいう。両家の京の屋敷が、六角と京極にあったので、それが名字のようになったのである。

## 二

蒲生氏はその所領蒲生郡が江州の東南地方に位置しているから、六角家の被官になっていたが、定秀の時、この六角家の家臣後藤但馬守という者が、六角承禎《じようてい》をうらむことがあって朋輩をさそい合わせ、土民を煽動し、謀叛をおこした。勢いなかなか強く、承禎とその子義弼《よしすけ》とはどうすることも出来ず、危難に瀕した。承禎は定秀に救いをもとめた。

定秀は後藤但馬守とはとくべつ親しいなかであった。すなわち、息子の賢秀《かたひで》の嫁として但馬守の姉をめとっていたのである。定秀は思案した後、賢秀を呼んで、

「こんどのさわぎはそちも知っているであろうが、それについて、観音寺（六角氏の居城のある場所）のお屋形から、しかじかと頼んできた。臣従を誓って被官となっているだけで、格別ご恩というほどのものにあずかったこともないが、名のみにしても主従は主従だ。こうなれば、力かぎりのことはせねばならぬ。ついては、お屋形にお疑いを抱かせ申してはならぬ。そなたが嫁、あわれではあるが、離縁いたすよう」と申渡した。

武士の道のつらさだ。賢秀はかしこまって、あきもあかれもせぬ妻を離縁した。

定秀は六角父子を居城日野城に迎えておいて、後藤但馬守とその一味の者共と折衝し、和睦をまとめ上げ、六角父子を観音寺城にかえした。

以後、六角父子の定秀にたいする信任は厚く、定秀は六角家の家老となった。

永禄十一年、織田信長は足利義昭の依頼を受け、これを奉じて京に入る計画を立て、六角氏に協力を要求したが、六角氏は拒絶した。六角氏が拒絶したのは、当時京畿の権を握っていた三好党と志を通じていたからであるが、一つには当時の信長が出来星の中《ちゆう》成金的《なりきんてき》大名にすぎないのを、名門大名らしく軽蔑したためでもあるようだ。

信長は拒絶されて、

「さらば蹴破って通るまで！」

と武力通過を決心し、近国の諸大名に触れ状を出した。信長は出来星大名でも、足利将軍となるべき人のための義軍だというのだから、馳せ参ずるものが引きも切らない。総勢五万におよんだというのである。戦国乱離の時代となり、足利将軍の権威は地におちたようでも、長い間の習慣で、人々の精神の上における権威はあったのである。

怒濤の進撃だ。六角方は忽ち蹴散らされ、承禎父子は観音寺城を出て、どこかへ落ち失《う》せてしまった。

蒲生氏の居城のある日野は道筋から十六キロも離れているから、最初の通過の時の攻撃対象にはならなかったが、当時の蒲生家の当主賢秀は六角父子は行く方知れずの身となり、南江州の諸豪族皆信長に降伏したというのに、

「わが家は六角家の被官、しかも父定秀の時以来家老職をつとめている家である。主君の敵とし給う者に降伏してなろうか。命のあるかぎり当城を守りぬく」

と宣言し、城を修理し、糧食をとり入れ、防守の計に余念がなかった。

信長は柴田勝家・蜂屋頼隆らをつかわして攻撃させたが、賢秀の防守は巧妙で勇敢で、寄手は攻めあぐんだ。

伊勢の神戸《かんべ》友盛は賢秀の妹聟だ。友盛はこの年二月、信長が伊勢北部を攻略した時に信長と和睦し、信長の三男信孝《のぶたか》を養子に迎える約束などして、織田党となっていた。信長はこの友盛を召した。

「蒲生賢秀はそなたの妻の兄じゃというが、なかなかの者じゃな。武勇のほどもじゃが、今の世にはめずらしい義理がたさじゃ。気に入った。あれほどの小城にこもっていることなれば、いくら強うても攻めつぶすに造作はないが、むざむざと殺してのけるにはおしいわ。そなた行って開城するように口説いてくれんか」

「かしこまりました。あれは馬鹿正直といわれているくらいの者でござるが、それだけに性根は頼もしゅうござる。見事口説きおおせましたら、お役に立つ者となるでござろう」

といって、友盛は日野に行って、賢秀に会い、心をこめて説諭したので、賢秀もやっと得心し、開城降伏することにした。

定秀は氏郷の祖父、賢秀は父だ。義理がたいのが家風であったことがわかるのである。ちょっとここで言っておく。賢秀という人は臆病もので、当時はやった日野節の小唄に、

陣とだに言へば下風《げふ》おこる
具足を脱ぎゃれ、法衣《ころも》召せ

とあるのは、賢秀のことを言ったという説がある。下風はオナラのことだ。すなわち、戦さといえば心臆してオナラばかり出なさる、よろいなんぞぬいで、法衣を着た方がよいと、嘲《あざけ》ったのだというのである。しかし、賢秀のことを唄ったのではないと幸田露伴翁が考証している。六角氏のために節義を守って日野城に籠って拒戦した賢秀が臆病であろうはずはない。

さて、賢秀は降伏のために信長の陣へ出かけたが、その時、子息鶴千代を同道した。

後の氏郷だ。当時十三であったという。

信長は十三の鶴千代を見て、

「この少年の骨柄《こつがら》、世の常ではない。成長の後が楽しみじゃ。やがておれが娘の聟にしよう」

と言って、岐阜にとどめて側近く召使うことにし、忠三郎という名前をくれた。忠三郎の「忠」の字は、当時信長の官が弾正忠であったから、その忠の字をあたえたのであるという。

以上は藩翰譜の説だ。弾正忠の忠は弾正台の第三官で他の役所の丞・尉・掾に相当し、弾正ノジョウと読むのが故実だが、この時代にはそんな故実は忘れられて「チュウ」と読んでいたようであるから、忠三郎もチュウ三郎と読んでいたのだろうと思う。

この藩翰譜の伝えは、そのままに信ぜられない。この当時の英雄は人をほめてその心を攬《と》ることが皆うまい。豊臣秀吉など最もそれの巧みな人で、やたらに「天下一」とか、「当代無双」とかいって、人をほめた人だ。正直に受取ってならべ立てたら、天下一が何十人出来ることになろう。信長も秀吉ほどのことはないが、なかなかほめ上手だ。だから、この時、賢秀の心を攬《と》るためその息子をこんな調子でほめたのだろうが、本心は氏郷を人質にとるにあったのであろう。蒲生氏郷記には明らかに「証人（人質の意）として岐阜へ差しこさる」と書いてある。

また、氏郷が後に信長の女《むすめ》と結婚させられたのは事実であるが、信長がその気になったのはこの時ではなく、何年か後のことであろう。

鶴千代改め忠三郎は信長の小姓のような形で側近に侍することになったが、その頃のこととして、こんな話が伝わっている。

稲葉一鉄は美濃士《ざむらい》で、文武兼備の武将として、当時有名な人物であった。信長は一鉄を愛し、呼んではよく軍物語をさせて夜ふけまで聞いて楽しんだ。信長の小姓らは年若であり、よく居ねむりしたが、忠三郎だけはまばたきもせず一鉄の口もとを見つめ、熱心に聞いていていて、飽く色がなかったので、一鉄は信長に、

「蒲生が子はただものでありません。成長の後は必ずすぐれた武将となるでござろう。拙者の見る目は違《たが》わぬはずでござる」

と言ったところ、信長も同感であるとうなずいたと、氏郷記にある。

初陣は十四の時、すなわち信長の許に近侍するようになった翌年である。信長は南伊勢に兵を出し、南北朝以来の伊勢国司北畠家を攻めたが、その本城ともいうべき大河内城の攻撃戦が、忠三郎の初陣であった。この時氏郷には蒲生家譜代の勇士結解《ゆげ》十郎兵衛・種村伝左衛門の二人が付添っていたのであるが、忠三郎は二人に先き立ってよき敵を討取って首を上げたので、信長の感賞は一方でなく、手ずから打鮑《うちあわび》をとってあたえたという。

この時代の初陣の際には、普通の階級なら親戚や知合いのものなれた武者がつきそい、身分ある者なら家来の中の勇士がつきそって、いろいろ指導して手柄を立てさせ、これ

を「取飼《とりこ》う」といったのだ。場合によっては首をとってやることもあった。しかしそれをカンニングとして排斥はしなかった。さしつかえないことにしていた。初陣の場合にかぎらない。戦場においては貰い首でも功名したという。敵の戦力をそぐという点では効果があるからであろう。

忠三郎はその介添役の勇士らに先き立って敵に突入し、よき敵を討取ったのだから、天性の勇者といってよい。わき目もふらず稲葉一鉄の武辺ばなしを傾聴して、戦場における心得をすでに知識としてたくわえていたためであろう。

その年の末、信長は忠三郎を元服させて、教秀《のりひで》(一に賦秀《のりひで》)と名のらせ、自分の三女と結婚させて日野に帰した。忠三郎十四、女《むすめ》は十二であった。

忠三郎が氏郷と改名したのは、いつのことかわからない。以後便宜上、氏郷で通す。

## 三

氏郷は信長の征戦に従うごとに目ざましい武功を立てているが、戦争ばなしとしてはそれほどおもしろいものではないから、書かないが、氏郷の戦闘のしぶりが、必ず部下の兵の真先きに立ち、自ら手をくだして戦い、決して自分は安全なところにいて采配を振ってばかりいるのではなかったことだけは言っておきたい。

こういうことは兵員の素質にもよることで、一概には言えない。たとえば甲州武士のように勇敢な兵士をひきいての戦いなら、信玄のように「動かざること山の如く」かまえて、本陣にあって軍配うちわを打ちふって指揮していても、見事な戦いが出来るが、江州や美濃・尾張などのような当時の文化地帯で、地味豊沃《ほうよく》、気候温暖な地域の兵は大体において懦弱《だじやく》なのが多いから、大将が真先きに立って働くことによって気を引き立てる必要があったと思われる。

氏郷とその父賢秀が男を上げたのは、天正十年の本能寺の事変の直後であった。本能寺事変の起こった時、賢秀は安土城の留守役として安土におり、氏郷は日野城にいた。事変がおこったうわさが安土城にとどいたのは、事変のおこった日の午前十時頃であった。

皆信じなかった。口にする者もなかったと総見記にある。こんないまいましいことをうっかり口にしたあとで信長に知れては、どんな目にあうかわからないからであろう。絶対独裁君主たる信長の家中らしいのである。

しかし、そのうち京からの落人《おちうど》らが逃げかえってきて、明智の叛逆が事実であり、信長も信忠も切腹したことがわかった。せきを切ったように城中はさわぎ立ち、それは城下にまでおよんだ。

賢秀は心きいた家臣を城下に出し、

「両君ともに光秀がために生害遊ばされたとはいえ、さわいではならん」

と触れまわらせたが、さわぎはおさまらない。それはそうだろう。織田家の武士らが狼狽周章するのは武士としてあるまじきことで、心を静めて指令を待つべきだが、一般町人までさわぐなというのは無理だ。当然光秀勢は安土を目がけて押し寄せてくるであろうし、来れば合戦の巷になるのだから、疎開に奔走するのは当然のことだ。しかし、賢秀としては町人共がさわげば武士共も心が乱れて来るので、制止命令を出さざるを得なかったのであろう。賢秀という人が才気のある人なら、奇策も案出できたであろうが、この人は前章でも書いたように馬鹿正直といわれたくらい義理がたい一方の人だ。「こうなっては、うろたえず、城を枕に討死」と一足とびの覚悟をきめていたのである。

信長夫人の生駒氏は、英雄信長に連れそってはいても、烈婦でもなんでもない。普通の婦人だ。賢秀を召して、

「そなたの居城日野へ連れて行ってたもれ」

と、泣きながらいく度も頼んだが、賢秀は、

「それはなりませぬ。故右府様のみ台様ともあろう方が、この期《ご》におよんで、さような未練はよろしくござらぬ。いさぎよく散ってこそ、さすが右府様のみ台様でござる」

と、きついことを言ってはねつけた。

ところが、織田家中の美濃侍や尾州侍の連中がそれぞれ妻子を引き連れ、勝手に退去しはじめ、はかばかしい合戦も出来そうもなくなった。

こうなっては、いくら賢秀が義理がたくても、どうにも出来ない。信長夫人をはじめ居合わす信長の一族や女中らを日野へつれて行って守護することにし、急使を日野に出した。

氏郷は頭の働きの敏活な男だ。この頃にはもう日野にも本能寺の変報はとどいていたろうから、出陣の用意をしていたと思われるが、父からの知らせを受取ると、直ちに手勢五百騎をひきい、輿五十丁、鞍おき馬百頭、駄馬二百頭を用意して、安土に向った。

これで、信長夫人以下は無事日野城に引きとることが出来た。

感ずべきことはこの時にあった。安土城を出る時、夫人は賢秀に、

「お城に火をかけよ」

といったが、賢秀は、

「故右府公が年来心をつくして築き給うた天下無双の名城でござる。拙者にはそれは出来ませぬ」

とことわった。

「さらば金銀財宝など、敵に乱捕《らんどり》にされることまことに無念、その方につかわす故、持ち去るよう」

と、夫人はまた言ったが、

「敵に乱捕されることは無念ながら、この期《ご》に私《わたくし》を営んだと批判されては口惜しゅうござれば、それも拙者には出来申さぬ。賊兵らこの城に入って乱捕すれば、冥加《みょうが》忽ちに尽き、自滅を招かんこと必然、幸いなことでござる」

と答えて、一毫《いちごう》もとらず、金銀財宝等の目録を代官木村某に、城と共に渡して、日野に向ったという。

賢秀は知謀の将ではないが、この義理堅さと清白さはまことに見事である。信長はかつて六角承禎にたいする賢秀の節義の守りようを見こんだのだったが、その目がねに狂いはなかったといえよう。

蒲生父子が信長夫人や奥女中らを守護して日野へ引き取ったのは、本能寺事変の翌日三日の午後二時頃であったと、信長公記にあるが、翌々日の五日の早朝には明智光秀が大兵をひきいて押し寄せて来、安土城を占領し、金銀財宝をとりおさめ、部下の者共にも分ちあたえた。

戦国乱離の世ではあっても、弑逆《しいぎゃく》が大悪であり、従って世間が好意を持たないことはいうまでもない。光秀の家臣らにしても、何となく心にひるむところがある。そのひるみを立てなおし、自分のために働かすためには、将士らの物欲に訴え、それを満足させるより方法はない。光秀が金銀財宝を惜しまず分与したのはこの意味からであろう。

彼はまた味方がほしくもあったに相違ないから、安土からせいぜい五里の日野にいる蒲生父子を敵にまわしたくなかったはずだ。この頃の蒲生氏は領地高からいっても、従って軍勢からいっても、大した勢力ではないが、もし味方になってくれれば味方の気勢が大いに上るし、こういうことは勢いだから、相当な大名が味方に投じてくることも考えただろうと思う。

だから、伝えるものはないが、誘いの使者を出したかも知れない。それとも、「あれは聞こゆる馬鹿正直で、普通の理のわからぬ男じゃ。話をかけるだけ無駄じゃ」というので、打捨てておいたろうか。

ともあれ、この大変に際しての蒲生父子の態度と働きとは、秀吉の気に入られて、光秀がほろんだ後、光秀に味方した武士らの江州における所領五千石を、秀吉は氏郷にあたえたと、藩翰譜にある。秀吉が信長の権力を受けついだのは、柴田勝家滅亡後のことで、山崎合戦の後一年近く間があり、その間は信長の遺臣中のおも立った者の合議でことを決しているが、何といっても光秀をたおして主君の仇を討ったのだから、秀吉の発言権は大きい。秀吉が提議して、諸将も承認し、この運びになったのであろう。

秀吉と柴田勝家との対立は、前述のように一年近く、満十カ月つづき、信長の遺臣らはそれぞれにいずれかに味方したが、氏郷は秀吉側についた。このために、蒲生家方から言い出したことか、秀吉側から言い出したことか、多分秀吉が所望したのであろうが、氏郷の妹が秀吉にさし出されて、その妻の一人となった。この人は後に三条殿といわれるようになった人である。

妻が一人に限るという習慣が確立したのは江戸時代になってからのことである。それ以前は身分の高い人は何人でも妻があった。もちろん嫡妻は一人である。秀吉が淀殿をはじめ大名の家からもらって寵愛した女の大部分は妾ではなく妻である。三条殿はこういう意味の妻である。三条殿に人質の意味のあることは言うまでもない。

# 四

柴田勝家がほろんだのは、本能寺事変の翌天正十一年四月のことだが、勝家は信長の三男三七信孝と通謀していた。だから、秀吉は勝家が越前から北江州に出てくる前に、信孝方の北伊勢を攻略しつつあったのだが、柴田が出て来たと聞いて、あとを信長の次男信雄《のぶかつ》と氏郷にまかせて、北近江に急行し、あの有名な賤ヵ岳の合戦をし、柴田軍を痛破し、逃ぐるを追うて北ノ庄（福井）に追いつめ、自殺させたのである。

こんなわけだから、伊勢の信孝党は土崩瓦解《どほうがかい》だ。信孝方の兵はちりぢりになり、諸城皆降伏し、信孝は居たたまらず、知多半島の内海《うつみ》に逃れたが、ここで切腹させられてしまった。内海は昔の野間ノ庄のうちで、平安末期、平治の乱をおこした源義朝が戦い敗れて京をのがれ、関東へ行こうとして、ここの住人長田忠致《おさだただむね》が源氏累代の家人なので、馬と食糧を乞うために立寄ったところ、忠致父子にだまし討にされた土地だ。それで、信孝は、

昔より主を内海《うつみ》の浦なれば
むくいを待てよ羽柴筑前

という辞世を詠んで切腹したという。藩翰譜によれば、氏郷はこの武功で、秀吉から

伊勢亀山の城をくれるといわれたが、氏郷は、

「亀山は関氏相伝の城でござれば、関にたまわりとうござる」

と、辞退したという。当時の関氏の当主である一政とその父盛信ははじめ信孝方であったのだが、この戦争のはじまる前から秀吉に降伏を申し送っていたから、秀吉が氏郷らにあとをまかせて北近江に去ったあとは、万事氏郷の指揮を仰いで、寄騎のような形になっていたのであろう。だから、氏郷としてはいろいろ厚遇してやりたかったのであろう。

戦国の武将にとって何よりもうれしいのは封地を加増されることである。自らにあたえられたものを辞退して他に譲るというのは、なかなか出来ないことだ。氏郷が父《おや》ゆずりの清白な性質であったことがわかる。藩翰譜によると、彼が飛騨守に任官したのはこの年であるという。

勝家がほろんだ翌年四月、秀吉は信長の次男信雄に頼まれた徳川家康と、尾張・伊勢の野で戦い、ついに小牧・長久手の合戦に発展して行った。

この戦争は家康六分、秀吉四分の戦績で、秀吉にとっては名誉ある戦いではなかったが、氏郷は秀吉方として、諸所の戦いで度々武功を立てている。その中で、氏郷記にある話はこうだ。

秀吉が徳川勢を追って清洲城の塀ぎわまで追いつめたが、そこを退却するにあたって、しんがりを誰にしようか、へたをすると敵に追撃されると思いなやんだ末、

「飛騨つかまつれ」

と命じたところ、氏郷は、

「かしこまりました。心やすく思召され候え。敵が出てまいりましたなら、一まくりにまくり返し申しましょう」

と答え、見事にしっぱらいして、敵に慕わせなかった。

この時の戦さは、徳川方では長久手で秀吉の別働隊に痛烈な打撃を与えた名誉を最後まで守りつづけようとして、あとはいくら秀吉が仕掛けても相手にならず、守りをかたくして小牧の砦にこもっていたので、秀吉としては施すに手がない。といって、いつまでも留まってはいられない。引き上げることにしたが、その殿軍がまた大へんだ。へたな引き上げをして、徳川方の追撃が成功すれば、敗戦に敗戦を重ねたことになって、秀吉の評判はガタ落ちになり、やがて天下の大勢にも影響するかも知れない。しかし秀吉は前の清洲城での氏郷のしっぱらいぶりを見ているので、

「飛騨、こんども頼むぞ」

と命じた。氏郷が快諾し、見事な殿軍ぶりを見せたことはいうまでもない。この時氏郷は二十九である。

氏郷はこのことを、

「敵が慕わなんだゆえ、はなばなしい戦さをすることは出来なんだが、慕わせぬようにするのが、しっぱらいでは最上のはたらきなのじゃ。ともあれ殿下ご一代中のおん大事

な場を、わしに仰せつかったこと、武士としての面目この上もない」

と、生涯ほこりにしたというのである。

これらの功によるのであろう、この年、氏郷は伊勢松ヶ崎で十二万石に封ぜられた。日野では六万石だったというから、二倍の所領になったのである。

松ヶ崎は今の松阪市にある。ここの東南、元近鉄伊勢線の松ヶ崎駅のあるあたりに、松ヶ島城址がある由。文藝春秋校正部の調べである。織田信雄の部将滝川雄利《かつとし》の居城だったのが、小牧・長久手合戦に付随して行なわれた戦闘で秀吉方のものになったのである。まぎらわしいが、松ヶ崎は地名、松ヶ島は城の名である。

氏郷はここに四年いて、十六年、松坂に移り、新たに城を築いて、ここを居城とした。松坂という名称も彼がはじめたのだという。その以前は四五百《よいお》の森（松坂城のあった土地）の旧城址をとりかこんだ田野《でんや》であったらしいのである。ここは江戸時代を通じて日本有数な商業都市として栄え、三井家などもここから出たのであるが、ここを都市計画をもってひらいたのは氏郷である。彼の本貫である江州日野は戦国時代には商業の盛んなところで、江戸時代になって有名になった近江商人の大部分は日野から出ているといわれているくらいであるから、彼は転封の時、商人共を連れて移ったに違いないのである。武辺一方の人物でなかったことがわかるのである。

# 五

氏郷が日野から松ガ崎に入部した時のこととして、古今武家盛衰記という書物と蒲生軍記という書物に、こんなことが書いてある。

この入部にあたって、氏郷は諸士にこう命令した。

「もし行列進行中、隊列を乱したり、勝手に途中で停止する者は、斬って見せしめにする。皆々かたく心にいましめ、決してそむいてはならん」

ところが、福満次郎兵衛とて、武勇すぐれ、度々の武功もあり、氏郷の気に入りの豪傑があったが、途中馬の沓《くつ》がはずれかけたので、行列をはずれ、沓をかえた。この頃の馬の沓は蹄鉄ではなく、わら沓だ。ひもが切れたか、ゆるんだかしたのであろう。

氏郷はこれを見て、こまったこととは思ったが、

「軍法は乱すことは出来ぬ。ふびんながら斬れい」

と、目付の外池甚五左衛門・種村慮斎に命じて斬らせたという。

蒲生軍記には信賞必罰は政治の要諦であると激賞して書いているが、武家盛衰記には福満の妻子が大いに氏郷をうらんで死に、福満と妻子とが蒲生家に代々たたりをなしたと書いている。迷信深い時代のことであるから、氏郷の子孫らがノイローゼになったことは考えられないことはないが、これは氏郷の処置が当然であろう。多数の人の上に立ち、これを統率して行かなければならない立場にある人は、個人的の感情には愛憎とも

に溺れてはならないのだ。いつも広く、また遠い将来まで影響するところを考えての、大局的判断が必要であろう。

　こんどの大戦に従軍してのぼくの感想だが、刻烈なまでに軍紀の厳正であった兵団は、その司令官が更迭して二代目三代目になった後まで軍紀の乱れることが少なく、なまじものわかりがよく、愛情が豊かであるといわれる人が初代の司令官であった派遣軍は、軍紀上いろいろと問題が多く発生し、後に戦犯裁判にかけられた率が多かったように思う。将軍の将兵にたいする愛情はプライヴェートな場合のことだ、公的な場合には厳格であればあるほどよく、それがまた大きな愛情になりもすると思う。

氏郷は松ヶ島城に入った夜、寝られないらしく、嘆息の声がしきりに室外に漏れ、翌朝は何となく浮かない顔をしていた。増封されてうれしかるべき時なのに、こうであるのは、福満をおしんでのことであろうと、蒲生軍記は記述している。

　この頃、伊勢に木造左衛門佐具正《こづくりさえもんのすけともまさ》（長政ともいう）という武将がいた。元来は伊勢国司北畠氏の一族で家臣であるが、織田信雄が北畠氏の養子となって一時北畠氏の当主になったころから、信雄に属して秀吉方と戦ったのであるが、その城は松ヶ崎と阿濃津の間にあって（諸書によって城の名が違うが、この地域の久居《ひさい》町内に木造という村落がある。いずれその近くであろう）、ここにこもって秀吉に降伏しようとしない。そればかりか、阿濃津城の支配する地域に兵を出して、しきりに荒しまわる。青田刈りしたり、民家に放火したり、財物を強奪したりだ。阿濃津は氏郷が松ヶ崎をもらう以前に、信長の弟である織田信包《のぶかね》がもらって入部していたのである。信包は兵を出して征伐したが、どうしても勝つことが出来ない。

氏郷が松ヶ崎に入部すると、木造はこんどはこちらの方に鋒先を向け、氏郷領のおりから黄熟して刈り入れを待つばかりの田を刈りとったりなどしてあばれる。氏郷はその度に兵を向け、自ら真先きに立って敵中に駆入って攻め破ること十二度におよんだ。木造は無念に思った。

「織田上野殿の勢は歯も立たぬわれらの勢が、あの江州ものには戦うたびに破らるる。無念なことかな。さらばすべき様《よう》にこそあれ」

と、一夜、小川内（近鉄大阪線に小川という駅あり）というところに伏兵をおいて、そのこちらに軍勢をくり出して来た。

氏郷は報らせを受けると、すぐ兵をひきいて城を撃った。敵はよきほどに戦って予定のごとく退却した。伏兵らは一斉に鉄砲を撃ちかけた。

氏郷の兵らはおどろいて、

「これではかかれぬ。敵には備えがある」

と言いながら退却にかかったが、ふとふりかえってみると、ただ一騎敵に突入し、おめき叫んで戦う者がある。おりからの月の光に、その武者のかぶった冑が銀色にかがやききらめいている。氏郷の冑、銀の鯰尾《なまずお》の冑だ。

「やあ、殿だぞ！」

というや、一同どっとさけんで引返し、縦横に奮撃して、ついに敵を追いくずし、討取るよき首十八、かちどきをあげて城にかえったと、氏郷記にある。
勇敢おどろくべきものだ。これがかいなでな武将なら、自分も退却にかかり、追撃され、引足立った時の兵はおそろしく臆病になっているものだから、さんざんに打ちなされ、最も見苦しい敗戦となるところだ。氏郷はその勇敢と戦機を見る機敏さによって、凶を転じて吉としたのである。この時氏郷は三十前後だ（氏郷記に二十六とあるは誤り）。天性の将器といってよいであろう。

# 六

氏郷記には木造氏との戦いにこんなことも記述している。木造勢が小川内の川末までとあるから、小川が雲出川に注ぐところだろう、そこまでくり出して来たというので、氏郷は早速出陣した。敵は日暮になって退却にかかった。これが計略的退却であることを氏郷は知っていたが、

「何ほどのことがあろう、踏みつぶせ！」

とばかりに真先きかけて追撃した。白馬に乗っていたというから、危険千万なことだ。癇《かん》の強い馬だから飛ぶがごとく、はるかに味方に駆けはなれて進み、小川にかかった石橋を駆けわたった時、橋の袂に「天景寺の勘太郎」という敵の勇士が待ちかまえていて、ひらりと飛び出すや、抜きそばめていた刀で馬の平頸《ひらくび》めがけて斬りつけた。あやま

たず、平頸を斬りおとした。勘太郎どんは氏郷が馬からはねおとされるところを斬りつける
どうと馬はたおれる。

つもりであったろうが、氏郷はひらりとおり立っていた。勘太郎は切りつけた。氏郷は受けとめたが、体勢の定まっていない時だ、旗色大いに悪かったが、その時氏郷勢があとから多数駆けつけて来たので、勘太郎はどんどん逃げ出した。

「逃げるか、卑怯者！」

氏郷は追いかけたが、ついに追いつかなかった。「敵達者ものにて逃げのびぬ」とある。この戦さでは敵の首二十三討取って城に帰ったという。

こんな工合で、木造勢にたいしては常に勝ちを得はしたが、徹底的な打撃をあたえることが出来ないので、いつまでもやって来る。青蠅みたいだ。うるさくてならない。氏郷は忍びの者を多数放ち、

「敵の出づるを見たならば、鉄砲を打て。聞きつけた者は次第に打ちつげよ。さすれば城に達することになる」

と命じたが、敵もまた工夫を凝らした。

「あの江州ものは、いつも真先きかけて来る。これを工夫の種にし、やつを討取ってくれよう」

木造左衛門佐の案じ出した戦術は——物頭をし、口をもきくほどの兵《つわもの》と、氏郷記にあるから兵隊の位で言えば佐官級くらいの武士だ、それを全部氏郷領の曾原（津と松坂と

の間の海沿い三雲村にこの字名《あざなめい》あり）へ出して、要所要所に伏せておき、氏郷がれいによって真先き駆けて来るのを討取ろうというのであった。

準備成って、九月十五日の夜であったという。いつものように木造方は蒲生領に入って刈田をはじめた。これを氏郷方の諜者らが見つけて、申渡されていたように鉄砲を放って報じた。次ぎ次ぎに打ちつぐ鉄砲の音を聞きつけた氏郷は、二千の兵をひきいて駆けつける。「月さやかにて日中の如し」と氏郷記は描写している。晩秋満月の夜だ。冴えに冴えて明りわたっていたろう。

氏郷ほどの武将だ、敵の計画をはっきりとは知らなくても、何となくキナくさいものを感じたであろう。曾原から三十町ばかりの地点で一時停止し、軍勢を千百と四百と五百との三隊として、戦術を告げた。

「千百隊はここにとどまりおれ。四百隊は先ず進んで刈田している敵を追い散らせ。必定、敵の本隊が出てかかって来るであろうから、よいほどに戦って退け。おれは五百隊をひきいてここから三、四町進んで待ちかまえていて、それを収容し、勝ちほこって進み来る敵と戦う。しばらく戦ってここまで退《ひ》いて来て反撃に転ずる故、千百隊は機合《しおあい》を見ておこり立ち、敵を引っ包んでしまえ。あわててあせるなよ、必ず機合《しおあい》を見ておこり立て」

と、くわしく言い聞かせておいて、先ず四百隊を出し、次に五百隊をひきいて進んだ。

計略は予定の通り進み、最後の段取りの敵味方全軍の合戦となったが、木造方も今夜はよほどの決心で来ている。崩れ立つべきところが崩れず、実に頑強に戦う。

「小癪なやつばら！」

氏郷は最前線にあって、駿馬をあおって敵中に突入し、縦横に馳駆《ちく》して奮撃した。

「四角八面にかかって破り、突き倒しては駆けまはり、乗り散らし乗り返し戦はる」と氏郷記は叙述している。大激戦になり、外池・長吉・黒川・西・田中などという氏郷秘蔵の勇士らが戦死したというのだから、いかにはげしかったかがわかる。氏郷もあとで調べてみると、鯰尾《なまずお》の冑に鉄砲玉のあと三カ所、具足にも数カ所のきずがあったが、身にはかすり傷一つ負わなかったという。

ついにさすがの敵もくずれ立ったので、逃げるのを追うて敵の城下まで追いつめた。よき武者の首三十七、冑付きの首（高級将校の首）三十六、討捨てにした雑兵数知れずというほどの戦利であった。

感ずべきはこの時のこれからの氏郷の戦略だ。

氏郷の重臣らは、敵の本城まで攻めつけたことなので、

「この勢いに乗って城へ乗入り申そう。木造は今や肝魂《きもだましい》も身にそわずおりましょう。何の手間ひまいりましょう」

ときおい立ったが、氏郷は、

「いかにもその方の申す通りじゃ。この城を落すことはわけはあるまい。しかし、ここで木造をあくまでも攻殺す手に出ては、敵方の他の城もどうせ攻め殺されるのじゃと、

死に狂いの抵抗をするようになるであろう。そうなっては、あとがめんどうじゃ。今夜の戦さで、木造方の物頭ぶんの者の半分以上を討取り、またよい武者も多数討取った。木造の戦力は前の半分以下になったわけじゃ。大方明日は降伏を申込んで来るであろうよ。そうしたら、ゆるしてやるつもり、まあ見ているがよい」

と言って、城から十町ばかり引取って陣取った。

すると、あんのじょう、翌日木造は降参を申込んで来た。氏郷はこれをゆるしたばかりか、

「何なりと所望に応じよう」

といった。木造は主人でござれば長島（木曾川河口）城の信雄の許にまかりたしという。

「よいとも」

即座に承諾し、長島までの道中の伝馬や人足まで申付け、ねんごろに送りとどけてやった。

これが評判になると、木造に荷担していた付近の小城《こじろ》にこもる武士達は皆降伏して他に去ったり、帰農したり、氏郷の被官になったりしたという。

戦術には読心術——心理分析的面が多いのであるが、巧妙なものである。氏郷のこの時の年齢を考えると、老成おどろくべきものだ。天成の名将なるかなの感がある。

次ぎに氏郷が戦功を立て、天下に名を揚げたのは、秀吉の九州征伐の時だ。

## 七

当時九州は薩摩の島津がほとんど全九州を席巻して、のこるところは大名としては大友一氏、土地としては豊後全土と豊前・筑前の各々一部だけであった。秀吉の九州征伐の直接原因は大友氏の哀願であった。

征伐の最初の着手は天正十四年晩秋であった。秀吉は先ず先発隊として、長曾我部元親・十河存保《そごうまさやす》、仙石秀久（権兵衛）の三人をつかわした。土佐・讃岐・淡路、三人とも四国大名だ。

この先発隊が十二月中旬、豊後の戸次川《べっき》の合戦で散々に島津勢に撃破され、十河は戦死、長曾我部の長男信親も戦死、元親と仙石とはいのちからがら四国に逃げかえった。第一着は失敗だったのだ。

秀吉は翌年春、親征の途につき、三月二十五日に赤間関《あかまがせき》についた。

秀吉が九州についた時、北九州に出張っていた島津勢は、北九州を去って薩摩・大隅・日向の南半に引き上げてしまっていた。島津に征服されて間のない北九州の諸豪が秀吉が来ると聞いて、安心ならない様子を見せはじめたので、本国で戦うのを有利と見たわけであろう。

ところが、この北九州に二つだけ島津方の城があった。

一つは筑前の秋月《あきづき》城であり、一つは豊前の巌石《がんじやく》城だ。両城とも秋月の秋月種実《たねざね》の持城《もちじろ》である。島津氏にたいしてなにか特別な義理か友愛があったのであろう、争って秀吉に降伏を申送る北九州の諸豪の中で、ただ一人反抗の色を見せ、両城を堅固に守っているのであった。秀吉は両城の地形を見て、巖石城にはおさえの兵をおいて先ず秋月城を攻めることにした。巖石城は天然の要害に位置している上に、ここに籠《こも》っている熊谷越中守久重と芥川六兵衛というのがなかなかの豪傑であり、兵も三千あるという。親征の第一歩に攻めあぐむようなことがあっては、去年の先発隊の失敗があるだけに、関白軍の権威に関する。

「上方のへろへろ武士共が相手じゃったけん、あぎゃん勝たしゃったとばい。九州にござってはまるでザマのなかと。いッちょんおそろしゅなかばい。こぎゃん風じゃ薩摩征伐も怪しかもんたい」

と、言い出さないものでもないし、島津に心を通ずる者が出ないものでもないし、そうなれば戦局もはかばかしく進まないであろうし、それはやがて中央や東国の形勢にも影響して来るであろう。

秀吉としては大事をふむ必要があったのである。

この巖石城のおさえを命ぜられたのは、前田利家の子前田利長、秀吉の養子羽柴秀勝（信長の実子）、それと氏郷であった。

氏郷は気性のはげしい人である。秀吉軍の主力が秋月城攻めにどんどん行進して行くのに、あとにのこって城のおさえなどしているのが無念でならない。巖石城を攻めおとしてやろうと思い立った。

そこで、先ず偵察にかかる。ものなれた武者二人に、巌石の山の麓一帯をよく見てまいれ、どうやらおれの目には麓の在所には人がいないように見ゆる、と命じた。

「かしこまりました」

二人は出かけて行ったが、やがて帰って来た。

「仰せの通り一人もいません。在所の家々に立退く際に食したと思わるる飯のかけらなど散らばっていましたが、すべてカチカチにからびております。よほど前に立ちのいたと思われます」

「いつ頃じゃと思うか」

「さあ、それは……」

と顔を見合わせているばかりだ。

氏郷は布施次郎衛門（原文のママ）・土田久介というさらに心得のある武士をえらんで、しかじかである故、念を入れて見てくるよう、と命じてつかわした。

二人は出て行ったが、帰って来て、

「飯粒以外にはとくべつなことは見当り申さず、いつ退《の》いたかわかりません」

と、報告する。氏郷は三度人をつかわす。こんどは蒲生四郎兵衛をつかわした。氏郷が姓をあたえて重役にしているほどの武士だ。なぜ氏郷がこうまで念を入れたかというと、この城の攻撃を秀吉に乞う決心でいたからだ。

「かしこまりました」

四郎兵衛は出て行ったが、帰って来て、

「巌石城の麓の在所の者共は十日以前に立退きました」

と、はっきりと言った。

「ほう、その理由は？」

「路面に足あとが見えませんが、これは雨のために消えたのであると判断します。雨は十日前に降っただけで、その後は天気つづきでござる。すなわち十日以前に立退いたこと疑いないと存じます」

「よく見た」

氏郷は感心し、家老の町野左近を呼び、

「その方関白殿下ご本陣へまいり、巌石城は攻め落し得べき体に見えますれば、攻撃おゆるし下さるようと、お願い申してまいれ」

と命じた。

町野は秀吉の本陣へ行き、牧野兵部大輔・戸田三郎四郎をとり次ぎとして、氏郷に言われた通り願い出た。すると、秀吉は、

「巌石は聞こゆる名城である上、武勇すぐれた者共が数人大将としてこもっている。もし攻めあぐむようなことがあっては、影響するところ大である。もちろん攻落せばよい影響のあることはわかっているが、冒険にすぎる。先ずはやめにせい」

とて、許さなかった。

氏郷は左近の復命を聞き、また左近をつかわして、「必ず易々《やすやす》と攻落し申すべし」と言わせたが、秀吉はやはり許さない。氏郷は三度《みたび》乞うた。ついに秀吉は承知して、

「さほどまで申すならば許そう。もし攻めあぐみたらば切腹つかまつれ」

と、言った。

このへん秀吉の機略の存するところであろう。秀吉ほどの人だから、氏郷の口上を聞いて、やってやれないことはないと悟ったであろうが、一通りのことでは成功おぼつかないと見て、氏郷を激させようとしてなかなか許可しないでおいて、最後にゆるし、こんなことばをそえたのであろう。

## 八

許可が出たので、氏郷は大いによろこび、秀吉のことばを家臣らに告げ、

「皆々討死の覚悟で働きくれい」

と、下知した。「家中の者共ひしひしと用意す」と、氏郷記は叙述している。簡潔な書きぶりが、実によく利《き》いている。

秀吉は重ねて命令を下した。

「城中の人数ことのほかに多いとのことなれば、飛騨が人数だけでは不足であろう。前

田利長・羽柴秀勝・石川数正（もと家康の家老で家康を裏切って秀吉に随身した三河武士だ）をして加勢させる。おれも明日は早朝から後詰《ごづめ》して柞原山《ゆすばる》に本陣をすえ、見物しているぞ。よく働け」

秀吉が桟敷から見物している。最も晴れがましい城攻めになったわけだ。

明くれば四月一日。

戦いは早朝からはじまった。氏郷は大手口から、前田利長はからめ手から、攻めかかった。氏郷は麓に三つの砦のあるのを即時に乗りとり、息もつかず攻め上った。城中からはさかんに鉄砲を撃ち出す。こちらもおとらず撃ちこむ。

秀吉は柞原山の上から、諸勢に鬨の声をあげさせ、金の千成瓢《せんなりひさご》の馬印《うまじるし》を打ちふらせ、打ちふらせ、声援する。

蒲生勢はついに城の木戸際まで攻め上った。敵は必死に防戦する。すさまじい戦闘になった。

「その木戸、乗り越えい！　それ行け！　それ行け！　エイヤ、エイヤ、エイヤ……」

氏郷は声をかぎりに絶叫し、叱咤《しった》した。

蒲生源左衛門・寺井半左衛門（後栗生《くりゅう》美濃）・門屋《かどや》助右衛門、岡左内などという勇士らが先きを争って逆茂木《さかもぎ》を引きのけ、壁をよじのぼって飛びこんだので、あとの兵もわれもわれもとつづき、つぎに塀をおし破り、二の丸を乗りとった。

秀吉は柞原山の上から見ていて、

「早や城は落ちるぞ！　したりや、したりや！」

とさけび、着ていた陣羽織——薄浅葱《うすあさぎ》の地に柳を繍《ぬ》い、紅梅の裏をつけたのをぬいで、使い番に持たせて、

「これを着て本丸を乗りとれい」

という口上とともに、氏郷の許にとどけさせた。

氏郷は拝謝して受けて羽織り、

「馬廻の者も、小姓共も、残らず本丸へかかれい！」

と下知して、真先きに立って突進したので、兵共もためらわない。蒲生勢一同火水になれとはげしい攻撃を加える。

これを見て、他の諸将の兵もおとらじと攻撃する。

城中では必死に防戦したが、こうなってはどうしようもない。ついに城はおち、大将熊谷越中以下討取られてしまった。

秀吉は愛馬の一つ、鹿毛にて太くたくましきに梨地の鞍をおいて、氏郷の許へひき行かせ、

「この馬に乗って本陣へ参れ」

と口上を伝えさせた。

こういうところ、秀吉の人心を攬《と》る術、なかなか巧みなものである。もっとも、理屈ではわかっていても、気はずかしくて普通の人間には出来そうもない。英雄たるには相

当以上の図々《ずうずう》しさがなければならないのである。

氏郷は今もらった鹿毛の馬にまたがり、秀吉の本陣に出頭すると、秀吉は口をきわめて、今日の働きを激賞したばかりか、蒲生源左衛門・寺井半左衛門らの家来共まで呼び出し、わざわざ彼らのさしものをとり寄せさせ、手にとって、

「おお、この指物じゃった。真先きに進んで城に乗り入ったのを見たぞ」

とか、

「おお、おお、この指物こそ、最も敵のかたまった中に飛びこみ、四角八面に敵を追い散らしたわ。胸のすくようであったぞ」

とか、いった工合にほめ立て、それぞれに陣羽織をくれた。またその他の功名のある者には、金銀をあたえた。

再びいう、秀吉はいつもこんな工合にして士心を収攬《しゅうらん》したのだ。

巌石城の即時の陥落は、全九州の人心を秀吉に定着させ、島津勢の胆をうばった。

「この響きをもつて、島津が分国数ケ所の城々ことごとく退散し、島津は居城鹿児島へ引きこもる」と、氏郷記は書いている。史実に照し合わせると順序に多少逆なところがあるが、気持としてはこんなものである。それだけに、氏郷の功は九州征伐全体を通じてならびなきものといってよかろう。

余談だが、この巌石城攻めの時に一挿話がある。

本多三弥正重というのは元来三河武士で、有名な本多佐渡守正信の弟だ。正信は三河

の一向宗門徒が一揆をおこした時、一揆側にくみし、徳川家を浪人したのだが、多分三弥もその時一緒に浪人したのだろう、この頃は氏郷の家来になっていた。三弥は有名な荒者《あらもの》で、生涯誰に向ってもツケツケとものを言い、そうした逸話が多数伝わっている人だが、この時、氏郷が軍勢をはげますため、自ら貝を吹こうとすると、鳴らなかった。三弥はそれを見て、

「総じて腰抜けの吹く貝は鳴らぬものでござる」

と言った。氏郷は怒り、その方吹いて見よ、鳴らずば生《い》けておかぬと、刀のつかに手をかけると、三弥は貝をとり上げ、高々と吹きならし、

「剛の者の吹く貝、お聞き候か！」

と言いすて、槍をとって、敵中に突進して行ったという話がある。

## 九

蒲生軍記によると、この巌石城攻めの時、軍令にそむいて氏郷から浪人を命じられた者が数人ある。本多三弥・岡半七・西村左馬助まではわかっているが、この他にもまだあったらしい。本多三弥はこの後加賀の前田家につかえたりなどして、慶長元年に徳川家に帰参している。兄貴の正信がこの以前帰参して、家康の謀臣になっているから、そのとりなしがあったのであろう。

岡半七は、京都に帰り、僧となって黒谷の寺院に入って生活していたが、氏郷が京に

凱旋したと聞くと、坊主あたまに煤《すす》けた頭巾をかぶり、破れ衣を着て、氏郷の通る道筋に待ちかまえていて、わざと付近の人家に食を乞うたり、通る人々に袖乞いしたりした。氏郷は、

「やあ、あれは半七ではないか。つらあてをしおる！」

と、腹を立てたという。

この話はいろいろに解釈出来るところがおもしろい。岡半七は氏郷の考えたように、かつて蒲生家で屈指の勇士といわれた拙者をわずかなことから、殿は乞食坊主の境遇におしおとしなされた、さぞお気色《きしょく》のよいことでござろうなとつらあての気持であったのかも知れない。あるいは、殿におひまを出されても、これこの通り乞食しても生きて行けますわいというのであったかも知れない。あるいはまた、いくら殿が厳格なご性分でも、こうなった拙者をごらんになっては少しは反省をなさいましょう、そんならお召返しあれ、帰参して進ぜましょうというのであったかも知れない。

いずれともわからないが、半七はついに帰参しなかったようである。兄である左内貞綱がずっと氏郷の死ぬまで蒲生家につかえているのに、こうであったところを見ると、第一または第二の解釈の可能性が強い。こんな例は当時勇士と称せられた武士には少なくないことであった。

西村左馬助ほか数名は、細川忠興に頼み、その口ききで帰参している。

この西村という男と、氏郷との間には有名なエピソードがある。帰参の翌日、氏郷は

何を思ったか、西村に角力をとろうと言った。

西村は「はっ」と答えながらも、心中大いにこまった。

『実力なら負けるとは思わないが、せっかくこうして帰参をゆるされたのに、勝ってはごきげんを損ずるかもしれない。しかし、負ければ人は西村ほどの男も浪人ぐらしの苦しさに軽薄な根性になり下ったといおう。はてなんとしたものか』

と、苦慮したが、

『人は名こそおしけれ。どうなろうとままよ！』

と、決心した。

角力は座敷において行なわれた。

西村は氏郷を容赦なく投げつけた。

「無念なことかな！　今一番」

氏郷は力足ふんで挑みかかる。西村もまた力足ふんで立向った。氏郷の近習の者らは、

『こんどは負けられよ。殿のごきげんが悪くなっては、貴殿のおためになるまい』

との意味をこめて、しきりに目くばせしたが、西村はまた容赦なくたたきつけた。

氏郷は起き上り、笑いながら、

「そちの力はおれに倍しているぞ」

とほめ、翌日は知行を加増してやったというのだ。

この話は数年前の芸術祭の時、「明月若松城（？）」と題する講談となって演ぜられ、

その年度の芸術祭賞になったが、実説は会津城のことではなく、京都の屋敷でのことである。（蒲生軍記）

この時代の武将らは家臣の使い方がまことにうまい。前章で秀吉の士心収攬《しゅうらん》法を述べたが、信長などもきわめて荒っぽいやり方ではあるが、なかなか巧みだ。氏郷はどちらかといえば、秀吉の弟子というより、信長の弟子で、秀吉とは相弟子といってよい人で、いろいろなやり方が信長に似たところが多い。軍律に厳格をきわめ、犯す者は寵愛の士でも容赦しなかった点などそれだが、一面では士心の収攬に独特な巧みがある。さしずめ西村左馬助にたいするやり方がそれだが、そのほかにもある。

第一話は新たに武士を召抱える時、必ずこう言ったという。

「おれが旗本の中に銀の鯰尾の冑を着けて、必ず先陣に進んで戦う者がある。この者におとらぬように働け」

鯰尾の冑の武士とは氏郷自身なのである。

第二話。ある時、家臣らを招いて饗応したことがあったが、その風呂の火を自ら頭をつつんで焚《た》いたという。当時の風呂はむし風呂が普通で、大へんなご馳走だったのである。主人自ら焚いたのは心をこめたのである。

第三話。大和の筒井家の家来で松倉権助という者があった。何が原因になったのか、松倉は臆病者という評判が立ったので、その家に居にくくなって、氏郷のところに来て、

「拙者は臆病者と言われている者でござるが、臆病者も良将のもとではお使い道がある

と存ずる。お召抱え願いたい」

と願い出た。氏郷は、

「見どころあり」

といって召抱えたが、間もなくおこった戦いに松倉は槍を合わせて、よき首を取った。

「あッぱれ、おれの見るところに違《たが》わなんだ」

と、氏郷は二千石をあたえて物頭とした。

すると、次の合戦に松倉は人目をおどろかして、最も勇敢に戦ったが、あまりにも深く敵中に入って、討死してしまった。氏郷は、

「松倉は剛勇であり、器量も抜群で、久しく人の下になどおれる男ではないと思うた故に、取立てを急いだのだが、その恩に報いようとて無理な戦いをし、討死してしまった。今少しゆるゆると取立つべきであった。おれの思慮が浅かったため、あッたら武士を失うた」

と、近臣らに語って涙をこぼしたという。

第四話。松田金七も大和の武士だ。奈良で人と争論して打擲《ちようちやく》され、死を決して戦おうとしたが、無理に引きとめられた。以後、自分の鎧の背に金箔で「天下一の卑怯者」と書きつけた。蒲生家に来て、家中の知人に頼んで、

「われらは天下一の卑怯者でござるが、もしお役に立つこともあろうと思召さば、お召抱えをいただきたいと存ずる」

と氏郷に申入れた。氏郷は、

「つつみかくしなく正直に申すところ、見どころあり。召抱えてとらせよう」

と、禄をあたえ、鉄砲頭にしたが、果して合戦毎に功を立てた。

第五話。佐久間久右衛門安次が氏郷に召抱えられ、はじめて氏郷にお目見えした時、畳のへりにつまずいてたおれた。氏郷に侍していた小姓らはたがいに目くばせして笑った。氏郷は怒って、

「汝《わい》らは子供でものの区別というものがわからぬ故、自分と同じように思うて、彼を笑うのじゃ。佐久間は畳の上の奉公人ではない。千軍万馬の間を駆けまわって敵の勇士を討取るを職分とするものだ。汝らは畳の上の奉公を第一とする職分だ。佐久間を笑うということがあるものか」

と叱りつけたという。佐久間はいかばかりうれしかったであろう。この君のためにはいつでも死のうと思ったであろう。

第六話。橋本惣兵衛という者を一万石の約束で呼びよせたが、ある時、惣兵衛が家中の者と雑談のついでに、

「十万石の知行を賜わらば、子供一人くらいは川へ捨ててもかまわぬと思い申す」

といった。氏郷はこれを聞き伝え、惣兵衛を呼び、

「その方は知行のためには子を捨ててもよいと申した由。さてさて、たのもしげなき心根かな。それは利のためには人質も捨殺しにする心である。かかる者に高知はやれぬ。

一万石の約束であったが、千石に減ずる」

と言渡したという。

史記の斉太公世家に、首相管仲の病気の危篤になった時、桓公がその病床を見舞い、

「そなたのあと誰を首相とすべきか」

と問い、易牙《えきが》はどうだというと、

「易牙は君の御意に入ろうとして、わが子を羹《あつもの》にして献じたことがござる。人情に遠い人がらでござる。よろしくござらぬ」

と答えた。

それなら開方はどうだというと、

「開方は元来衛の公子でござるのに、親にそむいて当国に来て君につかえたのでござる。これも人情にそむいています。お近づけになってはなりません」

「しからば豎刁《じゅちょう》はどうだ」

「自ら去勢して宮中に入り、君に近づいた者でござる。人情に遠うござる。よろしくありません」

この管仲の言を用いず、三人を近づけ親しんだので、三人は権勢をふるい、桓公の死の直後内乱がおこってたがいに相攻伐し、そのため、桓公の死骸はそのまま寝台の上におきっぱなしにされること六十七日、うじが寝室の戸の間から這い出すという惨憺たることになったという。

人情に遠い人物はいかに長所があろうと重く用いないという氏郷の心は、ぼくにはまことに尊く思われる。

十

九州征伐の前年から、秀吉は京都に大仏殿の建立にかかったが、征伐をすませて帰って来ると、また大仕掛につづけた。秀吉はとくに仏教に信仰心があったわけではない。壮大なことの大好きであった彼は自分の功業の記念碑的意味をこめて、奈良の大仏より大きい大仏をこしらえたいと思ったのが理由の一つだろう。奈良の大仏は五丈三尺五寸だが、この大仏は十六丈あった。大体三倍あるというのが秀吉の味噌だったろう。もっとも、奈良の大仏は銅像だが、これは速功するために木像にしっくいを塗り彩色をほどこしたものであった。後にこれが大地震で大仏殿ともに崩れ、秀吉の死後家康が菩提をとむらうためという甘言をもって淀殿に再建をすすめ、淀殿これを承諾し、大仏は銅をもってつくられ、仏殿また壮麗をきわめて再建されたが、その落慶式を行なうにあたって、鐘の銘文について家康が文句をつけ、大坂の陣となり、ついに豊臣家滅亡となったことは、皆様ご承知のことだ。功業の記念碑が家を滅亡させる動機となったのだ。皮肉である。

秀吉が大仏殿を営んだもう一つの大きな理由は、自分の威勢のさかんな様子を天下に誇示して、諸大名をふくめての天下の人に自分にたいする畏敬の念を生じさせ、その叛心を封じようというのであったろう。秀吉は最下層の庶民の中からスタートした人だけに、コケオドカシの効果を身をもって知っていて、大いにそれを利用した人だ。後世の学者のなかに彼を「詐術をもって天下を得た」と評している人がいるのは、この点のこともいうのであろう。もっとも、微賤の生まれであるという劣性コンプレックスを圧倒脱却するためには、常に壮大豪放を心掛ける必要があったという解釈も成立つであろう。

第三の理由は、こうした大仕掛なお祭さわぎをすることによって、戦国乱離の時代はすでに去り、太平洋々の時代が来たと天下に実感をもって覚知させようとの機略もあったろう。彼は国々の百姓らの所蔵する刀剣類を没収し（諸大名にも命じて励行させている）、いいものだけのこし、他は全部大仏殿建立に必要な釘やカスガイにしている。民の信仰観念を利用して民間の武力を奪ったわけである。

ともかくも、ざっと以上のようなことで、大仏殿を営むことにしたわけであるが、大仏殿に必要な材木は土佐・九州・信州木曾・紀州熊野から徴発し、大仏殿の四方に築く石垣用の石材もまた彼の勢力圏内にある大名全部に課して切出させ、京都に運ばせた。

蒲生軍記によると、氏郷は石垣の隅に使う大石材を寄進している。三面一丈二、三尺の大石であったという。氏郷はこれを近江の三井寺の山上に発見し、京都まで曳いて来たのである。

軍記はその様子をこう叙述している。蒲生源左衛門郷成《さとなり》――もと坂源次郎といったのだが、蒲生姓を授けられて老臣の一人となっている人物だ――が背に朱の日の丸をつけた太布《ふとぬの》の帷子《かたびら》を片はだぬぎし、小麦わらの笠をかぶり、采配をふって石上に立って木遣《きやり》の音頭をとり、その左右に蒲生左文郷可《さとよし》（もと上坂左文）の家来中西喜内が笛を吹き、蒲生四郎兵衛郷安（赤坂隼人佐）の家来赤坂市蔵が太鼓をたたいて拍子をとりつつ立った。氏郷自身が曳綱に手をかけ、エイヤエイヤとひいたので、家臣らも一人のこらず曳綱をとった。この時、戸賀十兵衛という者の下僕がわらじの宰領をして曳かないのを、氏郷は見て、

「あいつ一人どうして曳かぬのだ。ここへ引きずって来い」

といって連れて来させ、田のあぜに引きすえ、即座に首をはねたので、一同ふるえ上り、全力を出してエイヤエイヤと曳いた。時代の気風とはいいながら、このはげしすぎるところが、前にも言った通り、信長直伝の弟子である。

人々は全力をふりしぼって曳いたが、何しろ巨石だ、なかなかはかが行かない。氏郷は一策を案じて、容姿美しくまた声のよい遊女《ゆうじょ》数十人を連れて来、美しく着かざらせて石の上に立たせ、拍子をとり唄をうたわせたので、人々は気力百倍して、東山の日ノ岡までは曳きつけたが、坂の勾配が急になったので、進みかねた。

蒲生源左衛門は、わざと泥田の中にまろび入り、泥だらけになって這いおきた。その滑稽さに一同ドッと笑い出し、気力が出て、ついに日ノ岡峠まで曳き上げた。

氏郷は源左衛門の機転をよろこんで愛馬をあたえたという。

坂を下ればやがて京都の入口の粟田口《あわたぐち》だ。ここからは左右の民家の屋根にのぼって曳

いたので、家々はすべて踏み破れたという。あとで弁償したかどうか記録にはないが、迷惑な話だ、当時の庶民は気の毒なものであったのである。

この時、秀吉が来た。

「やあ、見事な石じゃ。日本一の大石じゃな。あッぱれあッぱれ」

と、れいの調子のよさでほめ立て、身軽に石に飛び乗った。供をして来た木村常陸介も飛びのった。ひょっとすると美しい遊女らが花束のようにのっているからであったかも知れない。

遊女らはものおじすることを知らないから、愛嬌づくったながし目かなんぞしてそのまま石の上にのこっていたが、蒲生源左衛門と笛太鼓役の二人はあわてて飛びおりようとした。

「待て待て、それにはおよばん」

秀吉はとめて、石上で衣裳を着かえた。「異様になって」とあるから、異装をしたのだ。急に異装の間に合うはずがないから、はじめからそのつもりで着るものを用意して来たのであろう。演出精神は秀吉の重要な特質の一つである。

秀吉は常陸介に太鼓をたたかせ、喜内に笛を吹かせ、自ら木遣の音頭をとったので、人々の気力が大いに出たばかりでなく、京都中の大名・小名が先きを争って駆けつけ、家来共とともに曳綱をとり、エンヤラエンヤラと曳いた。さしもの巨石が飛ぶがごとく、大仏殿の敷地に到着したという。

# 十一

　小田原征伐は、九州征伐から三年目である。

この出陣にあたって、氏郷は従来の熊毛の棒の馬じるしを三蓋笠《がいがさ》にかえたいと秀吉に請うた。

「三蓋笠の馬じるしは、佐々成政の馬じるしであった。佐々が豪勇は天下の人の知るところであるが、そなたの武勇も佐々におとるべきではない。苦しからず。許すぞ」

と秀吉は快く許した。佐々が柴田勝家党として、勝家の死後もなお反抗を継続すること二年四カ月、力屈して秀吉に降ったのは天正十三年八月末であった。彼はやっと越中新川郡だけを所領としてとりとめて、秀吉のお伽衆とされたが、翌々年九州平定とともに肥後五十万石の領主に返り咲いた。しかし、間もなく一揆がおこり、やっと鎮定はしたものの、翌年自殺を命ぜられたのである。

　秀吉にとっては一時は執拗な敵だったのであり、ついには死を命じたのだ。好意の持てようはずのない人物なのだが、ことさらその人物の馬じるしを所望したのだから、氏郷の気持にも、秀吉の気持にも、相当複雑なものがあったろうと考える人もある。

　つまり、旧主家である織田家をないがしろにする秀吉にたいして、氏郷がおもしろからぬ感情をもち、わざと佐々の馬じるしを請い、秀吉もまたその気持を察しておもしろくなく思いながらも、淡泊をよそおって快く許したと解釈する説だ。

この解釈をとる人々は、氏郷が信長の聟である点と、この出陣にあたって氏郷に次ぎのようなことのあったのを相当重く見るのだ。

出陣に際して、氏郷は、

「佐々の馬じるしを申請けながら大功を立てずんば恥辱である故、自分は死を決して奮戦するであろう。形見をのこそう」

とて、絵師を呼び、自分の絵姿をうつさせた。白綾の小袖を着、左手に扇子を持ち、右手に楊枝《ようじ》を持った平生の姿だ。彼はこれを菩提寺に納めて出陣したという。

そこまで考えることはない。秀吉はそんな腹の小さい人物ではないし、氏郷が決死の覚悟で戦陣に臨んだのは常のことで、この時にかぎったことではないと言う者もいる。

こんなことは推察だから、どうにでも好きに解釈してよいのである。

小田原征伐に松坂を出発する時のこととして、蒲生軍記はこんなことを伝えている。

氏郷は侍の一人に自分の冑をもたせ、

「そちはここを動いてはならんぞ」

と命じておいて、馬を先陣から後陣に走らせて隊伍を正してかえって来てみると、冑を持たせておいた武士が位置をはなれていた。

氏郷は呼び出し、

「軍令にそむくにより、処罰する！」

と、申渡しざま、手討にした。軍士一同恐れて粛然となったというのだ。

氏郷が軍紀の厳正を最も重んじたことは、これまで縷述《るじゅつ》したし、彼の大特質の一つであると思われるのだが、史記の列伝に、有名な兵書「孫子」の著者孫武にこんなことがあったと記述している。

孫武が兵法を説いて、天下を周遊し、呉王闔廬《こうりょ》に見《まみ》えた時、闔廬は、

「そなたの著作書十三篇（今伝うる孫子なり）をわしは読んでみたが、一つ実地に練兵してみせてくれまいか」

と言った。

「よろしゅうございます」

「女でも兵として訓練できるかな」

ひやかし気味だったのであろう。

「出来ます」

王は後宮の美女百八十人を出した。孫武はこれを分って左右両隊とし、王の寵姫二人をもってそれぞれの隊長とし、皆に戟《ほこ》を持たせて整列させ、先ず言った。

「あんた方、自分の胸、自分の背中、左右の手を知っていますな」

「知っていまアす」

美女らは一斉に答えた。浮かれ切って、はなやかなものであったろう。

「知っているなら、大いに都合がよい。しからば、『前』とわしが号令をかけたら胸のむいている方に向き、『右』といったら右手のある方に向き、『左』といったら左手のあ

る方に向き、『うしろ』といったら背中のある方に向くのですぞ。よいかな、わかりましたかな」

「わかりましたア」

「もし、命令にそむく者は、軍律に照らして処断しますぞ。この鈇鉞《ふえつ》（まさかり）で首を斬ってしまうのですぞ。うそではありませんぞ」

と、いくどもくりかえして言った。

「わかってまアす、わかってまアす」

と、美人らは一層浮かれる。

孫武は太鼓をたたき、調練をはじめたが、婦人らは腹をかかえてケラケラと笑い出し、一向命令通りにしない。孫武は、

「命令を徹底させ得ず、軍律をはっきりさせることが出来んのは将の罪ですわい」

と、自らを鞭うった後、またくりかえし丁寧に教えてから、太鼓を鳴らして訓練にかかったが、婦人らは依然として笑いふざけている。孫武は、

「命令が徹底し、軍律がはっきりとわかっているはずであるのに、それが行われんというのは、隊長の罪である」

と言って、左右の隊長を引き出し、鈇鉞をもって首を斬ろうとした。おどかしではない。真剣である。

王は高殿《たかどの》から見ていたが、大いにおどろいて、急使を馳せ下らせ、孫武に伝えた。

「わしはもう将軍が兵法に熟達したことがようわかった。もうやめてくれい。将軍が斬ろうとする二人はわしの最も寵愛しているものじゃ。その二人がいんでは、わしは食事もうもうない。斬るのはやめてほしい」

孫武は冷然、また厳然として、

「拙者はすでに王の命を受けて将軍となったのでござる。将軍たるものが軍にある時は、君命といえども受けてはならないことがござる」

と突っぱね、隊長二人を斬り、二人に次ぐ王の寵姫をもって隊長とし、太鼓を鳴らして訓練にかかった。婦人らは凜乎として恐れ、粛然として声なく、号令によって前進し、後退し、左行し、右行し、起ち、踞《きょ》するのが一糸乱れず、まことに見事であった。孫武は使者を王の許に派し、

「兵はすでに訓練が出来ました。何とぞ下へお出でになってごらんいただきたい。今やこの女兵らは王の命ぜられるところ、水火の中といえどもためらわず突進するでありましょう」

と報告した。王は寵姫を殺されて怏々《おうおう》たるものがある。女兵なんぞ見たくもない。

「将軍よ、もうよいから、旅館にかえって休息せよ。わしは見たいとは思わない」

と返事した。孫武は返答を申し送る。

「王は拙者の著書だけがお好きで、著者の説を実際に行なうことはお好きでないのでござるか。それではなんの役にも立ちませせぬぞ」

ここにおいて、闔廬は孫武の用うべきを知り、ついに大将軍に任用し、西は強楚を破り、北は斉・晋などという強国を制圧したというのである。

軍律の厳正の効果はかくのごときものがある。氏郷が常に、軍紀の厳正に心を用いたというのは、前にも書いた通り、直接には織田信長に学んだのであろうが、彼は少年の時学問が好きで、儒学・仏道・和歌ともに身を入れて学び、あまりにそれに深入りしたことを後悔している彼の手紙がのこっているほどであるから、ひょっとすると、史記の列伝を読んで、このくだりで感悟したこともあるのかも知れない。

## 十二

さて、いよいよ小田原へついて、攻城にかかった時のこととして氏郷記にはこんな話が出ている。

ある夜、北条方から寄手の陣所へ夜襲をかけて来たので、寄手の陣所は大さわぎになり、人々皆懸命に防戦した。この時、氏郷ははね起きるや、具足も着ず、槍をひっさげてすばやく敵の後方にまわり、さんざんに突立てた。

敵は味方の働きにより、退却にかかったが、氏郷が立ちふさがって突立てるので、退きかね、横にそれて堀に飛びこむ者が多く、それを目がけて突き、首をとった味方の者も多かった。

このことが秀吉の本陣に聞こえると、

「飛騨（氏郷）が働きはいつものことじゃが、こんどの夜討に敵のうしろへまわり、ただ一人をもって敵の退路を断って首あまた上げたこと、当意即妙の機転、古今まれの働きである」

と、ほめたという。

小田原の落城は、七月六日であった。秀吉は兵をひきいて奥州に入り会津まで行って大いに奥州人に兵威を示し、会津で奥羽地方の土地の処分をした。すなわち、陸前名生《めふ》城の大崎氏、同登米《とよま》の葛西氏等を断絶にして所領を没収し、あとを木村伊勢守吉清父子にあたえたが、その際、会津に氏郷を転封することにした。

この時のこととして、こんな話が伝わっている。秀吉は諸将を集め、

「会津は東北の要鎮である。よほどにすぐれた者を置かねばならぬ。誰を置いたらよいか、その方共遠慮なく意見を書いてみよ」

と、入札させてみたところ、細川忠興しかるべしと書いたものが十中九までであった。

秀吉は笑って、

「わいらの知恵の底が見えるわ。おれが天下を取ったわけよ。ここには蒲生忠三郎の外にはおくべき者はないわ」

と言って、氏郷にきめたという話。

一説には、秀吉が徳川家康にむかって、

「誰がよいと思わっしゃるか、一つおたがいが見せ合うてみましょう」

といって、たがいに書いて交換してみると、秀吉の札には、「一番堀久太郎、二番蒲生」とあり、家康のには「一番蒲生、二番堀」とあったという。

この任命を受けたあと、氏郷が会津城の広間の柱により、涙ぐんでいる様子なので、山崎右近という者が側により、

「大封を受けられ、感涙にむせばるること、ごもっともに存ずる」

というと、氏郷は小声で、

「さようにてはなし、小身なりとも都近くいたらば、天下に望みを掛けることも出来るが、なにほど大身になったとて、片田舎人となってはいたし方はない。われらはすたりものになったと思い、不覚の涙をもよおしたのである」

といったという有名な話がある。

松坂は十二万石だが、会津は蒲生氏郷記によると七十万石とあり、蒲生軍記には四十二万石とある。いずれにしても飛躍的な増封だ。しかし、氏郷が会津転封をよろこばなかったことは事実のようだ。先日、秋田の横手市の読者石田吉四郎氏から、所蔵の氏郷の筆蹟を写真にしておくっていただいたが、それは、

廟古悲風　落暉《らっき》に対す
白楊蕭索《しょうさく》　葉初めて飛ぶ
山川顧望す前封の地

涙下《くだ》る関東の一布衣《ほい》

という七言絶句であった。「山川顧望す前封の地、涙下る関東の一布衣」というところ、氏郷が「田舎者になりさがって、もはや天下に望みを抱くことは出来なくなった」と悲嘆している気持がよく出ている。

こういうことから、氏郷を会津に封じたのは、秀吉が氏郷を敬遠したのだという説が昔からある。

それもあったかも知れない。氏郷は小身であるが、年若くして大器である。故信長の女婿でもある。秀吉が気がゆるせなかったのも無理はない。しかし、秀吉としてはすぐれた人物を会津におく必要があった。伊達政宗という人物が油断もすきもならない上に、奥州は新付の地だ。うっかりすると肥後のように一揆さわぎなどおこるかも知れない。

何よりも、難物は徳川家康だ。秀吉は武力をもっては家康に勝っていないのだ。小牧・長久手の合戦は家康六分、秀吉四分の戦績であったことは前にも述べた。しかもその財力、その武力は諸大名中ずばぬけている。油断のならないことは言うまでもない。こんな人物を東海道筋の要地におくことは危険千万だ。そこで、家康には小田原が落ちるとすぐ、

「関八州をおことに進ぜる」

と言って、関東に国がえさせたばかりか、東海道筋の要地には数珠をつらねたように

腹心の大名らを封じた。甲斐もまたそうだ。取立ての大名加藤光康をおいた。家康を関東に封じこめるためだ。氏郷を会津にすえたのも、この家康封じこめの一環であったのだ。氏郷もその覚悟があって、ある時、

「徳川殿が万一殿下に謀叛を起こして京へ上ろうとされても、おれが尻にくらいついて、一寸も動かしはせぬ」と言ったという話がある。

もし秀吉と家康がたがいに適任者と思う人物の名を書いて見せ合ったというのが事実なら、家康は自分の監視人をえらんだわけになるが、そこは家康のことだ、当分は雌伏が第一、秀吉が死にさえすれば、監視人の心などどうとでもなるわいと料簡して、最も適任と信ずる者の名を書いたのであろう。

## 十三

秀吉は氏郷に会津転封を命じた時、葛西・大崎の地に封じた木村伊勢守吉清父子にむかって、

「その方共は飛驒を親とも主とも思ってつかえよ。飛驒が許には時々ごきげん伺いに参観せよ。しかし、おれが許へは当分まいらんでもよい」

と言い、氏郷には、

「その方は伊勢父子を子とも弟とも思っていたわりくれるよう。伊勢は小身者である故、地侍共が侮って一揆などをおこすこともあろうが、その時はその方は伊勢を先手として、

伊勢父子の勢を引きつれて切り平げるよう。くれぐれも父子のものを見捨てぬよう」

と、申渡したと、蒲生氏郷記は伝えている。氏郷はこの時秀吉に、

「大任をうけたまわりましたにつき、武勇すぐれた武士共を多数召しかかえたく存じます。ついては、これまで殿下の敵方の者であったり、諸大名の怒りに触れたりして、奉公を構われている者共を召抱えることおゆるしいただきとうございます」

と願い出た。

奉公構いとは、召抱えることを禁止することである。秀吉から構われれば、秀吉の勢力圏内にある大名らが皆召抱えないこともちろんだが、大名でもそれは出来た。他の大名らに、「何々と申す者はお召抱え下さらぬよう」と通告すれば、そこはおたがいのことで、誰も召抱えない。きかずに召抱えれば大名同士の喧嘩になるのである。塙団右衛門や後藤又兵衛が旧主の加藤嘉明や黒田長政に奉公を構われ、どこの大名も召抱えてくれず、ついに大坂に入城して悲壮な戦いをして死んだのは、このためだ。太閤の遺徳を慕い、徳川家の狡猾強欲《こうかつごうよく》をいきどおってのことでないことは説明するまでもない。行き場がないから、事成らば大々名になろう、事成らずば最も男らしい最期を遂げるまでとの大ばくちの心だったのである。

それはともあれ、秀吉は氏郷の請《こい》をゆるした。そこで氏郷は、さっそくうんと多数の勇士らを召抱えた。

この時のことであろう。名将言行録にこんな話が出ている。氏郷は、

「おれが自分で知行割をしよう」

と言って、配分したが、皆にあまり高禄をやることにしたので、氏郷の直轄領はほんの少ししかなくなった。老臣らは、

「これでは殿のご収入がなく、ご軍役もつとまりますまい」

と諫めた。氏郷は無念げに、

「おれには今の高では足りぬわ。いたし方ない、その方どもくばりなおしてくれい」

と言った。

このことを聞いて、家臣らは氏郷の心を一しおありがたく思ったという。

この話は美談として見れば、あまりにもひどい無計算ぶりで、信じかねるのであるが、次ぎのようにも考えられる。この時代の大名は平和な時代の大名とは違う。知行高に比例して軍役があるのだから、高禄の優秀な家来のいることはそれだけ多数の優秀な兵員を持つことになる。戦争がひんぱんにある時代だから、大功績を立て、従って領地をうんとふやすことが出来る。つまり、好景気時代に優秀な大生産工場を持っているようなものである。氏郷はそこを考えたのであって、強いて美談にして、家臣を過当に優遇しようとしたと解釈することはあるまい。

氏郷が会津転封を命ぜられたのは氏郷記では八月十五日、蒲生軍記では八月十七日となっているが、氏郷は九月中旬頃にはもう松坂を引きはらって会津に移っているようである。記録したものがないのだからはっきりとはわからないのだが、これからあとにお

こる事件から推して、こう見当をつけて先ず間違いはなかろうと思う。だとすれば、大体一月の間に会津から伊勢にかえっていろいろなとり片づけをしてまた会津へ引返したのだから、そのいそがしさは目のまわるようであったろう。

ところで、氏郷がくれぐれも頼まれた木村伊勢守父子だ。父を吉清といい、子を清久といった。元来吉清は明智光秀の家臣で明智ほろんだ後秀吉につかえたのだが、五千石もらっていた。新たにもらった葛西、大崎の地はほぼ三十万石ある。これもまた大出世をしたわけだ。

氏郷の一生の大難は、この木村父子からおこった。氏郷が会津に入部《にゆうぶ》して一月少し経った頃、この父子の領地内から一揆がおこったのである。

原因は単一でない。

第一は、葛西家と大崎家が取潰しになったので、その遺臣らが浪人となっていることだ。当時の奥州あたりの武士だから浪人したといっても、食うにさしつかえるわけではない。これまでの知行地は大体において先祖から持ち伝えた自家の領地であったろうから、その地主ということになればいいわけだからだ。ただこれまでは知行主だったから納税の義務はなかったが、こんどは単に地主だから新領主に納税しなければならないわけだ。また武士でなくなったのだから、木村家の家来には常に一格も二格も下のものとして応対しなければならない。なぜなら、浪人は厳格には武士ではないのだ。前に武士であり、将来にまた武士になるかも知れないところから、その間を武士としての服装をして、武士としてふるまうことを仮に許されているものにすぎないのである。以上いずれも、帰農者にとってはおもしろくないことであったに相違ない。

第二は、検地だ。秀吉は会津を引き上げる時、浅野長政・石田三成らに奥州の検地を命じた。検地は正確な生産高をつきとめるために行なうもので、政治家としてはやらなければならないものだが、いつの時代でもこれくらい百姓にきらわれるものはない。隠し田がなくなって、租税額がふえるからだ。検地は急テンポで行なわれて済《す》み、浅野らは引き上げたのだが、彼らが土地を離れるとすぐ一揆が起こったから、その禍は木村父子がこうむることになった。

第三は、木村父子の政治ぶりの悪さだ。

木村伊勢守は五千石の身代から三十万石の身代になったのだ。大はばに家来をふやさねばならないので、大急ぎで数をととのえた。これについては、伊達政宗の一族で家臣であった伊達成実の日記が最も要領を得て語っている。

「伊勢守が大名になったので、上方大名の家来共の中で欲深い者共は、伊勢守の家中になれば高知をもらえるというので、主人に暇をもらったり、逃げ出したりして、伊勢守に仕えた。伊勢守は登米《とよま》の城に、子息の清久は古川の城にいることにし、その他の支城《えだじろ》はこれまでの小者の五人か十人くらいしか召抱えていなかったような連中を重臣じゃ老臣じゃということにしてあずけた。ところがその者共もにわか重臣、にわか家老なので士分の家来などはない。中間や小者を武士にしたので、言語道断なことになった。もとは葛西家や大崎家の士《さむらい》で帰農している者のところへ押込んでは米穀をうばったり、百姓の男女をかすめて来て下女・下人としたり、葛西家や大崎家で歴々の身分であった人の娘をうばって妻にしたり、沙汰のかぎりないたしようであった云々」

木村父子の家来共が、持ちつけない権力をもって心おごり、無闇に威張りちらし、無闇に乱暴したことがよくわかるのである。

とにかく一揆がおこった。はじめは出羽の国からおこり、それも百姓だけのものであったが、忽ちこれが陸奥に移り、木村父子の所領内が最もさかんになった。そのはずである。新領主木村家の政治ぶりに不平を抱いていた葛西家や大崎家の被官や旧臣らがその中心になったのだ。旧軍人の一揆だ。戦争なれしている。にわか大名の木村家のかき集め家中など敵《かの》うものではない。忽ち圧迫されて、木村父子は佐沼城に居すくみになり、十重二十重に包囲される有様となった。佐沼は今の登米《とめ》郡迫《はざま》町佐沼だ。岩手県境に近い地点である。

報らせは会津にとどいた。氏郷は米沢の伊達政宗にも出陣を命じておいて出陣したが、その政宗が、この一揆の背後にいて糸を引いていたと、当時も信ぜられていたし、今日でもそう疑われている。

政宗は秀吉に降伏し、秀吉の領地処分に心の底から承服しているらしくよそおっていたが、本当は、不平満々であった。

## 十四

一体、伊達家は東北の名家ではあるが、本来はそう大身の大名ではない。政宗が父の輝宗から相続した時の領地は、米沢を中心にしてその付近と磐代《いわしろ》の伊達郡くらいしかなかった。政宗の代になって、安達郡をとり、会津の蘆名氏をほろぼして、会津を中心とする付近一帯から今の宮城県の大部分を手におさめて、東北第一の身代になり、会津に居城をうつしたのだ。しかし、政宗の野心からいえば、これは序の口にすぎない。この次には南して常陸の佐竹の地をうばうか、北して葛西・大崎の地をうばい、やがては秋田・山形方面にも進出し、関東から奥羽にかけた土地は全部手中に収めたいと心組んでいたのだ。

ところが、秀吉というひょうきんものが西日本を全部手中におさめ、関東にまで出張って来て、さしも栄えた小田原北条氏の降伏も間がないという見きわめがついたところに、奥州地方の大名らが先きを争ってごきげん伺いに小田原城に伺候して、本領安堵を許してもらっている。

「どうにもしようがない。おれも行くべ。大分おくれたから、ごきげんは悪かろうが、そこはなんとかごまかしてこまそうず」

という次第で、小田原に出かけて、降伏を申込んだのだ。

秀吉は、この横着者め、油断のならないやつとは思ったが、何しろ天下統一をいそい

でいる。降伏を受入れた。しかし、

「その方が蘆名家から切取った土地は皆とり上げる。さよう心得い」

と申渡した。

政宗としては致し方がない。

「なにごともお心のままでござる」

と神妙に答えて、会津領は全部さし出して、以前の居城である米沢に退いたが、残念無念は胸の底に煮えたぎっている。

「数年苦心の末、やっとここまで漕ぎつけたのに、もとの木阿弥とはひどすぎるではないか。そりゃ安達郡だけは父祖の代よりふえているが、家督をついで以来の艱難辛苦の代償としては軽少にすぎる。今に見ろ」

と虎視《こし》眈々《たんたん》としているところに、こんどの一揆さわぎだ。

「好機到来じゃ。奥羽の地は、地位をうばわれ、領地を失って、不平満々のもので充満している。火薬庫のようなものじゃ。これを利用せん法はない」

と、ひそかに物資まで支給して一揆方を煽動した。

このことを、改正三河後風土記はこう叙述している。

「この数年前、秀吉が九州を平定した後、肥後を佐々成政にあたえたが、間もなく一揆がおこった。佐々は大いに働いてこれを鎮定したが、秀吉は佐々の政治の拙劣さからこのさわぎがおこったのだとの名目で、佐々を切腹させた。せっかく自分の働きで切取った領地を切りちぢめられて不平満々でいた政宗は、この先例によって、一揆が起これば新領主は切腹改易になる。つまり領主のかわる度に一揆をおこせば、ついには秀吉は奥州をもてあまし、奥州の領主は伊達にかぎると、全部自分に返還することは必定であると計算を立て、所々の郷民らにひそかに貨財を支給して煽動した」

これでは、一揆は政宗の煽動によっておこったことになるが、実際はここに書いた通り、一揆がおこったからこの計算を立てたのであろう。

氏郷は政宗の臭《くさ》いことを感づいていて、会津城の留守部隊や、伊達領に近い城々の守備隊は武功の士をえらんで編成し、十一月五日、会津を出陣した。軍勢三千余。

この年――天正十八年の十一月五日は、今の暦では十二月一日にあたるが、数日前からの大雪であった。蒲生家の武士らは暖国の伊勢から会津へ来てまだ五十日経《た》つや経たずだ、会津あたりで大雪というくらいだから、生まれてはじめてみるほどの大雪であったろう。皆、意気上らなかったに相違ない。

そのためであろう、蒲生軍記によると、氏郷は「諸勢の見せしめとや思はれけん、直《す》膚《はだ》に鎧ばかりを着せらる、その勢ゆゆしくぞ見えけり」とある。軍勢の気力をはげますために、いつの合戦にも彼が先陣に立って槍をふるったことは、これまで度々述べたが、この時は具足下なしの素肌にじかに具足をつけて出陣したというのだ。

山路にかかると、馬の通行が出来ないので、多勢をもって雪をはらわせ、非常に深いところは筵《むしろ》をしいて行軍したと氏郷記にある。

その夜は、猪苗代に泊まった。猪苗代城には氏郷の老臣町野左近繁仍《しげより》が城代となっているのだ。

町野は氏郷を諌めた。

「この寒天にご出陣されても、人馬がつかれて、勝利を得たもうことはむずかしいでございましょう。年明けて春暖となるを待ってのご出馬こそしかるべしと存じます」

「その方の諌言の次第もっともであるが、会津をおれに賜わる際の殿下のおことばを思い出してくれい。木村父子を子と思えと仰せおかれたのだ。じゃのに手のびして木村を討たせてしもうようなことがあっては、おれは天下に顔向けがならぬことになる」

言われて、町野も、

「いかさまごもっともでござる」

と言い、自分も供して出陣することにした。

翌日は大雨であったので、阿子《あこ》ヶ島――郡山から出る磐越西線が猪苗代湖東側の山麓にかかるところに、今安子《あこ》ヶ島駅があるが、このへんであろう、そこにその夜は泊まり、翌七日に二本松についた。ここは伊達領である。

## 十五

政宗は氏郷の催促に応じたくはなかったろうが、かねての秀吉の命令もある。米沢を出発、途中集まってくる軍勢で一万余の大軍となって、信夫《しのぶ》郡の鎌田（今福島市のうち）、本折（木折の誤写であろう。鎌田北方六キロに桑折《こおり》あり）、杉ノ目（福島市の南郊に杉妻《すぎのめ》あり）のあたりに陣したと氏郷記にあり、また氏郷はその政宗勢と「入り組みて陣をとった」ともある。

思うに氏郷のひきいて来た勢が、二本松を出発して北行してこのへんまで来た頃、政宗は出て来、氏郷勢の陣所の間々に陣どったのであろうか。一万余の軍勢をもって三千余の氏郷勢にたいしてこんな風にしたのだから、普通の気持であろうはずはない。こうして氏郷勢を不安に陥らせ進発をおくらせ、その間に益々一揆の勢いをさかんにならしめ、ついに木村父子を討取らせてしまおうという計算であったろう。

「さてこそ」

と、氏郷も肝に感ずるものがあったろうが、おちつきはらっていた。一体、秀吉のかねてのさしずでは、万一事がおこった時には、政宗を先手として征伐せよということになっているのであるが、その政宗がやれ持病がさしおこったのなんのと言い立てて一向出発しない。またそこら一帯は伊達家の所領内なのだが、蒲生勢にたいしては百姓らが宿を貸さず、むしろも売ってくれず、炊事をしようにも鍋釜を貸さず、薪も売ろうとしない。どうやら伊達家から百姓どもに厳命しているらしいのだ。慣れない寒気と大雪に苦しんでいる蒲生勢だ、難渋をきわめたと、蒲生軍記、改正三河後風土記共に書いている。

氏郷は二本松にまだいて、さわぐ色もなかったが、先発隊から蒲生四郎兵衛と玉井数

馬をつかわして、

「伊達家の様体しかじかで、まことにいぶかしゅうござるので、兵共の憤激一方でありません。喧嘩口論などいたさぬようにずいぶんきびしく申付けています。政宗むほんの形迹《けいせき》は歴然たるものありと、人々もっぱら申しています。ご用心のため、しばらくそれへいらせられて、二、三日も逗留あって、彼がていをごらんあってしかる後に、ご進発あるべきがよろしいと存じます」

と進言して来た。

氏郷はふきげんになって、

「おろかなことを申すな。政宗に逆心の様子ありとは、会津出発のみぎりより覚悟して来たことではないか。逆心の色を立てば立てよ、その場において一戦をとげて勝負を決せんと思い定めて出て来たことは、その方共よく承知しているはずだ。今さら何を臆病を申す。政宗の心はともあれかくもあれ、明日未明に打立ち、政宗勢に先き立って進発するぞ。政宗にもあれ、誰にもあれ、道をふさぎさえぎる者あらば、ただ一戦に蹴散らして通るまで」

と言い放って、進発の用意をととのえさせた。

その夜の夜なかから雨が降り出し、篠つくばかりの豪雨になったが、氏郷は少しも屈せず、予定の通り払暁に二本松を出発、今の福島市の大森まで行った。その勢い政宗がぐずぐずしているなら、先きに立って行きそうだ。

政宗は氏郷より後陣になるようなことがあっては、秀吉のかねての命令にそむくことになる。夜を日についで武者おしして進むよりほかはない。氏郷はそのすぐうしろから、まるで追い立て、おし立てるようにして進んだ。

ついに十一月十七日に、今の仙台市の北方四、五里の黒川まで行った。黒川という地名は今は郡名だけにのこっているが、この時代は一ノ関・二ノ関・三ノ関・志戸田・舞野・下草あたり一帯の地名でもあったらしいのである。ここはもう大崎領の境だ。

「明日早天より敵地へ働く。皆々その用意せよ」

と、氏郷は全軍に触れ出し、政宗にも通告した。

政宗は氏郷の陣所に、合戦の手筈を打合わせるためと称してやって来た。「初めての参会なり」と氏郷記にあるが、この出陣以後はじめての面会という意味であるか、初対面という意味であるか、よくわからない。しかし、後者ではないかと思う。

氏郷はたずねる。

「わしは遠国者である故、葛西・大崎のことは無案内でござる。一揆方の城は何カ所ござるか。また、ここから伊勢守らの籠城している佐沼《さぬま》城までは何里ござるか」

政宗は答えた。

「佐沼までは田舎道百四十里ばかりござるが、そこまでまいる間に一揆方の高清水《たかしみず》という城がござる。それは佐沼のこちら三十里ばかりの地点にござる。そのほかには一揆方の城は一城もござらぬ」

ここの田舎道というのは関東里の意味で、それは六町をもって一里とするのだ。だから、百四十里は普通里では二十三、四里、九十二、三キロ、三十里は五里、二十キロ強だ。しかし、政宗のことばにはずいぶん掛値がある。黒川から佐沼までは五十五、六キロしかないのである。氏郷の英気をくじくために遠く言ったのであろう。一揆方の城が高清水以外にはないというのもいつわりだ。油断させ不利におちいらせるためであろう。

氏郷は少しも屈託の色を見せない。言下に、

「しからば、明日早天より大崎領へ打って出て、道筋の民家に火を放ちつつひたおしに高清水へおしよせ、蹴散らし捨て、佐沼表へ行き向い、木村父子と城の内外より一揆共を攻めつぶし申そう」

と言い、戦術を指示した。

「われらは本街道筋を参るにより、ご辺は右手の道より押入り、在々を放火しつつ進まれよ」

翌十八日、蒲生・伊達の両勢は打合わせにしたがって大崎領内に侵入した。黒川の北方十五キロに鹿間（宛字なり。四竈《しかま》）があり、その北方三キロに中新田《なかにいだ》があり、いずれも城があって一揆勢がこもっていたが、氏郷勢の猛烈な進撃の勢いを見て、戦わずして退散した。氏郷はその夜中新田に宿営した。政宗はそこから七、八町東の古城址に宿営した。

中新田から高清水までは四十キロあるというので、氏郷は政宗に、

「明日は一番鶏《どり》の鳴くを合図に出発いたそう。そして、午《ひる》以前に高清水に到着いたさば、早速に攻めかかり申そうし、夕景に到着いたしたらば、明夜は心静かに宿陣し、明後早天より攻めかかり申そう」

と通告し、自分の軍へも触れた。

「委細承知つかまつった」

と、政宗からはっきりした返答があったのだが、その夜なか、使者をつかわして、

「持病にわかに再発いたしたにより、明日の合戦ご延期ありたい」

と申し越した。

しぶといやつめ、と氏郷は思ったに相違ないが、きげんよく、

「ご病気のよし、まことに気の毒に存ずる。お働きかなわぬとはごもっとも千万。さりながら延期は出来申さぬにより、われらは予定の通り打立ち申すべし。ご辺はご養生大切になされ、もしご気色よくおなりなされたら、あとよりお出であるよう。少しもご心配にはおよばぬことでござる」

と答えてかえし、陣中へは、

「しかじかで伊達は明日の働きかなわぬ故、われらが勢が先きに立って行かねばならぬ。土地不案内のところを案内者なしにまいることであれば、暗くてはかなわぬ。一番鶏を合図に打立つと触れたが、大事をとってほのぼの明けより出発することにいたす。寅の刻（午前四時頃）に支度して、夜の明くるのを待つよう」

と触れた。

翌日、触れた通りのほのぼの明けに出発する。隊を七隊に分ち、最後の三隊は厳重に後を守らせて、政宗の不意打ちにそなえ、押太鼓で、エイエイオウと掛声勇ましく進んだ。

中新田から七、八キロ東北に進んだあたりが、現在は古川市内だというが、そこに名《め》生《ふ》城という城があり、ここにも一揆勢がこもっていた。それを蒲生勢はまるで知らなかったのだが、いきなりそこから鉄砲を打ちかけて来た。

十六

いきなり鉄砲をうちかけられて、先陣に立っていた蒲生源左衛門・同忠右衛門・同四郎兵衛・町野左近の四人は、あっとおどろいたが、

「生意気な！」

と、弓・鉄砲を打ちかけさせ打ちかけさせ、自ら槍・薙刀をとって士卒の真先きに立って攻めつけ、二、三の丸まで乗取った。

後陣にあった氏郷も、おびただしく聞こえて来た銃声と雄叫びに、物見のものを出した。先陣から報告も来た。

氏郷は後備え三隊に、

「すきあらば、後ろから来る敵があるぞ。油断なく備えよ」

とさらにきびしく備えさせておいて、自ら本隊をひきいて名生城の攻撃に加わった。思うところがあるから、息をもつがせず、猛攻また猛攻したが、城も堅固であれば籠っている一揆勢も、大崎家や葛西家のさかんな時代にはそれぞれ一城をあずかっていた者や高知とりのよい武者が多い、なかなか強い。蒲生方にも名ある勇士で戦死する者が多かった。しかし、城に放火しついに攻落した。蒲生勢が討取った首数《くびかず》が六百八十余もあったというから、大激戦であったのだ。また城方が勇敢頑強に戦ったことがわかる。

この名生城攻めの時のこととして、名古屋山三郎の高名談が、蒲生軍記に出ている。名古屋山三郎は、後に氏郷の死後、蒲生家を浪人して京に上り、何代目かの出雲ノ阿国《おくに》と夫婦になり、阿国が出雲から持って出て来た念仏踊りを滑稽、写実、好色等の味をもったものに改編して、歌舞伎おどりと名づけて一世の流行となり、これが次第に変遷発達して、今日の歌舞伎芝居になったといわれ、日本芸能史上忘れることの出来ない人物である。

山三郎は尾張名古屋の地侍《じざむらい》の家の出で、蒲生家に仕え、氏郷の児小姓《ちごこしよう》で、この時十五歳であった。豊臣秀次の児小姓であった不破伴作、大崎家の浅香庄三郎とともに天下三美少年といわれたほどの美少年であった。この時、白綾に紅の裏をつけた具足下《ぐそくした》に色々《いろいろ》おどしの具足を着、猩々緋《しようじようひ》の陣羽織、小梨打《こなしうち》のかぶとといういで立ちで、手槍をとって「城中に駆け入り、一番に槍を合はせ、大勢の敵を東西へ颯《さつ》と追ひ散らし、よき首一つ討取り、比類なき働きして、名をあげたり」とある。

何せ花も恥じろう美少年がこれほどの働きをしたのだ。男色趣味の横溢している時代のこと、

　槍仕《やりし》槍仕は多けれど
　　名古屋山三《さんざ》は一の槍

と、一世を風靡《ふうび》するはやり唄になったという。

また、こうも書いてある。一体名古屋山三郎の家は代々振袖を着ている間に高名を一つ立てて袖をふさぐ（留袖にすること）のを故例としていたので、山三郎もこの時に袖をふさいだと。袖をふさぐとは、元服して男になることを意味するのだ。

山三郎は蒲生家を浪人してから京に上って伊達者《だてしゃ》として生活し、その間に出雲ノ阿国と夫婦になったのだが、ずいぶん女のことでは浮名を流し、淀殿とも関係があって、秀頼は実は山三郎の子であるという流説まであるくらいに身を持ちくずした人だが、単なる軟派の不良青年ではなく、武勇にもたけていたのである。

一体この名生城に優秀な一揆がこもっていたことを、政宗が氏郷に露ばかりも教えなかったことについて、蒲生家側に立って書いたものは、氏郷記にも軍記にも、これは政宗の計略であったと書いている。

「氏郷はきっと名生城を攻めあぐむに相違ない、攻めあぐんでいるうちに、岩手沢（後

の岩出山）・宮沢・古河・松山の四カ所の城から一揆勢が一斉に打って出てここにおしよせる、政宗も背後からおしつつんで打ってかかる、氏郷が鬼神の勇があっても、どうすることも出来はしないと計画し、一揆勢ともそれぞれしめし合わせていたのだが、氏郷がこの計画を看破して、無二無三に攻めおとしてしまったし、後備えを厳重に立てておいたので、四方の一揆勢は途中まで来て四散し、政宗また後ろから襲うことは出来なかった」

と書いてあるのである。

果して政宗にそれほど腹黒い計略があったかどうか、伊達家側では否定しきっているが、氏郷が疑惑していたのは事実であり、そういう疑惑を彼が抱かざるを得ないような事実がいくらも政宗側にあったことは事実である。伊達家側は偶然が重なり合ったのだというが、偶然にしてもそれが重なり合っておこれば疑惑されてもしかたのないことであろう。

氏郷は名生城に入った。火を放ったといっても、大部分は焼けのこったのであろう。士卒の末に至るまで居場所には苦しんではいないようであるから。

政宗は氏郷の許に使者をつかわし、

「名生城を攻められるのでありましたなら、拙者にも一方の攻め口を仰せつけていただきたくござった。殿下への聞こえもいかがと存ずる」

と、苦情を言ったと、軍記は伝える。ぼくは政宗は一揆と通謀していたと信じているから、この政宗の苦情の横着さがいかにも政宗らしいと思われるのである。

「この城に敵がこもっていることは拙者は知らなんだのでござるが、先手《さきて》の者共があっという間もなく攻め破ってしまい、貴殿に申し通ずる間がござらなんだ」

と、氏郷はさりげなく――実は最も皮肉をこめてだが、返答し、

「この向うに宮沢と申す城があって、一揆勢多数こもっています由、これを貴殿が攻め落されなば、京《みやこ》への申訳は立つと存ずる。早々に攻めおとし召されよ」

と命じた。

政宗は宮沢へ向ったが、一揆方との内々の申合わせがあるので、形ばかりすさまじく鉄砲を打ちかけ、一向実《み》のある攻め方はしなかったと、蒲生側の記録は言っている。

氏郷は近々に高清水《たかしみず》城に押寄せようと、重臣と相談をしていると、ある夜中、山戸田八兵衛・手越宗兵衛という伊達家の士《さむらい》が蒲生源左衛門の許に来て、政宗の陰謀の証拠となるべき政宗の手紙を差出して、

「拙者共は政宗の近習の者でござるが、恨みをふくむべき子細あって注進申すのでございます」

という。源左衛門はすぐ氏郷に告げた。

氏郷は大いによろこんだ。実はこの直前、やはり、伊達家の家来である須田伯耆《ほうき》という者が、やはり源左衛門の陣所に来て、

「こんどの一揆は政宗の煽動でおこったのでござる。去る十七日黒川でのご参会の節に

飛騨守様を討奉るべき陰謀があり、こんどの名生城攻めにもしかじかの陰謀があったのでござるが、飛騨守様のお働きがあまりに素早くござったので、諸方手違いになったのでござる。今政宗は宮沢城を攻めています。大体この城は手強く攻めれば即時に落つべき城でござるを、なかなか落ちぬは、一揆と申合わせがある故、形ばかりの攻め方して、実のある攻め方をせぬからのことでござる。やがてごらんあれ、一揆方は少しずつ逃げ去り、城が空《から》となってから、政宗は乗りこむにちがいありませんから」
と告げたのだ。政宗にたいしては十分の疑惑を抱いている氏郷だ、信用する気になったのだが、はっきりとした証拠がない。

証拠がほしいと思っているところに、政宗が一揆共にあてた手紙まで持って山戸田らが来たのだから、よろこばないはずがない。

氏郷は書類をとりおさめ、三人を保護し、名生城に兵糧をとり入れ、厳重に籠城の支度にかかった。いつどう政宗と一揆共が出て来るかわからないからである。

このことを、伊達家側では、須田家は政宗の父輝宗の代に伯耆入道道空が仕えた新参者で、輝宗の死んだ時、伯耆入道が殉死したが、政宗は殉死しなければならないほど特別な関係もないものを新参者の似合わぬことをすると、大して優遇もしなかったのを常に怨《うら》んでいたのでこういう無根なことを誣告《ぶこく》したのであると言っている。また山戸田と手越のことには触れていない。そのかわり、曾根四郎助という右筆《ゆうひつ》が罪あって伊達家を出奔、蒲生家に仕えた、氏郷が政宗が一揆の者共にあたえた手紙と称して、重大な証拠品としているのは、政宗の書風をよく知っているこの曾根が偽造したものであると言っている。

この問題はあとで大問題に発展して行くのだから、記憶の端にとどめておいてもらいたい。

## 十七

蒲生軍記には、大へんなことが書いてある。裏切者が出て、自分の陰謀が氏郷に知られたと知った政宗は、いろいろと氏郷のところへ弁解を申送ったが、氏郷は、

「拙者への弁解はいらぬことだ。ただ殿下のおんためを専一におぼし召されよ」

と返答した。

その後も政宗は宮沢城を攻落さないので、氏郷は使者を立て、

「その城お手にあまらば、われらも一方を受持って踏み破り申そう」

といってやった。政宗は、

「やがて攻落し申す」

と答えながらも、一向にはかばかしい戦争もせず日数を費し、ついに城をそのままにして、十二月二日、引き上げることにした。氏郷は聞いて大いに怒り、

「おれを踏みつけにして退陣するのか。ここを通らば、いかで心やすく通そう。その用意せよ」

と、三百騎の兵をすぐり出し、持槍一本ずつ抜身のまま持たせ、見送るていに見せかけて、討取ることにしたところ、政宗もさるもの、脇道を通って引き上げてしまった。しかし、政宗は途中の飯坂城にとどまった。そこから会津に打入ろうと思ったのだ。

氏郷が早速に駆けつけるであろうと考えたので、踏切れないでいた。

氏郷は氏郷で、佐沼へ前進して一揆共を踏みつぶし、木村父子を救い出すことは易いことだが、政宗の動きを注意して進まない。

「この乱れの大本《おおもと》は政宗だ。これを踏みつぶせば一揆共はおのずから退散する道理」

と、名生城からはるかに飯坂の政宗の動きをにらんでいたと、こう記述してある。

おもしろいが、ここは氏郷記の方が正しいようである。氏郷記には、氏郷は須田伯耆ら政宗家中の内通者らの密訴を聞いて、

「さらば、しばらく政宗の出ようを見よう」

と、名生城にとどまっていると、木村伊勢守から飛脚が到着した。

「このほど一揆共は、氏郷公が大崎表まで出陣し、名生の城を攻落し、やがては当表へ進み来られるであろうから、われらは退散する、その方を攻殺さざること無念なりと罵って、ことごとく退散いたしました」

という口上。

氏郷は安心したものの、佐沼城はにわかな籠城のことであり、兵糧もあるまいと思ったので、ここへ引き上げて来いといって、迎えの軍勢をつかわした。一揆勢が退散した

からといって、木村父子は城を出て近在の村へ兵糧徴発になど行けるものではない。危険なのである。

十一月二十三日、木村父子は名生にやって来た。父子は涙を流し、合掌して、入部《にゅうぶ》以後日数も立たず、しかも寒天にこの迅速な出陣をしてくれたこと、前代未聞のことと、礼を言って、

「この二十日以上雑炊ばかり食べていましたが、もはやあと三日の糧《かて》をのこすばかりとなりましたので、餓死するも無念、切って出て討死せんと覚悟をきめています時に、ご出陣あって、不思議に命が助かりました。命の親とはそなた様のことでござる。われら父子は、必定、流罪か死罪に仰せつけられるかと存じますが、万々が一助命されましたなら、生涯そなた様の家来となって、草履をとり申すべし」

と、涙ながらに言った。氏郷は、

「そのおことばは過分でござる。拙者は貴殿への友情によっていたしたのではござらぬ。殿下が会津を拙者にたまわった時のおことばが無にならぬようにいたしたのでござる。もし拙者の駆けつけが間に合わず、貴殿らを死なせたならば、拙者は二度と会津へは帰らず、葛西・大崎の一揆共を全部攻めつぶした上、討死せんと覚悟して、出陣したのでござる。そうなっても、後世の恥辱であるべきに、こうして無事に対面出来たこと、生前の大幸これに過ぎ申さぬ。政宗は逆心と見えますれば、あるいは一揆共と合体して押寄せることもないとはかぎらぬ。その節は貴殿らとともに花々しく戦い、同じ枕に討死

つかまつろう」

と答えた。

氏郷は政宗に使を立て、

「何とてその城を早々に攻落されぬぞ。攻めあぐみなさっているのであれば、一方の攻《せめ》口《ぐち》をわれらに渡されよ。即刻攻落し申そう」

と言いおくったところ、政宗は、

「早や落去間際でござる」

というばかりで、格別きびしく攻めもせず、かえって須田伯耆のことを弁解する。

「須田伯耆がご陣に駆入り、拙者逆心の由を申上げた由、迷惑でござる。拙者には露覚えなきことでござる。須田儀はかようかようなもので」

と、さんざんに須田の悪口を言い遣《や》ったのだ。

ついに一揆方の城を攻落さず、引き上げてしまった、とある。

ともあれ、政宗が勝手に引き取り、氏郷が名生城に居続けたことは事実だ。政宗に言わせるなら、自分が名生城近くにいては、双方の士卒らが激情的になっているから、どんなはずみで大事になるかわからないと思われて、引き上げたのであるというであろう。

秀吉の命による奥州・出羽地方の検地係の一人であった浅野長政は、この地方の検地をすますと、関東・甲斐・信濃の検地にかかり、これもおわって、東海道を経て帰京すべく駿府まで行った時、奥羽一揆の報を聞いて、すぐ引返しにかかった。江戸で徳川家康に話をすると、家康は次男の結城秀康と榊原康政に軍勢を授けて出陣させる。その軍勢は浅野が二本松につくとすぐ二本松に到着した。

政宗はこれを聞くと、小姓二、三人と叔父の重実・片倉小十郎の二人とを召連れて二本松に出頭、いろいろと浅野に弁解した。

浅野はこれを聞いて、

「殿下へのとりなしは心得申した。まかせられよ。必ず疎略にはいたさぬ。それにしても、氏郷を帰陣させねばなりません。貴殿より氏郷に人質を送られよ」

といって、送るべき人質には重実と重臣国分盛重を指名した。

「かしこまりました」

といって政宗は帰陣したが、国分盛重一人しか氏郷のところに送らなかった。政宗の横着・狡猾なところである。もし氏郷が盛重一人を得て、それで帰って来たら、二人という人質を一人得ただけで引き上げたのは、いつ一揆が再起するかと逃げ腰でいたためである、つまりは臆病のいたすところ、と、うわさを流す算段でいたのだ。少なくとも、氏郷はそう見た。

「弾正（浅野長政）殿から申し来ったところでは、伊達重実と国分盛重との二人を質《しち》人《にん》としてさしこすべきであったに、盛重一人しかよこし召されぬとはいかが、一人にては受取りがたし。早々に二人そろえて送り候え」

といって、盛重を追いかえしてしまった。

しかたがない。政宗は二人そろえて送ってよこした。二人は極月二十八日に名生に到着した。

この年の十二月は大月《たいげつ》だから三十日まである。氏郷は歳暮に急ぐことはないと、元日の祝儀を心のどかに名生城で行なった後、その日伊勢守父子を同道して出発、ことさらに悠々たる旅をつづけて、七日の行程を十一日もかかって、二本松に到着した。

浅野は氏郷を迎え、その手をとって、

「さてさて、こんどの働き、言語に絶えましたぞ」

と感涙を流したという。

この以前、奥羽に一揆がおこり、その裏面に政宗がおり、政宗は一揆と呼応して氏郷を討つべき陰謀をめぐらしているということは、氏郷から京に報告してある。

秀吉は大いに怒って、

「氏郷を討たせてはおれが名にかかわる。早速に陣触れせよ」

と、石田三成を東下させた。三成は徳川家康・佐竹義宣等の関東大名に秀吉の命を伝えて出陣させ、正月十日には相馬まで下って来た。そこへ氏郷が無事二本松に引き上げて来たので、三成は帰京した。氏郷も会津に帰った。

閏正月上旬、氏郷は須田伯耆以下の訴人を連れて上洛し、委細のことを秀吉に報告した。

## 十八

政宗は横着ものであるが、要領はよい男である。かねてから前田利家や徳川家康のような、秀吉が一目おいている大身の大名や、秀吉側近の浅野長政とか富田知信というような連中に、いつも手厚く贈りもの――奥羽産の名馬や鷹など――を贈って、ごきげんをとり結んでいる。この連中から早く上洛して申開きなされた方がよいと手紙をくれた。

政宗は早速上洛の途につく。米沢出発が正月三十日であったという。

会津四家合考と改正三河後風土記によると、政宗は、

「申開きしそこなったら、必定はりつけにかけられるであろう。おれほどの者が普通のはりつけ柱にかかるのはおもしろうない」

と言って、金箔をもってつつんだはりつけ柱を行列の先頭におし立てて道中したので、人々はあっとおどろいたとある。豪快なる演出である。こういう豪快なる演出を秀吉が大好きなことを見ぬいて、その気をとろうとしたのである。政宗は豪傑であったには違いないのである。

このような演出、かねて政宗がきげんをとり結んでいる人々のとりなし、その他さまざまなことが功を奏して、政宗の申開きは立って、秀吉は政宗に罪なしと断じたことになっているが、この頃秀吉は朝鮮出兵のことに熱中している。疑いは晴れんでも、

「わかったわかった。そうかそうか」

と、大いにわかったことにして、ほじくり立てなかったのであろう。ほじくり立てて政宗を切腹させては、伊達家の遺臣らがさわぎ立て、奥州はこの前の一揆以上のことになる。朝鮮出兵などいつのことになるかわからない結果になろう。秀吉の性格・機略から見て、この方に可能性が多い。秀吉が朝鮮に出兵させたのは、すべて西国の大名で、東国の大名は出していないのであるが、政宗だけは出兵させられている。五百人出兵せよとの秀吉の命令であったのを、政宗は千余人もひきいて出兵している。

「油断のならぬ目ッかちだ。国もとにおいてはまた何をしでかすかわからぬ」

と考えたのであろう。その心理をはっと飲みこんだ政宗は、

「それなら二倍くり出してやろう。ここでしっかりと殿下のきげんをとり結んでおかんと、あとが危い」

と思ったのではなかったか。

ともかくも、秀吉は政宗が一揆に関係のあることは認めないことにして、政宗に、

「その方一揆共を平げい」

と命じた。政宗は帰国した。こんどはいいかげんなことでお茶をにごすわけには行かない。手痛く攻めつけて平定した。一揆どもこそ政宗のダシにつかわれ、ひどい目にあったわけだ。

氏郷にしてみれば、政宗を誣告《ぶこく》した結果になって、大いに不平であったろうが、そこは秀吉がうまい工合になだめたのであろう。

やがて夏になると、奥州から大至急の注進が、秀吉のもとにとどいた。南部大膳大夫の一族で九戸《くのへ》左近政実という者が同志を糾合して南部氏にそむき、勢いなかなかに強く、南部氏は平定どころかおされ気味なので、徒党のものが日に日にふえつつあるというのだ。

氏郷はこの時まだ京に逗留していたが、

「その方先鋒をつかまつれ。総大将には秀次をつかわす。江戸大納言からも勢を出させる」

と、秀吉から言われ、大至急に馳せ帰り、南部さして出陣した。この戦さにはいくさ目付として浅野長政と石田三成がつき添い、秀次からは堀尾吉晴、家康からは井伊直政がそれぞれ軍勢をひきいて出陣したので、忽ちのうちに九戸方の城々は落ち、政実は一族とともに殺された。

この戦さにも、氏郷の戦功は無双であった。

秀吉は論功行賞で、奥州大名の土地のくばりなおしをし、氏郷に七郡を加増して、百万石の身代とした。また、政宗から米沢付近、伊達・信夫・安達・田村・刈田の諸郡を没収し、今の宮城県の大部分と岩手県南部とをあたえ、本城を岩手沢に定めさせた。岩手沢は岩出山ともいって、今の仙台から北方十三里の山間の都邑《とゆう》だ。伊達家が本城を仙台にうつしたのはこの時から九年後のことである。

奥州がすっかり平定した後のことであろう、氏郷と政宗のなかがどうもよくないので、秀吉はふたりを仲直りさせるように、前田利家に申しふくめた。

利家は二人を招待し、相客として浅野長政・前田徳善院玄以《げんい》・細川忠興・金森法印・佐竹義宣等の人々を招いた。政宗も氏郷も上下《かみしも》姿で脇差をさしているのだが、政宗の脇差は朱鞘で一尺九寸もあって、ひどく目立った。仲直りの席上とはいえ、どんな結果になるかわからない、もし利家がへんぱなあつかいをしたり、氏郷が無礼なふるまいに出たりしたら、一刀のもとに両断してくれようと、すさまじい心をひめていたのであろう。あるいは、演出やの政宗のことだから、こんな姿を見せたら、かえって平穏にことが運ぶと計算を立てたのかも知れない。

利家はじろりと政宗の脇差を見て、

「伊達殿はだてなおん仕立《したて》」

と言った。政宗は、

「若年ものでござれば」

と言ったという。

ともかくも、この席で仲直りが出来たが、その後別段喧嘩じみたことのあった記録もないが、大いに仲がよくなったという記録もない。

氏郷と政宗とは、大崎の一揆のおこる以前から領分の境目論などで不和であったようだ。こんな話が蒲生軍記に出ている。

安達ヶ原は蒲生家の所領であったが、その近くの黒塚は自分の領分であると伊達家で

は主張し、公訴になった。その時、氏郷が、
「平兼盛の歌に『陸奥《みちのく》の安達の原の黒塚に鬼こもれりと人や見るらん』というがござる。されば黒塚は安達ヶ原のうちではござるまいか」
と言ったので、氏郷の勝訴になったというのだ。

## 十九

氏郷が単に戦陣の雄であっただけでなく、経済眼も卓抜であったことは前に述べたが、やっと戦争さわぎもおさまったこの頃から、会津城の経営と城下町づくりにかかった。会津城の名は伊達家時代までは黒川城といっていたが、氏郷は名前も若松城と改めた。一名を鶴ヶ城というのは、最初にここに城をかまえた蘆名氏以来のことで、氏郷の命名ではない。この城の守護神を亀ノ宮というから、それに対をとって鶴ヶ城というのである。

会津城が天下の名城といわれるようになったのは、氏郷が大修築をしたからである。この修築によって最も堅固な城となり、後世明治維新の時、さしも猛烈であった官軍の攻撃も、まるで歯が立たなかった。会津城は陥落したのでなく、開城したのである。

城下町の形成にも、大いに心を用いた。上士町・下士町・町人町とわかって、上士町は郭内に、下士町は郭外に、町人町は城下においた。

会津の繁栄のために、町人町には市日《いちび》をきめて、馬場町は一・八の日、本郷町は二・

七の日、三日町は二・三の日、桂林寺町は四・九の日、大町は五・十の日、六日町は六の日ときめて市《いち》をひらかせた。つまり、毎日どこかで市がひらかれているようにしたのだ。当時の商業は大都会では常市《じょういち》とて今日の商店のようにいつも店を出している店も出来ていたが、普通には市日を定めて特定の日しか店を出さなかったのだ。商品の数量も少なく、需要もそうなかったのである。だから、氏郷はこんな工合に交代で市をひらかせることにしたのだが、毎日城下のどこかで市がひらけているとなると、城下が繁栄することは言うまでもない。この商人の中には、江州の日野や伊勢の松坂から移って来た者が相当あったにちがいない。

戦国の大名でも、武力だけがすぐれていればそれでよいといったものではない。経済力もまた卓抜でなければならないことは言うまでもない。氏郷はそれを知っていた。それは信長や秀吉から学んだのであろう。

## 二十

氏郷は秀吉の朝鮮出兵がはじまると、秀吉の供をして肥前の名護屋に行っていたが、そこで下血の病気をわずらった。今なら結核性の痔瘻《じろう》というところであろう。秀吉に従っている医者らにかかって治療につとめたが、どうもはかばかしくない。

間もなく正親町《おおぎまち》上皇が崩御されて、秀吉が帰京したので、氏郷も随従して帰京したついでに、堺の宗叔《そうしゅく》というのが名医であると聞き、治療を頼むと、こんどは効験いちじるしく、間もなく快癒した。

しかし、秀吉についてまた名護屋に下ると、再発した。宗叔を堺から呼んで治療させたが、こんどはさらに効験がない。秀吉も心配して、侍医らをつかわして診察させた。いずれも、

「難治の症」

という。治療には曲直瀬《まながせ》道三《どうさん》と宗叔があたったが、次第に衰弱がつのり、京都にかえって二月七日、四十を一期《いちご》として没した。

その辞世が、

限りあれば吹かねど花は散るものを
　こころ短き春の山風

というのであったので、古来いろいろな取沙汰が行なわれている。

蒲生軍記には、秀吉が毒殺したのだとある。九戸《くのへ》一揆の時、石田三成がいくさ目付として奥州に下ったことは前述したが、彼は京に帰って、ひそかに秀吉にこう言上した。

「こんど奥州にまかり下って、蒲生の勢《せい》づかいをよくよく見ましたが、その人数廻し、計略、法度の厳整、目をおどろかせました。七日の間、拙者は彼につき添って見ていたのでありますが、いつもその通りでありました。しかも、よき武士を多数召しかかえて

います。ご油断のならぬ者とひそかに案じています」

秀吉も、氏郷の大器を心中はばかっていたので、ついにひそかに毒を飼ったというのである。

こういう毒殺説は昔から方々にあって、それは全部死者を悼《いた》むこと深い家中におこっている。おしんでもおしみきれないやるせない心がこんな話をこしらえ出しては、せめてもの鬱憤のもらし場にするのであろう。戦国の英雄であるから、秀吉といえどもきれいにばかりはふるまっておられなかったことは、歴史事実が物語っているが、それでも戦国英雄の中では最も明朗闊達の人である。人を毒殺するような陰険なことをしたろうとは思われない。

まして、氏郷の病状、病気の経過、死までのことは、曲直瀬道三の「医学天正記」乾下篇に最も詳細に出ている。この書は道三の診療簿というべきものであるが、氏郷の項には、秀吉がひどく案じて家康や利家に命じ、医者共に治療法を相談させていることまで書いてある。秀吉が毒殺したという説は冤罪《えんざい》であると論断せざるを得ない。

この氏郷の辞世は、単にわが生の無常迅速を嘆いたものとして、十分に意味が通ずるのである。

## 二十一

氏郷の死後、秀吉は一旦会津百万石を子細なく子の秀行に安堵したが、間もなく蒲生家の家中に家来共の喧嘩がおこったので、百万石をとり上げ、宇都宮十八万石をあたえた。

このことにも、秀吉が悪くいわれている。秀吉が氏郷の未亡人に横恋慕して召そうとしたが、未亡人は受けつけない。蒲生家の家来は、

「ご身上《しんしょう》にかえ給うべきことではござらぬ。お召しに応じさせられてしかるべし」

とすすめた。未亡人は、

「力およばず」

とは言ったが、剃髪して尼になった。秀吉は怒って、この処置をしたのだと、蒲生軍記に書いてある。

秀吉がずいぶん好色でもあり、とりわけ織田信長の血筋の女性には異常なくらい執着をもっていたことは事実なようであるから、氏郷の未亡人にたいしても、恋慕の情がなかったわけではなく、言いよったこともあったかも知れないが、肱鉄砲《ひじ》食ってかなわぬ恋の意趣ばらしに身代をとり上げたという解釈は、当時の大名のつとめにたいする考察の足りないために生じた誤解だ。

当時の大名は太平無事の時代の大名とは違う。その人物を見込まれて、その地方のかためとして、大封をあてがわれて、その地にいるのだ。その封は、今のことばでいえば能力給である。当人が死んでもあとつぎの者が当人同様の能力があればよいが、なければ、削封《さくふう》されて他のさして重要ならざる土地に移されるのは当然の処置といってよい。

秀吉がある大名が死んで、その子の代となると、削封して国がえした例は、蒲生家だけではない。堀久太郎の場合もそうである。加賀の前田家なども、もし秀吉に先き立って利家が死んだなら、同様の処置をまぬかれることは出来なかったであろう。後世太平になってからの大名の跡目相続のように考えてはならないのである。

もっとも、こういう処置は、秀吉がとり立てた大名に限ることは言うまでもない。徳川であるとか、島津であるとかの、外様の大名は、当主死亡という場合もなかったが、あってもこの処置はしなかったろう。これらの大名の身代は秀吉の恩恵によるものではない。皆自分の力でかせぎ出したものであるからであり、何よりもへたなことをしては、うるさいことになるから。

氏郷の逸話が、蒲生軍記に出ている。

蒲生家に先祖代々伝わった佐々木四郎高綱の鐙（名将言行録には鐙《あぶみ》とある。この方が正しいようだ）があった。これを細川忠興が所望した。亘理《わたり》八右衛門という家来が、

「これはご当家の重宝でござれば、他につかわさるることはいかが。似よりのものをもとめて、おつかわしになるがようござる」

と言った。氏郷は、

「『なき名ぞと人には言ひてやみなまし心の問はば何と答へん』という古歌がある。人は知らずとも、わが心がとがめる」

と言って、忠興に贈った。

忠興は所望はしたものの、人の家の重代の宝器を心ないことをしてしまったと後悔して、返却しようと申込んだが、氏郷は、

「すでにさし上げたものでござる。さようなごしんしゃくはいらぬこと」

と言って受取ろうとしない。

氏郷の死後、子秀行に返したという。

氏郷が亘理に言ったことばの中に引用した古歌は、恋歌である。

「無実の評判ですよと人には言って済まされるが、実はわたしの心には覚えのあることなのです」

と、思う人にわが心のうちを通じたのだ。ちょっとずるい恋情の告白法である。いや、あるいはテレているのかも知れない。

こういう古歌を引用したところ、氏郷の歌道の嗜《たしな》みのほどもしのばれて、ゆかしいかぎりである。

歌道といえば、氏郷に中山道を通って京上りする時の彼の紀行文があって、続群書類従におさめてある。蒲生軍記にも収めてある。文章も流麗な和文であるが、中に九首の歌がある。さしてよい歌はないが、調べがよくととのって、ふつつかなものは一首もない。

信濃なる浅間の嶽は何を思ふ

われのみ胸をこがすと思へば
思ひきや人の行くへは定めなし
わが古郷《ふるさと》をよそに見んとは

あとの歌が近江路を通る時のものであることは言うまでもない。
戦国武人としては出色の歌人であったことがわかるのである。いわゆる文武両道の達人であったのだ。

氏郷は不運な人といってよいだろう。その器量にくらべると、決して十分とはいえない。秀吉の没後十五年生きていたら、天下はどんなことになったろうと思うと、彼のために一掬の涙なきを得ない。

真田昌幸

真田氏は本姓滋野《しげの》である。滋野姓は各地にあって、大方は同祖から出ているが、間々出自《しゅつじ》を異にしていると主張しているものもある。

一

真田氏の本姓信濃滋野氏の出自にも各説あって、よくわからない。一説では清和天皇の皇子貞秀《さだひで》親王から出ているといい、一説ではやはり清和の皇子貞保《さだやす》親王から出ているといい、さらに一説では神魂命《かんむすびのみこと》五世の孫天道根命《あめのみちねのみこと》の後であるともいう。

真田家では、寛永諸家譜編纂《へんさん》の時、貞秀親王から出ていると報告しているが、後寛政年間に諸家譜を重修《じゅうしゅう》するにあたって、幕府の編纂当局は、皇胤紹運録《こういんしょううんろく》その他の皇族の系譜書に貞秀親王の名が見えないところからこれを疑って、重修諸家譜には貞秀親王を省き、貞秀の子であると真田家で言っている海野小太郎幸恒《ゆきつね》を始祖としている。

寛政重修諸家譜の編者は、真田家は神魂命《かんむすびのみこと》から出た滋野氏——これは紀《き》の国造《くにのみやつこ》となっている——の流れであると言いたげな書き方をしているが、おそらくはこれがあたっているであろう。

ともあれ、古い家である。現在信濃の小県《ちいさがた》郡東部町に滋野というところがあるが、いつの頃からか、そのあたりに住みついて、子孫大いに国内にひろがった。源平時代以後戦国にいたるまでの間にこの国の豪族として、海野《うんの》・真田・禰津《ねつ》・望月《もちづき》・増田・小田切・矢沢・岩下等の名字が見えるが、皆この滋野氏の系統である。

真田氏は海野氏から出た。始祖幸恒《ゆきつね》が小県郡海野郷にいたところから、地名を称したのである。この海野は今の上田市付近の村々の総称で、戦国時代に海野城といったのは、上田城のことだ。

海野氏が歴史に登場して来るのは、源平時代になってからだ。保元物語に源義朝に従って官軍に馳《は》せ参じた武士群の中に、「信濃には海野」とあるが、これは当時の海野氏の当主であった海野小太郎幸親《ゆきちか》のことで、幸恒から六世の孫である。

次は幸親の子弥平四郎幸広だ。木曾義仲の挙兵に応じて起こり、義仲麾下《きか》の有力な将となっている。義仲が越後の城《じょう》氏と戦って痛破した時なかなかの功を立てている。義仲に従って京都に上ったが、義仲が四国の屋島に拠《よ》る平氏を撃つべく行き向った時、先鋒《せんぽう》部隊の将の一人として備中水島から渡海しようとして乗船したところを平家の水軍に奇襲され、敗死した。このことは義仲伝ですでに述べた。

幸広の子は幸氏。幸氏は木曾義仲の長子清水冠者義高と同年で、義高が人質となって頼朝の許《もと》に送られた時、付人の一人として鎌倉に行っていた。義仲の死後、義高は身の危険を感じ逃亡したのであるが、幸氏は義高の身がわりになって夜は義高の寝所に臥《ふ》し、昼は義高の居間にいて義高のいつも好んでいた双六をもてあそんでいた。事露見して義高は追手のために殺され、幸氏もしばらく禁獄されたが、頼朝はその仕えるところにたいする忠誠と器量を愛し、罪をゆるして、本領を安堵《あんど》したと、真武内伝《しんぶないでん》は伝える（東鑑にもあり）。この書にはまた、後の最明寺入道時頼の少年時代、はじめて流鏑馬《やぶさめ》を演ずるにあたってその練習の時、時頼の父泰時《やすとき》は、幸氏が弓馬の故実に通じているとて、老年の幸氏を招いて時頼に指南させたことを記している。

幸氏から十九世にして棟綱《むねつな》に至る。

棟綱に四子あった。長は幸義《ゆきよし》、これが海野の家をついだ。次は幸隆《ゆきたか》、小県郡内の真田に住み、真田氏を称した。これが真田氏のおこりである。三は頼幸《よりゆき》（頼綱また綱頼とも）、これはやはり同郡内の矢沢に住み矢沢氏を称した。四は隆家、同郡内常田《ときた》（時田とも書く）に住み常田氏を称した。

本家の幸義は甲斐の武田信虎に属したが、同じく信州の豪族でアンチ武田の首領であった村上義清と戦って敗死し、所領を奪われた。

村上義清は後に武田信虎の子信玄と戦って敗れ、所領を奪われて越後に走って上杉謙信を頼り、これが川中島合戦に発展して行くのであるが、当時は中々の猛将だ。勢いに乗じてしきりに海野一族を圧迫する。

真田幸隆は後に一徳斎と号してなかなかの名将となるのだが、この頃はまだ時運至らず、勢い微弱で、村上氏の圧迫にたえ切れず、本拠を去って上野に入り、箕輪の城主長野業正《なりまさ》に身を寄せた。この時幸隆は二十八であったろう。

長野業正は在原業平の末裔《まつえい》で、上州平井にいた関東管領上杉憲政《のりまさ》の老臣であった。知略武勇ともにすぐれ、憲政が小田原の北条氏康に追われて越後の長尾景虎（後の上杉謙信）を頼って落ちて行った後も、武田・北条などという大勢力の中に独立を保って、寸《すん》毫《ごう》も所領を侵《おか》されなかったという豪傑だ。だからこそ、幸隆も身を寄せる気になったのであろうが、あまり居心地はよくなかったらしい。業正にはそういうことはなかったろうが、業正の家臣らが寄るべない幸隆主従を狂歌をつくってからかったので、幸隆はじめ無念に思ったということが、真武内伝に出ている。

すごろくの初重《しょでつく》九の重《じゅう》と信濃《しなの》衆《しゅ》は
引くとは見えて居られざりけり

という歌だが、すごろくの遊戯法に不案内のぼくには、よくわからない。本国に居られなくなってこんなところに逃げて来たとからかったのであろう。

不愉快な居候《いそうろう》生活を何年ほどつづけていたのであろう。天文十三年に甲斐の武田家の幕下に属して本領を回復したというから、五、六年も箕輪にいたのであろうか。

幸隆の武田家随身は、武田家から話があったと真田家側では伝えている。即ち武田家

の老臣板垣信形が、信玄に、

「真田幸隆は、数年前に村上義清のために所領をうばわれ、唯今では上州の長野氏に身を寄せていますが、なかなかの人物であります。お役に立つべき者と存じますれば、お召出しあってしかるべし」

と説いた。信玄は山本勘介に問うたところ、勘介もまたこれを推挙《すいきょ》したので、召しよせることになったという。

山本勘介という人物は、信玄の軍師として古来有名な人物だが、明治以後の歴史家の研究ではそれほどの人物ではなく、信玄の部将山県昌景の部下に過ぎなかったというのがほぼ定説になっているから、この話はちょっと信じかねるが、当時信玄は士心民心ともに失っている暴悪《ぼうあく》な父信虎を計略を以て駿河に追い出して自立し、鋭意富国強兵につとめている頃だから、有為な武将を幕下に招致することにつとめていたにはちがいない。

この時から三十年、天正二年五月、六十二歳で死ぬまで、幸隆は武田信玄の麾下の名将として戦功を立てること無数、総身に三十五カ所の刀槍矢砲《や》の傷あとがあったという。彼は弾正 忠《だんじょうのちゅう》と名のっていたが、三十九の時剃髪《ていはつ》して一徳斎と号した。信玄が入道した時、お供して入道したのである。彼の名は一徳斎で世に知られている。

二

幸隆には四子あった。長は源太左衛門信綱《のぶつな》、次は兵部少輔昌輝《まさてる》、三は源五郎昌幸《まさゆき》、四は市左(右)衛門信尹。四人共に勇武知略を以て称せられていたが、信綱と昌輝は長篠合戦で戦死した。信尹は後に隠岐守信尹（一に信昌）といって徳川家で四千石の旗本となった人である。

三男の源五郎昌幸が後の安房守。若年の頃から才気絶倫で、その才幹を信玄に愛せられ、選ばれて信玄の近習六人の一人となった。武田の家中に武藤という名家があった。そのあとつぎがなくて絶家になっていたところ、信玄は昌幸をしてこの家を再興させた。それで昌幸は武藤喜兵衛尉《きへいのじよう》と名のっていたが、兄二人が戦死したので、武田勝頼の命で真田に復姓し、家の遺領《いりよう》を相続した。長篠合戦から間もなくのことであった。「領地六万石ばかりなり」と真田記にある。当時、昌幸二十九歳。真田記によると、この時から安房守と称したという。

長篠の敗戦は武田家にとっては最も手痛い打撃であった。信玄以来の猛将勇卒が一挙に大量に失われ、武田家の武力はガタ落ちになったのだ。普通なら守りを固くして退守の方針にかわるところだが、勝頼はそうしなかった。彼は名代の猛将である上に燃えるような功名心がある。しかも、彼の家臣や世間の人々は、いつも彼を亡父信玄と比較して、「機山《きざん》公には遠くおよびなさらぬ」と批評していたので、それが彼を刺激《しげき》してやまなかった。信玄の死後、彼が「四方の守りを固くして保守の計に出よ」との父の遺言にそむいて、積極進取を事としたのはこのためであった。彼は常に亡父の名声と血みどろな戦いをつづけて来たのだ。彼の真の敵は北条でもなければ徳川でもなく、上杉でもなければ織田でもなかったのだ。父の名声だったのだ。その彼が長篠で徳川・織田の連合軍に惨敗《ざんぱい》したのだ。とりもなおさず、父の遺言にそむいた報いだったわけだ。くやしくてたまらなかったに相違ない。ぜがひでも名誉を回復しなければならないと思ったろう。退守どころか、しきりに兵を四方に出して戦いつづけた。

その積極策の一環《いっかん》として、昌幸は上州方面の経略を受けもたされた。

家を相続した後、昌幸は小県郡の真田郷にいたが、鳥居峠をへだてた上州吾妻郡の羽尾《はねお》（今羽根尾）にその頃一族である羽尾（海野）幸光・同輝幸兄弟がいた。この兄弟は久しく武田家につかえていたのだが、老年になったので仕えを辞し、羽尾にかえっていたのである。兄弟ともに武勇にすぐれていたが、とくに兄の幸光は年七十に近かったが、力百人に敵し、強弓をひき、荒馬に乗り、新当流（塚原卜伝の創めた兵法）の兵法に達した勇士であったと、羽尾記にある。

羽尾から利根川の支流吾妻川に沿うて下ること六里ばかりに岩櫃《いわびつ》（今郷原《ごうはら》）というところがある。ここに当時城があって、越後の上杉家に属し、斎藤摂津守という者が城代となっていた。この斎藤が幸光の武勇を慕って交際をもとめて来た。斎藤としては、戦国の世のこと、幸光ほどの人物と親交を結んでいればまさかの場合大いに力になってもらえると思案したわけであろう。幸光も悪い気持ではない。親しく往来しているうちに、斎藤は次第に幸光に打ちこんで、ついには自分の城内に幸光のために住宅を営んでここに住まわせるようにした。兵法の弟子入りしたのかも知れない。

ところが、ここが人の心のはかられないところだ。いつか幸光は斎藤を追い出して岩櫃城をうばい、あわよくば全吾妻郡をおのれの手におさめたいと思うようになった。方法はいたって簡単であった。天正四年の正月二日のこと、祝儀の席上であった。とつぜん、幸光は、

「拙者近頃よき刀を手に入れた。ごらんあれ」

といって刀をぬきはなち、おそろしい顔をして斎藤をにらみつけた。今にも斬ってかかりそうな形相だ。斎藤はおどろき、おそれ、あわて、ふるえ上り、早々に席を立ったばかりか、城の裏門から飛び出し、越後をさして逃げ去った。信ぜられないような話だが、羽尾記にちゃんとそう書いてある。

真武内伝と上田市史によると、これは昌幸が幸光兄弟に策を授けてこの運びにしたとある。とにかくも、幸光兄弟は勝頼から岩櫃城主に任ぜられ、数人の豪族を除く以外の吾妻郡内の武士ら全体の支配を命ぜられているが、その朱印状《しゅいんじょう》は昌幸が取次いでいる。昌幸が知恵を授けたと信じてよいであろう。

この頃、利根郡沼田（今の沼田市）は、小田原北条氏と越後上杉氏の争地になっていた。元来、ここは王朝末期あるいは鎌倉初期頃から沼田という豪族（豊後大友氏の始祖能直の母利根局の生家らしい点あり）の本拠であったが、この数年前にこの家にお家騒動がおこり、付近の豪族に攻め取られたので、沼田万鬼斎とその子景義は会津の蘆名《あしな》家を頼って出奔《しゅっぽん》してしまい、沼田は一時小田原北条氏のものになっていた。しかし、間も

なく越後の上杉謙信にうばわれた。

以後、しばらく、上杉・北条両氏は和睦《わぼく》して平和がつづいたので、沼田は上杉氏のものとして藤田信吉というものが城代として治めていた。

ところが、謙信の死後、上杉氏はその養子である景勝・景虎二人の間に家督争いがおこり、もみにもんだあげく、景勝が当主となり、景虎は殺されてしまった。景虎は北条家から養子に行ったのだ。氏康の七男だ。両家の和睦の楔子《くさび》だったのだ。それが殺されたとあっては、両家の平和の破れるのは当然である。

沼田は再び両家の争地となった。北条家は武蔵鉢形城主北条氏邦《うじくに》に沼田奪還を命じた。氏邦は大軍をひきいて沼田を攻めた。藤田信吉は敵せず、降伏した。氏邦はその降を納《い》れ、藤田を依然城代として、自分は武蔵に引き上げた。

沼田は赤城山の広い裾野のひろがった西北麓にある。利根川・片品川・薄根川等の諸川の合流点にあり、要害は堅固であり、土地は膏腴《こうゆ》であり、新たに岩櫃をうばって虎視眈々《たんたん》たる昌幸の目にはこの上ない好餌に見えた。

「取るべし！」

そこで、付近の城や砦を蚕《かいこ》の桑を食うがごとく次々におとしいれる。藤田は危険のせまるのを感じて、鉢形城に注進して援軍を乞うた。天正八年夏のことであった。

北条氏邦が早速来たばかりか、当主の氏直《うじなお》まで大軍をひきいて小田原から出て来た。

「かようかようの次第」

と昌幸もまた甲府に急使を走らせる。勝頼は自ら兵をひきいてやって来た。思いもかけず、上州の山の中で、武田・北条の大決戦が行なわれそうな形勢になった。勝頼にとっては長篠の恥を雪《すす》いで名誉を回復するに願ってもないよい機会だ。

「相手にとって不足はない」

と、張り切ったが、氏直としては、沼田くらいな土地のとり合いに、こんな相手と決戦しては損だと計算したのであろう、氏邦をのこして、

「堅固に守ることを専一にせよ。決して出て戦ってはならんぞ」

と言いおいて、小田原に引き上げてしまった。

勝頼は余憤《よふん》のやり場がない。沼田城に猛烈な攻撃をかけたが、要害まことに堅固で、犠牲ばかりがいたずらに多く、急には攻めおとすことが出来そうになかった。攻めあぐんだ。

ここで、昌幸の知略が出る。昌幸は城方の様子を子細に観察していたが、どうやら藤田と氏邦との間がしっくり行っていないようであることに気づいた。忍びの者を入れてさぐってみると、氏邦が事ごとに権威をかさに着て傲慢《ごうまん》であるので、藤田が不快な感情を抱いていることがわかった。

『フン、やはりな』

昌幸は藤田に書面をおくり、利害を説き、武田に味方することをすすめた。

うまく行った。藤田は裏切りを約束し、昌幸の軍勢が大手の木戸を破って乗り入ると

同時に、藤田勢が北条勢の背後から鉄砲を打ちかけたので、北条方は狼狽混乱して、這々《ほうほう》のていで城を出てくずれ走った。

こうして、沼田は武田家の手に帰した。勝頼は沼田の過半を藤田にあたえ、城は昌幸とともに守らせた。昌幸は海野輝幸を自分の代理として沼田城においた。

この翌年春、旧沼田城主沼田景義が旧臣らを集めて沼田城を奪回しようと企てた。この企ては未然に城方の知るところとなり、昌幸に報告された。昌幸はひそかに沼田に来て、沼田の旧臣一人を籠絡《ろうらく》して、これに景義を殺させ、禍《わざわい》の根を絶ってしまった。戦国の世とはいえ、むごい話だ。昌幸も寝ざめがよくなかったと見えて、景義の遺骸《いがい》を丁重に葬り、供養のために法喜院という寺を建てている。

この年冬、昌幸は海野幸光と輝幸父子とを殺している。吾妻郡の地士《じざむらい》連中が連名で海野兄弟には謀叛の志があると告げて来たので、弟信尹《のぶただ》に兵を授けて攻め殺したということになっているが、上田市史は、兄弟に謀叛の心があったという証拠もないし、とくに輝幸は、

「無実の疑いを受けて死ぬは無念。一時ここをのがれて疑いを雪《すす》ぐべき時を待とうぞ」

とて、沼田の北方三、四里の迦葉山《かしょうざん》に一時身をかくした点から考えて、大いに疑っている。志を逞《たくま》しくするに、海野兄弟が邪魔になったのだろうというのだ。羽尾記も無実の疑いとしている。そうかも知れない。この時代の英雄豪傑は皆五十歩百歩の野心家だ。

「邪魔ものは消す」というのが、その英雄豪傑どもの共通の処世哲学だ。

三

武田家のほろんだのは、この翌年天正十年の春であった。長篠に武田家の精鋭のあらかたを殲《つく》した後、織田信長は対武田戦は一切徳川家康にまかせきっていた。傷つき狂う猛獣がしだいに衰弱して来るのを待っている冷酷さであった。

たしかに、勝頼は傷を負うて狂い立っている猛獣さながらであった。洞穴《どうけつ》の奥深くひそんで静かに傷をなめつつ気力の回復を待っていればよいものを、東海道筋に出ては北条・徳川の連合軍と戦い、関東に出ては北条氏と戦い、いやが上にも精力を消耗《しょうもう》して行った。

信長は六年半待った。そして、武田家の精力がつき、士心民心共に離反し、内部がガタガタになったと見きわめがつくや、ゆったりと立ち上った。

信長がこの見きわめをつけたのは、木曾義昌《きそよしまさ》の離反からであった。義昌は木曾義仲の子孫で、代々木曾の峡谷《きょうこく》地帯の福島を居城として木曾一円の領主であった。信玄の時代から武田氏に屈伏して家臣となった。名門であるので、信玄は一門並《なみ》に取りあつかい、自分の女《むすめ》をめあわせて相当優遇《ゆうぐう》したのであるが、義昌にしてみれば恥多い不自由な境遇として、常に不平であったに相違ない。その上、勝頼の代になると、無闇に戦争ばかりして、軍役の絶え間がない。義昌の不平は募《つの》らざるを得ない。やがて、そのうち、武田家の衰勢が目立って来た。

「このへんが見切り時。おれにはうらみこそあれ、武田家と運命を共にしなければならん義理はない」

と、離反の心をきめて、織田家に内通を申しこんだのである。

信長は決して急がない。木曾の内通が真意であることを確実に見きわめ、義昌の弟を人質にとった上で、腰を上げた。即ち天正十年二月はじめ、同盟国である徳川氏と北条氏に同時に攻めこむべく牒《ちょう》じ合わせて侵入した。

結果は周知の通りだ。穴山梅雪《ばいせつ》をはじめ武田一門にして降伏内通して案内役をつとめるものがあり、戦わずして逃げるものがあり、散々な有様であった。勝頼は新府城にわずかに千の兵をひきいて引き上げ、軍議をひらいた。その時、昌幸は主張した。

「拙者所持の上州岩櫃城へお開きあるのがよろしいと存ずる。土地は天険の要害をなし、城は堅固でござる。おん麾下の五千や六千の人数を三年や五年養うくらいのことは何でもござらぬ。なお、小室《こもろ》（小諸）には御一門の典厩《てんきゅう》信豊様がおられ、上州の箕輪には内藤修理殿がおられます故、道中も安全でござる。しばらく岩櫃におわすうちには、必ず甲州御回復の機会もござろう」

典厩も修理もこれに賛成したので、勝頼も容れた。

「ありがたき仕合せ。それでは拙者直ちにその支度にかかります」

昌幸はかねて甲府に差し出しておいた夫人や一族の老少を引きつれて上州に立ちのき、勝頼のために岩櫃城内に屋敷をかまえたり、沼田城を留守していた矢沢綱頼（昌幸のためには叔父にあたるが、この頃は家老役になっていたようだ）に命じて牢人を多数召しかかえたりして、熱心に勝頼を迎える準備をととのえた。

以上は真武内伝その他の真田家の所伝によって記述したのであるが、武田三代軍記には昌幸の進言は記しているが、勝頼がそれを受入れたとは記していない。また甲乱記には全然記述がない。しかし、この時昌幸が矢沢綱頼にあてて出した「牢人を召抱えて人数に不足がないようにせよ」との命令書が現存しているところを見ると、真田家側の所伝が正しいと見るべきであろう。

ところが、勝頼の方では、この予定が変更になった。昌幸が新府城を立ち去った後、小山田《おやまだ》信茂から、

「拙者の居城郡内の岩殿《いわとの》城にお出でありたし」

と言って来たところ、勝頼の寵臣《ちょうしん》長坂釣閑《ちょうかん》が、

「真田は一徳斎以来わずかに三代の家臣でござる。あまりご信頼あっては不安でござる。小山田は譜代の御家臣、郡内の城こそしかるべしと存ずる」

と進言したので、勝頼はついその気になり、三月三日、新府城に火をかけて郡内を目ざした。

「資財道具は道路に引散らし、夫に別れたる女房、親に離れたる幼き者共が辻々に迷ひて、声も惜まず泣きかなしむ有様は、なかなか語るにことばなし。敵は早や後より追ひかけるなどと騒ぎければ、ころぶともなく、倒るるともなく、泣く泣く竜地が原まで歩

み着かせ給ひ、あとを顧みたまへば、早や城には火かかり、造りならべたる宮殿楼閣ただ雲一片に焼け上る」

と、甲乱記にある。女子供づれのことだ。混乱悲哀のほど想像出来る。この時、勝頼の引きつれた軍勢は七百人しかなかったという。忠義一徹と精強を以て天下に鳴った武田家・甲州武士がこの有様だ。人間の運命の不安定なこと、人心の頼みがたいことはこの通りである。

新府は甲府の西北方四里ほどの地点、郡内は今の大月市付近一帯の名称、相去ること十里ばかりだ。女子供づれのことだが、急ぎに急いで、日暮方、勝沼の東方の柏尾《かしわお》についた。

ここに小山田が迎えに来ているという約束であったが、来ていない。忽ち供の軍勢には小山田心がわりの風評が立って、その夜のうちに逃亡する者が相ついだ。このへんのことは「理慶尼の記」が、実に鮮かに描出している。

それでも勝頼は小山田を信じようとした。信ずるよりほかはなかったのであろう。しかし、ここは危険であるというので、翌日はなお進んで笹子《ささご》峠の下の駒飼《こまがい》まで行って、ここで待つことにした。

翌々日六日の暮方、小山田から使者が来た。

「かような所へいらせられるとは、思いもかけぬことでござった。郡内岩殿山の城へお出で下さいますよう。それについて、拙者の母にお暇を下さるようにお願い申します。

御台様《みだい》のお住いなどの支度をさせたいと存じますから」

小山田の母は人質として勝頼の許にとどめられていたのであるが、それを返してくれというのだ。勝頼は疑わしく思ったが、不運に気が弱くなっている。小山田の気を損《そこ》ねることをおそれて、生返事をしていると、七日の夜、使者は小山田の母を盗み出し、闇にまぎれて逃げ去った。それでも、勝頼は疑い切れず、迎えに来るかと待ったが、来るはずがあろうか。こちらから使者をつかわすと、笹子峠の上に小山田の軍勢が待ちかまえていて、きびしく鉄砲を撃ちかけて寄せつけない。

報告を聞いて、さすがの勝頼も今はもう望みを捨てるよりほかはなかった。立腹したが、どうすることができよう。すると、その間につき従っていた軍兵のほとんど全部が逃げ散り、わずかに四十三人になってしまったという。勝頼の寵臣で、しかも真田は譜《ふ》代《だい》の臣でないから信用出来ないと言った長坂釣閑も跡部《あとべ》大炊助《おおいのすけ》も逃げ去ったというのだからひどい。

ついに天目山の最期となる。長子信勝・夫人北条氏をはじめとして、武士四十一人、女五十人、枕をならべて自殺したのだ。悲惨というもおろかだ。

この報は籠城の準備に懸命であった昌幸の許に達した。

「やれやれ、そうか」

と嘆息はしたが、この当時昌幸はすでに小田原に気脈を通じている。勝頼の天目山の最期は三月十一日であるが、その翌日の十二日の日付で、鉢形城主の北条氏邦から昌幸にあてた手紙が現存しているのだ。この手紙は昌幸から人を介して、北条氏の被官になりたいと申しこんだ両通の手紙にたいして、承諾したとの返書なのだ。

これはどう解釈すべきであろう。意地悪く考えれば、長坂釣閑が言ったように、最初から叛逆の志があったとすべきであろうし、善意に考えれば、現在の武田・北条の両家は敵味方の間柄ではあるが、何といっても勝頼夫人は北条家の出であるから、籠城の場合力になってくれよう、少なくとも織田方に味方することはやめてもらうことは出来るであろうと思案したのかも知れない。あるいは、勝頼を引き取って籠城拒戦はやるが、武田家が力にならないことは明らかだから、北条氏を味方にしておくことは家の存立のため必要だと思ったのかも知れない。

いずれにしても油断のならないことではあるが、当時の小豪族にはこれくらいのずるさは欠くべからざる機略であったのであろう。

そうかと思うと、間もなく信長の威勢が武田氏の旧領であった甲・信・上州に行きわたり、織田家の部将滝川一益《かずます》が関東探題として厩橋《まやばし》（前橋）に在城することになると、昌幸は織田家に帰服し、滝川の与力ということになる。この時、沼田城は収められて、一益の一族滝川儀大夫がこれを守ることになった。昌幸は次男の幸村を人質としてさし出し、幸村は沼田城にとどめおかれている。この時幸村は十七歳だ。

沼田は昌幸が自分の武力を以て切り取ったところだ。これを没収されたのだから、織田帰服は昌幸にとって物質的には相当な損失だったわけであるが、その頃武田家の旧臣らが多数昌幸の家臣となっている。皆それぞれに武勇知略にたけた連中だから、武力的には大いに増大している。武田家の滅亡に際しての昌幸の義勇のふるまいに感激したためとある。どの程度まで武田家に忠誠心があったか、本当のところは疑問だが、忠誠心ありげに見えたことは見えたろう。せっぱつまってからこそ逃げ出したり、人質の者をさらって夜陰にまぎれて逃走したりするようなへたなことは彼はしないのである。それほどせっぱつまらない時期に、利害を説き、自らの居城に勝頼を迎えるという約束をし、頼もしいものと信頼され、人質の妻や老幼をもらい受けて、堂々と引き上げているのだ。知略すぐれていればこそであることは間違いない。

## 四

昌幸が織田氏に所属して間もなく、六月二日、本能寺の変がおこった。天下の英雄豪傑は再び一挙にスタート・ラインにならんだようなものだ。天下はどよめいた。昌幸ほどの人物が拱手しているはずはない。領内の勢力のある寺院宝蔵院に寺領を寄進し、吾妻郡の地侍《じざむらい》恩田伊賀に本領を還付したばかりか、当座の堪忍分《かんにんぶん》として信州と上州で三十貫文の土地をあたえた文書がのこっている。皆その心を攪《と》って、いざという場合に粉骨させるためだ。前者の日付は六月十日、後者は六月十二日の日付になっている。変り身の速さがわかるのである。

その頃、こういうことがあった。

六月十二日は、海野郷の白鳥《しらとり》明神の祭礼日だ。これは滋野一族の氏神であるが、近郷近在に尊崇《そんすう》されているので、その祭礼は大へん賑わうのである。とりわけ、その年は四月に武田家が亡《ほろ》んだあと、信長の武田家の旧臣らにたいする仕置が苛酷《かこく》をきわめ、捕えられて死罪に処せられるものが多かったので、小県《ちいさがた》や佐久《さく》の地侍らは皆かくれ忍んでいたのであるが、信長が京都で殺されたといううわさを聞き、皆はじめて天日を仰ぐ気持で集まったので、大へんな賑わいとなった。

地士らは神前に集まって酒をのみ、唄をうたい、踊りなどおどって、解放のよろこびを楽しんでいたが、そのうち、一人がこう言い出した。

「織田右府が死んだ以上、天下は近いうち必ず大いに変るであろう。その時こそ、われらも再び人がましい身分になれるわけであるが、大将と仰ぐべき人がいんでは、皆の心がバラバラで、大事をなすことは出来ん。そうじゃろう」

「うん、そりゃそうじゃ」

「じゃによって、この中から誰ぞ一人えらんで、それを大将と仰いで仕えるというのは、どうじゃろうのう」

「よかろう」

「よい思案じゃ」

皆賛成して、誰はどうじゃ、うんにゃ、誰の方がよいぞ、などと言っていると、昌幸のいとこ常田図書《ときたずしょ》が発言した。

「おたがい似たりよったりのものじゃ。誰を大将にしてもさして変りはせん。どうじゃろう。おれを大将にしてくれんか。ずいぶん働くぞ」

人々は言った。

「せっかくおぬしが望むのじゃから、してやってもよいようなものじゃが、おぬしの家老《おとな》何某《なにがし》は高慢なやつじゃによって、もしおぬしを大将にしたら、やつが威張って始末におえまい。あきらめてもらおう」

クジ引きがよい、入れ札がよいと、色々な意見が出ているうち、ひたいを合わせてひそひそと語り合っていた年輩の連中数人の中から一人が発言した。

「ちょいと静まってくれい。いい考えが出た。上州の岩櫃城におられる真田安房守殿はどうであろう。安房守殿は当地の領主でもあり、義勇知略の人として、武田家でも名うての人であった。われらが大将と仰いで恥かしからぬお人であると思うが、どうであろうか」

「よかろう、よかろう」

「安房守殿とは思いおよばなんだな」

「よい段ではない」

と、直ちに衆議一決して、代表者を立てて岩櫃におくった。昌幸はこれを快諾し、この人々の言うままに小県郡戸石《といし》の城に移って、人々と主従の約を結んだという。以上は土塊鑑という書物から引いて上田市史に記載してあることで、編者は当時の形勢から推して事実であったろうと言っている。ぼくもまた事実であったろうと思う。信長の死によって解放のよろこびのために産土神《うぶすながみ》の祭礼に集まって酒宴をひらいて楽しむ様子に、当時の地士の生態が活写されているという点からも、この記録は珍重すべきである。なお想像をたくましくするならば、ここへ至る段取りは、前もって昌幸がつけたのかも知れない。それくらいのことはしかねまじい昌幸である。

この頃、吾妻郡鎌原に鎌原宮内少輔《くないしょうゆう》重春という豪族があった。昌幸が岩櫃城にいた頃から臣属し、昌幸に心服している者であったが、この者が昌幸に書をおくって、

「よき機会でござる。やがて関東一円大変動がおこりましょう。速かに当郡および利根郡に兵を出され、経略にかかるべきでござろう」

とすすめて来た。昌幸はよろこんで、

「お差図にまかせて出陣するであろう。うまく行ったら、拙者領内において千貫文の領地を進ずべし。万端きも入り頼み入り候」

と返書している。六月十六日の日付になっている。

やがての活躍にそなえるために諸豪の心を攬《と》るにつとめていることがわかるのである。

しかし、昌幸はまだ動かなかった。織田家の関東探題滝川一益《かずます》がまだ厩橋にいたからであり、次男の幸村が人質となって沼田城にいたからであろう。けれども、その滝川も六月二十日に西上の途についた。同時に沼田城を守っていた滝川儀大夫も引き上げた。沼田は空城《あきじろ》となった。これは幸村から報告があって、すぐ昌幸にわかった。昌幸は弟信《のぶ》

尹《ただ》をつかわして沼田城を占領させ、ついで矢沢綱頼にこれを守らせた。沼田城は彼の手をはなれて二月目にはまたかえって来たのである。

これが再びかかった上州経略の手はじめで、上州の諸豪を手なずけにかかっている文書がのこっているが、現実には経略にはかかれなかったようだ。というのは、甲信地方の形勢に大変化がおこったからだ。信長は甲州の地方を武田家から奪うと、川中島に森長可《ながよし》を、伊奈（いま伊那市）に毛利秀頼を、小諸に道家正栄《どうけまさひで》を、甲斐に河尻秀隆をおいて、それぞれその地方を治めさせたのだが、本能寺の変報を受取ると、皆守りを捨てて上京の途につき、河尻は地士の一揆に攻め殺されてしまい、甲州も信州も無主の地となったのだ。

この真空地帯に先ず入って来たのが、越後の上杉景勝だ。川中島に打ち入って来て、信州中の豪族らに、

「われらが妻は故勝頼殿の妹である。つまり、われらは妹聟にあたる。武田家の遺領を相続する権利があるわけ故、武田家の被官であった各々は、われらが川中島を所領することに異議はないはずである」

と申しおくった。異議はあっても、強いものには巻かれるよりほかはない。

「ごもっともなる仰せでござる。われらもお家に随身させていただきたい」

と答えて、随身した。

昌幸にしても、小身の身の上だ。家の保全上しかたはない。帰服を申しこみ、景勝の

いる信州長沼城に行って、拝謁《はいえつ》した。

ところが、間もなく北条氏直が四万五千という大軍をひきいて、碓氷《うすい》峠をこえて乗りこんで来た。これまた信州の諸豪に、

「われらが母は武田信玄の女《むすめ》である。つまり、われらは信玄の孫である。皆々われらに随身すべし」

と通達した。

信濃の諸豪らは板ばさみになった。彼らにとっては義理もへちまもない。家の保全があるだけだ。この点では昌幸も同じだ。そこで、上杉・北条の勢力の校量《こうりょう》がはじまる。どう考えたって、これは北条氏のほうが強い。事実当時はそうだったのだ。謙信の死後は強いといっても上杉氏は強弩《きょうど》の末勢の感をまぬがれなかったが、北条氏は早雲以来の古い家柄であり、関東の大部分と伊豆を領有しているし、間近く滝川一益を撃破してその武力の決して衰えていないことを示しているのだ。

昌幸らの信州豪族らは、相談の結果、北条氏に帰服することにした。この帰服にあたって、高坂《こうさか》源五郎はわざと海津《かいづ》城にとどまることにした。北条・上杉両軍の決戦がはじまった場合、裏切りする計略になっていた。ところが、この計略が上杉方に漏れたので、景勝は高坂を斬った。

北条方ではこれを夢にも知らない。上杉と決戦すべく、昌幸らを先鋒として川中島におし出して来ると、景勝は高坂の首を北条の陣に送りつけた。氏直はおどろきおそれ、

戦わずして退いた。

以上は真武内伝の説だが、関八州古戦録ではかなり違う。北条方八万五千、上杉方八千余の軍勢で、川中島の雨宮《あめのみや》の渡をへだてて対陣すること数日にわたった。昌幸は氏直に、

「味方は遠く旅に出て、しかも大軍のことでござれば、久しきにわたる対陣は、士気の点から申しても軍糧《ぐんりょう》の点から申しても、不利でござる。速かに戦いをはじめるがよろしい」

と説いた。氏直は答えた。

「景勝など、踏みつぶすつもりなら何の手間ひまいらぬ。かかるものは捨ておくがよろしい。それより、これから甲斐・駿河の二国を切取ることが大事」

「仰せではござれど、それは時機すでにおくれていると存ずる。すでに甲斐方面には徳川殿が手入れして、地士らに本領安堵の証文をあたえて猛運動をしている由でござる。もし、最初より甲・駿の地を得給わんとならば、上州表から当国へ参らるべきではござらなんだ。直ちに甲府へ押入らるべきでござった。当国に入られたのみか、この川中島まで軍を進め給うたのは無益《むえき》のことでござった」

と、昌幸はことばをつくして説いたが、氏直はきかず、川中島を引きはらって、佐久を通って甲州に向ったとある。

両説いずれも真であろう。高坂が殺されて計が齟齬《そご》したので、氏直は恐ろしくなり、

「景勝などはいつでも踏みつぶせる。急ぐことはない」と、言いつくろったのであろう。
ところが、家康の方が景勝よりずっと恐ろしい敵だったのだ。この時は合戦はしていない。途中で上杉が徳川と謀《はかりごと》を合わせて後ろを取り切ろうとしていると聞き、大急ぎで小田原にかえっている。つまり、北条家の信州出陣は全然無駄なことだったのである。

この年の秋、昌幸はこんどは徳川家に帰服している。

武田の遺臣に依田信蕃《よだのぶしげ》という者があった。武田家滅亡の時、駿河の田中城を守っていた。駿河名勝遺蹟によると、家康は家臣大久保忠世をつかわして、

「しかじかのことで、勝頼殿は御最期、武田の家は亡んだのでござる。今は誰がためにお守りある。速かに城を明け渡しなさるべきでござる」

と説かしたところ、信蕃は、

「われらはこの城を堅固に守ることより知り申さぬ」

と拒絶して、なおも防守につとめる。

家康は穴山梅雪に命じて、説諭の手紙を出させた。梅雪は信玄のいとこという近い武田一門であり、その妻は勝頼の妹という親しい関係にある。信蕃はやっと諒解《りようかい》して、城を明け渡して甲州にかえった。

その時、家康が信蕃に、自分の家臣になるようにすすめたところ、信蕃は、

「われらはまだ主人の生死《しようし》のほどを確かめてはおりませぬ。一身のおちつきをはかるべき時ではござらぬ」

と答え、袂《たもと》をはらって立ち去った。

信長の生きている間は、信長が武田家を憎むこと一通りではなく、その遺臣らを召抱えることを諸大名に禁断していたので、家康も召抱えなかったが、信長が死ぬと、家康は武田家の遺臣を続々と幕下に招致《しようち》した。甲・信の地に野心をもっていたからでもあるが、武田武士を大いに買っていたからでもある。

その頃、大久保忠世が信蕃を推薦《すいせん》した。

「殿もおぼえてござろう。田中の城を守っていた依田という男を。殿がもし信州を手に入れたいと思《おぼ》すなら、あのような見事な男を家来にし、信濃のあの男の在所にかえして、色々やらせなさるがよいのですじゃ」

「おお、おお、おぼえているぞ、見事なやつであったの」

家康は早速信蕃をさがし出し、主従の契約をして、その在所である佐久の春日にかえして働かせることにした。

誠実な信蕃は感激して徳川家のために大いに努力したが、この信蕃が徳川家の力を小県地方にのばすには昌幸を味方にしないかぎり困難であると見て取って、先ず懇意《こんい》な出家を昌幸の許へつかわして説かせ、次に一族の者をつかわして説かせ、三度目には信蕃の所領内の蘆田村のある地点で両者おち合って談合した。信蕃は、

「家康様に所属されようとなら、起請文《きしようもん》をお差し出し下さらば、ありがたし」

と言った。

「ごもっともなるおことば」

昌幸は早速起請文をさし出したが、すぐ言った。

「ついては、われらの方にも望みがござる。家康様の御起請文をたまわらばありがたき仕合せ」

気合である。すかさず所望したので、信蕃としては、

「ごもっともなる御所望。ずいぶんそのようにはからい申すでござろう」

と答えざるを得なかった。

信蕃は使いの者をして昌幸の起請文を家康の許にとどけさせ、昌幸の所望も言ってやった。

家康は昌幸の帰服をよろこび、またその所望をゆるして、起請文をしたためて信蕃の使いの者にわたした。信蕃は家康の起請文に自分の起請文をそえて、昌幸に渡した。時に天正十年九月二十八日。

また一説には昌幸の弟信尹《のぶただ》が家康と昌幸との間に立ってまとめ上げたともいう。

とにかくも、昌幸は徳川家に帰服することにしたのだ。思うに川中島における北条氏直の臆病と不決断を眼の前に見て、その人物に見切りをつけていたので、家康に頼る気になったのであろう。

武田家滅亡からここに至るまでの六カ月半の間に、昌幸は、最初に北条氏、次に上杉氏、また北条氏、そして徳川氏と、四度主をかえている。乱世に処する小豪族としては

いたし方ないことでもあったのだろうが、依田信蕃のような行き方の人もあるのだ。誠実な人柄であったとは思えない。思うに身代不相応に知略たくましく、また野心家であったために、つい出所進退が不明朗になったのであろう。

## 五

昌幸が徳川家に服属を約束した頃、家康は北条氏直と甲州で対陣中であった。家康は昌幸に、

「奉公の手みやげに一働き所望」

と言ってよこした。昌幸は依田信蕃とはかって、北条家の糧道《りょうどう》である碓氷峠を切りふさいだ。改正三河後風土記《みかわごふどき》に、「真田安房守は生得《しょうとく》危険の姦人故、又北条を離れ徳川家へ降参しければ、依田右衛門佐《すけ》信蕃とともに碓氷峠に屯《たむろ》して北条家の糧道を塞《ふさ》がしめる」とある。生得危険な姦人とは手きびしい。しかし、徳川家側から言えば、こう評価するのは無理はない。前章で述べたように、彼は反服常ない人物だ。決して誠実な人とは言えない。とくに徳川家にはこの後二回も叛《そむ》いている。しかし、この時は徳川家のために働いたのだ。

昌幸と信蕃の働きは戦局の上に大変化をおよぼした。この時の北条勢は徳川勢に数倍する大軍をもって対陣しながら、巧みな家康の用兵と勇敢な三河武士に駆けなやまされて難渋《なんじゅう》しきっていたのだが、今また糧道を絶たれたので、せん方なく和議を申しこんだ。

家康はこれをゆるした。

その和睦の条件は、
一つ、上州は北条家の分国とし、甲・信は徳川家の領分とする。

二つ、したがって、上州沼田は北条家に属し、沼田のかわりには、北条家で切り取っている甲州都留郡（郡内地方）・信州佐久郡を徳川家にわたす。

三つ、家康の女督姫（おふう）を氏直に嫁せしめる。

以上三カ条であった。

和議が成って、両家ともに兵を引きあげ、北条家では都留郡と佐久郡を徳川家に引渡し、上州沼田を引渡してもらいたいと申しこした。家康は昌幸に、事情を説明し、

「沼田を北条家に引渡すよう」

と命じた。

昌幸は怒って、

「最初お味方に属した時、過分の恩賞せんとの御約束でござったに、その沙汰もないに、沼田を渡せとは何ごとでござる。沼田はわれらが武略を以て切り取った土地でござる。徳川家より拝領したものではござらぬ。ぜひにと仰せられるなら、代地を賜わるが当然と存ずる」

と返答した。

これは昌幸の言い分が道理だ。よろずに念入りな家康にしてはあるまじき粗漏《そろう》だ。昌幸を甘く見ていたとしか思われないが、このため家康はずっと昌幸に苦しめられることになる。

家康は昌幸の抗議にたいして、

「いかにも代地はつかわそう。しかしながら、今のところ分国内に余分な土地がない故、追ってのことにする。先ず沼田を引渡すがよい。悪いようにはきっとせぬ」

と答えた。

昌幸は思案した。

『徳川殿はおれを手ごわい被官《ひかん》ゆえ、力を弱めようと心組んでおられるのじゃわ。沼田を削って上田城だけにして制し易くしようとの思案にきまった。その手に乗るおれと思うか』

昌幸のこの思案を思いすごしとかひがみが強すぎるとか考えてはなるまい。この時代としては当然な用心である。

昌幸は重臣らを集めて、家康の命令を告げて意見を言わせてみた。重臣らは言った。

「徳川家の武威日にさかんにて、益々大身になられる形勢でござる。されば仰せにまかせて沼田をお引渡しあるがよろしいと存ずる。やがて代地もたまわるでござろうし、御機嫌にもかかない、お家末々のおんためと存ずる」

昌幸は首をふった。

「おれはそうは思わぬ。とかく徳川殿はおれをあつかいにくい被官と思うておられる。必ずやおれの力を殺《そ》ごうと思うておられるに相違ない。もし、この徳川殿の仰せにしたがって沼田を渡した後、上田も召上げると申されたなら、どうしたらよいかの」

老臣らは一斉に答えた。

「さような理不尽なことのある道理はござるまい」

「ござるまいと言うても、あったらどうするぞ」

「さようなことがありましたら、われら一同一命を差し上げ、城を枕に討死いたすまでのこと」

「きっとそうか」

「きっとでござる」

昌幸は一同を見わたして言った。

「その方共の申すところ、うれしく思うぞ。そこで相談がある。その節捨つべきいのちを、今おれにくれることにしてくれい。おれには徳川殿の仰せが合点が行かぬのだ」

「かしこまりました」

老臣一同、いさぎよく答えた。

「かたじけないぞ」

昌幸は、家康に、

「沼田のこと、代地を頂戴いたさぬ以上、相渡すことは出来申さぬ」

と、返答し、上田に籠城の支度をすると同時に沼田城にも矢沢綱頼を大将として籠城させた。沼田の南方一里ほどの地点に森下という土地があり、城があったが、ここには恩田《おんだ》越前というものを籠らせた。

以上は真武内伝によって記述した。大体においてこの通りで、家康の命令を突っぱねるにあたっての昌幸をはじめ真田家中の人々の決意のほどはこうであったろうとは思うが、この時まで家康は大して昌幸のことを怒っていない。思うに家康としては北条家にたいするあいさつまでに昌幸にそう言ってよこしたまでで、実行させる気はなかったのであろう。彼は北条氏をなめ切って、貰うものは貰ったし、どうなろうとままよ、といった気持であったと思う。

「ほしいなら、力で切り取ったらよかろう。約束じゃからとて、北条家ほどのものが、おれに言うてくることがあるものか。甘いわ。北条家も長いことはないな」

と心中あざわらっていたにちがいない。

また、昌幸にたいしても、

「はいはいとだけ言うておればそれでよいに、料簡のせまいことだて。小身者《しょうしんもの》はすぐムキになるのであつかいにくいわ」

と思っていたかも知れない。

事実、この翌々々年まで、家康は全然この問題に触れないのである。このところ、段ちがいに役者がちがう感じである。

さらにまた、上田城のことも、真武内伝の記述はちがうようである。上田市史には、この翌年の天正十一年に至って、昌幸の働きによって小県地方の豪族ら全部が徳川家に随身して、一応のおちつきを得たので、昌幸は家康の許可を得て上田に城を起工し、家康また付近の豪族らに手伝いを命じて、翌十二年に竣工したと記載している。これが本当であろう。改正三河後風土記にも、天正十一年八月二十四日に真田昌幸に信州上田の城を下さると記載してある。上田城に移るまで、昌幸は同郡内伊勢山の戸石城にいたのである。

## 六

北条氏は家康を通じての交渉が埒《らち》があかないので、武力をもって沼田を収むべく、鉢形城主北条氏邦に五千の兵をさずけて沼田へさし向けたが、矢沢綱頼の巧妙堅固をきわめた防戦によって撃退され、すごすごと引き上げた。これは天正十年の末のことである。

翌々年天正十二年春、家康と豊臣秀吉との間の風雲が急になった。小牧長久手の戦いに発展して行くあれだ。家康は北条家の助勢を乞うた。北条氏直は沼田のことをむしかえした。

「沼田は先年あの契約があったにかかわらず、そのままになっている。急ぎ真田をさとして当方に引渡されるなら、御所望に応ずるであろう」

「仰せごもっともでござる。早速にさよう取りはからうでござろう」

と家康は答えたものの、そのままに捨ておいた。

そのうち合戦はすんでしまった。

この戦いは終始秀吉方が後手後手《ごて》とまわって、大体において徳川方の勝ちと判《はん》ずべき戦いであるが、決定的に勝ったわけではない。領分のひろさから言っても、軍勢の多寡から言っても、富力から言っても、秀吉方が圧倒的に優勢だ。もう一度戦わなければならないとすれば、とうてい勝つことはおぼつかない。家康は不安であった。どうしても、有力な大名を味方にしておく必要があると思われた。すると、翌天正十三年の春、北条家からまた沼田のことを言って来た。家康もこんどはまじめにこの問題について考えないわけには行かない。

「必ずお申し越しのよう取りはからうでござろう」

と答えて、上田に使いを派した。

上田市史も、野史も、前章でのべた真武内伝の記述——家康と昌幸との応酬《おうしゅう》、昌幸と老臣共との問答をこの際のこととしているが、ぼくにはそうは思えない。家康の命令はあの時とこの時と二度にわたっているように思える。

とにかくも、昌幸は峻拒し、先年家康からもらった起請文を送りかえした。同時に、越後の上杉家に使者を馳《は》せて、

「先年一旦貴国に服属しながら、中途にして志を変じたことは、まことに申訳なきこと

でござった。慚愧《ざんき》骨を刺すの思いでござる。何とぞおゆるしいただきたい。唯今われら上州沼田のことで、徳川家と弓矢におよぶこととなりました。伏して願わくは貴国の武威を仮りて、この危難をまぬかれて家運をひらきたく存ずる。もしこの嘆願を聞き入れ給うて御救援たまわるならば、愚息源次郎（幸村）に軍兵百騎をさしそえて御城下につかわします。御家来の端に加えていただき、ことある際にはおん先手《さきて》を仰せつけられなば、幸いこの上はござらぬ」

と申し入れ、誓書を持たせてやった。

景勝は昌幸をにくんでいたが、

「真田が往年の反覆はにくいが、今の危難はあわれじゃ。家を保つためにあるいは降服し、あるいは他家の援《たす》けを借りるは、小身な武士にはありがちなこと。昔のことを穴ぐり立てることはすまい。また真田が無勢を侮《あなど》り、徳川の大軍を恐れる故、助けてやらなんだと世に取沙汰されては、不識庵公以来の当家の弓矢に傷がつく。助けてやろうぞ」

とて、六千五百余の兵を助勢として送ってくれた。これは真武内伝の所伝だが、景勝は謙信の弓矢の骨法をまことによく伝えているというべきだ。上杉氏二代、悪くいえば少年小説じみた、ほめて言えば男性的爽快《そうかい》さにあふれた動きをする父子であった。二人は実の父子ではないが、叔父甥《おい》だ。遺伝かも知れない。

昌幸が上田城で反抗の色を立てているとの報告が入ると、家康は怒った。三河武士・信州武士十七、八人に八千の兵をひきいさせて、上田へ向わせた。この大将分の中には後の大久保彦左衛門、当時の名平助忠教《ただのり》も入っている。

戦いは、徳川勢の到着する以前に、小諸の住人蘆田下総《しもうさ》（依田信蕃の一族だ）らが徳川家への忠義立てに、真田家の支城矢沢城を攻撃したところからはじまった。矢沢は上田城の東北方一里ばかりにあった城で、矢沢綱頼の息男三十郎が八百人をもって守っていたが、三十郎は勇敢に戦って撃退した。

越後勢は八月十七日に上田に到着した。

半月おくれて閏《うるう》八月二日、徳川勢が到着した。

これから合戦を書くわけだが、書物によって異同があって、どれが本当かわからない。しかし面白いのは改正三河後風土記に伝えるところが一番だから、それによって書くことにしたい。この書物は徳川家が改訂編纂《へんさん》したものだから、徳川勢の敗北ぶりについて相当割引いて書いてあると思うのだが、しかもなお目もあてられない惨敗ぶりだ。相当信用してよいのかも知れない。

さて、徳川勢は上田に到着すると、先ず城内に使者を立てた。

「貴殿の無礼なる返事をお怒りになって、われらをおつかわしになったのであるが、もし貴殿が先非を悔いて罪を謝し、今後の忠勤を誓われるなら、ご宥免《ゆうめん》あるであろう。われらもおとりなしに骨折るであろう。降参いたされるがよい」

という口上であった。

昌幸は使者に会い、いかにも謹しんだ様子で、

「田舎育ちにて礼を知らず、腹立ちまぎれについ無礼な返答をしてしまいました。まことに恐れ入ったことでござる。今となっては後悔いたしております。この上は城を明け渡しますれば、何とぞ寛仁《かんにん》の御沙汰あってご宥免あるよう、各々方のおとりなしをお願い申し上げます」

と答えた上、一族の海野三郎右衛門という者を同道させて、寄せ手の陣中につかわし、こう言わせた。

「御使者までに安房《あわ》儀が申しましたように、城は異議なく明け渡しますが、願わくは城中掃除《そうじ》のため、三日間お待ちいただきとうござる」

大将分として来ている大久保忠世・鳥居元忠・平岩親吉《ちかよし》らは、すっかりこれを信じてしまった。

「もっともなることでござる。さらば三日お待ちするでござろう」

と答えて、三日待つと、三日目に城中から使者が来ていう。

「御芳情により、城内の掃除はすでにすみましたが、家人《けにん》共の妻子を路頭に迷わせては、安房生涯の恥辱でござる。いず方へなりとも安堵いたすよう引取らせたいと存ずれば、とてものお情にて、今三日お待ち下さるまいか」

なるほど安房ほどの者、郎党共を憐《あわ》れむ心の厚いことではある、これを許さぬは武士の情を知らぬと言われよう、それでは徳川武士の恥と、また待つことにした。

その二日目の夜から天《そら》が曇って、夜が明けてもなお陰雲がこめている。これは信州で

「峡霙《さいぶり》」といっている特殊な気象現象《げんしよう》で、里には降らないが奥山では大雨が降っていて、その水が午頃《ひる》千曲《ちくま》川の支流神《かみ》川に洪水となって流れて来ることになっている。

「しめたな！」

ほくそえんで、昌幸は寄せ手の陣に使者を派す。騎馬の使者は、馬を陣頭に乗りつけるや、大音声《おんじよう》に、

「先日申し送りました通り、家中の者共の妻子共を引取りくれるように方々へ頼みつかわしたのでござるが、徳川殿のおん敵となったる者の家族なれば引取ることはかなわぬと、いずれでも申し引取ってくれませぬ。今はもういたし方なくござれば、主従城を枕に討死いたす覚悟をきめ申した。各々方お手柄にお攻め下さるべし」

と呼ばわり捨て、一目散に逃げかえった。

徳川方はおどろき怒り、逆上した。

「憎っくき真田め！」

合戦の相談もせず、われ先きにと駆《か》け出して行った。昌幸は足軽を少し出して鉄砲を撃ちかけさせた。徳川勢は怒り心頭に発している。ものともせず、追い立て追い立て城に迫る。小川があったが、瞬間もためらわない。一気におしわたって真一文字に大手の町口《まちぐち》に乗り入る。

城内からは四百余人の兵が出て来たが、少し戦って逃げる。弱《じやく》を示して誘いこもうとしているわけだが、逆上し切っている徳川勢にはそれがわからない。

いよいよきおい立って追いかけ、町口を二カ所攻め破って入ると、小路のつまりつまりに葭簾《よしず》をかけ、その前に色美しい小袖・織物・帯、さては金銀の蒔絵《まきえ》をした器物をおき散らしてある。寄せ手の足軽共はこれを見て、弓や鉄砲を捨て、その衣類や器物をひろいにかかる。将校らが叱って制止したが、これが楽しみで戦さに来ているといってもよい者共だ。聞くはずがあろうか、一枚の小袖、一筋の帯、一つの器物に何人もがとりついて喧嘩までおこるさわぎだ。とたんに、葭簾のかげから鉄砲が火を噴いた。乱射乱撃、まるで火の雨の降りそそぐよう。あわてふためいている間に、千人あまりの足軽が撃ち殺された。徳川方の将校らは、

「町筋に火をかけて焼きはらう以外には、どこにいるかわからぬこの鉄砲隊共をしりぞける方法はないわ」

と言い出し、まさにそうしようとしたところ、一人が、

「火をかけては味方が危い。不案内な土地じゃ。総勢火に巻かれて鰯のように黒こげになってしもうぞ」

といったので、中止になった。

昌幸は次男の幸村と軍勢を引きまとめて、二の丸の武者溜《だまり》で床几に腰かけ、おちつきはらっていたが、やがて敵が二の丸近くに攻めかかって来たと注進がくる。兵らは皆すぐにも突出しようときおい立った。

「逃げるな、卑怯者！」

「待て待て、せくことはない。腹ごしらえしよう」

昌幸は湯漬《ゆづけ》を持って来させ、幸村とともにゆるゆると喫し、兵士らにも兵糧《ひょうろう》をつかわせた後、

「どうやらいい潮時じゃ」

と、馬をひきよせて乗り、兵士らに、

「今日の戦《いく》さ、首は取らんでもよいぞ。唯駆り立てよ。よいか。首を取って来ても手柄にはせんぞ」

と言い聞かせておいて、采配《さいはい》を振って門をひらかせ、一斉に鬨《とき》の声をあげさせて突出し、錐《きり》をもみこむように敵中に突入し、縦横に突き立て、駆り立てた。徳川勢とて当時の日本では最強の軍隊だ。とりわけこの前年に秀吉軍を撃破して自信に満ちている。狼《ろう》狽《ばい》しながらも腰をすえてがんばろうとしたが、先手先手と出られて散々に苦しめられている上に、狭い町筋に密集している。立ち直り切れない。進退度を失っているところに、馬上にのび上がった昌幸が片手に小旗をふると、上田の北方半里ほどの山中にある戸石城から嫡子《ちゃくし》源三郎信幸が、東北方一里の地点にある矢沢城から矢沢三十郎が、それぞれ五百人の兵を引きつれておし出して来、徳川勢の後方を取り切ろうとする。

徳川方の諸将らは一層あわてながらも、勢を分けて後方にも備えを立てようとしたが、その時、かねて昌幸が千曲川の対岸に伏せておいた郷民《ごうみん》二千人ばかりが鬨の声をあげ、鉄砲を撃ちかけた。つるべ撃ち。徳川勢は側面を炎に吹かれるよう。

三面の敵に、さすがにこらえられず、ドッとくずれ立って千曲川の河原におし出された。真田方は勝ちに乗って追撃する。徳川方の将校級の者でここで討死する者三百五十余人と記されている。

大久保忠世兄弟、鳥居元忠、平岩親吉等の大将級の者共がしんがりして、どうにかして味方を退却させようとして苦戦しているところに、上杉勢が本丸から突出して来て、横ざまに撃ちかかる。ついに散々に敗れ、混乱しつつ、どうやら神川まで引き取ったが、こんどはかねて昌幸がはかっていた洪水がドッとおし出して来て、溺死《できし》する者が無数という始末。

けれども、どうやら引取ることが出来た。彼らは昌幸の手なみをはじめて見たのだが、さすがの三河武士らも舌を巻いておどろきおそれ、あとは居すくみの姿となって、滞陣をつづけるばかり。気の強い大久保忠世がしきりに積極的に出ようと主張したが、諸大将いずれも動かず、翌月下旬浜松から家康の命令が来ると、これ幸いとばかりに、大久保兄弟をおさえのために小諸城にのこして引き上げてしまった。家康のこの命令は、越後から景勝が自身大軍をひきいて援けに向うという情報が入ったためである。

徳川方が上田城を攻めている時、北条家はこの機会に沼田城を抜こうとして、いつもの北条氏邦に氏照をそえ、大軍を発して沼田におしよせたが、矢沢綱頼はよく防いで撃退した。

# 七

上田合戦のすんだ後、昌幸は次男幸村に矢沢三十郎外数百人をそえて、越後に送った。帰属を申しこんだ時の約束をふんで人質につかわしたのである。景勝はよろこんで、幸村に信州屋代《やしろ》郡で一千貫の領地をあたえた。上杉氏との関係は大いに深くなったわけではあるが、昌幸としては安心してはいられない。

徳川家は大勢力だ。一旦の勝利は得たものの、あとはどうなるかわからない。たとえ上杉氏の援助があっても、総力的には徳川家の方が上杉氏より強大なのだから、はなはだ不安だ。

「豊臣家に倚《よ》るよりほかはない」

思案の結果はこうなった。当今天下を見わたして見たところ、徳川家の向うに立ち得る大勢力は豊臣家以外にはない。幸い去年の小牧長久手合戦の後、両家の間には奥歯にもののはさまったようなものがつづいている。

昌幸ほどの人物にこの思案は遅しというべきだ。思うに、徳川家と手切れになる頃からこの考えはあったのであろうが、急場の間に合わせるために手近かの上杉氏に帰服したのであろうか。それとも小智者ではあっても、伝えられているほどの大智者ではなかったのであろうか。

ともかくも、早速取りかかる。

その頃、毎年上方から上田地方に来る舞まい（幸若舞）の太夫で春松《はるまつ》という者があったが、この者が当時秀吉の執事役であった富田信広のひいきを受けていることを聞いて、これに頼んで秀吉に服属する志のあることを、信広に通じてもらった。秀吉は天下の大名をのこらず幕下にしたいと思っている。ことに昌幸の武功、とりわけこんどの上田合戦に徳川勢に一泡吹かしたことはうわさに聞いて大いに快としている。すらすらと事は運んで、その年の初冬には秀吉から服属をゆるすとの文書が来、さらに十一月には上坂せよとの命令書が来た。昌幸は長子信幸をつれて上坂し、大坂城で秀吉に拝謁《はいえつ》した。

英雄の心を攬《と》るに秀吉には特別な手腕がある。もち前の闊達な態度で引見し、昌幸のこれまでの武功をほめそやし、差していた刀をあたえた。

高野山の蓮花定院《れんげじょういん》に、昌幸が居間にかかげて死ぬまで朝夕《ちょうせき》に礼拝《らいはい》していたという秀吉の画像が伝わっており、大体たしかなものであるという。老獪《ろうかい》といってよいほどの昌幸ほどの人物をコロリとまいらせた秀吉の人間的魅力、あるいは手腕はおどろくべきものがある。もっとも、人物も段ちがいなのである。

この時幸村もまた昌幸につれられて上坂し、秀吉にお目見えしたという説があるが、これは信ずるわけに行かない。上杉家から連れ出すことは出来ないはずだ。

秀吉に所属して大いに気強くなった昌幸の心中には勃々《ぼつぼつ》たる野心が燃えて来た。その頃、彼は信玄の庶子《しょし》で、盲目のために出家している海野竜宝という者を手に入れたので、これを種に一芝居打つことをたくらみ、色々手だてをめぐらしていたところ、あたかもよし、徳川家に大事件がおこった。徳川家の老臣の一人で、岡崎城を守っていた石川数正が秀吉から籠絡《ろうらく》されて、秀吉の許に奔《はし》ったのだ。石川は家康が左右の手とたのんでいたほどの人物だ。軍事その他の徳川家の秘密を全部知っている。それが相手もあろうに、最も有力な敵である秀吉に投じたのだ。さすがの家康も狼狽して、小諸に駐屯中の大久保忠世に急使を出して、しかじかの次第故、急ぎかえれと言ってやった。忠世もおどろいたが、何としても真田のことが不安だ。

「真田は油断なりがたき者でござる。近頃では信玄の庶子で海野竜宝と申す盲人を大事にしてかしずき仕えています由。拙者がここを打捨てて帰りましょうなら、必ずや上杉と牒《ちょう》じ合わせ、くだんの盲人をおし立て、甲州を切り取らんとするに相違ござらぬ」

と答えてかえらないでいると、おりかえし、かまわんからかえって来いと命じて来た。しかたがない。忠世は弟の平助忠教（彦左衛門）をあとにとどめてかえった。

大久保平助は油断なく守ったし、また雪が深くなったので、昌幸もどうすることも出来なかったが、年が明けて正月になって、平助が召還されて引き上げると、雪も少なくなった。昌幸は活動をはじめ、徳川方の小諸城主依田康国らを圧迫して、じりじりと佐久郡を切り取って行った。

徳川家をなめ切っている昌幸の無遠慮をきわめたやり方に、家康は腹を立てて、再び上田征伐を決心した。ところが、この頃から、昌幸が頼みとしている秀吉は家康を敵とすることの不利をさとって、籠絡の策に出、しきりに機嫌を取りはじめ、ついにはすずでに人妻になっている妹を夫婦わかれさせて家康に縁づけるという極端なことまでやっている時だ。武力的にはバックしてくれようはずはない。昌幸は窮地に立ったが、さすがは秀吉だ。見殺しにはしない。

「徳川殿はおれが妹聟だ。おとなしくせい」

と昌幸をおさえる一方、家康の方も説いて、ついに和睦《わぼく》させた。

昌幸もまた沼田が無事なら、家康のような大勢力との戦いは好むところではない。

「末長く異心あるまじきしるしに」

という口上とともに嫡子信幸を人質として家康の許に送った。家康もよろこんでこれを受けたばかりか、家臣本多平八郎忠勝の女《むすめ》小松を自分の養女として、信幸と婚約までさせた。

この婚約については異説がある。はじめ家康は小松を養女にしないで婚約させることにしたところ、昌幸が腹を立てて、

「拙者が嫡子を徳川家の被官の聟にするのじゃと、真っ平じゃ！」

とけんもほろろにことわった。家康はこれを秀吉に相談すると、

「おことの養女にして、その上で話をかけてごらんあれ」

と知恵をつけた。その通りにすると、昌幸は上きげんで、

「至極の良縁、文句はござらぬ」

と、受けたという。

真偽はわからないが、当時の昌幸と本多忠勝との社会的地位を考えれば、ありそうなことではある。

八

以上の話は天正十四年のことだが、これから二年目の十六年にまた沼田のことが問題になった。

この年夏、秀吉は使者を小田原につかわして、

「わしは関白として天子より天下の政《まつりごと》をまかせられ、すでに箱根以西を斬り平げ、東北の諸大名らも皆服属を申しおくり、のこるところは貴殿の分国だけである。普天の下王土にあらざるなく、率土《そっと》の浜《ひん》王臣にあらざるなしだ。速かに上洛《じょうらく》して参内をいたされよ。承服なきにおいては勅裁《ちょくさい》をいただいて征討に向うべし」

と申しおくった。

使者の往復数回あったが、北条の言い分はこうであった。

「先年、当家と徳川家が和睦した時、甲・信二州は徳川家の手柄にまかせ、上州は当家のものとする約束であった。当家においては約束通りにしたのに、真田昌幸が上州沼田の地を固く領有していて渡してくれない。もし関白の威によって沼田を当家の領分としていただけるなら、必ず上洛参内いたすであろう」

秀吉はこれを承知して、昌幸に、

「沼田は北条にわたせ、その代地は徳川家の領分である信州伊奈（伊那）郡から出させることにする」

と説いた。

昌幸にとって、沼田は執念のからんだ土地だ。彼の半世の波瀾はほとんど全部この土地のためにおこっていると言ってよい。いやだったに相違ない。が、外ならない秀吉の命だ。拒《こば》むことは出来なかった。承諾の旨を答えたが、それでも条件をつけずにはいられなかった。

「御諚かしこまりました。しかしながら、沼田のうちの名胡桃《なぐるみ》城は、拙者の家の代々の墓所のあるところでござれば、ここだけはおゆるし下さいますよう。他のすべて子細なく渡すでございましょう」

ここでも、ぼくは昌幸の執拗すぎていやな性質を見ないわけに行かない。昌幸はウソをついているのである。名胡桃は真田家の先祖とは何のゆかりもない。先祖の墓があるなど真赤なウソだ。上田市史では、天下の形勢はいつどう変るかわからない、それ故、ここをのこして上州方面への経略の足がかりにしようとのつもりであったろうと説いているが、ぼくにはそうは思えない。単に執念深いのであり、おしいのであるとしか思えない。しかし、それにしても、恐ろしい執念だ。妄執《もうしゅう》というべきであろう。

が、秀吉は昌幸のこの乞いをいれた。彼はこのことに乗り出す前に、当時の事情を知っている者を徳川家からも北条家からも呼び出して十分に調査しているのだから、昌幸のことばがウソであることを知っていたかと思われるのだが、はかの行くことを第一義としている彼だ。ほじくっては面倒になると思ったのであろう。

「先祖の墓があるとすればもっとも千万な申し条だ。よしよし、名胡桃は別にしよう」

となったと思われる。

話はきまって、秀吉の許から人が出て実地について境界を定め、利根川を境として東を北条領とし、西を真田領とした。真田領としてのこったのはおよそ三分の一、北条家にわたした三分の二の分のかわりには、徳川家が信州伊奈郡で一万二千石わたした。

大体こんなことで、さしも問題になることの多かった沼田問題は一応の決着がついたのであるが、昌幸が名胡桃をのこしたことが、数カ月後にはもう真田・北条の間の紛擾《ふんじょう》となり、ついには秀吉の小田原征伐という大変なことに発展して行く。

この年の十一月のことだから、問題落着から四カ月しか経っていない。新たに沼田の城代として北条家から赴任《ふにん》した猪俣《いのまた》則直は、多年の間主家の望んでいた沼田が主家の領地になりはしたものの、名胡桃だけが他家の領分であるのが癪にさわってならない。

「わが寝床に人の毛脛《けずね》がのびて来ているような気がする。何とかせんことには寝られはせんわい。それにあれもこちらのものにしたら、お家に忠義にもなるわい」

と、考えていたが、ついに一策を案じ出した。

名胡桃の城代鈴木主水《もんど》の姉智で、名胡桃城詰めの武士である中山九兵衛という者を利をもってさそって味方にした。ほどなく、鈴木が上田の本城に使者をつかわすことがおこった。

「おれが行って来うわい。ちと上田に用事もある」

中山は自ら使者を買《こ》って出た。

「それはよい都合じゃ。では頼む」

鈴木は何の疑うところもなく、使いの用件などいって、中山を送り出した。

両三日経って中山はかえって来た。

「行って来たぞい。御返事はしかじか。それから、殿がおぬしをお召しじゃ。大急ぎでかえって来るように仰せられた」

「ほう、わしをお召し？　大急ぎでと？　すぐ行こう。留守を頼む。如才はあるまいが、油断は禁物じゃぞ」

鈴木は馬に乗って出かける。

中山は猪俣と十分な打ち合わせがしてある。城の櫓にのぼって旗を振ると、城外の森陰に兵をひきいてかくれていた猪俣が立ちあらわれ、城にかけつける。中山は門をあけてこれを迎え入れた。思いもかけないことだ。居合わせた守兵らがあっけに取られているうちに、猪俣の兵はひしひしと城内をかためてしまった。

守兵の中に、城内を脱出して、鈴木を追いかけて知らせたものがあった。鈴木は仰天し、恥じ、嚇怒《かくど》した。書面をしたため昌幸に報告した後、城に攻めかかろうとしたが、兵力が少ない。ついに正覚寺という寺に入って腹を切って果てた。

昌幸は激怒した。人をだましはしてもだまされたことは決してなかった昌幸だ。手痛い打撃であったに相違ない。直ちに秀吉に訴え、家康にも報告した。

秀吉は怒った。

「沼田のこと所望にまかせて取りはからってやったにもかかわらず、約束の上洛の期が来ているのに、未だに出発したという報告にも接しない。不快に思っていたところに、かかることがあった由、沙汰のかぎりである。今はもう容赦せぬ。直ちに征伐を加うべし」

と、決意のほどを北条家に示した。

北条家では、早速使者を上洛させ、

「氏直やがて上洛いたすでありましょう。また名胡桃のことは、北条家で下知して行なったのではなく、出先の者が勝手にやったことであります。名胡桃の城は直ちに真田に返します」

とわびたが、秀吉はきかず、ついにこの翌年の小田原征伐となる。

なおこの名胡桃事件の頃、おそらく少し前のことと思われるが、昌幸は上杉景勝が秀吉にお目見えするために大坂に上っている不在中、越後に人質としてやって景勝の家臣にならせている幸村を呼びもどして上坂させ、大谷吉継《よしつぐ》に頼んで秀吉の近臣にしてもらっている。

景勝は帰国後に知って、

「古狸め！　またしてもおれを裏切ったか！」

と激怒して、秀吉に訴えた。しかし、秀吉は景勝をなだめて、幸村はそのまま手許にとどめた。

昌幸がこれまでしばしば反覆していることについては、小身の豪族として、また情勢上、いたし方はなかったのであろうと、弁護できないことはないが、この時の所業には一言の弁護もできない。昌幸は利に敏《さと》い、陰険な性格であったに相違ない。

## 九

枚数がのこり少ない。関ヶ原役の時の昌幸のことに飛ぼう。

関ヶ原役は、そのはじめは上杉景勝が会津でアンチ徳川の挙兵準備をしているところからはじまる。家康は当時大坂にいて、五大老中第一の実力者として天下の政治を見ていたが、景勝討伐のために東に向った。天下の大名の大多数がこれに従って東した。昌幸もまた居城の上田から次男幸村をつれて随従した。昌幸の長子信幸は沼田にいたが、これまた沼田から出て家康に従った。

身は東に行きながら、家康の心は西にあった。自分を東にさそい出しておいて西で石田一派が事を挙げるであろうということを、彼はよく知っていたのだ。家康だけではない。黒田長政だ、細川忠興だというような人々は皆予想していた。しかし、昌幸はこれを全然知らなかった。

石田は脈の少しでもありそうな大名には皆莫大な恩賞を餌《えさ》にして味方するようにと密書をとどけたのであるが、昌幸はこれを野州の天明宿《てんみようじゆく》（佐野の古名）で受取った。

「かほどの大事をくわだつるに、前もって何の相談もせぬということがあるものか」

と、昌幸は立腹し、返書にそのことを書きおくった。これはそれにたいして弁解した三成の返書がのこっているから明らかだ。

三成は、事成ったなら信州・甲州の両国をあたえると言ってよこしている。昌幸はこれに動かされたに相違ない。領地に執着すること鬼のような彼が動かされないはずはない。彼は利口な人間だから、こんな場合の約束は必ずといっていいくらい空手形になることがわからないではなかったろうが、

「おれの知略をもってすれば空手形にはおわらせない」

という自信もあったろう。

昌幸びいきの人は、彼が太閤を尊敬すること一通りでなかったことや、家康とは性格的に合わなかったことや、彼が最も愛したらしく見える次男の幸村が石田の参謀長ともいうべき大谷刑部《ぎようぶ》吉継の女婿であることなどを挙げて、信義心によって西軍に荷担《めいりよう》したと言っているが、彼が信義の人でなかったことは、これまで述べて来たことで明瞭であろう。

石田の手紙を受取ると、昌幸は信幸を天明の宿に呼んだ。信幸は少しはなれた犬伏《いぬぶし》に居たのだ。信幸は早速やって来る。昌幸は石田の書簡を見せて、所存を聞いた。信幸は、

「石田らのこの挙は石田らが自分らの野心のために秀頼公の名を仮りているものと判断いたします。また家のために危険でもござる。義のためより考うるも、利のためより思うも、一味然るべからずと存ずる。ことにそれがしは内府（家康）の聟となり、恩を受くること厚いことでござれば、これにそむいて石田方にくみする心は毛頭ありませぬ」

と、はっきりと言った。

昌幸は自分は一味する決心でいると言って、信幸を説得にかかったが、信幸の決心はかたい。昌幸もあきらめた。

「さらば、いたし方はない。わしは西に一味しよう。幸村は大谷が聟なれば、これも一味する。そなたは東に味方せよ」

と決裂した。

この時のことは色々な説がある。信幸・幸村の兄弟がたがいに激昂して論争し、あわや血の雨を降らそうとしたと書いたものがあり、天下分け目の時節なれば両方にわかれて所属するが家を保つ万全の策だとて東西にわかれたとの説もある。前者のようなことはあったろうと思うが、後説は人情に遠くて信ぜられない。

昌幸と幸村とは、天明の陣所をひきはらい、帰国の途についたが、途中、沼田を過ぎたので、城中の信幸夫人小松に使いを立て、孫共に会いたいから城に入れてくれ、一晩ゆっくりと孫共と遊びたい、と言ってやったところ、夫人は使いの者に問うた。

「お父上はどうしてこんなに急いで御帰国になるのか」

「よく存じません」

「伊豆守様も御一緒か」

「いや、安房守様と左衛門尉様だけであります」

夫人はきっぱりと答えた。

「お二人だけで、伊豆守様がお帰りでないのは、きっと容易ならないことが起こったにちがいない。せめて伊豆守様から何かお使いでもあればだが、それもない。女ながら、身は留守をうけたまわっている。どうぞ、城外でお宿泊願いたい。無理に城内に入ろうとなさるなら、弓矢をもって応対いたします――と、さように申し上げてくれますよう」

そして、使者が城を出るや、城門をとざし、兵を配置して守備をかため、自らも鉢巻して薙刀《なぎなた》をたずさえて陣中を巡視し、叱咤激励おさおさおこたらなかった。

これを聞いて、昌幸は、

「さすがに本多中書《ちゅうしょ》が女」

と感嘆したが、さらに使者を出して、

「自分はただ孫共の顔を見たいだけである。さらに異心はない」

と言ってやった。しかし、夫人は、

「子供らはこちらからつかわします」

と言って、旅館として城下の正覚寺をあてがい、子供らをここへ送って面会させ、面会がすむとすぐ城内に引取らせた。

そのほか、警備のために称して、三十余人の侍女らを武装させて終夜絶間なく正覚寺のまわりを巡邏《じゅんら》させたので、昌幸も薄気味が悪くなって一宿もせず立ち去ったとか、徒然《つれづれ》を慰めるためと称して家来共の妻子を城中に集めて酒宴し、酒宴がすんでも帰さなかった、主人父子が敵味方にわかれているので、家来共がどんな心をおこすかわからないと思って人質にとったのであるとか、色々この時の小松夫人については話がある。夫人が昌幸を城に入れず正覚寺で休息させたことは事実である。

上田にかえった昌幸は直ちに戦備にかかり、中山道《なかせんどう》をおし上る秀忠勢三万八百余を九月三日から七日に至るまで見事に防いでなやましたので、秀忠勢は退屈し、城にはおさえの兵をのこして西に向った。しかし、関ヶ原の決戦にはついに間に合わなかったので、家康のきげんはおそろしく悪く、

「合戦の間にも合わず、といって城をおとすこともようせず、不覚千万、どの面《つら》さげて来た」

と、しばらくは秀忠に会いもしなかったという。

すべてこれは昌幸の大功績だ。昌幸の名声は大いにあがったが、かんじんの関ヶ原が大敗戦だから目もあてられないことになった。

## 十

昌幸と幸村にたいする家康父子の怒りは強く、死を命ずる決心がかたかったが、信幸は懸命に助命運動をつづけ、ついには、

「この願い聞きとどけ給わずば生きている面目はない」

とまで言ったので、舅《しゅうと》の本多忠勝、忠勝の親友である榊原康政、井伊直政らは感動してともに熱心に家康父子に嘆願を重ねたので、家康父子の心もおれて、助命して高野山に蟄居《ちっきょ》を命ずることにした。時の人、

「保元の乱の義朝とはこと変りたる伊豆守かな」

と感嘆したと伝える。実際この時の信幸の態度は見事だ。ぼくは今の人々が幸村をほめるあまりに信幸をけなし気味であるのが不服である。

高野でははじめ昌幸は、海野一族と深い関係があり真田郷の者が僧俗貴賤問わず宿坊とすることにしていた蓮花定院に居り、幸村は九度山《くどやま》村にいたが、十年ぐらい経った頃、病気になったので、九度山に来て幸村の家に同居することになった。生活費は昌幸も幸村も信幸に仰いでいたようだ。信幸にあてた金の無心状や受取った二人の礼状が数通のこっている。

死ぬ少し前頃に信幸の老臣らにあてた昌幸の手紙にこういうのがある。

「自分は去年の病気が再発して散々の体である。困惑のほど察してもらいたい。ついては馬を一頭ほしい。これまでの馬は他人に所望されてつかわしてしまったのだ。蔵人《くらんど》(昌幸の四男内匠昌親)の持馬の中から、蹄《ひづめ》もよくカンもよい馬をもらって、急ぎ送って

もらいたい。おりおり見て病中の慰みにしたい」

馬は定めてとどいたであろう。病床におき上がって脇息により、庭に引かせた名馬をあるいは緩歩させ、あるいは急歩させて眺めている病みほうけた敗残の老将の姿を想像する時、ぼくは昌幸という人物をあまり好きではないが、男の涙といったようなものを感ぜずにおられない。

昌幸が高野で朽《く》ち果ててしまうことになろうと思っていなかったことは、高野に行った翌年の慶長五年正月に旧家臣に出した書状の中に、「年も明け候間、われら下山の儀も近づき候はんと満足せしめ候」とあり、越えて八年三月に真田郷の信綱寺の住職順京に出した書面にも、「この夏には大御所が駿府から江戸に行くという風聞があるが、その時には本多正信が自分のことを大御所に話してくれると思う。赦免《しゃめん》になったら上田にかえってお会い出来る」と書いていることで明らかだ。しかし、それもはじめのうちだけのことで、しまいには赦免のことには望みを絶ったのではないだろうか。

けれども、一度風雲に際会すれば必ずしも望みないことではないとは思っていたろう。大坂には豊臣家がまだあるのだ。東西の間に風雲が動くのは時間の問題にすぎないことは、当時の心ある者には皆わかっていたのだ。

真田記に「或ひと言ふ」と注して、こんな話を伝えている。死にのぞんで昌幸は卒然として幸村に言った。

「わしのいのちがもう三年あったら、秀頼公に天下を取って上げられるものを」

幸村はその策を聞いた。

昌幸ははっとわれに返った様子で、

「いやいや、重病に心乱れて筋なきことを言うたわ。乞食同然のこの身になって、どうしてそんなことが出来ようぞ」

と打ち消した。

「いやいや、それがしにたいして御用心はいりませぬ。ぜひ仰せつけ下さい」

「ハハ、そうか。ではざんげ物語のつもりで聞いてくれい。わしの見るところでは三年のうちには東西手切れとなる。もしわしが存命するならば、人数三千ばかりをひきいて伊勢の桑名の向うまで出て備えを立てよう。わしの手なみは大御所はずんと御存じじゃ。わしが相手ということになれば、大御所もたやすくはかかられまい。しばらくにらみ合っているうちには、豊臣家恩顧の諸大名共にして心を動かして大坂方へ馳せ参ずる者も多く出るはずだ。そこで大御所が攻めかかって来られたら、陣を引いて桑名のこちらでまた支える。これをくりかえすうちには一層人数が集まるはずだ。やがて近江の勢田まで来たらば、唐橋を焼きおとして、こちらに柵をつけてささえる。数日ささえれば、さらにおびただしく味方はふえよう。天下の豊臣家に帰すること案のうちではないか。やれやれ、長物語に胸が苦しい。水くれ」

と言って、水をのんで空《むな》しくなったというのだ。

これに似た話は砕玉話（武将感状記）にも出ていて、この書には昌幸は秘計を語った

後、

「そちがわしの志をついで大坂にこもり、この計を用いようとしても、人が同意せんじゃろう」

と言ったとある。おれとちがってお前には名声貫禄がない、同じ計を述べても信用されないであろうという意味に解すべきであろう。同じ程度の作品でも名声ある作家の手になれば評判になるが、無名作家のものは黙殺されるといったところだ。人情には古今かわりはない。

昌幸は慶長十六年六月四日に死んだ。行年六十五。法名竜華院殿一翁閑雪。

昌幸は評判のよい武将であるが、ぼくにはそれほどの人物とは思われない。執念深くて、領土に執着の強いこと無類であったことは、すでに十分にのべた。利にさとくて反覆の人であったこともまたのべた。信義の観念などさらにありそうにないのである。

戦争には強かった。徳川家の大軍を上田の小城によって前後二回とも散々に打ち破っている。しかし、知将であったとは思われない。第一には当時の心ある武将なら皆予測のついている石田の挙兵を全然予知出来ないで、なぜ前もって知らせなかったといって石田におこっている点を見ても、そうとしか考えられない。軍略にはたけていても、大きい意味の知略の人ではなかったのではないかと思う。人物としての器局は小さかったと思われる。

大策士は案外さらさらしているものである。黒田如水の生涯を見ても、竹中半兵衛の生涯を見ても、中国の張良《ちようりよう》・陳平《ちんぺい》・陸賈《りくか》、皆そうだ。日常の行動、わけても晩年の風趣のすがすがしさは掬《きく》すべきものがある。かれらの本懐が策を楽しむにあって物質欲や権勢欲にはないからであろう。昌幸にはこの掬すべき風趣が全然見られない。先祖の墓があるとウソを言ってまで名胡桃をとりとめたことなど、在郷武士の執拗剛情がむき出しで、垢ぬけしないことおびただしい。ぼくには好きになれない性格だ。

思うに、彼の評判のよさは、豊臣家の最後を飾って悲壮な死をとげた次男幸村の名声の反映であろう。

(幸村という名は信用すべき文献には全然出て来ない。信繁である。しかし、通用にしたがって幸村にした)

# 長曾我部元親

一

長曾我部氏は秦《しん》の始皇帝の子孫と称する上古の帰化人秦《はた》氏の子孫である。日本上古の大族であった蘇我氏と秦氏の結びつきは密接なもので、蘇我氏が他の大族を圧して栄え、威権天皇家をしのぐほどになったのは、秦氏らの帰化人の文化的才幹をかりたからであると言われているのであるが、今日全国の地名を調べると、蘇我または曾我と呼ばれている土地の近くには大てい「秦《はた》」「畑」「波多」「波田」「幡」「幡多」等の土地のあるのに気づく。蘇我氏の部曲であった蘇我部の支配人格で秦氏の者が行って居ついたのが地名となったのであろう。両氏の結びつきの密接さがわかるのである。

長曾我部氏もまた土佐にある蘇我部の支配人、あるいは部曲の民として居住していた者の子孫にちがいない。伝えるところによると、秦ノ川勝の子孫が土佐の蘇我部の首長として栄えていたが、うち長岡郡に住むようになった者が長曾我部と名のり、香美《かみ》郡に住みついた者が香曾我部《こうそかべ》(香宗我部）と名のるようになったという。

さて、長曾我部氏は代々長岡郡に住み、岡豊《おこう》に居城して、土佐の豪族として屈指の家柄であったが、室町時代中期にこの家に元秀という人物が出た。なかなかの人物であった。幕府の管領《かんりょう》で、四国探題であった細川氏に信任せられて、土佐の豪族らの旗頭的地位を占めていたのであるが、細川家の当主である管領政元が京都で家臣のために暗殺されるという事件がおこり、細川家の勢威が地におちた。その頃の土佐の豪族本山梅慶《ばいけい》・山田教道《のりみち》・吉良《きら》某・太平《おおひら》某などという人々は、元秀に威圧されて、かねてから威勢をねたんでいたので、好機到来とばかりに、連合して兵をおこし、岡豊城を攻め、元秀は力屈して、城に火を放って自殺してしまった。元秀の子は千王丸、城の落ちる時、わずか六歳であったが、家臣近藤某が守護して、城をおち、幡《は》多《た》郡の中村の土佐国司一条家に託《たく》したというのが、四国軍記と土佐物語の記述である。もっとも、土佐物語には元秀は兼序《かねつぐ》という名になっている。

これが秦山《じんざん》集では、もっと小説的な記述となる。この書でも元秀は兼序という名になっている。四国探題の細川氏が国を家老の三好氏にうばわれた時、本山・山田らの人々は長曾我部氏を圧服すべき時節到来として、よりより相談していたが、あたかも三好氏の守護代が土佐に入部《にゅうぶ》して香美郡の山田城に入った。土佐の武士らは皆お目見えのために出頭した。相談はこの機会を利用しようということになって、山田教道は長曾我部家に使者を出し、こう言わせた。

「しかじかのことで、新守護代の殿が入部され、とりあえず、拙者の居城にお入りになりました。諸士《しょざむらい》皆日々にお目見えしつつあります故、貴殿も早々お目見えなされるがよろしい。ついては、このほど守護代の殿が新たに礼服の制度を設けられ、国侍らにはあかね染めの袴を着用させることにされました。貴殿お目見えの際は、この制規の袴をはいていらせられたなら、おん覚え一入《ひとしお》と存ずる」

これははかりごとであった。途中に兵を伏せ、あかね染めの袴をはいた者を目あてに遠矢で射取ろうという計画なのであった。

兼序はこれを知ろうはずがない。親切な心づけよと、新たにあかね染めの袴をこしらえさせ、岡豊の城を出て山田に向った。

ところが、この計画を山田教道の妻が漏《も》れ知った。この妻は兼序の姉なのだ。夫らの悪計を知って仰天《ぎょうてん》し、ひそかに使いを馳せて、弟に知らせたが、もう途中まで来ている。途《みち》は敵にふさがれて、立ちかえることは出来ない。興岳寺《こうがくじ》という寺にかくれた。寺僧は兼序の姉に頼まれてひそかにかくまっていたが、間もなく高い評判が立って、とうていかくまい通せそうになくなった。

姉は心をなやまし、香宗《こうぞう》城の南泉坂村の百姓で豆腐という者、妙な名前だが、豆腐だ、――これを語らって、幡多郡中村の一条家へ舟で送ろうとした。豆腐は過分な謝礼金を姉にもとめたが、姉がきかなかったために、かねて長曾我部氏と不和な仲である香曾我部景好に告げた。

「よう教えてくれた。褒美《ほうび》はたんととらせるぞ」

「明日夜、わしがあの人を住吉詣での女の姿にやつさせて舟に乗せて漕ぎ出します故、そのつもりで」

「心得た」

かくて、兼序は遠矢にかけられて殺されたというのである。小説的なところがあり、民話的なところがあり、なかなかおもしろいが、なぜ本拠である岡豊にかえらず幡多に行こうとしたのか、ずいぶんスキの多い話になっていて、信用出来ない。岡豊城を攻められて、ついに自殺したというのが本当であろう。

ここで土佐の国司一条家のことに触れる必要があるようだ。

戦国時代に三国司と称せられる家があった。飛騨の姉小路《あねこうじ》家、伊勢の北畠家、土佐の一条家、この三家を言った。公家でありながら地方の国司となっている家で、官位は公家なみに昇進するのが特色だ。成立は三家皆ちがっている。飛騨の姉小路家は後醍醐天皇の建武の中興の時、公家一統の政治となそうとの後醍醐の政治理想実現の一環として、飛騨国司となって赴任したのがおこりであり、伊勢の北畠家はその直後の南北朝対立の時代に南朝方の中心指導者であった北畠親房の子孫が国司となったのである。以上の二家は中央政府の方針あるいは中央の政治的対立から生まれたのであるが、土佐の一条家は大分ちがう。これは応仁の大乱によって、京都が荒廃したばかりか、天下争乱の時代となって公家らの地方の所領は皆地方武人に横領され、租入の途が絶えたので、公家らの生活は困窮をきわめた。いたし方なく、それぞれの所縁をもとめて地方に疎開する者が多かったが、一条家もその疎開組であった。当時の一条家の当主は前関白教房《のりふさ》、有名な学者公家一条兼良《かねら》の長男だ。応仁の乱によって、兼良は奈良に疎開し、教房は土佐に疎開した。土佐の幡多郡が一条家の領地だったからだ。何しろ前関白だ。土佐の豪族らはこれを尊敬し、参り仕えるものが多かったので、そのまま土佐に居すわり、土佐国司となって、幡多郡中村に館づくりして、代々これに住んだ。

土佐物語と四国軍記によると、教房が土佐に来る時長曾我部氏の当時の当主文兼が舟を兵庫港まで出して迎え、土佐に着いてからしばらくはおのれの居城岡豊の一の郭《くるわ》をその宿所として恭敬のかぎりをつくしたとある。

そんなものであったろう。領地であるからといって、いきなり乗りこむようなことを、当時の京都公家がするはずがない。段取りをつけ、威儀を正して乗りこんで来たに違いない。その出迎えの任に長曾我部氏があたったという理由を、土佐物語は、文兼の父元親（本篇の主人公と別人）が先年上京の節、一条家に出入りして大へん世話になったので、

「一条殿のご厚恩、七生までも忘るべからず。わが子孫、報謝の志を存すべし。もしこれに背《そむ》かば長く弓矢の冥加《みようが》尽きぬべし」

と言いおいたからだとある。

ともあれ、一条家と長曾我部家とは深い因縁で結ばれていたということを、ご承知願

いたい。

さて、長曾我部兼序（元秀）の遺臣近藤は諸国往来の商人に身をやつし、千王丸を竹籠に入れて背負い、中村御所について当時の国司一条房家（教房の子）に拝謁して、この次第を訴えた。

「それはふびんなこと。長曾我部には義理がある。まろが養い立て、成人の後は父の仇を討たせ、本領も安堵させるであろう」

と、頼もしく房家は引き受けてくれた。

こうして千王丸は一条家で養われることになったが、この翌年の夏のこととして、こんな逸話が伝えられている。房家が高殿《たかどの》で近習の者を集めて酒宴をひらいている時、側で遊んでいる千王丸に、たわむれて言った。

「いかに千王、そなたもしこの高殿の欄干から庭に飛び下りたなら、父の名跡《みようせき》を取らせるが、どうだ」

すると、そのことばの下から、千王は立ち上り、欄干に飛び上るや一丈あまりもある庭に飛び下りて、上を仰いでにこと笑った。

房家はおどろきまた感心して、

「さすがに名ある武士の子ほどあるわ。あっぱれ頼もし」

といったという。

千王丸十三の時、房家は吉良・太平・山田・本山等の、長曾我部家をほろぼしてその所領を掠取《りゃくしゅ》した連中に申し談じて、長曾我部家の本領三千貫をとりかえして千王丸にあたえ、ここに七年目に、長曾我部家は再興された。

千王丸は長岡郡にかえり、荒廃していた岡豊城を修復して、これに入った。十五の時元服して、宮内少輔《くないしょうゆう》国親と名のる。この国親が、本篇の主人公元親の父であるが、もう少し国親のことを語ろう。

二

国親は家の再興はしたものの父の仇敵を一日として忘れない。

「必ず討つ」

とかたく心に決して長い年月を思いくらしていた。が、かたきの者共はいずれも大族である上に、たがいにかたく結束しているのに、わが家長曾我部は孤立の姿だ。到底本望を遂げられそうにない。

『何よりも味方をつくることが肝心』

と思案して、吉田周孝《ちかたか》に白羽の矢を立てた。周孝は岡豊からわずかに半里ほどの吉田の城主で、以前は長岡郡内十四カ村を領した家の子孫である。近頃ではその領地も吉田近くだけに狭《せば》められていたが、人物はなかなかの者だ。国親はこれと親しくなったが、なおその心を攬《と》るために、妹を嫁にくれてまでして義兄弟となり、その志を打ちあけた。周孝もかねて家運の衰えを嘆き、これを復興せんとの志を抱いている。

気持はぴったりと合った。

「大事を志すものは人望なくてはかなわぬ。先ず領内の政治が肝心でござるぞ」

と、国親にすすめて、領民の心を攬ることにする。「田畠の高免《こうめん》を避け、課役をゆるし、法度《はっと》をゆるくし、鰥寡《かんか》孤独の便《びん》なきには住家を定め衣食をあたへ、ひとへに子を憐むごとくす」と、土佐物語にある。これで民が慕いよらぬはずがない。近隣の民百姓はもちろんのこと、士《さむらい》らも招かざるに従いつくこと、「草の風になびくがごとし」とある。

このことが、中村御所の一条家に聞こえた。房家は、

「しかじかの由、吉田はかくれなき知勇の者である。ついには国親にすすめて兵を挙げさせることは必定である。それでは土佐は戦乱の巷《ちまた》になる」

と案じて、国親にすすめて、国親の娘をかたきの中で第一の大家である本山梅慶の嫡子茂辰《しげとき》に嫁せしめよと命じた。

国親としては思いもよらない話で一時当惑したが、吉田と談合し合って、このことを利用して、すさまじい策謀をめぐらすことにした。

本山との縁組のことは承知の旨を答えて、婚約を結んでおいて、吉田を仲立ちにして本山家と親しい仲である香美郡香宗の城主香曾我部《こうそかべ》秀義に娘を縁づけたいと申し入れた。本山との婚約の出来ている娘だが、香曾我部ではこれを知らなかったらしい。喜んで承諾し、婚礼の日も定め、支度にかかった。そのうち国親は娘を本山家に輿入れさせた。ことは香曾我部に聞えた。立腹しないはずがない。

「国親め、恥をかかした。おのれそのままにしておくべきか」

と、戦さ支度をはじめ、今にも岡豊に押し寄せんばかりとなった。この頃に吉田周孝が香宗城にあらわれる。髪を剃り、墨染めの衣を着た姿だ。

「この度のことは、国親には全く責任がない。拙者の怠慢粗忽からおこったことでござる。申訳ないにより、この姿となってまいった。お心癒《い》えずば、この坊主首を打っていただきたい」

と、わびた。

「そうまでされては、ごへんや長曾我部にうらみを抱くまい。さりながら、本山は年頃親しきなかであるに、かくわが面目を失わせた上は、交りこれまででござる」

と、本山家との交際を絶ってしまった。

以上は土佐物語の所説である。怪しむべきふしがずいぶんある。本山は大族だ。その本山家と長曾我部家との間に婚約が成立したことを香曾我部家が知らなかったというのはいぶかしい話だ。しかし、国親と吉田周孝とが計画を立ててだましたとすれば、何かの方法はあろう。あるいは最初一条家から本山家との縁談があった時、一時返答を保留しておいて、その間に香曾我部に話をもちこんで話をまとめ、その後、一条家に承諾の旨を返答したのかも知れない。とすると、吉田周孝が坊主になって香曾我部家にわびに行った時の弁解の口上は、

「しかじかで香曾我部家と縁談が起こっていると、長曾我部では返答したのでござるが、

本山家でぜひにと申して聞き入れず、一条御所を頼み申しての強談《ごうだん》でありましたので、国親もいたし方なく承諾せざるを得なかったのであります。このこと、前もって国親から貴方へしかるべく諒解を得てくれとわしに話があったのでござるが、わしの怠慢のため、かようなことになってしまいました。万事はわしが悪いのでござる。いかようにでもわしをしていただきたい」

といった調子であったろう。これなら辻褄は合う。本山家と香曾我部家との間に水をさすつもりなら、これくらいの策はめぐらすはずである。

このほかにも、国親が本山家と縁辺を結んだことは、本山派分裂のもととなった。土佐物語は、中内《なか》記という豪族は本山に属して無二の者であったが、縁談がおこった時、「ご当家は長曾我部がためには怨讐《おんしゅう》の張本《ちょうほん》である故、縁辺を結び給うことは、毒蛇をふところにするようなものでござる。破談あってしかるべし」

と説いたが、本山が聞き入れなかったので、病いと称して出仕をやめてしまったと記述しているが、これは要するに、本山派の者は長曾我部にたいしては皆脛《すね》に傷を持っているのだ。その長曾我部が本山と姻戚の関係となったことに、安心よりも、狐疑不安の念を持つようになったと解釈すべきであろう。土佐物語にも、「それより雑説区々にて、吉良・太平・山田、本山、無二の同心皆破れ、おのれおのれが城を守りて、たがひに威をぞ争ひける」とある。

国親はいよいよ心をとぎすまして、時機を待っていたが、あたかもよし、岡豊から東方一里ほどの長岡の城主山田丹波が酒色にふけって民心士心ともに離反していた。山田丹波はかつて本山の催促に応じて国親の父を討ったなかまだ。つまりかたきの片われという次第。国親は不意に襲って城を落し、丹波をとりこにし、その領を収めた。もっとも、国親は丹波を殺しはしない。

「惰弱《だじゃく》にて無用の人なり。そのままおくとも何ごとかし出《いだ》さん」

といって、多少の領地をとらせて、片田舎にさしおいたというのだ。

この時本山が山田丹波のために国親に抗議し、場合によっては兵力に訴えでもしたら、結束のゆるくなった本山派も思いかえしてまた一つにかたまったであろうが、本山はそれをしなかった。古書には何の記述もないが、おそらくは、旧本山派の豪族らは、

「梅慶入道め、新しく結んだ縁にひかれて、古い同志を見殺しにしおったわ。頼みにならぬ男」

と、一層離反したにちがいない。親分学の心得第一条だ。子分の危急は理否を問わず救ってやる心掛がなければ親分にはなれないのである。自ら省みて、理非が気になってそれの出来そうにない者は、最初から親分たることをあきらめるべきであるということにもなろう。

長岡郡の長浜は浦戸《うらと》湾の入口にあって、背後に山を背《お》い、天然の要害をなしている。ここに本山方の属城があって、一族の者に守らせていた。ある時、この城の門が腐朽《ふきゅう》したので、梅慶は建てかえようとして、当時土佐で名工の名のあった岡豊の大工を雇った。

これを聞きこんだ国親はひそかにその大工を呼び、多分の金銀をあたえて、

「しかじかの由聞きおよぶが、その城門の扉を大勢で推せばカンヌキがはずれるようにこしらえてくれぬか。もししおおせたならば、さらに過分の褒美をとらせるであろう」

と頼みこんだ。

領主の頼みである上に得分《とくぶん》の行くことだ。

大工は承知して、その通りにこしらえ立てた。

しすましたりと、国親は夜長浜城へおしよせ、城門をおし破って火をかけ、喊声《かんせい》を上げて斬ってまわったので、城方は周章狼狽《しゅうしょうろうばい》、何の防戦も出来ず、あるいは討たれ、あるいは落ち行き、城は国親の手に帰したというのが、四国軍記の記述だ。

野史には、梅慶が長浜城を修築するために、上手な大工がなくてこまっていると聞いた国親は大工と談合をした後、わざとこれを斬って傷つけた。大工は奔《はし》って長浜に行き、

「宮内少輔様のごきげんを損じて斬られようとしたが、やっとのがれて来たわ。ああ、こわや」

と言いふらし、長浜に居を定めた。

梅慶はその名工であることを聞いて、城の修築をさせたとある。

土佐物語も、大筋は前記のと同じだが、これほどこみ入ってはいない。大工はもと岡豊の者であったが、長浜に来て長浜城主の扶持《ふち》を受けていた。この者が代々の長曾我部家の恩を忘れかね、ひそかに岡豊に来て、

「城内の案内はよく存じています。思し召し立ち給うことがあるなら、手引きいたします」

と説いて、夜討となったとある。

いずれにしても、大工の手引きで、夜討して長浜城を取ったのである。

報は本山氏の本城朝倉（今の高知市の一部）に達した。梅慶は激怒《げきど》して、兵をくり出して来た。兵一千であったという。国親はわずかに三百人をひきいて途中にむかえ戦った。戦いは午前十時から正午に至るまで二時間にわたって行なわれたが、国親はついに勝利を得た。

その後数日の間に、本山方の浦戸城を攻め、これを陥れたが、間もなく、国親は急病さしおこって死んでしまった。死に臨んで、子息元親を枕辺に召し、

「必ず本山を討ってわが霊前に手向《たむ》けよ」

と遺言したという。この時、国親五十四、元親十八であった。

## 三

思いもかけぬ父の急死によって家をついだ元親は、きっとこの機に乗じて本山からおしよせてくるであろうと覚悟した。

一体元親は土佐物語によると、「生得《しようとく》背高く色白く、柔和で、器量骨柄あっぱれ類《たぐ》いなしと見えながら、寡黙《かもく》で、人との応対あいさつなどもはかばかしくなく、日夜深窓に

ばかりこもっていたので、家臣らは姫若子《ひめわかご》とあだ名して、上下ささやき笑っていた」というのだから、元親自身の覚悟は別として、家臣らは心細かったに違いない。

長元物語にこんな話が出ている。父の死の直後、元親は家老の秦泉寺《じんぜんじ》豊後《ぶんご》に、

「おれはまだ槍のしようを知らぬが、どうすればよいものか、教えてくれい」

と問うた。豊後は、

「敵の目と腹を目がけて突けばよいのでござる」

と答えた。

「なるほどそうか。では、大将たる者は一軍の先きに立ったがよいか、後から行ったがよいか」

「大将は先きを駆けぬもの、逃げぬものと聞いております」

「よし、わかった」

ずいぶんおっとりした話で、あまり信ぜられないが、おもしろいから書いた。

元親の予想した通りであった。本山梅慶は二千余人をひきいて長浜に向った。報に接して元親は五百余をひきいて長浜から十八町打って出て待ちかまえた。多勢に無勢だ、元親勢は崩《くず》れ立った。

「退《ひ》くな者共！」

元親が馬の鞍坪に立上り、さいはい振って旗本の勢をくり出そうとしているところに、敵兵二騎が真一文字に馬を馳《は》せよせ、前後から斬ってかかる。元親は勇をはげまして槍

をふるい、二人をつきとめた。

これにはげまされて、味方は勇気百倍し、頽勢《たいせい》をもりかえし、敵を圧迫し、潮江《しおえ》堤まで追いかけ、ついに追いくずしてしまった。

以上の記述は諸書多少のちがいはあっても大体同じであるが、長元物語にはさらにこうある。この潮江に本山方の城があった。元親はこの城に目をつけ、

「この勢いに乗じて、乗り取ろうぞ」

と言った。家臣らは、

「勝って冑の緒をしめよと申します。この小人数にては無益のことであります」

と諫《いさ》めたが、きかない。

「思う子細《しさい》がある」

と、真先に進んで、山をよじのぼりにかかった。しかたがない。人々もそれに従った。ところが、城内からは何の応戦もない。不思議なことよと、皆思っていたが、上りついてみると、山上には一敵もいない。皆落ち失せていた。人々はおどろきあきれ、

「先刻、子細ありと仰せられましたが、このことがおわかりになっていたのでありましょうか」

と、元親に聞くと、

「先刻の合戦に打ちまけて逃げ散る敵兵が一人もこの城へは引きとらぬ。さてはこの城は本山にたいして二心を抱いているのであろう。しからば必ず戦わずして降伏するであ

う。

ば、一日のうちに両度も見せたこの卓抜《たくばつ》な武将としての機鋒《きほう》は、一層感嘆されたであろ

うが、感心したことは事実であろう。柔弱な美少年の殿とばかり思いこんでいたとすれ

の四国併呑《へいどん》を予想しようはずはないから、最後の感嘆のことばは事後のつけ加えであろ

と嘆称したというのだ。元親は言うまでもなく、家来らにしても、この時すでに元親

ましょう」

「君は天成の武将でおわす。当国は申すにおよばず、四国全体の主《あるじ》になり給うでござい

といったので、ものなれた家臣らも、槍を地において平伏し、

ろうと思うたのよ」

国親の死んだのは弘治二年、潮江堤の合戦のあったのもその年であるが、以後六年の

間に、元親は本山との合戦をくりかえし、次第にその属城を陥れ、領地を蚕食《さんしょく》し、永禄

五年の夏の頃には、本山梅慶父子は本城たる朝倉城を保つだけとなった。元親は手をゆ

るめず圧迫を加えたので、父子はここにもいたたまらず、伊予境の山奥である瓜生野《うりゆうの》に

引きとった。吉野川の支流汗見《あせみ》川の渓谷にのぞんだ、今吉野村といっているあたりだ。

土佐の地侍《じざむらい》中の第一の大族といわれたのがおとろえたものである。逆境に沈むと、人

のいのちも短くなる。永禄七年には、梅慶も子の茂辰も病死してしまった。茂辰の子供

らは元親の姉の子だ。その姉がしきりに泣きつくので、元親ははじめて本山と和平し、

多少の所領をあたえた。

人の運勢はゆるやかな坂をのぼるようではない。あるところまでは営々辛苦して運勢《うんせい》の坂を汗だくになって上らなければならないが、一旦勢いがつくと急カーブをえがいて上昇する。勢威につく人情がそうしてくれるのだ。本山氏を圧服しつくしたとなると、元親の運勢もそうなった。帰服して来る国侍らがひきも切らない。彼はまた一条家の権威を利用した。一条家にたいして不臣であるという口実をつくり立てては国内の勢力ある豪族らを攻め立て、数年にして、あるいは圧迫服属させ、あるいは国外に逐《お》い、元亀の末頃には土佐七郡のうち彼の所領でないのは、一条家の所領幡多・高岡の両郡だけとなった。

彼が家をついだのは弘治二年であるから、ここに至るまで十六年である。十八の美少年であった彼は、血気まさに剛なる三十四の壮年になっていた。

長曾我部家にとって、一条家は重々の義理と大恩のある家であるが、十数年の間好調子をつづけて野心のふくれ上っている元親にとっては、両郡は目の前の好餌としか見えない。むずむずと食指が動いてやまない。

けれども、一条氏は土佐人らにとって信仰的な権威だ。めったなことでは手が出せない。へたをしては、国侍らのこらず離反して、元も子もなくなる。

機会を待っているうちに、機会は向うから来た。

当時の一条家の当主は房家の曾孫《そうそん》兼定であったが、好色で、奢侈《しゃし》好みで、遊楽好きで、粗暴であったというから、公家と武士の欠点ばかりを集めたような人物であったわけだ。

「この卿は性質軽薄にして常に放蕩を好み、人の嘲《あざけ》りをかへりみず、日夜ただ酒宴遊興にふけり、男色・女色し、または山河に漁猟をことし、軽業《かるわざ》・力業《ちからわざ》・異相を専《もっぱ》らとし、近習の輩《ともがら》には主従のへだてなくただ親友の如く、肩をおし膝を組む。ある時は男女を集めて踊らせて、その中に立ちまじはり、祭礼の庭、説法の道場にも、深編笠を着、頬かむりなどして、諸人にまじはり、男に近づき女になれ、さまざまのたはむれをし給ふが、人これを知らずと思《おぼ》しけん。しかるに外様《とざま》の士にむかひては、立居行跡《ぎょうせき》おもおもしくて、見返しもやらず、軽々しくことばもかけられず。鵜飼《うがい》・鷹狩・逍遥等の折から、往来の旅人、君のおはすを知らずしてあるひは笠をかぶり、あるひは馬にて過ぐるあれば、奇怪なりとて、鉄砲をうちかけ、弓を射かけ、または人を馳せ打擲《ちょうちゃく》させ給へば、上下安き心はせざりけり」

と土佐物語にあるから、全然グレン隊的暴君と言ってよろしい。

けれども、これだけでは、どうすることも出来ない。元親はなお自重していたが、この兼定が一条家の家中で最も人望のあった土居宗算《そうさん》という家老を手討にするという事件がおこった。強諫《きょうかん》されたのを怒ってのことだ。家中はさわぎ立ち、人々みな危惧《きぐ》するという状態となった。待ちに待っていた時が来たのだ。元親は立ち上り、一条家の家老や家臣らを集めて、

「忍びぬことではあるが、兼定卿は人君たるべきご器量はおわさぬと考えぬわけにまいらぬようになった。ご隠居願って、若君にお立ち願うことにしようではないか」

と説いた。

四国軍記には、元親はその席に屈強な荒武者らをひかえさせ、異議をとなえる者があったら、即座に取りひしがん備えをしていたので、一人として不承知を言う者がなかったとある。ともあれ、これで始末がついたので、元親は兼定を伊予に追い出してしまい、兼定の長男吉房子《きつぼうし》を立て、おのれの女《むすめ》を配して、土佐国司とした。単なる傀儡《かいらい》であることは言うまでもない。時に天正元年九月。土佐一国は完全に元親の有に帰した。元親三十五。

兼定は伊予から、その夫人の実家である豊後の大友氏を頼って九州に入ったが、翌年また伊予にかえり、土佐に入って回復をはかったが、伊予で戦死してしまった。

# 四

人の欲望にはかぎりがない。父の死を送って家を相続した頃の元親は、本山をたおして父祖の恨みを散ずることが出来ればいいとしか考えなかったであろうし、本山家を圧服した頃には土佐五郡の主《あるじ》となればよいとだけ思ったであろうし、五郡を従えた頃は土佐一国の主となればよいとのみ思ったであろうが、こうして次ぎ次ぎに望みが達成されると、もうなまなかなことではおさまらなくなった。欲望は充足されるにつれてかえって大きくなって行くものなのである。四国全体の主となりたいとの大望が芽生えて来た。

この時代の彼の政治的手腕と気宇をうかごうに恰好《かっこう》な話が、四国物語に出ている。

この当時、旗を中原《ちゅうげん》に立てて、威勢群雄を圧していたのは、織田信長であった。元親はこれと和親することが四国統一に最も必要であると思った。じゃまをされないためにも、中国の毛利や宇喜多の勢力を牽制《けんせい》する上にも、信長と結ぶことは肝要なわけであった。

「よき便りもがな」

と思っているおりしも、毎年土佐へ下って来る堺の町人で宍食屋《ししくいや》なにがし（阿波の南端、土佐に近い海べに宍食という港がある。この堺商人はここの出身であったのであろう）という者があるのを呼び出し、

「おれは織田信長殿の威風を慕うている。おれがために織田殿にとりなしてくれぬか。出来ることなら、長男弥三郎に名乗の一字をもろうて来てほしい」

といい、書状と贈物とを持たせてやった。

宍食屋は承知して早速に尾州に下った。この頃信長は尾州にはいない。岐阜城にいる。明らかに間違いだが、こんな間違いは昔の書物にはあり勝ちだ。とにかく、信長に拝謁して、元親の書状と贈物とをさし出した。

『土佐の長曾我部といえば、聞こえた名族であり、近頃土佐一国を切取って武勇の名も高い。それほどの者が、おれをかくも慕うてくれるか』

と、信長はよろこんで、元親の望みにまかせて、弥三郎には「信」の字をあたえ、左文字の名刀をとり出し、

「長曾我部殿にとどけよ」

と言った。

宍食屋は土佐に引きかえし、委細《いさい》を報告する。「元親、悦喜かぎりなく、長男弥三郎をこれより信親とぞ名乗らせける」とある。

元親はなお、備前の宇喜多家へも使者を出して、

「拙者近日阿波・讃岐《さぬき》へ出陣いたす心組みでいます。あるいは、阿波の三好、讃岐の香川などがお加勢を願うかと存じますが、必ずご許容なきように頼み入ります」

とねんごろに申しこんで、その承諾を得たとある。

現代の学者の研究では、織田家との和親はもっと後年の天正六年のことで、宍食屋などという町人がなか立ちしたのではなく、元親の妻は明智光秀の臣斎藤内蔵助利三《としみつ》の妹であるので、光秀に頼って信長に請うて、弥三郎のために信長の名の一字をもらい、そのごきげんをとり結んだというのであるが、元来が美濃侍で、しかもそれほど大身ともいえない斎藤利三の妹を元親はいつどうして妻にしたのであろう。この妻は利三の年齢の点から言っても（利三は生年のわからない人であるが、徳川三代の将軍家光の乳母である春日局の実父である点から、この時代はまだ若かったはずであるとの見当がつく）、年若い女であったろうし、後妻であったにちがいないと思われるから、天正六年をそう遠くない頃に娶《めと》ったと思ってよろしい。ぼくは元親が信長の気に入りの臣である光秀の重臣斎藤利三の妹を後妻に娶ったのは偶然のことではなく、すでに信長と和親した後、一層

それをかためるためにしたのだと見たい。この推察があたっているならば、元親の最初の和親申しこみは天正二、三年の頃であることが時間的には最も恰当《こうとう》であろう。

さて、元親が国外に兵を出した最初の国は阿波であり、時は天正二年の八月であった。元親の弟に親房という者があった。島ノ弥九郎と名のって、武勇のほまれある武士であったが、多病のため、医者をもとめて京上りすべく、浦戸から海路出発して、途中阿波の奈佐（海部《かいぶ》川の河口地帯。海部浦の古名である。土佐の国境に近い）の湊に船がかりしていると、忽然として百人ほどの武者が漕ぎつけて来て、船に乗り入り、親房をはじめ三十余人一人ものこさず討取り、ドッと笑って立ち去った。

これは、元親が土佐一国をのこらず切取ったという評判が阿波に聞こえたので、この浦の住人である奈佐三郎はかねてから、長曾我部はやがて当国に野心をとぐであろうと思っていたところ、その元親の弟が京上りと称してわが湊に舟がかりしていると聞き、

「さてこそ当国の様子をさぐりに来た！」

と、この挙におよんだのであった。

同船の者は一人のこらず殺されたのだから、土佐ではしばらくわからなかったが、かねて諸国に出している間者らがさぐり知り、帰って来て報告したのでわかった。

「不届きなる阿波侍共め！　容赦すべきにあらず」

と、七千余の兵を二手に分けて押し出した。この頃、この地方第一の豪族である海部宗寿入道は三好一党と信長との戦闘のために駆り出されて摂津に行っているので不在で

あったから、阿波方がはかばかしい防戦の出来ようはずがない。一戦に打ち敗れ、元親は海部入道の属城七つを手に入れた。

この翌年天正三年の春のこととして、土佐物語におもしろい話をのせている。この頃、元親が不思議な夢を見た。弓に矢をつがえてひいたところ、弦《つる》が切れて、つがえた矢がみじんにおれたという夢だ。

「不吉な夢よ」

と気になるままに、岡豊八幡の神主谷左近というを呼び出して、この夢いかが判ずるぞとたずねると、左近は、

「あっぱれめでたき霊夢でござる。弓が強ければこそ弦が切れたのでござる。矢が強ければこそ折れたのでござる。殿のおん弓矢強しと判じますれば、当年よりお馬を向けられん方は、たまらずと見ます」

と言ったので、元親はよろこんで阿波へ出陣し、勝戦《かちいくさ》して帰国すると、岡豊八幡に神馬・社領を献じたとある。

このように、毎年のように阿波に兵を出して蚕食し、さらに讃岐や伊予にも出兵し、向うところ勝たざるなく、四国は次第にその有となって行った。

これにたいして心おだやかでなくなったのが信長だ。彼は元親に四国を斬り取らせる気はない。天下統一を念としている彼は、四国もまた自己の領分としたいのだ。一時には手がおよばないから、あまい顔を見せていたにすぎない。が、天正五年になると、武

田信玄の死後信長が最も恐れていた上杉謙信も病死した。東方は徳川家康にまかせておけば安全だし、北陸は柴田勝家がかたい守りを見せており、中国方面も羽柴秀吉が要領よくやってくれている。彼の触手《しよくしゆ》は海をこえて四国にのびざるを得ない。

しかし、統一の目標こそ小さけれ、この心は元親も同じだ。元親は四国を一手におさめたくてならないのだ。どちらかがあきらめないかぎり、大衝突は自然の勢いであった。

ついに、信長は元親に、

「おぬしには土佐一国に、阿波半国をゆるす故、他はおれに渡せ」

と申し渡した。

「おれはこれまで信長に一兵も借りたことはない。今日の身代はおれが独力でかせぎ出したものだ。ゆるすとは何ごと。四カ国とも、おれが力で、おれがものにしてみせるわ」

と元親は怒って、返答もしなかった。

使者の往返はくりかえされて、ついに天正十年になる。この年春、信長は甲州の武田勝頼をほろぼして、意気天をついている。ついに懸案になっている四国征伐にかかるべく、先ず、三好康長（笑岩《しようがん》）を阿波に入れた。康長は阿波三好家の一族で、河内高屋城主であったが、早くから信長に好意を見せ、羽柴秀吉の甥秀次を養子にしたりなどして、信長に帰服している。信長は康長にたいする阿波人の思いつきを利用しようとしたのだ。

かくて、康長は南からする長曾我部氏と相きっこうする勢いを示して、所々にもみ合った。このもみ合いは、内実は織田勢力と長曾我部勢力との衝突であったわけだが、双方とも表面はそしらぬふりでいたのだから、戦国武将のすることは奥が深い。信長は二番手の策にかかる。三男信孝を大将とし、丹羽長秀を介添《かいぞえ》につけ、泉州・摂津の海辺に兵を集結し、まさに打ち立たんばかりにしたおりもおり、本能寺の事変がおこった。

# 五

本能寺の事変は、元親の大幸運であった。元親は信長の軍勢が向うと聞いて、他国に踏み出して戦うのが心許なかったのであろう。国内にとどまっていた。信長変死し、三好笑岩も河内に引き取ったと聞いても腰を上げず、はやり立つ一族や家老どもをおさえて、形勢を見ていた。

が、八月はじめになって、三好の一族である十河存保《そごうまさやす》が讃岐の十河から阿波に出て来て勝瑞城《しょうずい》に入ったと聞くと、腰を上げた。十河存保はなかなかの勇士であるから、手のびしては阿波はのこらず切取られてしまうと思ったのであろう。

岡豊城を出発して、当国の一ノ宮高賀茂明神の前を通りかかったので、立寄って参詣し、しばし神前に祈念をこらしながら居睡りしていると見えたが、とつぜん、

「あッ！」

とさけんで夢さめたおももちで、神前に近づいて、額《ひたい》を地につけて拝礼している様が一通りの恭敬さではない。家臣らがおどろいて見まもっていると、しばらくあって前の

座にかえって、

「ありがたいことじゃ。いそぎみてぐらを捧げ、神楽《かぐら》を奏しまつれ」

という。老臣らをはじめ近習の者共あきれて、返事もしないでいると、元親は顔色をかえ、

「汝《わい》らは今のありがたい奇瑞を拝しながら、かたじけないとも思わぬとはあきれた者共ぞ」

といとも不興気だ。家臣らは、

「拙者共は何ごとも拝しませぬ」

という。

「拝せぬ？　拝せぬということがあるものか。まざまざとご示現《じげん》あったものを」

「いや、なんにも拝みませぬ」

「しかとそうか」

「しかとさようでござる」

「さても奇妙。唯今まざまざとご神体あらわれ給い、おことばさえ賜わったものを。元親一人に拝ませ給うたのでありますか。ああ、ありがたや」

と、元親は拝礼して、説明する。

「唯今、このたびの合戦、なにとぞ利運を得させ給えと祈念を凝《こ》らしていたところ、ご社壇の戸がおのずからひらいて、衣冠正しきおん姿あらわれ給い、たえにけだかきお声

にて、汝元親家を興し父祖の名をあげんとするの孝心、感ずるにあまりあり、よってわれ汝の影身をはなれず、弓矢の力を添えて守りつかわすぞ。この度の阿州表の合戦、一戦に利を得、やがて今明年を出でずして四国のこらず汝の手に帰せん、ゆめゆめ疑うことなかれ、と、仰せられ、ご社壇のうちに入らせ給うたのじゃ。あれほどまざまざと見え、まざまざと仰せ給うたものが、おれの目にだけ見え、おれの耳にだけ聞こえて、汝らには見えもせず聞こえもせなんだことの不思議さよ」

兵士ら皆感激して、勇み立つことが一通りでなかった。元親が礼謝《らいしゃ》のため卯の花おどしの鎧一領、黄金《こがね》づくりの太刀一ふりを献納すると、人々皆われもわれもと弓矢や太刀を献じたので、社壇は塚のようにうずたかくなったという。土佐物語の記述だ。

これが元親の機略であることは言うまでもない。十河存保を恐れて、兵士らの意気があがらなかったので、この機略を用いて勇気をふるい立たせたのであろう。

さて阿波に入った土佐勢は阿波の中原《ちゅうげん》地帯に近づき、一ノ宮と夷山《えびすやま》（楯山ともいう由）の両城の間を通ると、両方から鉄砲をはげしく打ちかけた。人々は腹を立てて、踏みつぶせと猛《たけ》り立ったが、元親は、

「この城は小城《こじろ》だ。かような小敵ともみ合うこと無用。勝瑞に行って十河存保と戦って勝てば、両城ともに戦わずして手に入るであろう」

と制して、かまわずおし通り、勝瑞城の西方中富川（吉野川の北支流）で戦って大いにこれを破った。敵の敗兵が阪西《ばんざい》城に入ったので、元親の一将はこれを攻め、すでに三

の丸・二の丸を陥れたが、元親は、

「十河さえ撃滅すれば、他は捨ておいても潰滅するのだ。捨ておいて帰れ」

と無理に引きとらせたところ、阪西城の守兵はもとよりのこと、一ノ宮・夷山の守兵らも夜の間に四散した。さすがの十河もこらえず、勝瑞城を出て讃岐に逃げかえったという。元親の用兵にたけていたことと見るべきである。西南戦争の時、薩軍の幹部にこの見識があったら、明治史はかなり違ったものになったろう。

この合戦に先立って、元親は紀州の雑賀《さいが》衆に手伝いを頼んでいた。紀州の根来《ねごろ》衆・雑賀衆は鉄砲を多数持っているし、その技術に熟達もしていたので、頼まれれば謝礼金をもらって、方々に助勢に行ったのである。この雑賀衆が、風《かざ》なみがわるかったために予定の日に到着せず、従って合戦の間に合わなかった。彼らはくやしがって、

「申訳ござらぬ。いずれは讃岐攻めなさるのでござろうから、せめてはその先鋒をうけたまわりたい」

と所望した。元親は、

「海をへだててのこと、致し方ござらぬ。各々の緩怠《かんたい》ではござらぬ。約束を違《たが》えず来ていただいたこと、まことにありがとうござる。讃岐入りはわれらが手にて十分でござれば、お志は過分ながら、お心を放《はな》たるべく。速かに帰国あれ」

とねんごろに慰めて、隊長に馬・鞍・太刀を引き、士卒らには兵糧二百石を贈ったので、皆よろこんで帰ったという。

これは名将言行録にある話で、出典は元親記である。元親の寛裕で信義に厚いことを伝える話になっているが、ぼくには雑賀衆が雇われ鉄砲兵として諸国に行った実例としておもしろいのである。

このようにして、元親は阿波を征服しつくし、さらに兵を讃岐に向けて十河城を陥れ、存保《まさやす》を追った。

存保は秀吉にたよって回復をはかったが、当時秀吉は柴田勝家と対峙《たいじ》状態にあったから、この方面に手がまわらない。四国は元親の存分な活躍にまかせられた。

翌年四月、賤ガ岳の合戦に勝家敗れて、秀吉の前に信長の後継者たるべき道は大きくひらかれたが、秀吉は引きつづいて織田信雄と徳川家康との連合勢と対峙しなければならないことになる。この両度とも、元親はアンチ秀吉方と気脈を通じて秀吉を制肘《せいちゅう》し、ついに四国全体を完全に自分のものとしてしまった。

が、それから半年後には、秀吉と信雄の和議が成り、家康また鋒《ほこ》をおさめて退守の姿勢に入り、秀吉の東方は安全となった。

元親としては気をもまざるを得ない。翌天正十三年に秀吉は紀州根来の衆徒を征服した。この前年、秀吉が織田信雄・徳川家康の連合軍と尾張・伊勢の野で揉み合っていた時、根来衆と雑賀衆とが、元親と謀を通じて大坂を襲おうと企てたので、その罪を伐《う》つという名目であった。

秀吉の紀州征伐を聞いて、元親は秀吉のごきげんうかがいと称して老臣谷忠兵衛をつかわしたが、その時、こう言わせたと、南海通紀にある。

「世上蒼茫《そうぼう》の故に、久しく音問《おんいん》を絶っていますが、更に疎意あってのことではござらぬ。ご武勇のおん太刀陰《かげ》をもって、元親儀も四国を平均することが出来ました。日ならずご幕下に属して、四カ国の兵をひきいて先鋒をつとめさせていただくでありましょう。このこと言上のため、家臣谷忠兵衛をさし上《のぼ》せます」

これにたいして、秀吉は、

「元親四国に横行して我意をふるうにより、追討のため近日十万の兵を渡海させようと思うていたが、使者をつかわしてあいさついたしたにより、征伐はゆるす。元親には土佐一国をあてごうにより、他の三国は収公する。この旨心得て、早々に上洛せよ。もし延引せば征伐不日にあるものと覚悟せよ」

信長の要求した時は、まだ元親は完全に四国を征服していなかった。それでもその命令をはねつけたのだ。今では完全に征服している。

秀吉の命令が受けつけられようはずがなかった。

秀吉の四国征伐は三月後の六月行なわれた。総大将は秀吉の弟の秀長だ。一手は淡路を経由して阿波に入り、一手は中国路から讃岐の高松に入り、一手は伊予の新麻《にいま》に入った。兵数の総計十二万三千に達した。

この大軍に攻め立てられては、たまらない。元親はついに、土佐一国を安堵するという条件で降伏した。多年の粉骨もなんの甲斐もないことになったわけだが、これが人生というものであろう。

明治以来七十年、営々としてかせぎためて来た領土を、この大戦の惨敗で一ぺんにふっ飛ばした現代日本人には、元親を笑う資格はない。

さて、その年十月、元親は秀吉にお礼言上のため京に上った。大勢を召し連れては憚《はばか》りありとて、覚えの兵五十余人をすぐって、二十日浦戸を船出して、堺に到着し、秀長に連れられて、秀吉に拝謁した。英雄の心を攬《と》るのは秀吉の得意とするところだ。大いに優待して、備前兼光二尺五寸の太刀・金子百枚・乗馬一頭、梨地蒔絵の鞍に鐙《あぶみ》や厚房のしりがい、胸がいまでかけたのをくれたという。この時はすぐ帰国の許しが出て、急ぎ帰ったが、翌年正月年賀のためにまた上って大坂城に出仕すると、秀吉は善美をつくして饗応した後、元親の召連れた家臣三人共々天守に連れ上って見物させ、伊達《だて》染《ぞ》めの羽織を元親にあたえた。

「これはおれが物好きで染めさせたのよ」

元親は次の間に退って着用して出て来てお礼言上すると、秀吉は笑って、

「おお、おお、よう似合うたぞ」

とほめ、天守をおりると、一室に連れて入り、

「今日の引出《ひきで》ものにくれるぞ」

と言って、柄《つか》と鞘《さや》を金襴《きんらん》で包んだ太刀を五腰あたえ、三人の家臣にも名刀を一腰ずつあたえ、なおこの前上洛した時に人質として連れて来て差し出しておいた次男五郎二郎

を返してくれたというのだ。

元親が骨髄にしみてありがたく思ったことは言うまでもない。

## 六

元親が秀吉の恩遇に報いるべき機会の到来はそう遠くはなかった。

この翌年、秀吉の九州遠征が行なわれているが、秀吉はそれに先立って、この年の秋九月、九州の表口と裏口の両道から先発隊をつかわした。表口である豊前方面は毛利家を中心とする中国勢がうけたまわって黒田如水が軍目付《いくさめつけ》となり、裏口の豊後方面は四国勢たる元親と讃岐の十河存保とがうけたまわった。兵数両家合して六千だ。かつての敵と今やともに先鋒を仰せつかったわけだ。淡路洲ノ本の前城主で、現讃岐の領主仙石権兵衛秀久が軍目付をうけたまわった。

四国勢は伊予の今治《いまばり》から船出して豊後の沖ノ浜に入り、薩摩勢力になびいている諸城を鎮圧しつつあったが、十月末になると、薩摩勢が日向から豊後に侵入し、府内を目ざして進撃、臼杵《うすき》近くの利光《としみつ》城は累卵の危きにあるとの報告が入った。

そこで、急いで府内城に集結して軍議をひらいたが、仙石秀久は元気もので、剽悍《ひょうかん》な男だ。

「敵が寄せて来るというに、男たるものが居すくんでいるという法はない。直ちに行きむかって有無《うむ》の一戦を遂げ申そう」

と、はやりにはやった発言をする。

「いやいや、それはようござらぬ。間もなく本軍がまいられる。それを待つがよろしい。聊爾《りょうじ》なことをしてはならぬと、関白殿下がくれぐれも仰せられたはここのことでござるぞ」

と、元親も存保も言った。また、

「毛利家の軍勢も豊前口にいることでござれば、かかるにしても打ち合わせた上のことにすべきでござろう」

とも言ったが、秀久はきかない。

「敵は利光城を攻め立て、城将利光宗匡《むねただ》は悲壮なる血戦をくりかえしていると申すではござらぬか。これを見すぐしては男とは申されぬ。貴殿方同意なくば、拙者一手をもって後詰《ごづめ》つかまつる」

と激語する。

秀吉からつけられた軍目付にこうまで言われては、不本意でも同意しないわけには行かない。

十二月十二日の払暁、府内を出発して、戸次《べっき》川の左岸竹中山に向い、つくや、長曾我部軍右翼となり、十河と仙石は左翼となって布陣した。

薩摩軍は上方勢が後詰として来たと聞いて、利光城の囲みを解いて退却したが、これは薩軍の深い計略であった。

それとは知らない仙石は、敵軍退却と聞いて、意気昂揚して、

「すわや、薩摩人共、臆病風に吹かれたぞ。戦さは気に乗ずるをよしとする。戸次川を渡って追撃にかかり申そう。面白い戦さが出来申すぞ」

と主張した。

元親は異議をとなえた。

「いやいや、それはよろしゅうござらぬ。当地の地勢は守るにまことによい地勢。待ちかまえて弱きを示し、敵をさそい出し、敵よりかからせて、これを撃破し、浮足立つところを追いくずすがようござる。われより進んで戦うは危のうござる」

十河もこれに賛成したが、きおい立っている仙石は耳にも入れない。

「貴殿らが不同意なら、拙者一人で渡る」

と、自分の隊二千人をひきいて河を渡ってしまった。

こうなればしかたはない。元親も、十河も渡った。

薩軍は三隊にわかれて密林中に埋伏《まいふく》して、敵のかかるを待っていた。一時に起って攻撃にかかった。猛烈をきわめた。

ついに四国勢大敗北、十河存保は戦死、元親の嫡子信親も戦死、元親の老臣桑名太郎左衛門も戦死というさんたることになってしまった。

信親は身長六尺一寸、見事すぎるほど見事な勇士であった。ふだん差の脇差が備前兼光三尺五寸の刀で、兵法《ひょうほう》・早業、ならぶ者がなく、走りとび二間する間にこの刀をぬい

たと、元親記にある。

味方敗軍、混戦になったので、桑名は敵を防ぎながら、信親に、

「急ぎ落ちさせ給え」

と手ぶりして知らせたが、一寸も退かず、馬から下りて四尺三寸の大太刀をもってこみかかって殺到して来る敵を一薙ぎに八人も切り伏せた。

そのうちしだいに敵が手許につけ入って来ると、こんどはさしぞえの刀左文字をぬき、また六人斬り伏せた。物具かけて斬ることとて、刀の刃はぼろぼろにこぼれてのこぎりのようになった。

「今はもうせん方なし。腹切ろう」

と、心をきめ、なおきそいかかって来る敵を追いはらおうとして刀をふりまわしている間に、あとからあとからとかかって来る敵に、ついに討ち取られてしまった。行年二十二であったという。

この時信親の用いた左文字の刀は、元親が最初に信長に懇親の使いをつかわし、信親のために名乗の一字を乞うた時、信長が名前にそえて贈ってくれた、あの刀であったという。

以上も元親記の記述であるが、この信親最期の壮烈な有様は森鷗外の長篇史詩にくわしい。

信親は元親の最も愛する子であった。信親の戦死を聞くと、

「同じところで死のうぞ」

と、馬を乗りはなして、太刀をぬいて敵のかかって来るのを待ち受けていた。そこへ家臣十市某が来て、

「もったいなや、何とて退《ひ》きたまわぬぞ」

と諫めて、自分の馬に乗せようとしているところに、一旦どこへか行っていた元親の馬が走りかえって来た。十市はこれに元親をのせて、退却したという。

これも元親記にある。この時の馬は内記黒《ないきぐろ》という名であったというから、去年の十月最初に秀吉にお目見えした時に秀吉からもらったあの馬であったのだ。秀吉からもらった後、元親はこれを内記黒と名づけて秘蔵したと土佐物語にある。

元親は伊予の日振島《ひぶりじま》に逃がれ、仙石は讃岐の居城に逃げかえり、九州裏街道口の征西先鋒軍は瓦解してしまったのである。

仙石ほどの勇士がいぶかしいことだと思うが、敗戦になると人間は意外なくらい臆病になるものらしい。当時、仙石のことをこう落首したという。

仙石は四国をさして逃げにけり
　三国一の臆病者かな

秀吉の激怒したことは言うまでもないが、その怒りはもっぱら仙石秀久に向けられ、

秀久は勘当されている。元親にたいしては大へん同情して、藤堂高虎をつかわして信親の死を手厚くとむらわせたばかりか、島津氏降伏の後、大隅の国の二郡をあたえようとしている。

元親の悲しみをなぐさめてやろうとの、秀吉のあたたかい心からであろう。もっとも、元親はこれを辞退している。

営々いく十年の間努力して、やっと四国を手中に入れたかと思うと、半年の後には土佐一国をのこして手離さなければならず、今また愛する子を死なせた彼としては、浮世の夢を見つくした気がしていたのではないだろうか。恐らく彼にはもう領地欲などはなかったろう。

朝鮮役のはじまったのは、九州陣から六年目だ。元親は五十四になっていた。大儀なことではあったろうが、家の安泰のためにはしかたがない。世子の盛親とともに土佐兵をひきいて出征した。盛親は四男であったが、次男の五郎二郎は早く死に、三男の孫二郎親忠は土佐の豪族津野家を継いだので、彼が世子となったのであった。

この外征中のこととして、元親記におもしろい話が二つ出ている。

一つ。

在韓の諸将が集まって軍議した時、

「小西摂津（行長）の居る城が味方の陣から離れすぎている。あれでは敵に接近しすぎている。せめて敵味方の間にある河のこちらであれば、危急の際救いやすい故、摂津に言うて、こちら側に築きなおさせようではないか」

という議が軍目付らから出て、人々皆これに同《どう》じた。それにたいして、元親は、

「これは摂津殿がわざと敵陣近くに築かれたのでござる。考えあってのことなれば、こちらに退《ひ》かせることはいかがであろうか。あの城は味方の諸陣を離れてはいるが、敵陣とは相当距離もある。拙者は不同意でござる」

と異議をとなえた。

その日はそれですんだが、他日この相談がまたはじまった。元親はこの話が出ることと推察していたので、わざと病気を言い立てて出席していなかった。相談は、このことを秀吉に報告してその裁断を仰ごうということになり、連名の書を作成したが、元親が欠席では工合が悪いとて、強いて出席をもとめて来た。元親は盛親を代理として出席させた。盛親には連署の権はない。いたし方なく、報告書は元親の連署のないままに内地におくられ、秀吉にとどいた。秀吉はこれを見て、

「けしからぬことかな。この地形で退くということがあるものか。大名共、皆腰がぬけたな」

と、激怒したが、ふとその書状に元親の連署のないのに気づいた。いぶかって事情を聞くと、

「長曾我部殿は病気にて、その席に出られなかったのでございます。ご子息の右衛門太郎盛親殿が代理として出られましたが」

という答えだ。

秀吉はうなずいて、

「さもあろう。この相談、元親は気に入らなんだのよ。しかしながら、目付共のせっかくの意見にただ一人正面切って反対も出来ぬ故、つくり病気して出なんだのじゃ。一人のはたらきをもって家をおこし名をあぐる者は、よほどに普通の者と違うところがあるわ」

といったという。

二つ。

泗川《しせん》に城を築いて、門脇の狭間《はざま》を切りあける時、秀吉から派遣されている目付の垣見和泉守家純が、

「もう少し上げて切れ」

と下知した。これを聞いて、元親は、

「それでは高すぎる。上を胸の高さにし下を腰の高さにして切るがよい」

といった。垣見は、

「さように下げて切っては、敵がのぞきこもうものを」

といった。元親はからからと笑って、

「敵がこの門脇まで来て城中をのぞきこむほどに城兵が弱ったらば、ひとささえも出来ようか。貴殿えらい高う切れといわっしゃるが、敵の頭の上を撃つつもりかのう」

といいながら、杖を鉄砲のようにかまえて見せ、

「どうじゃの、おわかりか。総じてかようなことは、拙者次第に召されよ」

といったので、垣見はにがい顔をして口をつぐんだという。

元親は二度目の朝鮮役にも従軍しているが、当時としては頽齢《たいれい》に近い年で、多年の外地ぐらしに健康がむしばまれていたのであろう、帰還して半年経つや経たずの慶長四年五月、伏見で死んだ。六十一であった。

## 七

続群書類従の武家部に「長曾我部元親式目」というのがあるが、これを見ても、彼がなかなかの文化人であったことが想像される。その中にこういうのがある。

「侍《さむらい》たる者は書学文《ふみがくもん》ならびに軍法専一に仕り、君臣の節、父母への孝行、肝要たるべきこと」

「敵打《かたき》つこと、親の敵を子、兄の敵を弟打ち申すべし。弟の敵を兄打つは逆なり。叔父、甥の敵打つことは無用たるべきこと」

当時としてはなかなかの見識であるといわなければならない。

名将言行録に、元親が讃岐の新名内膳正《しんみようないぜんのしょう》がこもった鷲山《わしやま》の城を攻めた時、敵を兵糧攻めにするため、足軽を出して青麦を刈らせたが、元親はとくに命じて、

「ひとあぜ毎に刈れよ。皆刈っては百姓らがこまるであろう」

といった。

百姓らはその刈りあとを見て、

「土佐の仕置はまことによいようじゃ。この地が早く長曾我部殿の所領になればよい」

と言ったという話が出ている。

また、彼が土佐国内の田畠をのこらず測量して、領内の生産高をつきとめ、租税の法を定め、家臣らの知行高や扶持を詳細に記録させたという話も、同書に出ている。信長や秀吉こそやっていることだが、他にはほとんど聞かないことである。

政治も軍事もこの調査が先行しなければ甲斐のないものだと気づき、これを実行した見識もまた凡でない。元親はいつの時代、どんな境遇に生まれても、相当以上な人物となり得た人であったにちがいない。マキアヴェリズムはしかたがない。当時の大名にはある程度のマキアヴェリズムのあることは自存の必要条件であったのだから。これほどの人によって興隆した長曾我部家が、二代にしてほろんだのは天命というよりほかはない。

# 伊達政宗

## 独眼竜由来

中国五代の時代の後唐《こうとう》の第一世昭宗《しょうそう》は本名李克用《りこくよう》、元来はトルコ種の蕃種である。父が唐に仕えて将軍となり、軍功を積んだので、唐の帝室の姓「李」を授けられたのである。克用は幼少にして片目になったが、射術の名手で、仰ぎ射て一箭《せん》よく双鳧《そうふ》をおとしたといわれる。若い時、父が謀叛して戦い敗れたので、父子いのちからがら韃靼《だったん》部落に逃げこんで数年をすごしたが、韃靼人共がいつ心がわりして自分に危害を加えるかも知れないと思ったので、彼等と狩猟に出た時には、時々樹枝に糸をもって針を懸けたり、百歩の外に馬鞭を立てたりして、一発してこれを射切って見せては、この精妙な射術を持つ自分を敵とすることがいかに危険であるかを示したという。

その頃、彼は驍勇《ぎょうゆう》をうたわれながらも「李の小せがれの目っかち」と言われていたが、後にえらくなると、人々は「独眼竜」と呼ぶようになった。

これが、隻眼《せきがん》の豪傑を独眼竜と呼ぶようになった由来。

一

伊達政宗は片目であったというので名高い人だが、政宗の廟所《びょうしょ》である仙台の瑞鳳寺《ずいほうじ》にある木像は、りっぱに両眼をそなえているという。一方、松島の瑞巌寺にある木像は片目だという。年代は、いずれも古い。瑞鳳寺のは歿後すぐに出来たのであり、瑞巌寺のは十七年忌に出来たのである。だから、木像だけでは、両眼健在だったか片目だったかわからないのである。現に幕末から明治初年にかけての大儒安井息軒なども、その紀行文の中で、「隻眼であったとの言い伝えは間違いなのではなかろうか」と書いている。

しかし、これについては、大正年代に伊達家から出した「東藩史稿」の中で、「治家記録」なる書物をひいて、説明している。

つまり、瑞鳳寺の木像は「わしの死後木像など造るなら、両眼をそなえたものにするように」という政宗の遺言に従って造られたのであり、瑞巌寺のは真影《しんえい》のほろびるのを憂えて、ありのままに造らせ、人目にふれないように瑞巌寺の奥殿深く安置してあったのだという。

今日では、瑞巌寺の政宗像は拝観料さえはらえば誰にでも見せてくれるし、政宗のことを書いた書物には大てい写真となって出ていて、一向めずらしくなくなったが、息軒の頃には見せなかったのであろう。

「東藩史稿」の引く「治家記録」には、政宗は疱瘡《ほうそう》の毒が入ったために片目になったのだとあるが、このようになったことが彼の性格を決定し、彼の運命を決定する上に、重大な原因をなしているようである。

梵天丸《ぼんてんまる》と称した少年時代、彼は性質が間《ま》のびして、はにかみやで、ややもすれば赤い顔をしたので、家臣等は将の器《うつわ》でないとし、母の最上《もがみ》氏も彼を愛せず、弟の竺丸《じくまる》（後に小次郎）を偏愛したと、「東藩史稿《かんぷ》」に記述してある。

この母刀自《ははとじ》は男まさりで悍婦ともいわるべき性質の人であったようだ。後年のことだが、小次郎に伊達家をつがせたがって政宗を毒殺しようとまでしている。片目で醜怪な顔をしている上に、男たるものは強いが上にも強く、はげしいが上にもはげしくなければならないとされている時代に、引っこみがちで、うじうじと赤くなってばかりいるようでは、気に入らなかったのも無理はない。

「おりこうだこと、おりこうだこと」

と、目を細くして竺丸の童髪を撫《な》でている最上氏が、ふと庭の隅から片目を陰気に光らせながら、うらやましげにこちらを見ている梵天丸に気づいて、たちまち不機嫌な顔になり、

「情ない子！　何という子でしょう！」

とつぶやく様子が、ありありと想像されるではないか。

この梵天丸の性行は、自らのみにくい容貌を恥じる劣等感から生じたものとは考えられないであろうか。

後に彼は天下の諸侯中第一の英雄的人物といわれ、将軍や諸大名の尊敬の的となり、年も七十になってから死んだのであるが、しかもなお、木像を造るなら両眼具備したものにしてほしいと遺言したほど、片目であったことを気にしているのだ。この推察はあやまっていないと思う。

さて、こうした中で彼の本性《ほんしょう》の底にひそむ英邁《えいまい》さを見ぬいていたのは、家臣では片倉小十郎景綱だけであったというが、父の輝宗もまたその目を狂わせていなかったようだ。決して彼を廃嫡《はいちゃく》しなかったのだから。

彼の幼時の逸話として伝わっているのは、五歳の時寺詣《もう》でしてのあの有名な話である。寺に祀《まつ》ってある不動明王の像を見て、梵天丸はおどろき、

「このおそろしい顔をしているものはなんじゃ」

と言ったところ、寺僧は答えた。

「不動明王という仏さまでございます」

「仏さま？　仏さまはやさしく情深いものというではないか。これは鬼のようにおそろしい顔をしているぞ」

「不動明王のお姿はこのようにおそろしゅうございますが、それは世の中の悪いものを懲《こ》らしめなさるためでありまして、お心のうちは大へん情深く、正しい人をいとしがっておられるのでございます」

と、坊さんが説明すると、梵天丸はうちうなずき、

「そうか、よくわかった。大名のお手本になる仏さまじゃな」

と言ったので、坊さんは年に似げなき利発《りはつ》さに驚いたというのだ。

見当だけのことだが、これは疱瘡《ほうそう》にかかる前のことであったろう。子供が劣性コンプレックスを感じはじめたら、なかなかこうは行かないものだ。

話があと先きになったが、当時伊達家は米沢の領主であった。

天正五年十一月、元服して藤次郎政宗と名のる。十一歳であった。

政宗という名は、伊達家ではゆゆしいものになっている。この政宗から八世の祖に大膳大夫政宗という人物がいた。足利三代の将軍義満の頃の人だ。武勇すぐれていたばかりでなく歌道にも達し、新続古今集《こきんしゆう》が勅撰される時、「山家ノ霧」という題で、

山あひの霧はさながら海に似て
　波かと聞けば松風のおと

「山家ノ雪」という題で、

なかなかにつづら折りなる道たえて
　雪にとなりの近き山里

という歌を詠《よ》み、

　かき捨つる藻《も》塩《しお》なりともこの度は
　かへさでとめよ和歌の浦人

という歌をそえて送ったという。このように文武両道に達したなかなかの人物であったので、付近の豪族等が皆服属し、伊達家の黄金時代をつくったと伝えられている。その名をつがせたのである。輝宗が尋常ならずこの片目の子の将来に嘱望《しょくぼう》していたと見てよいであろう。

政宗は一応辞退した。

「御先祖政宗公は文武両道の達人でおわしたと申しますのに、拙者ごときがお名前をつぎましては、名誉あるお名前をけがすことになりはしますまいか」

輝宗は言った。

「けがさぬようにつとめるがよい」

父のことばは、少年の肺肝《はいかん》に徹したろう。

「はッ」

平伏して、この名を受けた。

「身材長大、ほとんど成人のごとし」とあるから、十一でもりっぱなからだに成長しているのだ。この年頃では、からだの発育と精神の発育とは大体において正比例する。コンプレックスはあっても、それは胸の奥深く包みこまれて、豪邁《ごうまい》なところが出て来はじめていたにちがいない。

七年冬というから、十三の冬だ。三春《みはる》の田村家から嫁が来た。数え年十三というと、現代では小学六年生だが、昔は肉体的にも精神的にも人のおとなになることが早い。しからずとしても、政略の意味もある結婚だ。セックスのことは第二義としてよい。

初陣はその翌々年五月であった。どことの戦いであったかは記録がない。戦国の世だ。小ぜり合いはしょっちゅうのことだ。その小ぜり合いの一つであろう。

十八の年の秋十月、家督を譲《ゆず》られて当主となった。この時輝宗はまだ四十一だ。男ざかりの年、しかも病弱というではないのに、どうしてそんなことをしたのであろうか。「奥羽永慶軍記」には、政宗が年若にも似ず、文武の道に秀で、政道おろそかでなかったので、「遺領を譲り、その身は閑居をぞせられける」とあり、その他の書物には理由を明記していない。

ぼくは永慶軍記の説にある程度賛成する。家督をゆずっても心配のない人物でない以上、まだ少年といってもよいほどの者に世をゆずるはずはない。しかし、それだけではなかったろう。

前に述べたように、政宗の母刀自は政宗をきらい、弟の竺丸を偏愛し、この時から五、六年後には、実家の兄最上義光《よしてる》と通謀して、政宗を毒殺しようとしているほどだ。必ず

や、おりにふれては輝宗に、

「藤次郎の器量では、このけわしい世に家を立てて行くことは心細うございます。竺丸をお立てなさるよう」

と口説き立てたであろう。それにつれて夫婦の口争いもしげしげとおこり、家中の人心も動揺したろう。それやこれやで、輝宗が、

「いっそのこと藤次郎に家をつがせてしまおう。さすれば奥もあきらめようし、家中の者共の心もおちつこう」

と決心したと考えてもよいかと思う。

それかあらぬか、輝宗は政宗に家督をゆずり渡すと、自分は米沢から西北二里半の地点にある小松城に引き移った。ここは最上氏の本城山形にたいする備えになるところである。

## 二

政宗生涯のうちの最大の悲劇は、この家督相続に関係しておこった。しかし、それは母刀自《とじ》に関してではなかった。

政宗が家督を相続したことを披露《ひろう》すると、近隣の伊達家に服属している小豪族等は皆祝賀の意を表するために米沢城に来たが、その中に塩ノ松《しおまつ》の領主大内備前守定綱という者があった。塩ノ松は四本松とも書き、小浜にその城があった。二本松の東南方二里の

地点にある。

この大内定綱という男は、父の代から伊達氏に服属していたのであるが、この男の代になって離反して田村氏に属し、さらに田村氏を離反して、この頃では会津の蘆名氏や常陸の佐竹氏に志を通じている。強国の間に介在している戦国の小豪族としては、こうしなければ保身出来なかったのであるが、それにしてもあまりにあざとすぎて、評判の至って悪い男であった。

「ふうん、不思議なやつが来たの」

政宗も一応警戒はしたが、追いかえしも出来ず、面会すると、定綱の言うことがはなはだ殊勝だ。

「拙者これまで悪い料簡でありました。父以来の御厚恩を打ち忘れて不奉公をいたしました段、申訳次第もございません。これからは以前にかえりまして、忠誠を抽《ぬき》んでたく存じますれば、帰参のこと、おゆるし下さいますよう」

政宗はこれを許した。

「その方の申す通り、これまでその方のすることは言語道断であった。ゆるし難い者ではあるが、前非を悔いて帰参したいというのを、無下《むげ》にもされぬ。以後専心に奉公するならば、聞きとどけてつかわそう」

「ありがたきおことば、感泣のほかはございません」

定綱は三拝九拝して、お礼を言い、

「つきましては、唯今より当御城下に相詰めて御奉公いたしたく存じますれば、当地に邸地を給わりたく存じます。妻子を引連れて当地に移りたいと存じます」

と嘆願した。政宗はこれも聞きとどけて、邸地をあたえた。

定綱は、政宗の家臣遠藤山城の宅に泊まって、もらった邸地に縄張りし、工事にかかったが、間もなく雪が来て、工事は出来なくなった。定綱は米沢で正月を迎えたが、しばらくすると、政宗の前に出て言った。

「雪が深くなり、普請が出来ぬようになりました。一旦帰って、妻子を召連れてまいりたいと存じますれば、お暇をいただきたく存じます。つきましては、蘆名家や佐竹家には、この数年恩になっていることでございます。挨拶もし、礼も言いして、縁を切ってまいりたいと存じますれば、少し長くかかると存じますが、この点お含みの上、お暇たまわりますよう」

行きとどいたことばだ。政宗はこころよく暇をやった。

定綱は小浜に帰って行ったが、それっきり、何の音沙汰もない。深い雪が消えて、百花一時にひらく雪国の春が来たが、うんだとも潰れたとも言って来ない。定綱の奏者《そうしゃ》(とりつぎ)をつとめ、その米沢滞在中の宿元であった遠藤山城は気が気でない。使いを度々小浜へつかわして言ってやると、最初のうちは、

「やがてまかり出るでござろう」

と返事していたが、しまいには、

「いやでござる！」

とケンもほろろな返答になった。

遠藤は仰天して、政宗に報告した。政宗も怒り、輝宗も怒ったが、おさえて、老臣株の片倉意休《いきゅう》、原田休雪《きゅうせつ》の二人をつかわして、おどしたり、すかしたり、色々と教訓したが、定綱はきかない。

「いやでござる。お腹が立つなら、御斟酌《ごしんしゃく》はいらぬ。弓矢を以てお懲《こ》らしあれよ。滅亡覚悟でござる」

と極端なことを言う。

これは定綱の予定の筋書であった。家中の者に心服されていない政宗が弱年にして家をついだと聞くと、蘆名家ではこの機に乗じて伊達家をはかる計画を立て、定綱に命じて様子をさぐるために帰参を申しこませたのであった。定綱としては、数カ月を米沢で送って偵察すべきことは全部偵察してしまっている。ケンもほろろなのは当然であった。

腹は立つが、伊達家は武力に訴えるわけには行かなかった。くわしい事情は不明でも、こんなに手強く定綱が出るのは、その背後に蘆名家か佐竹家があるのを頼みにしているからだくらいの見当はつく。定綱を伐《う》てば、必ずこの背後の勢力が乗り出してくるに相違ないのだ。不問に付することも出来ない。年の若さを見くびり、甜《な》められたことになり、それは新当主の威を落し、せっかくつき従っている豪族等に離反の念をおこさせるおそれがある。

そこで、また片倉と原田をつかわす。

「自身が移ることがかなわぬなら、人質だけでもさし出されてはどうだ」

一応の面目さえ立てばよいと、大いに譲歩したのであるが、定綱はもう足許を見ている。空うそぶいた。

「真ッ平でござる。拙者はすでに帰参をやめたのでござる。家来とならぬものが、何しに人質など差出す要がござろうや」

のみならず、定綱の一族の大内長門という者は、使者等にむかって、

「瓜《うり》の蔓《つる》には瓜がなり、瓢簞《ひょうたん》の蔓には瓢簞がなり申す。この数代、伊達家の弓矢がどんなものであるか、われらようく存じておる。藤次郎様がお腹立ちなればとて、当家を御征伐になれぬことはわかり切ったことでござる。鼠が猫をとったという話は聞いたことがござらぬでな」

と嘲弄《ちょうろう》した。

片倉と原田は激怒し、素ッ首斬りわってくれようと思ったが、老人だけに怒りをおさえた。

「いずれが鼠で、いずれが猫であるか、弓矢の上で見ていただこうぞ！」

と答え、席を蹴って引き上げた。

# 三

報告を受取って、政宗も、輝宗も、腸《はらわた》の煮えかえるような怒りを覚えたが、定綱を攻めるのは、どう考えても策の得たものではない。色々内偵してみると、蘆名が黒幕になっていることが判明した。

「あんのじょうだ。よし、蘆名を攻めよう。蘆名を攻めつければ定綱の勢いの屈するのは目に見えている」

と、思案した。

蘆名家と伊達家は姻戚の間柄だ。蘆名家の先代盛隆の夫人は輝宗の妹だ。即ち政宗には叔母なのだが、背に腹はかえられない。

『もとはといえば、蘆名家が不忠者の定綱を誘引保護《ゆういんほご》したればこそおこったことだ。姻戚のよしみを踏みにじり、先ず敵意を示したのは蘆名の方だ』という名目も立つ。

会津攻略にかかり、蘆名家の家臣を味方に引き入れたりなどして色々工作もし、兵をくり出しもしたが、うまく行かない。

感心されるのは、この忙しい間に、遠く豊臣秀吉に書をおくっていることだ。もっとも、伊達家は代々こういう外交にはぬけ目がなく、足利将軍の存在している頃には足利将軍に、信長の威勢が盛んになると信長に、信長が亡んで秀吉の勢いがよくなると秀吉に、奥州名物の馬や鷹を贈って機嫌をとっている。おどろくのは、駿府の徳川家康とも、小田原の北条氏とも音物《いんもつ》の交換をしている。天下の形勢がどっちにどうころんでも損をしないようにかねてから周到に手を打っているのだ。奥州の片田舎にいながら、あざやかな外交手腕といわねばならない。この時秀吉は関白になってはいたが、まだ徳川家康とはにらみ合いの状態にあり、九州も征服していない。

半歳の間会津をはかってうまく行かなかったが、不意に兵を大内定綱のこもる小手森《こてもり》城に向けた。小浜の東北方二里にある城だ。定綱はかたく守って出て戦おうとしない。そのうち、蘆名氏と二本松城主畠山義継とが援兵をくり出して来た。間もなく、日が暮れかけて来た。戦うにはおそろしく困難かつ危険になって来た。

政宗は引き上げにかかったが、敵もさるもの、城兵と援軍とが呼応して、挟撃《きょうげき》の気勢を見せる。

政宗は生涯の運命の岐路に立ったことを痛いほどに感じたろう。元来が心服している家来共ではない。ここでしくじったら、一ぺんに離反し、政宗の運命は一路転落のほかはないのだ。必死の形相になったろう。

「引き上げはやめだ！　戦うぞ！」

隻眼を炎のように燃え立たせ、隊を三つに分ち、一隊は城兵にあたらせ、一隊は援軍にあたらせ、一隊は自らひきいて中間にあり、形勢に応じて前を救い、後ろを突くことにした。散々に戦ったが、まだ勝敗は決しなかった。

そのうち、政宗は城兵の少なからぬ部分が、戦いに夢中となってやや遠く城門を離れたのを見ると、素速くその横に出て、かねてから左右を去らせず召しつれている五百人の鉄砲隊に命じて、一度にドッと射《う》ち立てさせた。

城兵らが乱れ立って城門に引きかえし、逃げこもうとすると、こんどはその城門口に銃火を集中させた。つめかえ、こめかえ、炎を吹きつけるよう。やにわに、五十余人打ちたおした。城兵らは周章狼狽《しゅうしょうろうばい》、城に入ることが出来ない。くずれ立って、南へそれて敗走した。

政宗は、この後三日かかって城をおとし、城中の男女八百余人、撫《な》で斬《ぎ》りにしたが、当の定綱は最初の日の夜、ひそかに城を脱出して小浜の本城に逃げかえっていた。この城攻めの最後の日、小手《こて》森《もり》城にこもる兵らは降伏を申しこんだが、政宗は許さないで、力攻めで攻めおとして、男といわず、女子供といわず、一人ものこさず斬って捨てている。政宗にとっては、人々のおのれにたいする認識を改めさせなければならない戦いだ。猛烈な上にも猛烈にふるまわなければならなかったのであろう。

一月ほどの後、政宗は小浜城におしよせたが、定綱は伊達軍の到着前に城をすてて二本松に走り、畠山氏に身をよせた。

「ここに於て塩ノ松悉《ことごと》く我が有となる。公（政宗）小浜に入る。逗留数日。近郡悉く震ふ」

と、東藩史稿にある。政宗の威名が大いにあがり、人々の政宗を見る目が改まったことがわかるのである。

政宗はあくまでも定綱を追求し、二本松城を攻めようとした。

畠山義継は恐れて、伊達実元《さねもと》に泣きついて降伏を申しおくった。実元は輝宗の叔父だが、この頃は息子の成実に家督をゆずって、八丁目城に隠居していた。八丁目は今の松川だ。松川事件で名高いあの松川。二本松からわずかに二里しか離れていないので、かねてから二人の間には交際があったのだ。

「拙者家は、代々伊達家を頼んで身上を立ててまいったのでござるが、田村家をうらむことがあって、蘆名と佐竹とに一味いたしました。しかしながら、以前輝宗公が相馬家と弓矢におよばれました時には、二度も出陣して御奉公いたしております。これらのことを思召して、身上別儀なくお立て下さるよう嘆願いたしとうござる」

という口上であった。

実元はこれを政宗にとりついだ。政宗は、

「相馬陣に来て味方してくれはした。しかし、こんどは定綱と一味して、小手森に出陣して敵対している。また逃げてきた定綱をかくまっている。それでゆるしてくれとは虫がよすぎるぞ。本心からの降伏とは思われん」

とはねつけた。

義継は哀訴《あいそ》嘆願《たんがん》してやまない。

「しからば、降伏をゆるしてやろう。しかし、条件がある。先ずせがれを米沢に人質としてさし出すこと。次に所領は北は油井《ゆい》川まで、南は松田川までの間の五カ村として、余は当方に召上げる。それを承諾ならば、許そう」

義継は承諾しなかった。

「せがれを差し出し申すことは、仰せ下さるまでもなくそういたす心組みでいましたが、所領を五カ村にかぎるとはあまりにむごうござる。二分して、半分いただきとうござる。五カ村くらいの所領では、家来共を養うことも出来ませぬ。今日まで召使って来ました家来どもを乞食《こつじき》、飢死《ひじ》にさせますも不びんであります。お情をいただきとうござる」

政宗はきかない。

「それで気に入らずばそれまでのこと。攻め潰《つぶ》すまでのことだ」

## 四

義継は輝宗の宮森の陣所に行って、輝宗に嘆願した。宮森は小浜の内にある。

「そなたの申すことも道理には聞こえる。しかし、わしはもう隠居しているのだ。一応とりなしてはみるが、うけあいは出来んぞ。親じゃからよく知っているが、なかなかきつい男での」

といって、輝宗は義継を自分の陣所へおき、小浜城へ行った。この時の模様は、伊達成実の成実日記（伊達日記ともいう）にくわしい。成実はその場に居合わせたばかりか、使者となって義継のところへ行っているのである。それによると、輝宗は別段義継のためにとりなしてはいない。台所に家老らを集めて、「義継御詫言の様子御相談なされ候」

とあるから、何と返事したものかと相談しただけである。政宗の意志は輝宗の意志でもある。こうあるのが当然であろう。

　その結果、拒絶ときまって、成実が使者にえらばれて、義継のところへ行く。

　義継は拒絶の返事を聞いて、愁然として言った。

「しからば、拙者家来共をこれまでの知行をもってお召抱えいただくわけにはまいりますまいか」

「それもならぬとの仰せでござる」

　義継はしばし無言の後、言った。

「いたし方なきこと。こうして拙者がここに伺候《しこう》いたしましたのは、仰せならば切腹いたすもよしとの覚悟でまいったのでござる。何分にも御意次第でござる。しかしながら、とにかくも、こうして助命下され、畠山の家を立ておき下さるのでござれば、両殿様へお目見えして、お礼言上いたしたいと存じますが、おゆるしいただけましょうか」

「御意をうかがいました上で、御返事申すでありましょう」

と答えて、成実はしおしおとかえって行く義継を見送って、小浜城に引き上げた。

　義継の願いごとを言上すると、さすがに気の毒になったのであろう。輝宗も政宗も、

「会ってとらせよう」と答える。

　成実はこれを二本松に知らせてやった。

　翌日、午後の二時頃、義継は成実の陣所へ来、そこに輝宗と政宗が来て、灯ともし頃

までいて、いろいろな話をして、父子も義継もかえって行ったが、その翌日、即ち天正十三年十月八日だ。

この日、早朝から政宗は鷹狩《たかがり》に出かけたが、それとほとんど入れちがいに、義継の使いが成実の陣所へ来た。

「われらの家の立つことができましたのは、ひとえに輝宗公のお骨おりでござる。返す返すもかたじけなく存ずれば、お礼言上のため、宮森へまいる途中でござる。これをおわって帰りましてから、せがれを米沢へつかわしたいと存ずる」

という口上だ。

昨夜お礼に来て、またお礼に行くという。成実はいぶかしいとは思わなかったのであろうか。成実日記にはその点については何ら記するところがない。思ったにしても、瞬間に消え去ったのであろう。大災厄《だいさいやく》の時にはえてしてそういうものだ。ともかくも、成実は大急ぎで支度して宮森へ出かけた。

宮森の陣所では、家老等が数人集まって、二本松まで征服し得たことの祝辞を言上して、さんざめいているところであった。そこへ義継が到着して、成実を呼び出し、伺候のことを告げた。成実は輝宗の前に出て、これをとりついだ。

「会ってとらせよう。連れてまいれ。家老共を連れて来ているなら、それも連れてまいれ」

義継は多数の供の者を連れて来ている。その者共は陣所の門を入ったところにのこし、家老三人だけを連れて中に入った。輝宗は左右に老臣や家来らを居流れさせて会った。

何も御雑談もなく立った、と成実日記にあるから、お礼のことばだけ言上して、義継は立ったのである。

「重ね重ね、念の入ったことだな。重畳《ちようじよう》に思うぞ」

輝宗はゆっくりと立って、送って出る。この陣所は、多分用心のためであろうが、陣屋の入口から門までの通路は左右に頑丈な竹垣を結い、二人とはならんで歩けないほどに狭いのである。そのせまい通路を、義継の家老三人が先きに立ち、次に義継、次に輝宗、そのあとに伊達家の家来等という順序で、門に向った。

垣根を出はずれると、義継の家老等はひざまずき、両手を地についた。義継もひざまずいて両手をつき、

「過分のお骨折りをいただきましたばかりか、おんみずからわざわざのお見送りたまわり、かたじけなく存じます」

と、礼を言っていたが、突如としてはね起きるや、左手に輝宗の胸ぐらをとらえ、右手に脇差をぬいて、胸先におしあてた。同時に、義継の家老等は輝宗の背後にまわって、刀を抜き放った。

伊達家の家来は仰天《ぎようてん》し、駆けよろうとしたが、路はせまし、あわてふためいている間に、少し離れて待っていた義継の家来どもがそれぞれに抜刀してとりまいてしまった。

「門を打てい！　門を打てい！」

と絶叫したが、おりあしく門番も居合わせなかった。

義継らはあわてずさわがず、悠々と二本松さして引き上げて行く。伊達家の者どもはどうすることも出来ない。歯ぎしりしながらついて行くよりほかない。「小浜より出で候衆《しゅう》は武具にて早打ち（馬でかけつけること）つかまつり候へども、宮森より出で候衆は武具も着合せず、多分（大方は）素肌にてあきれたる体《てい》にて取巻き申し、高田と申す所まで十里余まゐり候」とある。伊達家の武士らの周章狼狽無念のほど想察《そうさつ》すべきものがある。この十里は坂東里《ばんどうり》であるから、今の里程では六十町だ。高田は阿武隈川の東岸で、川を渡れば今の里程で二十五町で二本松城に達する。

政宗は鷹野先きで急報に接した。

「しまった！　何ということを！」

馬に鞭打って追いかけ、この高田で追いついた。川を渡れば義継の領内だ。義継勢は川を渡る。一人が楯《たて》を持ち、一人が弓を持ち、他は全部抜刀で、総勢五十余人、真中に義継が輝宗をとらえ、悠々と渡って行く。政宗は歯がみしながらもつづいて川を渡った。城へ入れてしまえば、もうどうすることも出来ない。政宗は懊悩《おうのう》し、焦慮《しょうりょ》し、煩悶し、頭熱し、隻眼は火を噴《ふ》かんばかりになったに相違ない。ついに、玉石共に焚く決心をした。

血を吐くように絶叫した。

「しかたはないぞ！　お家のためだ！　父上に死んでいただく！　父上もろとも撃て

い！」

おさえにおさえていた伊達勢の怒りは一時に爆発した。あらんかぎりの鉄砲が、一時にドッと火を噴き、また火を噴いた。

義継は狼狽し、輝宗をひっさげて小高い阜《おか》にのぼり、輝宗をつづけざまに刺しとおして、死骸に腰をかけ、腹かっさばいて死んだ。これを見ると、伊達勢は一斉に殺到して、義継の家来等を一人のこらず討ち取り、義継の死骸をズタズタに斬りはなした。

政宗は義継のこの死骸を藤蔓で縫い合わせ、小浜の町はずれにはりつけてさらしたという。

この話はあまりにも凄惨《せいさん》なので、その場に居合わせた成実の日記にも、「味方のうちから鉄砲を一つ撃ったので、誰が下知をするともなく惣勢殺到して、二本松衆五十余人一人ものこらず打殺し、輝宗公も生害なされた」と書いてあり、その他の伊達家の文書も、とりつくろってしか書いていない。しかし、会津四家合考、明良洪範、野史その他によると、以上ぼくの書いた通りだ。前後の情勢から推せば、こうあるのが自然に近い。伊達家の人々がとりつくろわずにはいられない気持はわかるが、このような特殊な事情の下に生じたことは、平穏な場合の倫理を以て律すべきではない。

それにしても、この事件は、政宗にとっては終生忘れることの出来ない痛恨事であったに相違ない。母の愛薄く、また家臣共からも好意を以て見られていなかった自分を理解し、愛しぬき、すべての反対をおし切って家をつがせてくれた父を殺さねばならなかったのであるから。

五

政宗が父を亡《うしな》ったのは、数え年十九の時であった。以後、彼は伊達家の当主として一切を独裁したが、付近の大名等とたえず攻戦して、天正十七年の冬に至るまでの四年間に、会津四郡、仙道七郡(今の東北本線沿線地帯)を斬り平げ、出羽の国まで手をのばし、旧領とあわせておよそ百万石を領有し、会津に移ってここを本城とした。当時会津城は黒川城といった。

こうした忙しい間にも、彼は中央の形勢にたいする注意をおこたらず、秀吉に贈りものをして好《よし》みを通じたばかりか、秀吉の周囲の人々、前田利家だ、三好秀次(後の殺生関白豊臣秀次)だ、徳川家康だ、浅野長政だ、和久宗是《そうぜ》だ、富田知信だ、木村清久だ、施薬院《やくいんぜんそう》全宗だというような人々にも贈りものをし、書信を通《かよ》わして、ごきげんを取り結んでいる。

そうかと思うと、秀吉の怒りを受けて、今や征伐されること必至となっている北条氏とも好みを結んで、常陸の佐竹氏を前後から挟撃《きょうげき》する策をめぐらしている。二十を少し越しただけの年で、おそろしい辣腕《らつわん》といわねばならない。

こんなことがあった。秀吉は政宗が蘆名家をほろぼして会津をとったことを、

「蘆名家は前々から自分に服従を申しおくって殊勝なものであるのに、勝手にこれを討

ちほろぼしたりなどして不都合である。おれが関白に任ぜられて天下のことを取りさばくようになったからには、おれの許しを得ない以上、勝手なことをしてはならんのだ」

と叱りつけて来た。

政宗は使者を上洛させて、こう言いひらかせた。

「蘆名家はあとつぎが絶えましたので、姻戚の関係ある拙者の家から拙者の弟を養子として迎える約束が出来ていましたのに、勝手に違約して佐竹家からあとつぎを迎えたばかりでなく、奥州、出羽の諸大名を駆り集めて、関東の佐竹家からも助勢をもとめ、拙者を討ち滅ぼそうといたしました。拙者は正当防衛のため、やむなく立ってこれを打倒したのであります。また、拙者の家は奥州五十四郡の探題の家柄であります。奥州内における不届《ふとどき》な者を征伐するのは、なさではならぬ家の職掌であります」

この弁解にはうそもあればほんともある。蘆名家の養子云々はほんとだ。政宗の弟竺丸改め小次郎が養子に行くことになっていたのだが、蘆名家の重臣等の間に異議がおこって変更されたのだ。蘆名家が諸大名と通謀《つうぼう》結束して政宗に敵対したというのは、話が逆だ。政宗が無闇に侵略行為に出るので、大名等は対抗上結束したのだ。陸奥の探題はうそではない。政宗の祖父晴宗の時足利将軍家から探題職に任ぜられてはいる。しかし、任じた足利将軍家自身がよたよただったのだから、名号《みょうごう》だけのもので、晴宗も探題職らしいことは全然していないのである。こんなものを振りまわすのは滑稽でしかないのだ。

秀吉はもちろんこんな弁解に言いくるめられはしない。

「勝手なことはゆるさん。いずれ双方の言い分をきいた上で、明らかなる裁きをつけるであろう。その旨心得い」

と言い渡した。

この図々しい言いわけもだが、さらにおどろくべきは、弁明使をおくっているかたわら、相馬だ、白河だ、横田だ、須賀川だと周辺の小豪族等を片ッ端から攻めつぶしていることだ。煮ても焼いても食えない横着《おうちゃく》さだ。少年時代のあのはにかみやの、ややもすれば紅い顔をした性質はまるで影をひそめている。

こうして、身代がおそろしく大きくなったので、諸老臣等が相談の上、政宗に、

「以前とちがい御大身となられましたので、他家よりのお使者などの来られることも多くなりました。このお城では小さくもあり、粗末でもあります。城普請《しろぶしん》をなされ、ご城下の町もお取り立てあるがよろしゅうござる。今のままでは第一外聞も悪うござる」

といったところ、政宗は、

「おれはいつまでもこんな所に腰をすえていようとは思っておらぬ。やがては諸軍をひきいて関東に打って出て領地をひろげようと思うているのだ。おれはおれの身代が大きくなるにつれて、汝《わい》らにも少しずつ領地を加増してやり、妻子を安楽に養って行けるようにしてやったし、これからもそのつもりでいる故、汝《わい》らも城の外聞などかまわず、精を出して奉公することを考えてくれい」

と言ったという。

二十三歳の隻眼児は、上潮《あげしお》に乗じたと見て、満々たる野心にはち切れそうになっていたのだ。

## 六

豊臣秀吉の小田原征伐は、天正十八年、政宗二十四の時であった。

小田原征伐のことは、この前年の冬から、政宗にはわかっていた。前田利家、浅野長政を通じて、秀吉から通達があったのだ。

この二人だけでなく、かねてから彼が取り入っている秀吉側近の人々からも、

「この際上洛なされば、殿下のごきげんは一入《ひとしお》であろうと思われます」

と言って来ている。

この前年、蘆名家を亡ぼしたことについて秀吉から叱責《しっせき》して来た時、申し開きの使者として上洛させたまま、情報がかりとして滞京させている家臣の上郡山仲為《かみこおりやまなかため》と遠藤不入斎からも、同様なことを言って来ている。

さらに、いよいよ征伐の日どりがきまって、三月一日に秀吉が京都を出発して東に向うということが決定すると、これらの人々はみな、

「早く上洛なされよ」

あるいは、

「会津口から下野まで出馬して、期におくれぬようなさるがよい」

とすすめてきた。

それらにたいして、政宗は返書と多分な贈物を持たせた使者を出してはいるが、動かず、依然として佐竹家と合戦をつづけているばかりか、北条氏に使いを出して、親交を重ねている。

政宗ほどの人物でも、さすがに奥州の片田舎にいるかなしさには、時勢のおちつく先きの見きわめがつかなかったのであろうか。そうではあるまい。大して損になることではない、両天秤《りょうてんびん》かけておこうわいという料簡、時勢がどう落ちつこうが、取れる間に取れるだけ取っておいた方が結局は得とそろばんをはじいたのであろう。底の知れない図太さである。彼が徹底した現実主義者であることの証拠であると思うが、これは後年の関ヶ原戦争の時にはさらに鮮明にあらわれる。

秀吉の小田原征伐の緒戦は、三月二十九日の山中城攻撃であった。秀吉はすでに到着し、四月三日には、小田原城の包囲は完全に成った。会津四家合考と藩翰譜《はんかんぷ》と野史によると、政宗は太宰金七（野史では大峰金七）という者を情報がかりとしていたところ、これが馳せかえって、

「上方勢以てのほかの大軍にて、その軍威の盛んなこと、言語にたえます。さすがの北条殿も一たまりもありますまい」

と報告したので、政宗もはじめて腰を上げる決心をつけたという。用心深い政宗だから、こういう者をつかわしていたことは事実であろうが、その報告だけで決心をつけた

とは思われない。情報がかりは京都にも派してある。それからの報告もあり、またこの時伊達家の周囲の諸豪族等が続々と秀吉の許に参候しつつあったのだから、そのうわさも聞いていたにちがいない。だから、これらが一緒になって決心させたと見るべきであろう。

彼は重臣らを集めて評議した。

「小田原が落ちてしまえば大変なことになる。落ちぬ前に関白に目見えせねばならんのだ。おれは早速に行こうと思う」

原田宗時は、

「よい御思案でござる。一刻も早くお出でになるがようござる」

と言ったが、伊達成実は、

「もう遅うござる。行くならば、関白と小田原とが手切れになった去年の冬でござった。今頃になって行くのは、進んでとりことなるようなもの。それより当国にこもって戦うがようござる。敵は大軍とはいえ、国許を遠くはなれて戦うのでござる。味方精をつくして戦いましたなら、勝たぬものでもござるまい」

と言う。片倉景綱は賛成とも不賛成とも言わない。眠そうな顔でものうげに坐っているだけであった。

政宗はその夜ひそかに片倉の邸に行った。片倉はその来訪を待っていたような風であった。

「そなたが今日の評定でなんにも意見を申さなんだ故、こうしてやって来た。どう思うぞ」

片倉は手にしていた団扇で蝿を追いはらう身ぶりをして、

「蝿というものはうるさいものでありましてなあ」

といった。一時は勝って撃退することが出来ても、また、来るであろうという意味だ。

「うむ、うむ」

政宗はうなずいた。決心はそれでかたまったが、行くにしても、準備がいる。旅支度はかんたんだが、境目の手配りを十分にしておく必要がある。これはそう手軽には行かない。何せ力ずくで不当に切取ったのだ。不在《るす》と見たら四隣がどう動くかわからない。すでに服属している豪族等もこの形勢の変化を見てはどうするか不安だ。それらのことを手配りしていると、足許から火が立った。

四月五日、政宗は母刀自《ははとじ》最上氏義子から招待を受けて、母の御殿に行った。食膳が出て、膳番の者が毒見をしたところ、忽ち目をまわし、血を吐いてたおれた。政宗は顔色をかえ、

「拙者、急病がさしおこった」

といって帰り、急いで事情を調査してみると、ことは母刀自とその実家の兄最上義光との陰謀によることがわかった。ずっと前、義光は密使をつかわし妹にこう説いた。

「政宗が蘆名家をほろぼして会津を切取ったというので、関白はきついお怒りである。

どんな罪に仰せつけられるかわからぬ。早く政宗を除いて小次郎を立てる工夫をしたがよいぞ」

これが伊達家を奪わんとする義光の腹黒い陰謀であることはいうまでもないが、母刀自にはこれが見ぬけなかったらしい。政宗は子供の時から一向可愛いと思ったことのない子だし、小次郎は目に入れても痛くないほどの子だ。伊達家の存亡というのも心配だ。その気になったが、ことがことだけに踏切れないでいたところ、いよいよ政宗は近く関白に拝謁《はいえつ》に行くという。行って捕われの身となり、家取潰しということになれば、もうどうすることも出来ない。

「やるなら、今だ」

となって、こんなことになったと判断された。

政宗は激怒しながらも、

「弟に罪のないことは明らかだ。みんな母上の浅はかさから起こったことだ。しかし、子として母上を罰することは出来ない」

と考えて、小次郎を呼んだ。そして、家臣の屋代勘解由《やしろかげゆ》兵衛（藩祖実録では鈴木重信）を召して言った。

「唯今、小次郎が来る。思うところあって討たねばならぬ。その方仕手《して》をつかまつれ」

事情はよく知っている屋代であったが、おどろき、固辞し、また諫《いさ》めた。

「累代の主君に、どうして刃《やいば》が向けられましょう。このこと、小次郎君には露お知りでないことでござる。思し召し直しいただきとうござる」

「ことは重大だ。きまりはつけねばならぬ。よいわ。そちがことわるなら、おれが自分でいたす」

やがて、小次郎が来た。

小次郎のこの時の年はわからない。八歳という説があり、十一、二歳という説があり、十七歳という説があって一定していない。しかし、母最上氏の年から推して、十七歳というのが妥当であろう。

小次郎は覚悟をきめて来ていた。政宗は事情を説明し、自らこれを討った。

この夜、母刀自はひそかに山形に逃げた。

以上は、東藩史稿の貞山公世紀と公子列伝とによって書いたのであるが、疑問の点がないでもない。この毒殺計画があまりにも浅はかだ。大名の食事に毒見役が毒見をするのは普通のことだ。母最上氏がそれを考慮にいれないというのがいぶかしいのである。あるいはこれも小田原行きの準備の一環であったかも知れない。

とすれば、恐ろしいことが推理される。

「おれが不在《るす》すれば、母上は何をたくらむかも知れぬ。たくらみの種をなくしておこうわい」

と考え、母のところに暇乞いと称して行き、饗応《きようおう》してくれるようにしむけ、その食膳にたずさえて行った毒薬を自ら投じ、もう一度毒見をさせ、それを理由にして弟をのぞいたという最も陰険な方法。

悪意をもって人を見ることは、歴史上の人物にたいしても避けたいのであるが、この事件はあまりにも不審に満ちている。ともかくも、政宗にとっては小次郎がいなくなれば一安心であったことは事実である。

前には父を殺さねばならず、今はまた弟を殺さねばならなかったのだ。苛烈《かれつ》むざんな戦国の時代とはいえ、政宗は悲劇の人物といわねばならない。

## 七

五月九日、政宗は会津を出発した。片倉景綱、高野親兼、白石安綱、片倉壱岐《いき》等の譜代の重臣等のほかに、近頃降伏した重立った者共をまじえて、百余騎を従えた。留守居の大将としては伊達成実がのこった。重立った新付の家来共を従えたのはのこしておいては不安だからであり、成実をのこしたのは万一の場合主戦派である彼は勇敢に防戦するにきまっているからである。周到な配慮である。

最初の計画では上野《こうずけ》に出て真直ぐに小田原に向うつもりであったが、このあたりは北条氏の領地で通れないので、米沢に出、越後に出、信濃に入り、甲斐に出るというまわり路をして、やっと小田原についた。六月五日であった。

この時の政宗の姿はまことに奇怪であった。髪を短く切ってかぶろにし、甲冑の上に白麻の陣羽織を着ていた。死を命ぜられることを期して凶服《きょうふく》のつもりであったというのだが、なあに、そう早くあきらめる男ではない。演出なのである。記録にあらわれたところでは、これが最初の彼の演出であるが、以後死ぬまでひんぴんとして奇抜な演出を行なっているところを見ると、これ以前にもあったのであろう。

この時代、秀吉が稀代の演出やであるが、政宗もそれにおとらない演出やだ。ただ、秀吉のは豪華な演出であり、政宗のはいささか泥くさい。おかれた地位の相違であろう。演出やは例外なく打算家であるが、同時に劣等感の所有者には演出やが多いということも言えよう。弱みをかくすためには演出が必要なはずだから。とにかくも政宗が劣等感の所有者であったことはすでにのべたが、秀吉もまたその素姓にたいして常に劣等感を抱いていた人なのである。

政宗の日和見的態度を怒っている秀吉は、急には会うことを許さなかった。

「どこぞへ押しこめておけい」

それで、底倉《そこくら》に蟄居《ちっきょ》させられることになった。

秀吉は、一体どんな男なのだと、かかりの者に聞いた。

「年の頃は二十を少し出たほどでございましょうか。片目で、髪を短くおし切ってかぶろにしています。まことに異様な風体の人物でございます」

「ほう」

大いに興味を覚えた風ではあったが、それでも会おうとは言わなかった。

翌々日、秀吉は浅野長政、施薬院全宗らを底倉につかわして、詰問させた。曰く、なぜ参向がおくれたか、曰く、なぜ蘆名をはじめ、近傍の諸大名の領土を侵略したか。政宗は一々これを言いひらいた。

この言いひらきは相当強引なこじつけであったが、取調べ役の連中が以前から政宗に度々贈物をもらって籠絡《ろうらく》されているのだから、世話はない。ほどよくつくろって復命してくれたので、秀吉の怒りはとけた。しかし、

「会津はいかん。あれは没収する」

といって、旧蘆名家領の会津、岩瀬、安積《あづみ》の三郡をとり上げたので伊達領は七十余万石となった。

政宗はこの蟄居中に、利休が秀吉に従って来ていると聞いて、利休に来てもらって、茶の湯の稽古をした。このことが秀吉に聞こえると、秀吉のきげんはすっかりなおった。

「はは、伊達というやつ、奥州の在郷ざむらいじゃと思うていたが、いのちの瀬戸ぎわにいながら洒落たことをする。見事なやつだ。気に入った。会うてとらせようわい」

といって、謁見《えつけん》をゆるした。もっとも、秀吉は最初からゆるすつもりでいたのであろう。小面倒なことを言っては、天下統一は遅くなるばかりだ。秀吉はいそいでいたのだ。ゆるす機会を待っていたと考えてよかろう。ここらが秀吉の機略であろう。

謁見はこの月九日に行なわれた。当時秀吉の石垣山の本営は石垣の構築中で、この日秀吉はそこへ出て床机《しょうぎ》をすえて検分《けんぶん》していたが、そこへ政宗を呼び出した。その席には、徳川家康、前田利家をはじめとして、多数の大名等がいた。

政宗は一応の拝礼をしてそのまま退出しようと思いこんでいたところ、秀吉は、「政宗、政宗」と二度呼んで、杖をもって自分の前の地面をさして言った。

「これへ、これへ」

「はっ、はっ」

政宗はかしこまって、小腰をかがめながら近づいて行ったが、途中脇差をさしたままであることに気づき、その脇差をぬき出し、そこにいた和久宗是《そうぜ》に投げた。宗是はこれを受取った。宗是は秀吉の近臣だが、政宗に籠絡《ろうらく》されて政宗と親しくなっている人物だ。後に秀吉の死後伊達家に仕えているが、大坂の陣がはじまると、政宗に乞うて暇をもらい、年八十にして大坂に入城して戦死している。

政宗が示した位置に坐ると、秀吉は、

「そちは田舎侍ゆえ、かような大軍の手配りは見たことがあるまい。後学のためだ。よく見ておけい」

といって、杖を以て小田原城を包囲している諸家の陣々を指さして、

「あの陣所は誰がしの陣所で兵何万、かようかようの含みを持っている。こちらはなにがしの陣所で兵いく千、こういう意味をもっている」

などと、一々説明してくれ、また政宗の意見をきいた。政宗ははばからず、自分の意見をのべた。

後に和久宗是が伊達家の者に、この時、列座していた諸大名が、

「政宗は田舎者の異風ていな男じゃが、脇差の投げよう、ものの言いぶり、殿下ほどのお人の前で少しもおじけぬところ、あっぱれである。さすがにうわさに聞いたほどのものはある」

とほめたと、語った。

以上は、成実日記に記すところだから、最も信用出来るのだが、異説もある。秀吉は自分の刀を政宗に持たせて、「供せ」と言って、ほかには小童一人召しつれただけで石垣山の頂上にのぼり、高い断崖のはしに立って、布陣の説明をした。その間うしろをふりむきもせず、政宗を動く虫ほどにも思わない風であったので、すきあらば秀吉を刺そうと思っていた政宗も全身汗になっておびえ、秀吉に心服するようになったという説が古来さまざまな書物に書かれている。

演出家同士の演出くらべの観があって、中々面白いが、あまり出来すぎているのでフィクションであろうと思う。第一ここで秀吉を刺殺したところでどうなるものか。政宗は打算家なのである。いくらかでも見込みのあることなら、決して機会を見のがさない政宗だが、全然見込みのないことを、単に一時の快を遣《や》るために敢てするようなことはしない男だ。

翌日、秀吉はさらに政宗を呼び出し、茶の湯をふるまい、刀を一腰あたえて、

「早々に国へかえれ」

と言ったという。

政宗は六月二十五日会津に帰着しているが、翌七月には米沢に引きうつり、その月二十三日には、小田原を落城させて奥州巡視にきた秀吉を宇都宮まで出迎えて、旧蘆名領の図面と自らの新所領ときまった地域の図面とを献上している。

秀吉は会津に入り、蒲生氏郷を会津四郡、南仙道五郡、あわせて四十二万石（七十万石という説もある）に封じ、小田原に伺候しなかった諸豪族の領地を没収し、これを木村伊勢守吉清とその子清久とにあたえた。葛西・大崎三十万石の領地である。蒲生は伊勢松坂十二万石から、木村は五千石の小禄から、この大出世をしたのだ。秀吉の母大政所《おおまんどころ》の気に入りだったから、この抜擢をされたのだという。

秀吉はこれらの処置をすまし、浅野長政、石田三成、大谷吉継の三人に奥州の検地を命じておいて、京都に引き上げた。京都着は九月一日であった。

ところが、それから間もなく、奥羽に一揆がおこった。

一揆の原因は色々ある。その一つは検地にたいする不平だ。検地は土地の真実の生産高をつきとめることに目的があるということになっているが、実際は今日の税務署の国民所得の調査と同じで、税収入の増加をはかることに真の目的がある。特に秀吉の検地はこの点が特に苛酷であった。これまでは一歩《ぶ》といっても、多年のしきたりで、七尺平方のところもあれば、六尺五寸平方のところもあったのであるが、秀吉はこれを六尺平方ときめて、地方差も慣行も全然認めず強行した。税率を低くすれば百姓の負担が増すわけではなく、むしろ負担の不公平がなくなる利点さえ生ずる理屈ではあるが、いく世紀にわたって権力者の搾取に苦しみつづけて来ている百姓等にはそんな理屈はごまかしとしか考えられない。従来一町歩でとおって来た田が一町二十五歩と査定されれば、二十五歩だけ税が重くなると考えるのだ。不平が起らないはずがない。

その二つは、新たに葛西と大崎の領主となった木村吉清父子の政治ぶりが悪かった。五千石の小身者から一躍三十万石の大大名に出世した木村父子には、新しい身分に相応するだけの家来がなかったので、これまで五十石か六十石くらいあたえていた家来共を何千石という重臣にし、中間小者を侍に取り立て、新たに上方からあぶれ浪人共を多数召しかかえて、やっと数をそろえた。ところが、このにわか重役や新家来共は、持ちつけない権力に心おごって、領内の住民——この中には百姓ばかりでなく、新たに秀吉に取りつぶされた旧豪族やその家臣らもいるのだが、それらにむかって、沙汰のかぎりな暴威をふるった。

「本侍《もとさむらい》、百姓の所へおしこみ、米をとり、百姓の下人下女を奪ひ、歴々の嫁、娘をわが女房に奪ひ」

と、成実日記にある。これでは一揆のおこらないのが、むしろ不思議である。

一揆は先ず出羽の国からおこった。この時は百姓だけの一揆であったが、忽ちこれが木村父子の所領である葛西と大崎に飛び火した。しかも、この時は旧豪族やその旧臣らを中心とする一揆になっていた。旧軍人共の一揆だ。戦さにはなれている。いわばまだ烏合《うごう》の衆にすぎない木村家の侍などの敵《かの》うものではない。忽ち攻め破られ、木村父子は佐沼城に居すくみになり、一揆勢はこれを十重二十重に包囲するという有様となった。

この一揆を煽動示唆《しさ》して暴発させたのが、政宗であるということになっている。改正三河後風土記にはこうある。

「この数年前、秀吉が九州平定の後佐々成政を肥後の領主とした時、一揆が蜂起《ほうき》した。佐々はこれを平げたが、秀吉は成政の政務のとりようが悪いからこそ騒ぎが起こったのだと怒って、佐々を切腹させた。百万石以上の領地を七十万石に切りちぢめられて、内心不平満々でいた政宗は、この先例によって、一揆がおこれば新領主は領地は没収され、その身は切腹を命ぜられるのだ、領主のかわる度に一揆をおこさせれば、ついには秀吉も奥羽をもてあまし、奥羽の領主は伊達にかぎると、自分にくれることは必定だ、と思案して、所々の郷民にひそかに貨財を支給して煽動したのだ」

この推察は少々うがち過ぎている。これでは政宗が一揆の主動者ということになるが、真相は一揆がおこったので、この知恵が出て来たのであろう。政宗は強烈な野心家だ。したがって強烈な野性がある。目の前の好餌《こうじ》に向っては飛びつかずにはいられないのだ。

「この一揆、あおり立てようでは、凄いものになるぞ。奥羽は新たに地位をうばわれ、領地を失った不平の徒で充満しているのだ。火薬庫のようなものだ。これを利用せん法はない」

というのが、当時の政宗の心理であったろう。

この一揆の鎮定《ちんてい》に最も働いたのは蒲生氏郷であった。彼が会津転封を命ぜられたのは八月七日であるから、実際に会津に引き移ったのは早くとも九月中旬頃であっただろうと思われるのだが、米沢の政宗にも出陣するよう牒《ちょう》じて、出陣した。十一月五日のことであった。おりから数日前からの大雪であった。

この出陣の頃から、氏郷は政宗の臭いことを感づいて、会津城の留守部隊や、伊達領に近い城々の守備隊は特に武功の士をえらんで編成したのであったが、いよいよ出陣してみると、伊達家の態度はますます臭い。

第一伊達領内では、蒲生勢にたいして宿を貸さない。野営しようとしても莚《むしろ》も売ってくれない。炊事をしようとしても、鍋釜を貸さず、薪を売らない。元来が暖国育ちの蒲生勢だ。生まれてこの方見たこともない大雪の中でひどい難儀であった。

第二は政宗は出陣はして来たものの、やれ持病がさしおこったの、やれ何だのと言い立てては、進もうとしない。

業《ごう》をにやしているところに、伊達家の家来で須田伯耆《ほうき》という者がひそかに氏郷の老臣蒲生源左衛門の陣所に来て、

「この一揆の蜂起は、政宗の煽動によるものであります。のみならず、政宗は氏郷殿を暗殺しようとたくらんでいます」

と告げた。この須田のことを、東藩史稿は、須田は、政宗の父輝宗が横死した時、父が追腹を切ったので、大いに取立ててもらえるであろうと予期していたところ、政宗は須田の家柄が卑《ひく》く、また新参の家なので、大して取立てなかった、それで、須田は久し

く不平を抱いていた、これは讒言《ざんげん》であると書いている。

また、この時、曾根四郎助という者が、政宗が一揆の者共にあたえた手紙を数通手に入れて、氏郷に差し出した。これも東藩史稿には、元来この曾根という男は伊達家の祐筆だったのが、罪あって逃走して蒲生家に仕えたのであるから、その手紙なるものは曾根の偽筆であると言っている。

この証拠書類を氏郷が入手した経路については、異説がある。

改正三河後風土記では、政宗の家来である山戸田八兵衛と手越宗兵衛という者が、政宗が一揆に出した手紙をつかんで、氏郷の陣中に駆けこみ、

「拙者等は政宗の側近に奉公している者でありますが、元来この一揆は政宗の下知によって起こったものであります。いわば一揆は枝葉、政宗は根本であります。政宗のすることがあまりにも悪どいので愛想がつきました。よって回忠《かえりちゅう》いたします」

と言って、書類をさし出したとある。

会津四家合考には、隅（須）田伯耆の訴えによって、氏郷は政宗の陰謀を知ったとはいうものの、確たる証拠をつかめないで苦心していると、以前政宗の家来で、政宗の勘気にふれて浪人し、近頃蒲生家に奉公した山津（戸）田八兵衛ノ尉という者が、何とかして主人のほしがっている証拠を手に入れて、新主人への忠勤を抽《ぬき》んでると共に、政宗にたいする年来の遺恨を晴らしたいと思い、伊達家の飛脚の通りかかるのを見てこれを斬り、ふところをさぐって見ると、政宗が一揆勢にあてた廻文があった。これ幸いと、

氏郷に献上したとある。

一揆は氏郷の健闘によって平定したが、氏郷が政宗を憎んだのは当然のことだ、平定と同時に秀吉に、

「一揆は伊達の煽動によるものであります。その証拠はかくかくしかじか」

と、証拠の書類をそろえて訴え出た。

秀吉は、氏郷と政宗とを京都に召喚《しょうかん》した。

## 八

翌天正十九年正月末日、政宗は京に向った。伊達家側の記録では、「晦《つごもり》、米沢を発す。政景（伊達政宗の叔父）、景綱（片倉）等三十余騎従う」と、ごく簡単に書いてあるが、会津四家合考と改正三河後風土記では大へんだ。

「陳じ損ぜば、再び奥州へ帰ることはかのうまい。政宗ほどの者が普通のはりつけ柱にかけられて処刑されることは無念の至りである」

といって、良質の金箔をもって包んだはりつけ柱を行列の先頭におし立てて京に向ったので、道中見るもの、京の人々、

「昔より今にいたるまで、武敵、朝敵も多数あったが、かかるふるまいは聞いたことがない。あっぱれ、おこの者かな」

とあきれたとある。おこの者は本来は阿呆という意味だが、ここの場合は途方もない

やつ、あきれかえったやつ、乱暴ものといった気味合に使われているのだろう。

二月に入って京都につき、旅館と定められている妙覚寺に入った。

政宗が召喚に応じてすぐ上京したことは、秀吉の機嫌をやわらげた。富田知信に言ったという。

「目っかちめがこう早く上《のぼ》って来たところを見れば、謀叛《むほん》というのはうそかも知れんな」

知信はずっと以前から政宗に籠絡されている男だ。えたりと相槌を打った。

「信長公御在世の頃、殿下が播州路で謀叛をお企《くわだ》てになっているとの流言が飛んで、信長公から召命があったことがございましたな。あの時、殿下は、直ちに安土に参上されて、お言い開きありましたので、信長公は即座にお疑いを晴らされました。恐れながら、政宗の立場はよく似ていると存じます」

「うむ、うむ」

と秀吉はうなずいた。

政宗が平生から蒔《ま》いていた種子が生きて働いたわけだ。

この時、徳川家康も、ずいぶん政宗のためにとりなしている。家康はまた将来のためを思って、せっせと種子を蒔いているわけだ。

秀吉は自ら裁判役となって、政宗と氏郷を対決させた。先ず氏郷の提出した証拠の手紙を政宗に見せた。

「どうだこれは」

政宗は受取ってつらつらと見て、

「恐れながら筆紙をたまわりとうござる」

と言って、筆紙を貸してもらうと、証拠の書類にあると同じ文句を書いてさし出した。

「くらべてごらん下されとうござる」

全然同じ筆蹟であった。

「同じだぞ。寸分ちがわんぞ」

すると、政宗はおちつきはらって言った。

「これは拙者の祐筆をつとめていた者の偽作でござる。従って似ているのは当然のことでござる。しかしながら、拙者の用うる花押《かおう》はごらんの通り鶺鴒《せきれい》をかたどったものでござるが、それにには必ずその目にあたる所に、針でついて目につかぬほどの穴をあけてござる。それは祐筆共も知らぬことで、拙者自らいたすのであります。然るに、この花押にはそれがござらぬ。偽作であることの何よりの証拠でござる」

そこで、秀吉は政宗の手紙を諸大名から集めてしらべてみると、政宗の言った通りであったので、秀吉はその用意周到に感心して、疑いを晴らした。

以上は、伊達家側の文書に記する所であり、改正三河後風土記も多少の違いはあるが採用している。恐らく事実であろうし、その用心深さには秀吉ならずとも驚かざるを得ないが、用心深さもここまでくると、腹黒いという部類に入ろう。戦国という特殊な時代の性格の一つであろう。

われわれはここでまた政宗の手口の一つを見る。彼が逆手《ぎゃくて》の名手であるということだ。金箔をまかせたハリツケ柱をおし立てて上洛したことといい、対決の場においてそっくり同じ文言を書いて見せたことといい、豪快なる逆手なのである。彼はすでにこれを小田原陣に伺候する時見せている。髪を短く切ってかぶろにし、真白な麻の陣羽織を着て行ったのがそれだ。この逆手には稀代の演出家である彼らしく精密な打算の裏づけがあり、それによって見事に危地から脱出しているのだ。彼のこの性質は以後益々濃厚にあらわれる。

疑いとけた、あるいはとけたらしく装っている秀吉は、おそろしく政宗を優待している。政宗が諸大名を招待して茶の湯を催すと、色々な名物の茶器をあたえており、聚楽《じゅらく》まわりに邸地をあたえて、浅野長政に命じて三千人を使って建築してやり、羽柴の姓をあたえ、侍従兼越前守に任官させている。当時京都中、上下皆政宗の覚えのめでたさにどよめいたという。

政宗の豪快奇抜な演出が豪快好みの秀吉に気に入ったからでもあろうが、この東北の梟雄《きょうゆう》を心服させようとの秀吉の機略であったに相違ない。

間もなく、この年秋、南部で九戸《くのへ》政実が乱をおこした時、政宗は最も熱心に働いて殊勲を立て、秀吉の感状をもらっている。

これで奥州は完全に鎮定したわけだが、ここで秀吉はまた領地割をしなおして、政宗は五十八万石余に減《へ》らされて、米沢から陸前の玉造郡岩出山城に移っている。今の仙台から十三里北方の山間の都邑《とゆう》である。仙台に移ったのは、これから九年後の慶長五年の暮、関ガ原役後のことである。

## 九

朝鮮役のおこったのは、この翌年のことである。彼は大いに奮発して、秀吉から遠国でもあり、一揆鎮定に働いた後のことでもあるから、五百人出せばよいと言われたのに、千人をくり出している。政宗はこの時二十六、年が若いだけに、さすがの梟雄もすっかり秀吉にまるめられて大感激のさなかだったのであろう。

京都を出発する時の伊達家の軍勢のいでたちの見事さ、奇抜さは、諸家の軍勢中第一であったと伝える。紺地に金《きん》の日の丸の旗三十本。弓足軽、鉄砲足軽、長柄《ながえ》足軽、これは各隊皆そろいの甲冑を着、末ひろがりの櫂《かい》の形をした朱鞘銀ごしらえのそろいの刀をさし、金色に塗った径一尺八寸、長さ三尺のトンガリ笠をかぶっていた。騎馬の将校三十八人は皆黒母衣《くろほろ》を負い、さしものの上には金の半月の出《だ》しをつけ、馬には大総《おおぶさ》のむながい、しりがいをし、豹《ひょう》、虎、熊の皮、孔雀の羽等の馬鎧《うまよろい》を着せた。とりわけ、遠藤宗信、原田宗時の二人は九尺の大太刀を佩《は》き、そのこじりが地に引きずりそうなので、黄金のくさりで鞘の途中を肩に吊っていたので、見物人らはおどろき、目を見はり、秀吉は大いにほめたというのだ。

この時から「ダテをする」ということばが出来たというのだが、それはうそだ。ダテということばはこの以前からある。

この豪華異風の出陣いでたちが、秀吉の気に入られようとの計算から出たものであることは言うまでもない。

この時のこの大太刀は諸書に木刀であったとあるが、東藩史稿の著者は真刀《しんとう》であり、自分は実物を見ている、しかし長さ九尺は誤りで七尺八寸であると書いている。

朝鮮においての戦功は、一度だけ感状をもらうほどの働きをしているが、滞鮮期間が四月半ばから九月半ばまでという短期間でもあるので、大したことはない。

しかし、この頃から、目先きのきく政宗は徳川家康に接近している。大本営の所在地である名護屋で、徳川家の武士等と前田家の武士等が水汲みのことから大喧嘩をはじめ、諸大名もそれぞれひいきにわかれて、今にも戦さわぎになろうとしたことがある。

政宗は秀吉に帰属する以前から利家と親しい好《よし》みを通じていた縁故もあり、秀吉の信任も厚く、大名中の元老でもある利家なので、日頃から親しく出入りし、おりにふれては、

「ことあらば、必ずお役に立つでありましょう」

と言っていたので、加賀家ではてっきり政宗は自分の方に味方してくれることと思い、家人《けにん》が政宗の陣所に行くと、政宗は人数を集めていつでも打立てるように支度していたが、その鉄砲の筒口が全部加賀家の陣所に向っていたので、驚いて立ちかえって利家に

報告すると、利家は、

「政宗というやつ、年若な者に似合わぬ内股膏薬《こうやく》である」

と大いに怒ったという話がある。

家康の方でもまた色々政宗のためにつくしている。豊臣秀次が秀吉の勘気にふれて切腹させられた時、かねてから秀次と懇意《こんい》にしていた者は皆罪せられたが、政宗も秀次と懇意にしていた。秀次は秀吉の最も愛した甥だ。あとつぎに立てて関白に立てたのだ。利を見るに機敏な政宗が親しく出入りしないはずがない。

ところが、秀吉の秀次にたいする愛情の冷却は急激で、しかもその憎悪の昂進は狂的と思えるほどであった。常理を以て律することの出来ないこの変化には、さすがの政宗も手の打ちようがなかった。

百方弁解して、やっと死はまぬかれたが、

「家をせがれの兵五郎（後の秀宗・宇和島伊達氏の祖）にゆずれ。伊予に転封を命ずる」

と言いわたされた。

政宗は、追って御返答するといって一先ず使者をかえしたが、途方にくれ、家臣二人を家康の許につかわし、しかじかの上意を蒙りました、伊達家の浮沈この時にきわまりました、お知恵を拝借するよりほかはありません、と頼んだ。家康は使者らの口上を聞いたまま返事はせず、茶や食膳をあたえた。二人は途方にくれ、暇を告げて、

「主人さぞ待ちかねていることでございましょうから、早く帰って御返事を聞かせたく

存じます。何とぞお知恵を拝借させていただきとうございます」

と言うと、家康は声荒々しく、

「汝《わい》らが主の政宗という男は、見かけは強《きつ》そうであるが、腰抜けじゃわ。腰が弱いゆえに、さようなうろたえようをするのじゃ、おめおめと四国に行って魚の餌《えば》になるがましか、ここで死んだがましか、よくよく分別せいといえい！」

と、どなりつけておいて、重ねて秀吉から四国へ行けと催促のあった時の返事のしようなど、細々《こまごま》と教えてかえした。

翌日、秀吉はまた伊達家の邸に上使をつかわすとて、昨日申しつけたこと、まだお請けをせぬが、返答いかが、早々に伊予へまかり下るようにいえ、と命じた。

上使はかしこまって、伊達邸へ行ってみると、門前に弓・鉄砲・槍・薙刀などの武器をたずさえた者どもが犇《ひし》と押しならんで、今にも打って出でんずる勢いだ。上使はおどろいたが、ともかくも来意を通じて、客殿に通った。その客殿にも武士どもがひしめいている。上使はますます肝を冷やした。

ややあって、政宗が奥の間から立ち出でて来た。無刀でひしめく家臣らを押し分けつつ、上使の前に坐ってあいさつした。

上使は秀吉の命をのべた。政宗は涙をはらはらとこぼして言った。

「およそ世に上様の御威勢ほどかしこきはござらぬ。また、人間の不幸数ある中で、その上様の御勘気を蒙るほど大なるはござらぬ。この期《ご》になってしみじみと感じることでござる。拙者においては、御不審を蒙りましたこととて、首を刎《は》ねられましても不服を申すべき心は少しもござらぬ。ましてや、領地を下し賜わっての国替えでござる。喜んでお受けいたすべきことでござる。しかしながら、譜代の家来どもは、いかでか数十代相伝の領地を離れて知らぬ他国へ流浪することがあろうか、おことわり申して、速かに腹を切られよ、われわれは一人たりとも目の玉の黒いかぎりは、本国の領地を人に渡して他国に行く所存はござらぬと、ひたすらに拙者に自害をすすめます。いろいろと道理を語り聞かせますが、一向に納得《なっとく》いたしません。そのため、ごらんのとおりなる狼藉の有様でござる。かような次第にて、御勘当の身になりますと、数十代譜代の家来どもさえ、下知を聞かず、勝手なことを申しつのり、まことに余儀なきことでござる」

上使は辞去し、秀吉の前に出て、この旨を報じた。

すると、時刻を見はからって秀吉の前に来ていた家康が言う。

「拙者もその噂は聞いております。政宗一人のことなら、もし彼が上意に背《そむ》いて明け渡さぬにおいては、拙者に仰せつけ下さらば、ただ今すぐ彼の邸へ押し寄せ、ふみつぶすに何の手間がかかりましょう。しかしながら彼が当地へ召し連れて来ています千に足らぬ家来どもすらそう思いつめているとすれば、本国にいる家来どもは国を明け渡して立ち去るとは決して申しますまい。その家来どもを追い払い給うべき御工夫がございますなら、政宗の処置は拙者に仰せつけいただきとうござる。説得いたすなり、討ちはたすなり、その場の仕儀次第にいたしましょう。しかしながら、先祖以来数十代相伝の所領を没収されることでありますから、政宗が家来どもの愁訴するところもふびんと存じます。されば、まげて今度だけは御赦免給わるわけにはまいりますまいか」

「なるほど、せっかく江戸内府のお取りなしじゃ。今度だけはゆるしてやりましょう」

と、国替えのことは沙汰やみとなり、その後勘当もゆるされたのである。

前の一揆事件の時といい、この時といい、大いに家康に世話になっている。政宗の心がますます家康に傾いたのは当然のことであった。

けれども、献身的に家康に打込みはしない。彼は純情漢ではない。梟《きょう》の字のつく英雄なのである。何よりも横着者なのである。それは関ヶ原役の時の態度に最もよく現われている。

上杉景勝がその居城会津にいてアンチ徳川の兵をおこし、家康がこれを征伐することに決定した時、上杉氏と通謀している石田三成は、当時大坂にいた政宗に、

「もし故太閤の恩義を思うなら、大坂方に味方してたまわれ。そうしてくださるなら、関東から奥州にかけての土地は貴殿に献じましょう」

と説き、誓書を送り、五回も手紙をよこした。

政宗はこの誓書と手紙を全部、家康にさし出した。家康は大いに喜んで、

「徳川家のあらんかぎり、そなたの好意は忘れぬ。やがてわしも景勝征伐のために東下するが、そなたは急ぎ国許に下って、上杉勢にそなえてくれい」

と言って、旅費として金千両をあたえた。

政宗は直ちに国許にかえって兵を出し、国境方面まで出て、家康の東下を待った。間もなく家康は諸大名の兵をひきいて、野州小山《おやま》まで来たが、西の方で石田三成が西国大名を糾合して挙兵したので、上杉のおさえには次男の結城《ゆうき》秀康を総大将として東国大名数人をのこしておいて、引きかえすことにした。政宗はおさえの将の一人としてのこされた。

当時の上杉家には軍神毘沙門天《びしやもんてん》の権化《ごんげ》といわれたほどの不識庵謙信に猛鍛錬された猛将勇卒がまだ多数のこっていて、猛烈に強い。当主の景勝も聞こえた猛将だ。家康はそれを知っている。

迂闊《うかつ》にかかっては手痛い目にあい、かえって徳川家の威光を損じ、上杉家の威勢を大ならしめ、ひいては東国全体の乱れとなりかねないと考えた。そこで、おさえとしてのこる諸大名に、

「上杉方からしかけて来ないかぎり、決してこちらから手を出してはならない」

とくれぐれも言いおいた。

ところが、政宗は全然これを無視して、しきりに上杉方の城に攻撃をかけた。攻撃をかけても手痛く叩きかえされるだけなのだが、決して懲りない。

そのうち、関ヶ原の大合戦が行なわれ、東軍大勝利におわった。家康としては、こうなった以上上杉家の降伏は時日の問題だと思うので、また結城秀康の許に使いをつかわして、諸大名をいましめて上杉方にたいして軽挙妄動《もうどう》させてはならないと言ってやった。

りかえした。

秀康はこれを通達したが、政宗は依然として攻撃をしかけては叩きつけられることをく

これにはわけがある。東西の手切れにあたって、石田方は諸大名を味方に引き入れようとして加増の墨付を乱発したが、家康もまた乱発している。政宗は関東方勝利の暁には百万石をあたえるという墨付をもらっている。しかし、年こそやっと三十四にすぎないが、世間と人間心理に通じている点では海千山千の政宗だ、こんな時の墨付は必ずといっていいくらい空手形になることがわかっている。これを空手形におわらせないためには、既成事実をつくっておくよりほかないことも知っている。

「よしよし、上杉家の領地から百万石になるだけ切り取っておこうわい」

と考えたわけだ。

政宗が制止を無視していく度も戦さをしかけては叩きかえされているという報告が大坂にいる家康の許にとどくと、家康は腹を立てた。

「決してこちらからしかけてはならぬと言ったのは、かかることがあると思うたればこそのことだ。二度もさしずしたことを聞かぬとは、伊達が心中まことにいぶかしい」

早速にまた使者をつかわして叱責してやった。戦さが勝つまでは諸大名の機嫌を取らなければならないが、すでに圧倒的大勝利を得て、天下人《てんかびと》となることが確実になった以上、遠慮する必要は、もう家康にはない。ずいぶんきびしく言ってやったので、さすがの政宗も恐れ入って兵をおさめた。

これが慶長五年十月末。

この年十二月から千代《せんだい》に城をきずき、翌六年七月完成し、八月に移り、千代の文字を仙台に改めた。

政宗時に三十五歳。

## 十

政宗は逸話の多い人である。江戸時代になってからの話を少し書いてこの稿をおわりたい。

元和七年正月に、政宗の江戸の屋敷が焼けた。ほんの一部分が焼けただけであったが、政宗は全部改築すると言い出した。老臣らはこれを諫《いさ》めた。

「それは大へんな物入りでございます。さようなことに金銀を費消されましては、万一軍役《ぐんやく》のことなどおこりました節は、いかが遊ばされます」

政宗は笑って、

「天下はもう太平じゃ。万一軍役などのことがおこったら、ご公儀から借用すればよい。造作もないことだ。心配するな」

と言って、普請したという。

彼が若くして蘆名氏をほろぼし、会津黒川城を取ってここを居城とした時、老臣等が城を壮大にしようと言った時、いつまでもこんな片田舎にいるおれではないとしりぞけたことは、前に書いたが、この時はこう変って来ている。大変化だが、これは時勢が変ったのだ。

　今や諸大名は雄略を持つことが禁物になっている。徳川家の機嫌を損わないようにすることが唯一の保身の方法なのだ。江戸の邸を広大贅沢《ぜいたく》にしつらえることは、徳川家の歓心を得る有効な方法となっているのだ。政宗にはそれがわかっているのだが、老臣らにはそれがわからないのである。

　また、団助《だんすけ》という歌舞伎遊女を京都から国許に呼び下《くだ》して歌舞伎興行をしたところ、加藤清正がこれを聞いて、

「伊達はよいところに気がついた」

　と言って、自分も熊本に遊女を呼び下して歌舞伎興行したという。

　これも保身の術だ。かつて豪勇を以て鳴った外様《とざま》大名らが柔弱な遊楽にふけっているということは、徳川家にとっては大安心であるに相違ないのだ。

　ある時、江戸城内で、政宗が老中酒井忠勝に行き逢った時、政宗はいきなり、

「讃岐《さぬき》殿、角力一番まいろう」

　とさけんだ。忠勝は、

「お上の御用で、唯今御前から退って来たところでござる。重ねてのことにつかまつろう」

　と言い捨てて行き過ぎようとすると、政宗は、

「いざ、勝負！」

とさけぶなり、組みついた。

諸大名列座の前である。しかも、仙台侯と老中とが力士だ。晴れの大角力となった。

これを見て、井伊直孝が進み出て、

「讃州殿が負けられては、御譜代《ふだい》の名折れでござる。われら年若でござる。讃州殿にかわり申そう」

と言ったが、忠勝は大力の人なので、やがて大腰にかけて政宗を投げ飛ばした。

政宗はむくりと起き上り、

「やあ、讃岐殿、御辺は思いのほかの角力巧者でござるな」

とほめたという。

酒井忠勝が老中に補せられたのは寛永九年十二月だ。

そして、その十三年五月には政宗は死んでいる。この事件は政宗の六十六から七十までの間にあったのだ。当時としては極老の年といってよい。阿呆ぶりを示すのも保身の術なのだ。

家光将軍の時、幕府は政宗が三代歴仕の宿将であるというので、優待一方ならず、恩遇しきりに下り、たびたび将軍に召されて茶を賜わったり、酒宴にあずかったりした。

政宗は老年に似合わず大脇差を差していた。しかし、家光の前に出る時はいつもその脇差を脱して進んだ。家光は、

「老年のこと、苦しからず、この後は脇差を帯びたまま進めよ。そちはおれにたいしてどんな心を抱いているか知らんが、おれはそちのことを少しも気づかいに思っておらぬ。これからは脇差を差したまま出ねば、盃はやらんぞ」

と、冗談めかして言った。

政宗は感涙とどめあえず、

「家康公、秀忠公の御二代にたいしては、拙者も不肖ながら身命をなげうって戦場の苦労もいたしましたが、上様には忠勤がましきことは少しもいたしておりません。しかるに、御代々の御余恩と、拙者が老衰の様を憐れみ給い、かくありがたき御恩遇をこうむりますこと、死すとも忘るまじく」

と、その日はことさらに酩酊して、ついには御前において前後も知らず大いびきをかいて寝てしまった。そこで、将軍の近習の者どもが、政宗のあの大脇差をひそかに抜いてみたところ、中身は木刀であったという。今は老いて壮心銷磨していることを示したのだ。

ある時、前に出た酒井忠勝が政宗を茶の湯に招待したことがある。忠勝は自慢の名器である利休の茶杓を示した。政宗はひねりまわして見ていたが、急に、

「この茶杓はつまらぬものでござる」

と言って、へし折ってしまった。

忠勝も驚いたが、客として招待しているものを腹を立てるわけに行かない。冗談ごと

にしてすました。

やがて政宗は辞去したが、ほどなく使者がやって来て、

「先刻はお茶たまわり、かたじけなく存ずる。その節、興に乗じて粗忽《そこつ》なことをいたし、申訳なく存ずる。あの品のかわりに、この品を進上いたします」

という口上で、紹鷗の茶杓をさし出したという。

巧妙な贈賄《ぞうわい》である。

当時の外様大名で徳川幕府に媚《こ》びなかったものは一人もないが、同じく媚びるにも、政宗のやり方には豪快な機略と演出がある。英雄にして策士なのである。

彼にはなかなかの文学的才能がある。東藩史稿によると漢文一篇、漢詩三十首、和文二篇、和歌二百七十五首の作品がのこっているという。

四十年前、少壮ノ時
功名聊《イササ》カ復《マタ》自ラ私《ヒソカ》ニ期ス
老来識ラズ干戈《カンカ》ノ事
只ダ把《ト》ル春風桃李ノ巵《サカズキ》
余寒去ル無ク、花発《ヒラ》クコト遅シ
春雪夜来積ラント欲スルノ時

手ニ信《マカ》セテ猶ホ斟《ク》ム三盞《セン》ノ酒
酔中ノ独楽《ドクラク》誰カ知ル有ルモノゾ

出づるより入る山の端《は》はいづくぞと
月に問はまし武蔵野の原

鎖《さ》さずとも誰かは越えん逢坂の
関の戸埋む夜半《よわ》の白雪

後の歌は後水尾《ごみずのお》天皇勅撰の「集外歌仙」に採《と》られたという。

彼はまさしく先祖の政宗に恥じない文武両道の達人となったのである。

寛永十三年五月二十四日、江戸の藩邸で死んだ。年七十、法名瑞巌寺殿貞山禅利大居士。

# 石田三成

一

豊臣秀吉がまだ羽柴藤吉郎といって、織田家の部将で江州長浜の城主であった頃、観音寺のあたりで鷹狩りして、のどが渇いて観音寺に入り、茶を所望したところ、十二、三の寺小姓が、ぬるい茶を大碗にだぶだぶと盛って進めた。喫しおわってまた所望すると、中碗にやや熱くした茶を進め、さらに乞うと熱く濃い茶を小碗で進めた。

『気のきいた子じゃ。ただものでない』

と秀吉は感心して、住持に乞うて貰い受けて帰った。この少年が三成で、当時佐吉といい、年十三であったというのが古来の伝説である。

観音寺ではなく、長浜近くの某村舜動院《しゅんどういん》であったという説もある。この方がよかろう。観音寺は安土近くの地名であり、寺名である。この寺のある観音寺は佐々木山ともいって、この数年前織田信長に亡ぼされるまで六角佐々木氏の居城のあった土地であり、寺は山下にあったという。長浜からでは遠すぎる。秀吉の領内でもない。

一方、三成の家は北近江の守護京極佐々木家（この時代は衰えて、家臣浅井氏に圧せられていたが）の被官の家柄で、長浜近くの北郷里村《きたごうり》石田に居住していたというから、秀吉の領内で、しかも長浜に近い村里の寺とした方が自然である。あるいは寺など点出したのは伝記作者の小説的工夫で、三成の方から領主様にお召抱えを願ったのかも知れない。旧主が衰亡して扶持ばなれしている郷士《ごうざむらい》が新領主に仕官を願い出るのはめずらしくないことである。

古今武家盛衰記という書物には、三成は源平時代の三浦党の勇士で相模の石田郷に居住し、木曾義仲を討取った石田為久の末孫で、久しく江州に帰農していたが、秀吉が織田家の中国軍司令官として姫路にいる時、行って仕えたと書いてある。勲功を立てた場所に近く所領をもらうのはよくあったことであり、その所領に故郷の名をつけることもよくあったことだから、あるいは為久が北郷里村を所領としてもらい、故郷の名をとって石田郷と命名し、代々居住して三成に至ったのかも知れない。三成の父は為成といったという。為成ではなく正継なのであるが、当時の人はよく改名するから、はじめは為成であったかも知れない。とすれば、その点からもそれ臭いといえばいえる。

ともあれ、三成は土民の生まれではない。郷士とはいえ、氏素姓のある家の生まれである。前述の通り父は正継といい、兄は正澄といった。正澄は相当才幹のある人物で、後に一万石の身上となり、木工頭《もくのかみ》に任官し、堺政所につとめている。三成の文吏的才幹は血統的なものであったと思われる。

秀吉が信長の中国方面軍司令官となって姫路に行ったのは天正五年の初冬、三成十八歳の時であるが、この頃から、彼は秀吉の奏者《そうじゃ》をつとめている。奏者というのはとりつぎ役のことだが、主人ととりつぎを頼む者との間にあってその間の事務一切をとりしきる職だから、才幹もいれば、羽ぶりもきいたものなのである。年若くして、この役にあったということは、いかに秀吉が彼を買っていたかを語るものである。

その頃のこととして、古今武家盛衰記に、秀吉が彼に五百石の禄をあたえたところ、彼は、

「宇治川と淀川の両岸に繁っている葭葦《よしあし》は、郷民共が勝手に刈りとっていますが、これから運上をとる権利を拙者におあたえ下さい。お許したまわるなら五百石は返上いたしますばかりか、事ある時には一万石の軍役をつとめるでありましょう」

と願った。秀吉がこれを許すと、三成は一町歩につきいくらと運上を定めて郷民共から徴集し、その後信長が丹波の波多野氏を征伐する時、秀吉も出陣したが、三成はちゃんと数百騎をひきいて従ったという話を伝えている。名将言行録はこれを採用しているが、信じられない。秀吉が信長の一部将であった時代この地方を支配したことはないのである。三成が少年時代から才知抜群であったことを語ろうとしてのフィクションであろう。あるいは明智をほろぼした山崎合戦後、秀吉が一時山崎の宝寺に居城していたことがあるが、その頃の話がまぎれこんだのかも知れない。そうだったら一応筋道は立つ。

天正十一年から十四年までの間は、秀吉が近畿・中国・北陸・四国を征服し、東は東

海の雄徳川家康を外交手腕をもって幕下に誘致し、天下人《てんかびと》となった期間であるが、この期間に、三成は秀吉の定めた五奉行の一人となっている。

「石田は諫めについてはわが気色をとらず、諸事姿あるを好みし者なり」と、この頃秀吉が三成を評したと、甫菴太閤記《ほあんたいこうき》にある。諫むべきことがあれば、おれが機嫌にかまいなく諫める剛直な男だという意味である。「姿あるを好む」というのは、武士らしい凛《りん》とした態度を好んだという意味であろう。

彼が従五位下治部少輔に任叙《にんじょ》されたのは、この期間の天正十三年七月である。

この後彼はずっと文吏的家臣として秀吉に奉仕しているが、いかに彼の羽ぶりがよかったかは、九州征伐前の外交交渉に、島津家から秀吉にあてた文書が秀吉の弟秀長と三成とにあてられているのをもってもわかる。秀吉の左右にあって書記官長的役目にあったのであろう。

彼は九州征伐において、大谷吉継《よしつぐ》、長束《なつか》正家らとともに糧食輸送の仕事を掌《つかさど》っており、役後秀吉の命によって博多の町の復興に尽力して、見事にこれを果している。博多の豪商で当時の大茶人であった神谷宗湛《かみやそうたん》と彼との親交は終生つづいているが、それはこの時にはじまったのであろう。

九州征伐後、秀吉は検地をはじめ、大仏殿を営み、聚楽第《じゅらくだい》で皇族や公卿から大名らに至るまで、多額の金銀を分与して、その額三十六万五千両に達しているが、三成はこれらのすべてを執掌《おうしょう》している。検地は秀吉の富力の根源をなすものであり、大仏殿の建立は秀吉の功業の記念碑を立てるとともに裁兵手段でもあった。秀吉は民間の刀を没収して、それをもって大仏殿に用うる釘をこしらえさせたのだ。秦の始皇帝は天下の兵器を没収して（秦の時代は青銅時代だったのであろう）、鐘鐻《しょうきょ》（鐘と鐘をかける台）・金人（銅像）十二を鋳造して、兵乱の起こるもとを絶ったというが、同じやり方だ。金銀の分配は、微賤《びせん》から成上った秀吉の劣性コンプレックスが逆にはたらいて、おのれの大気を示して人々を心服させるためにやったことだろうと思うが、当時の秀吉には必要でもあれば効果ある手段でもあったにちがいない。

以上の通り、いずれも、秀吉政府にとっては非常に重大なことだったのだが、このいずれにも関係し、見事にこれをやりとげている点、秀吉の信頼と三成の才幹をうかごうに十分であろう。

三成が江州佐和山城主となり、十八万六千石の領を食《は》むようになったのも、この頃のことであろう。加藤清正にしても、福島正則にしても、少年の頃から秀吉に近侍している連中が大体この頃に皆二十万石内外の大名になっている。

古来伝えられる有名な話がある。この以前、三成がはじめて二万石ほどの身上になった時、秀吉が、

「大名にはいい家来がなくてはならんが、そちはどんな者を召しかかえた？」

と聞いたところ、三成は、

「島左近を召抱えました」

と答えた。

左近は名を勝猛《かつたけ》、大和の筒井順慶の家に仕えて、一流の知勇として世に知られた人物である。秀吉はおどろいて聞いた。

「左近はそちごとき小身者に仕える人物ではないが、一体いかほどあてがっているぞ」

「一万石あてがっております」

「一万石？　そちは半分あてがっているのか」

「はい。今後、わたくしの知行がいかほどになろうと、必ず半分あてがうことにして召抱えました」

秀吉は感嘆した。

「主従の禄が同じであること、これまで聞いたことがないぞ。さてさて、思い切ったことをしたものかな。さればこそ、左近はそちのその志にほだされたのじゃ」

その後、三成が加増になった時、三成が約束をふんで半分を分ちあたえようとすると、左近は、

「その志だけで十分でござる」

と辞して受けなかったという話。

この話は古今武家盛衰記では、左近は秀吉に仕える目的で、三成に推挙を頼んだところ、三成はその頃から叛逆の大望を抱いていたので、手をつくしてその心を攬《と》り、自分の家臣としたとしている。その頃から叛逆の大望云々は、結果から見ての邪推としか考

えられないが、左近が秀吉に推挙してくれることをもとめて、秀吉の覚えめでたい三成に身を寄せたことは大いにありそうなことだ。

当時世間ではこう言ったと、盛衰記にある。

治部少に過ぎたるものが二つあり
島ノ左近に佐和山の城

この島左近召抱えの一幕は、三成の器局の卓抜雄偉さをよく語っているが、こうした思い切ったやり方は、秀吉の方式で、三成はそれを真似したのであろう。当時の君臣の関係は、それがすぐれた君臣であれば、ある意味ではそれはすなわち師弟になる。当時は特別な教育の場はないのだから、主人の下で働きながら、主人のやり方をよく見て、精神をつかみ、方式をのみこみ、取捨塩梅《しゅしゃあんばい》して自分の方式を編み出したものである。秀吉や蒲生《がもう》氏郷《うじさと》のやり方が信長のやり方に酷似《こくじ》しており、三成のやり方が秀吉に似ていることは、注意してこの時代の歴史を読む者は必ず気づくことである。

## 二

天正十八年に、三成は三十一歳になった。この年、秀吉の小田原征伐が行なわれたが、三成は彼にしてはめずらしく、武将としての仕事をしている。

秀吉は小田原城にたいして大規模な攻囲作戦をすると同時に、諸大名に命じて関東各地の北条方の城を攻略させたが、上州の館林城と武州の忍《おし》城の攻略を三成・大谷吉継・長束正家の三人に命じた。三人ながら五奉行の職にあるところを見ると、戦争専門の武将らが出払っていたか、秀吉が三人に特に武功を立てさせたいと思ったか、いずれかであろう。

三人は、佐竹義宣《よしのぶ》をはじめとして新付の関東の諸将をひきいて、先ず館林城を攻めた。三成は佐竹義宣と終生なかがよく、後年三成の急をすくい、また関ヶ原役の時も、関東で三成に味方しているが、その関係はこの時にはじまったものであろう。

館林城は北条氏政の弟氏規《うじのり》の属城で、沼沢の間にあって、中々の堅城であった。当時氏規は小田原城の西方最前線の伊豆の韮山《にらやま》城を守っていたので、この城は城代南条因幡《いなば》守《かみ》らが五千人で守っていた。

この城はこの時から三十数年前にこの地の豪族赤井但馬《たじま》入道法蓮というものが、霊狐の指示と縄張によって築いたという伝説のある城であるが、関八州古戦録には、この時の城攻めに神怪事があったことを記述している。

寄せ手は三面から城におしよせ、鬨《とき》の声を上げながら攻撃にかかったが、城中の者が勇敢巧妙に防戦するので攻めあぐみ、遠巻きにして三、四日過ごしたが、主将格の三成としては、あせらざるを得ない。ある日、一策を案じて、諸将に提議した。

「この城の防備がこう固いのは、城の東南に大沼があって、その方角に備えを立てる必要がなく、三面だけを防げばよいからである。もし沼の方面からも攻めることが出来れば、敵の防衛力は分散して、弱まるはずである」

皆同意した。

そこで、近くの山から大木を伐り出し、付近の民家をこぼって、十分に材木を用意した後、三面からはげしく攻撃して城兵の妨害を封殺しておいて、材木を沼に投げこみ足場をつくり、忽ちのうちに八、九間はばの道を二筋、城壁までつけた。

日が暮れたので、総攻撃は明朝のこととして、各隊それぞれ陣所に引きとり、夜の明けるのを待った。すると、夜半、松明《たいまつ》を二、三千もつけて明々《あかあか》としている中で、何万人とも知れぬほどのおびただしい人数の声がどよみわたって聞こえた。寄せ手にはそれが、普請《ふしん》でもしているように聞こえたので、

「城内にあれほどの人数がこもっているとは思わなんだが、ああもいるのかな。どうやら堀ぎわに柵でも結うているらしいぞ」

と思った。

城中ではそれが城外の様に思われたので、

「あなおびただしい敵兵かな。定めて新手《あらて》の勢が到着したのであろう。かほどの大軍に囲まれては、もう落ち行くこともかなわぬ。所詮明日はいさぎよく討死するよりほかはない」

と考えて、最後の酒宴などひらいた。

やがて、夜明けとなって、寄せ手は総攻撃にかかることになったが、沼の方に寄せた隊はおどろいた。昨日こしらえた道は材木が泥沼の中に沈んでしまって、とても人がわたれるものではなかった。友軍に連絡すると、諸将皆来たが、いずれも驚くばかりだ。

「これは何としたことぞ、昨夜普請の音と聞いたのはこれであったか」

と一応判断はしたものの、それにしても、腑におちかねる。とりあえず攻撃は中止したが、皆茫然としていると、北条方の降将北条氏勝が案内者として到着した。人々は委細を告げて、判断を仰いだ。氏勝はしばらく思案した後、城の由来を語り、

「城の守護神たる霊狐のしわざでござろう」

と結論したので、人々は身の毛をよだたせたというのだ。

こんな話は、もちろんそのままには信ぜられない。しかし、せっかく架けた桟道《かけはし》が一夜のうちに泥中に没し去ったのは事実にちがいない。底の軟弱な沼に、土台がためもろくにせず、材木を投げこみ投げこみつけた道だから、時間が立てば重さにたえず、泥中に吸いこまれるように崩れて行ったのは最もありそうなことだ。その際、材木と材木のきしみ合う音もしたろうし、ヘシ折れる音もしたろうし、泥に沈む音もしたろうし、泥水の泡立つ音もしたろうし、夏のことだから水草もあってそれに材木が触れて鳴りさわぎもしたろうし、それらが合すれば、相当さわがしい音になり、聞きようでは多数の人がざわめきながら普請しているひびきにも聞かれたろうことは、大いにありそうだ。二、三千の松明云々は、後世のおまけであろう。

こういう無気味な城を力攻めは無用であるというので、北条氏勝に命じて、降伏開城を勧告させた。氏勝はその旗じるしによって黄八幡と呼ばれて武勇の名が関東にとどろいていた猛将綱成の孫だ。北条氏の一門ではないが名字を許されて一門格になっており、先々代氏康の娘聟でもあり、北条の家中ではなかなかの人物だ。その勧告なので、城中も納得して、城をあけわたした。

こうしてとにかくも開城はさせたものの、三成にとっては名誉になる戦闘ではなかった。三成らは利根川を渡り、武蔵に入って忍城に向った。

忍は北埼玉郡の行田《ぎょうだ》に隣接した地で、城は行田の西南郊にあった。平城《ひらじろ》ではあるが、沼と深田にかこまれて、関東の七名城の一つといわれたくらいに要害堅固であった。城主は成田氏長であったが、これは小田原に籠城して城代らが留守していた。

ここでも地の理にはばまれて、寄せ手の戦況は思わしくなかった。六月四日から七日まで攻めたが、味方の損害ばかりが嵩《かさ》んだ。三成は地勢を見て、水攻めの計を立てた。備中高松城で、秀吉の戦術を見ているので、思い浮かんだのであろう。

三成は城の四方に堤をきずくことにして、付近の村々に触れて人夫を募った。忍城戦記によると、昼は米一升と銭六十文、夜間は米一升と銭百文をあたえるというふれ出しであったので、続々と人は集まった。このよい労賃に、城中からも人夫を出して米を稼がせ、それを兵糧として買入れた。これがわかったので、工事係りの役人らはおどろき怒って、三成に、

「しかじかで城中の者がまじっています。召捕って斬り捨てましょう」

といきり立ったが、三成は、

「田舎侍どもの浅はかな思案から出たことよ。やがて魚類《うろくず》の餌になることも思わず、一時の利をむさぼっているのじゃ。捨ておけ。捕えて斬るはやすいが、他の人夫共がこわがって来ぬようになろう。知らぬふりして、一時も早く堤を成就することにつとめよ」

と言った。

かくて、数日にして、高さ一間ないし二間、基脚のはば六間の堤が、長さ三里半にわたって出来上った。三成は諸隊の陣を遠く堤の外にうつして、利根川の水をせき入れたが、すでに梅雨はあがって炎天つづきの季節になっているので、大したことはない。そこで荒川の水をせき入れた。水は次第に長堤のうちに満ちては来たが、「城兵高地に集り、さのみ困《くる》しまざりける」と関八州古戦録にある。北条記の記述は皮肉だ。この忍城は水辺にあったが、これまでも炎天がつづくと水が欠乏することがあった。こんどは、多数籠城していることとて、水不足でこまるのではないかと、人々案じていたところ、こうして敵から水をせき上げてくれるので「水卓散《たくさん》にて味方の満足とも申しける」とあるのだ。卓散は沢山のあて字である。

二、三日たって、六月十八日のことだ、午後の四時頃から大豪雨が襲来した。雷鳴のうちに車軸を流すばかりの雨が降りつづき、見る見る堤中の水位は上って来る。

「見ろ、城中の者今は魚類《うろくず》の餌食となるばかりよ」

と三成は喜んだ。ところが、その夜半、堤の方々が決潰し、ドッと奔出した水は渦を巻いて寄せ手の陣所を襲い、溺死する者数百人、堤内の水は全部流れ去り、城までの道はいずれも泥田のようになって攻撃に出るにはまことに不便というさんざんな結果となった。今はもう遠巻きにしているよりほかはなかった。

重ね重ねの失敗に、三成はあせらざるを得ない。月末になって、浅野長政と真田昌幸が援軍をひきいてやって来て、翌月はじめ、総攻撃の軍議がまとまり、七月五日のある時刻をその期としたところ、三成は時刻に先立って攻めかかったのだ。いかに彼があせっていたかがわかるのである。

長政は怒った。

「治部め！　ぬけ駆けするのか！」

と、直ちに攻撃にかかったが、こう散発的になっては成功しようはずはなく、どの隊も敗退しなければならなかった。

忍城はついに最後まで武力では陥落しなかった。小田原が開城したのは七月五日であったが、その後も頑強に固守して、七月十六日に城主の成田氏長が小田原から使者をつかわして開城するように命じたので、やっと開城したのである。

三成が実戦をこころみたのは、関ヶ原役以外にはこの両城の攻囲作戦しかないのであるが、どう見ても実戦の英雄ではない。運も悪いのであるが、運が悪くては英雄の資格はない。戦争など別してそうだ。せっかくのはじめての機会につづけざまに二度も失敗しては、もう人は買ってくれない。人が買ってくれなければ、戦闘司令官などというもののしごとがうまく行こうはずはないのである。将士に十分な信頼をもたれてこそ、司令官の能力は発揮出来るのである。

館林城の桟道《かけはし》戦術、忍城の水攻め作戦、いずれも秀吉の作戦ぶりに似ているだけに、それがこうもみじめに失敗したとあっては、世間の見る目は辛辣であったろう。

「猿真似をしおって！」

と、皆思ったに相違ないのである。

## 三

朝鮮役がはじまったのは、この翌々年である。三成は、増田長盛・大谷吉継らとともに渡韓した。彼らは秀吉が自ら渡韓すべきところを事情があって出来ないところから派遣されたので、いわば秀吉の目代《もくだい》であった。しかし、年若な彼らだけでは貫禄が足りないというので、秀吉はさらに黒田如水と浅野長政を顧問役として送った。

二人の顧問と三成らとの間が円満に行かなかったことは如水伝でのべたが、これは三成の性格をうかごうに最も恰好な事件であるから、三成の側からもう一度検討してみよう。

ある時、三成らが要務のために二人を訪問すると、ちょうど二人は碁を打っていた。

「通せ」

といって通させはしたが、輿の乗り切っている時だ、

「しばらく待っていてくれい。すぐすむからの」

と言いながら、なおうちつづけているうちに、石田らの存在を忘れてしまった。

三成らは腹を立て、散々に悪口を言って立去り、これを秀吉に報告した。

秀吉は怒り、間もなく二人が帰国すると、勘当を申渡し、しばらく目通りに出ることを禁じた。如水が剃髪《ていはつ》入道したのはこの時のことであるというのが伝えられる事実である。

ぼくはこの事件をこう解釈している。

この事件の第一の原因は三成と如水の性格にあると思うのだ。三成は壮強にして才を負うている人物だ。秀吉の目代の一人となって渡韓するにあたっては、満々たる自信があったろう。それだけに、二人の老人が自分らの上《うわ》おしの顧問としてやって来たのがおもしろくなかったにちがいない。ことに如水は自薦《じせん》して来ている。名将言行録に、如水が若い者ばかりでは貫禄がないから、諸将の心を一致させることは出来ない、朝鮮につかわさるべき人物は江戸内府か、加賀大納言か、かく申す拙者以外にはないと、秀吉に言ったとあるのだ。これが事実とすれば、このいきさつは内地にのこっている家臣や、親しい大名らが知らせてやるはずだから、三成も知っているはずで、益々おもしろくなかったろう。

「老いぼれ共、何をまごまごと朝鮮三界まで来たのだ。たとえ上様からご命令があった

にしても、高麗には治部少輔らが行っておりますれば、われらごときがまいる必要はありますまい、下世話にも船頭多くして舟山《ふね》にのぼると申しますと、辞退するのがよいのだ。しかるを、黒田など自薦してまで来たんじゃそうな。瘡《かさ》かきの出しゃばり爺《じじ》いめ」

くらいのことは考えたろう。三成は自信家であるとともに傲慢《ごうまん》でもあったというから。こういう感情でいるかぎり、三成らが――思うに三成が発議して、出来るだけ老人らを無視することにつとめ、あまり相談をかけることもなく、かけても表面的なものであったにちがいない。

一方、老人側にしてみれば、三成の知恵才覚を買うには買っても、まだまだ青いと思っていたろう。如水が秀吉の謀臣であった中国征伐の頃、三成は小姓からやっと奏者番になったばかりだし、長政はまた長政で、秀吉の相聟（長政の妻おこいは北政所ねねの妹だ）で、秀吉が信長の一部将になった頃から家老役をつとめているのだ。「青二才め」といった気持が二人にはあったにちがいない。

その三成らがろくろく相談もかけないとあっては、これまたおもしろくないにきまっている。第一退屈でもある。碁でも打たなければやり切れまい。如水は機略のある人である。碁に夢中になったあまり、三成らの来ているのを忘れたというのも、三成らの思い上りをくじくためにわざと忘れたふりをしたのかも知れない。

とにかく、如水も長政も、このことが原因となって、帰国後秀吉に勘当を言い渡され、如水は剃髪入道したこと前述の通りで、この時から三成とは終生許さぬ仲になっている。

三成がまた相当党派心旺盛で、依怙《えこ》のふるまいがあり、愛憎の念によって、秀吉への報告を手加減したことは清正伝で詳述するが、この時から清正もまた終生三成と許さないようになるのだが、それは清正だけではなかった。黒田長政・福島正則・浅野幸長《よしなが》・細川忠興《ただおき》・加藤嘉明《よしあきら》・池田輝政らもまた彼と非常な不和となった。それは皆三成の強烈な愛憎の念から出る依怙心《えこしん》に反発してである。

あれといい、これといい、彼の人柄がよくうかがわれる。彼は自信強烈で、感情的な人間だったのだ。強烈な愛憎心も、旺盛な党派心も、依怙ひいきも、この二つの性質の合するところから出る。

もう一つつけ加えれば、彼は頭の切れる優秀な文吏だったのだから、ドライで、執拗《しつよう》で、刻薄《こくはく》で、陰険なところもあったのではなかろうか。漢文ではこういうのを刻深といい、秦の商鞅《しようおう》、漢の晁錯《ちようそ》らのように、優秀な官僚にはよくある性格である。

ともかくも、才あまりあって、徳望の乏しい人物であったことは否定出来ないであろう。彼のこの性格上の欠点は、内地では秀吉の強い光に蔽われてそれほど目立たず、彼自身もまた相当おさえていたろうから、それほどのことはなかったのだが、朝鮮では秀吉は楯《たて》にならず、彼自身も抑制するところがなかったため、一時に多数の敵を作ってしまったと思われる。この時、出来た敵は、皆後年の関ヶ原役に敵側の最も有力な分子になっている。

朝鮮役が豊臣家のいのち取りであったことは言うまでもないが、三成にとってもまたいのちとりだったと言えるであろう。

朝鮮役では、日本の諸将は一人のこらずといってよいくらい、内心では和議を切望していたのだが、なかでも三成は最も熱心な和議主義者であった。彼が小西行長の講和工作を熱心に支持したことは周知のことだが、ぼくは小西の講和工作そのものが、そのはじめは三成の画策したものではないかとまで思っている。小西が終始一貫、講和工作をこととして、その達成のためには秀吉を欺瞞《ぎまん》し、また味方の秘密を漏らして利敵することすら避けなかった。これも詳しくは清正伝にゆずるが、最も恐るべき独裁君主である秀吉にたいしてこれほどまで大胆不敵なことを敢てすることが出来たのは、それが三成の指令によるものだったからだとしか考えようがない。

秀吉の朝鮮役の思い立ちは狂気の沙汰で、事前に諫止が出来ればそれが一番よかったことは言うまでもないが、一人として諫争した者はない。絶対独裁君主たる秀吉の周囲に醸成されている空気とその外征の熱情とが、諫争を不可能にしてしまったのであろう。だから、ぼくは、はじめてすぐ講和を事とするくらいならなぜ事前に諫争しなかったのだと、三成を責める気にはなれない。しかし、三成ら——大谷吉継も増田長盛も同腹だ——が、行長をして明《みん》側と折衝させてまとめ上げた講和条件では、秀吉の面目はまるつぶれだ。秀吉の要求は何一つとして容れられず、「爾《なんじ》を封じて日本国王となす」という冊書《さくしょ》だけを明の使者は持って来たのだ。

「日本には天皇《みかど》がおわす。おれが王となっては、天皇をどこにおき奉るぞ！　無礼千万なおせっかいめ！」

と秀吉が激怒して冊書を引き裂いたと伝えられているのはウソで、冊書は今日も完全な形でのこっている、秀吉が怒ったのはこちらの要求が何一つとして容れられていなかったからである、というのが、現代の歴史家の解釈だが、たしかにその通りだ。ここまで面目をつぶされては、秀吉たるもの、天下に顔向けの出来るものではない。古今無双の英雄をもって自任し、大言壮語のくせのあった秀吉だけに、なおさらのことであろう。三成ほどの明敏な人間が、どうしてそれがわからなかったか、不思議である。

ひょっとすると、秀吉はこの頃すでに耄碌《もうろく》していて、普通の人にはそれがわからないが、側近に仕えて、しかも頭の鋭い三成にはよくそれがわかったので、何とかごまかしてしまえると思ったのかも知れない。

これは大胆にすぎる想像のようだが、ある程度の証拠は挙げられる。秀吉は明使を饗応するにあたっては明が日本国王用として贈った明朝の衣冠をつけており、その翌日冊書を受けた時には袍《ほう》は日本のものだったが冠は明から贈られたものをかぶっている。両日ともまことに機嫌よく、明使に応対しているのだ。しかるに、その翌日は勃然《ぼつぜん》として激怒して明使を追いかえし、行長を叱りつけている。上機嫌から一足とびに激怒に移るのは、老人にはよくあるくせだ。老衰すると頭脳が鈍ってくるが、元来頭脳のよい人は、風に雲が吹きはらわれるように、時々昔の冴えがかえってくる。鈍っている間は物事の核心がつかめず、言いまわしの巧みさや阿諛《あゆ》にみちた言葉づかいにくらまされて、上機嫌でいるのだが、とつぜん昔の冴えがかえって来ると、忽ちことの真相がわかり、愕然としておどろき、猛然として激怒するということになる。これは歴然たる耄碌症状の一つだ。この時の秀吉の喜怒の激変はこのように解釈されないことはないのである。

このように三成が和議をあせったのは、この戦争が豊臣家のゆゆしい禍害になると思ったからにちがいない。心事まことにかなしいものがあるが、その講和工作はまことに拙劣だ。国内の大名と大名との講和なら、味方の長所も弱点もぶちまけて、赤心を吐露しての工作が案外功を奏することもあるかも知れないが、民族を異にする国と国との交渉には、こんなやり方はいたずらに内冑《うちかぶと》を見すかされるばかりだ。この点、年が若いだけに、三成ほどの才人も苦労が足りなかったと言うことが出来るであろう。

## 四

慶長三年、三成三十九の時、秀吉が死んだ。八月十八日の深夜であった。死は五奉行らだけが知っていて、秘せられていた。改正三河後風土記には、こう出ている。秀吉が死んだ翌十九日の朝、三成は五奉行の筆頭浅野長政に、

「殿下のなくなられたことは、御遺言によってしばらく秘密にせねばなりません。されば、貴殿はこれからすぐ、淀鯉（淀川の鯉、日本一美味ということに室町時代からなっている）二尾と宇治の白茶《はくちゃ》（極上の茶をかくいう由）一袋を、殿下の仰せにて贈るとの口上をそえて江戸内府へお贈り願いたい。なお、添え手紙には、『今日はいささかご気分

よく、白粥を少々召上られたほどでござれば、ご安心あるよう』とおしたためありたい」

といった。長政は、江戸内府は殿下のご依託で秀頼公の御後見となっている人であり、五大老の筆頭として天下の政務をあずかる人でもあれば、特別な人である、打明け申してしかるべし、さような腹黒いいつわりをかまえては、後日難儀なこととなろうと反対したが、

「内府ほどの人を欺いてこそ、秘することが出来るのでござる。なに、当分の間のこと」

と三成が言うので、長政はその通りにはからった。

「それはうれしいこと。これから次第によくおなりになることであろう。ご前よろしく披露申してくれますよう」

とあいさつして、家康は贈物を受けたが、すべて主君から下賜品があった場合にはお礼言上に出頭するのが礼となっているので、見舞を兼ねて、息子の秀忠を同道して伏見城へ向うと、三成は途中に家臣を出しておいてこう言わせた。

「当分かたく秘密にすべきこととなっていますが、ほかならぬ内府様でございますから、申し上げます。実は殿下は昨日ご他界になったのでござります。されば、内府様はお風《かざ》気《け》の由を仰せ立てられて、登城は延引なさいますよう。以上治部少《しょう》輔からの口上でございます」

家康はおどろいて屋敷に引きかえしたが、

「平生出入りして親しくしている浅野がしらじらしいいつわりを申し越し、かねてわしに好意を持たぬ石田がにわかに懇親ぶりをみせてこの秘事を告げてよこす。今の世態人情は不思議なことばかりじゃわ」

と言い、秀忠と相談して、にわかにその日の昼に秀忠を江戸へ出発させたという。秀忠が根拠地たる江戸にいれば、うっかり家康に手が出せないからであろう。

この書にはまた、前田利家のところにも三成から知らせたとある。

この話はこの書だけでなく、他にも記述した書物がいく種類もあって、大体ほんとだと思われるのだが、一体三成のねらいはどこにあったのであろう。

先ず考えられるのは、浅野長政を五大老中の両横綱である家康と利家から離間しようとしたのではないかということだ。長政はこの二人に信頼されて、常に親しく出入りしていたのだが、この事のために一時二人に不快な感情を持たれ、大へんこまったという話がある。朝鮮役のこと以来、長政は三成に含むところがあり、長政の子の幸長《よしなが》は清正と一巻《ひとまき》で、三成を憎むこと非常なものがある。浅野氏の不利をはかることは、三成にとっては理由がないわけではない。もし、三成の狙いがここにあったのなら、一応の成功は見たわけだが、間もなく事情が判明して、三成の方が警戒され、いやがられるようになっている。

次に考えられるのは、秀吉の死によって心細くなったので、にわかに両横綱にコネをつけようとしたのではないかということだ。三成に敵が多いことは、前に述べた。如水や浅野長政は年寄りで気が練れているから急にどうということもあるまいが、間もなく加藤清正・福島正則・浅野幸長・加藤嘉明・池田輝政・黒田長政・細川忠興などという人々が朝鮮から帰って来る。この人々は年若で勇猛なだけに油断はならない。秀吉が生きていればこそ、遠慮して胸をさすってこらえているが、それが死んだとなると、どんなことを企てるかわかったものではないのである。三成としては立寄るべき大樹がほしい境遇である。

たとえ彼に豊臣家にたいする熱烈な忠誠心があったとしても、あるいはあればなおさら、一時の急をまぬがれるために、節を折って、家康の庇護を頼む必要があるはずだ。

しかし、この策はこの点では逆効果であったとしか思われない。間もなく一切の事情が判明すると、二人はともに三成にたいして非常に不快な念を抱くようになったからである。こんな手のこんだ策をめぐらす人間ほど人にきらわれるものはない。庇護してほしいならほしいと、率直に頼って行けばいいのである。このように策をもてあそびすぎるところが、三成の性格上の最も大きな欠点の一つであったろう。

秀吉末期《まつご》の遺言で、朝鮮役は中止して、在韓の将士を引き上げさせることになった。将士らは十二月半ばまでには全部内地に引き上げて来たのであるが、三成がこれを博多に迎えて、清正に皮肉を言われたことは、清正伝で述べる。注意すべきは、これは氷山の一角であるということだ。三成にたいする憎悪は、清正において特に鮮明であるが、前述の諸将らもまた清正と同じように三成を憎悪していたのである。

このように、三成を憎悪している大名は多数あったが、三成と親密だった人々がないわけではない。毛利輝元・宇喜多秀家・上杉景勝・佐竹義宣・岩城《いわき》貞隆・相馬義隆らは無二の石田が与党であったと、改正三河後風土記にある。この時期に捕虜となって日本に来ていた朝鮮人姜沆《きょうこう》の書いた「看羊録《かんようろく》」には、増田長盛・佐竹義宣・伊達政宗・最上義光《よしてる》・上杉景勝・長束正家・島津義弘・小西行長等が石田と党をなしているとある。

ここに上げられた人々を見ると、文吏派である増田・長束の二人と小西行長以外は、すべて秀吉にとっては外様《とざま》の大名である。三成を憎悪しているのは全部三成と同じく秀吉が少年期から養い立てた大名であり、三成に親しくしているのは外様大名であるという事実は何を語っているのであろうか。

思うに、外様大名らは秀吉によくとりなしてもらうために常に三成に取り入り、三成に媚びたので、三成またこれに好意をもつようになり、親しみが深くなったのであろう。外様大名らが三成に媚びた事実は確かにある。徳富蘇峰翁の「近世日本国民史」にこんな話が書いてある。

毛利家の家臣で児玉某という者が貞宗の脇差を秘蔵していた。このことを当時の関白豊臣秀次に告げた者があった。秀次はほしくなり、毛利家に所望しようと心組んだが、まだそうしないでいた。ところが、三成はこれを漏れ聞くと、毛利輝元に、

「ご家来の児玉とやらが貞宗の脇差を持っておりますげな。関白様のお耳に達して、不

日にご所望あるおつもりの由。いずれは召上げられるもの、拙者にくれるよう、仰せつけ下さるまいか」

と言ったところ、輝元は早速そのようにとりはからったのであるが、その時児玉にあてた輝元の手紙にこういう文句がある。

「かの仁《じん》(三成)当時肝心の人にて、中々申すにおよばず。大かた心得にて候」

三成が当時の権勢者《きけもの》であることはよく承知しているであろうが、念のために申し添えておくくらいの意味であろう。

百二十万石の大大名であり、二、三年後には五大老の一人となったほどの輝元が、これほど三成に媚びているのである。他は推して知るべしであろう。

これに反して、秀吉子飼いの大名らには、人を介してとりなしてもらう必要がないばかりか、同じ釜の飯を食って育った三成が虎の威を借って出頭人《しゅっとうにん》づらして羽ぶりをきかしているのが小癪《こしゃく》にさわり、あたり強く接したので、三成の方も面白からず思うようになったと思われるのだ。

もしこの解釈があたっているとすれば、三成の人物はかなり卑小なものになろう。外様大名らが三成に媚びるのは、秀吉のご前体《ぜんてい》をつくろってもらおうとの心からだ。秀吉を恐れればこそのことだ。それを自分を敬し、自分を愛しているために、このように親しみを見せて来るのだと思い、これを信頼するにおいては、真の智者とはいえまい。冷たくあしらうのはもちろん悪いが、ギリギリのどたん場では頼りにならない人々なのだくらいの性根はすえておかねばならないのである。才人であったことは疑うべくもないが、人にちやほやされればうれしくなって、事の本質がわからなくなる感情的な人物であったことは否定出来まい。

彼が真に豊臣家のためには家康は恐るべき人物であり、豊臣家のためには早晩これを除かなければならないと思っていたならば、欲得ずくから尾を振って来る外様大名などを頼りにするより、豊臣家のためには働かなければならない義理のある人々と親しみ、その心を攬《と》っておくべきであったはずだ。そうしなかったのは、そこまでの深い思案がなかったか、思案はあっても感情的な性質のために出来なかったか、いずれかであろう。

三成の評判は江戸時代にはひどく悪い。東照神君の敵だったからだ。明治以後持ちなおして、今日では大へんな人気になっているが、ぼくには相当反動的なものがあるとしか思われない。江戸時代の史家らは彼を「才あって智なし」と評しているが、あたっているように思う。少なくとも、ぼくは三成のような人物を同僚もしくは上役に持つことは真ッ平だ。媚びへつらう人間だけに好意を持つのだ。同僚や上役として、こんないやらしい人間はなかろう。太閤の死に際して同役の浅野長政をあざむいて家康と利家にコネクションをつけようとした手のこんだ術策など、陰険、陋劣《ろうれつ》、不信、不潔、言うべきことばを知らない。

# 五

秀吉が死んだ後、最も目立って来たのは家康の我儘であった。秀吉の生きている間、家康は恭敬《きょうけい》そのものであった。しかし、家康は力をもって秀吉に征服された者ではない。彼らが戦ったのはたった一度、小牧長久手合戦であるが、この戦いは秀吉によいところは全然なかった。常に後手後手とまわって、家康に押され気味であった。その家康を秀吉は最も思い切った外交手段で、やっと幕下にした。すでに人の女房になっている妹を離縁させて家康の後妻として送りつけたばかりか、母大政所《おおまんどころ》を娘の許に遊びにやるという名目で送っておいて、――つまり二重の人質を入れて、やっと家康を京都に呼びよせたのであるが、その日から三日にわたって夜ひそかに家康を旅館に訪問してさんざんにきげんをとり、最後に、

「明日正式の対面式を行のうわけでござるが、ついてはおり入ってのお願いがござる。ご承知のごとく、われらは卑賤の出生でござる上に、今日家臣となっている大名共は皆織田家にての朋輩でござるので、内心はわれらを主君と敬《うやま》う心がござらぬ。もし、明日の対面式に、貴殿がわれらにいんぎんに拝礼したまわらば、必ずや、皆々、徳川殿すらこうであるか、われらこれまでは過《あやま》りたりと、心からわれらを尊敬するようになると思うのでござるが、そうしてたもるまいか」

と頼み入った。

家康が上洛して来たのは、戦いは一応こちらに分《ぶ》があったが、大勢はわれに不利である、このへんが恰好な握手時《どき》であろうと見きわめをつけたからだ。この期《ご》におよんで無駄な反抗などはしない。

「すでにおん妹聟となり、またこうして上洛いたしました以上、お為になることなら何なりといたすでござろう。ご丁重なるおことばをこうむりました以上、どうして違背いたしましょう」

と、答えた。

秀吉はよろこんで、

「さらば頼みまいらす。明日はわれらことさらに尊大にあしらいまするが、悪う思うて下さるなよ」

とくれぐれも頼んで辞去し、この打ち合わせによって、対面を行なったというのだ。

これは改正三河後風土記の記述であるから、徳川家に分のあるように書かれているには相違ないが、この程度のことがあったのは確かであろう。妹と母を二重に人質としておくっていることは事実だ。自然の発展としてこの程度のことはあるはずである。

これほどの家康だから、秀吉は常に家康に一目おいた。他の大名よりいつも一格上にあつかったのもそれ、関東平定後、賞賜を名として家康を東海道筋から関東に移したのもそれだ。秀吉は東海道筋の要地には数珠を連ねたように自らの取立ての諸大名をおき、甲州には腹心である加藤光泰をおいて、家康の京都への出口をふさいだ上、背後の会津に蒲生氏郷をおいて、家康を制肘《せいちゅう》しているのだ。いかに家康を恐れたかがわかるのである。

その家康は、ここが食えないところだが、これほど秀吉に恐れはばかられながら、少しも調子に乗らない。恭敬そのものの態度で、屈服しきっていた。もちろん、本心からではない。彼には秀吉に忠誠心を持たなければならない義理はないのだ。恩義という点から言えば、家康が秀吉に負うている恩義より、秀吉が家康に負うている恩義の方が大きかったとも言える。勝てはしないまでも反抗するには十分な力を持ちながら、家康が素直に屈服したればこそ、秀吉はああも調子よく天下を平定することが出来たのだ。家康の屈服以前までは九州征伐すら出来なかったのだ。

家康の屈服は、時運のめぐって来るのを待つ間の雌伏であった。秀吉の死はその時運の際会だ。家康がこれまでの結構人づらをぬぎすてて、実力にまかせて我儘の数々をはじめたのは、当然のことであった。

秀吉が死期がせまった頃、諸大名に命じてとりかわさせた起請文の条項の一つに、

「御法度《ごはっと》、御置目《おんおきめ》の儀、今まで仰せつけられたるごとく、いよいよ相背《そむ》くべからざること」

というのがある。太閤様がこれまで定めおかれた諸法規には、今後も決して違反しませんという意味だ。

その法規の中に、「諸大名縁組の儀は、御意《ぎょい》をもって相定むべきこと」というのがあ

る。諸大名の縁組は許可を得てすることという意味だが、家康は先ずこの法規を破った。伊達政宗の娘を自分の六男の忠輝の妻にめとったのが一つ、甥忠良（異父弟康元の子）の娘を自分の養女として福島正則の子正之《まさゆき》に嫁《とつ》がせたのが一つ、外曾孫小笠原秀政の娘を養女として蜂須賀家政の子至鎮《のりしげ》に嫁がせる約束をしたのが三つだ。しかも、これらはすべて秀吉が死んで五カ月足らずの間に行なわれたことだ。

他の大老や五奉行らはおどろきもしたが、腹も立てた。相談の上、慶長四年正月十九日、五大老と五奉行の間に立って調停役をすべく秀吉の設置しておいた中老の一人生駒親正と豊光寺の長老承兌《しょうたい》とを家康のところにつかわして詰問させた。

「太閤様御逝去の後、内府様のなされようは諸事まことに我儘しごくのように見えます。なかんずく、諸大名の縁組は上聴に達してお許しを得た上でするという掟《おきて》がございますのに、奉行衆にも大老衆にもご相談なく、勝手に取結びなされたこと、まことに奇怪でありますす。お申開きをうけたまわりましょう。もしお申開きにうろんな点あらば、奉行方、大老方ともに、内府様を加判から除き申すと申しておられます」

と、「聞くもあらけなき口上なり」とあるから、ズケズケと言ったのだ。「関原軍記大成」によると、承兌が言ったことになっている。

家康は恐れ入るどころか、居直った。

「わしが皆に相談せんで縁組したのは、手落ちにはちがいないが、そなたらの口上を聞いていると、どうやらわしに逆心があると言いたげだの。証拠を見せてもらいたいの。

また、わしの大老職を剝《は》ぐというたが、わしが大老の一人として秀頼公を補佐しているのは、太閤様の仰せによってのことだ。そのわしから大老職を剝いでは、それこそ太閤様の遺命に背くことになるのではないか。どうじゃの」

理屈も何もあったものではない。三百代言の言いそうな口上だが、力を背景にして言っているのだから、どうにも出来ない。使者らはすごすごと帰った。話はあと先きになったが、当時家康は伏見におり、他の大老や五奉行らは秀頼を奉じて大坂にいたのだ。報告を受取って、腹を立てた。中にも家康とならぶ巨頭であった前田利家が腹を立てた。場合によっては一戦敢て辞せぬとの覚悟をきめた。これを聞いて、家康の方でも応戦の覚悟をした。

すると、大名らもひいきひいきに従って参じて、京摂の間は今にも戦乱の巷《ちまた》になるかと、大さわぎになった。

さわぎをここまで大きくしたのは三成であると思うが、「関原軍記大成」には一説としてまことにおかしな記事をのせている。生駒らが家康のところから大坂にかえって来て、人々の意見が硬化した時、三成は家康に内通して、

「この後大老や奉行らから大坂へ来ていただきたいと申し越しても、めったに御承引ないように」

と言いおくったとあるのだ。

雑説にすぎないと言ってしまえばそれまでのことだが、浅野長政をあざむいた時のこ

とを考え合わせると、一概に否定も出来ない。もしこれが事実であったとすれば、当時の三成の心理はかなり検討を要するが、それは後に触れる。

さて、一時は今にも火を発するかと緊迫していた伏見と大坂との間は、間もなく和睦が出来た。それは家康にも義理があり、利家にも義理のある加藤清正と細川忠興とが両者の間を奔走し、中老の堀尾吉晴・生駒親正・中村一氏の三人を動かして、仲裁させたのであった。関原記によると、家康の方から、かねて懇意な堀尾吉晴のところへ井伊直政をつかわして和睦になるように働きかけたとある。戦さまで持って行くのは時機尚早と考えたのであろう。

かくして和睦は成ったが、家康がわびたわけではない。

「縁組のことについて御忠告にあずかったが、承知した。お互い介心《かいしん》をさらりと捨てて、これまで通り仲よくしよう」

と家康が誓紙を入れたのにたいして、大坂方では、

「縁組のことについて忠告申し上げましたところ、早速ご同心下されて、御介心なき旨仰せ下され、一同感謝しています。仰せのごとく従前通り仲よくいたしましょう」

と、むしろ家康に感謝している。

## 六

間もなく、利家は病中であったのに、わざわざ大坂から伏見に出かけて家康を訪問し、

家康また答礼と病気見舞をかねて利家を訪問した。

この両巨頭の交歓をよろこんで、諸大名らは利家の屋敷に参集したが、その時三成がやって来たので、人々は興をさましたと、松平家忠の日記に出ている。改正三河後風土記には、饗応半ばに三成が来たので、居合わせた大名らも、前田家の家臣らも、

「すわや事おこるであろう」

と驚いたが、三成は玄関の式台のところで、とりつぎの者に、

「今日はご珍客がまいられて、さぞご混雑のことと察し入ります。よってごあいさつまでにまいりました」

と言って立去ったので、人々は安心したとある。来るべからざる者が来たと、人々がおどろき、また不快に思ったことがよくわかるのである。しかし、三成はなんのために来たのであろう？

改正三河後風土記と「関原軍記大成」にはこうある。三成は前田邸に行ったあと、かねて親しい大名らに回文をまわして小西行長の邸に集まってもらって、家康のわがままと今度の和睦の不徹底を憤慨し、

「今はもう利家様も頼みにならぬ。豊臣家のためにわれらだけで挺身してあたらねばならぬことになったが、幸い内府は今夜藤堂邸に一泊しておられる故、押しかけて焼討ちするか、明日伏見への帰途を要して打果すか、いたそうではござらんか。今大名共にして、内府に心を通わしている者も多うござるが、内府をたおしさえすれば、この者共は

心を翻してこちらに靡《なび》くのでござる。恐れることはござらぬ」

　と述べ、小西またこれに賛成したが、京都所司代の前田玄以《げんい》が、

「おことばはさることながら、秀頼公のお膝元で合戦をはじめるはいかがなものであろう。また内府には味方する者多ければ、旅先きであっても警戒は厳重であろう。成功おぼつかないと存ずる」

　というと、増田長盛もいう。

「このことについては、治部少輔殿はいつもに似気なく短慮なことばかり仰せられる。先日大谷刑部少輔に会った時、刑部がこう言われた。『内府に敵意を持つ人々の中には、二種類ある。一つは秀頼公にたいする一筋な忠誠心からの人々であり、一つは内府を伐《う》つ機会にかねて遺恨ある者共を討果たそうと思うて、秀頼公お為というを口実にしている者共である。よくよく見分けて思案をめぐらさねばならぬ。内府を伐つは、内府の逆心が明らかになってからでよい。逆心明らかになれば、これを悪《にく》んで豊臣家に味方する者も多くなるから、伐つに造作はない。いそぐことは更にござらん』かように刑部は言われた。拙者はまことに道理と聞いた。短気な計画は思い止まるがようござる」

　議論となって決しなかった時、長束正家が、

「いずれのご意見も一理がありますが、拙者が藤堂家へ隠密を忍ばせておきました故、やがて帰って来るでありましょう。その報告をきいて、もし彼に警戒が手薄ならば、直ちに襲撃してよいでござろう」

といっている間に、長束の隠密どもが馳せ帰って来た。その報告では、藤堂家には織田有楽《うらく》・福島正則・池田輝政・細川忠興・黒田長政・加藤清正・堀尾吉晴・有馬法印・金森法印・山岡道阿弥・岡ノ江雪斎らが集まって守護しており、家康の家臣としては井伊直政・榊原康政・阿部正勝らがおり、人数は邸内にみちみち、外にあふれているという。襲撃計画は中止となったというのだ。だから、三成が前田家に行ったのは、様子を探索し、あわせて家康方に油断させるためであったと思われる。

しかし、ぼくにはそれだけではなかったような気がする。身の安全をはかるために家康と利家とに媚びるためでもあったと思う。玄関で口上だけ述べて去っているのは、あまりにも空気が不穏だったからと解釈出来よう。探索と機嫌とりとでは矛盾しているようだが、思うに三成の心が揺れていたのではなかろうか。三成の立場は実に危いのだ。当時の三成としては、豊臣家の前途より、自分の身の上の方がさしせまったことであった。増田長盛が指摘しているように、家康を討つことにたいしていつもに似気なくあせっているというのもそのためだ。家康をたおすことが出来れば、天下の権は三成に集まり、加藤・福島ら彼を憎悪し、彼をおびやかしている者共は問題でなくなる。亡ぼさんと欲すれば亡ぼすことが出来、のこしておいたとて尾をふって阿付《あふ》して来るにきまっているのだ。しかし、家康をたおすということは中々の難事だ。虚心に考えれば、不可能に近いと思わざるを得なかったろう。それが常識だ。

したがって、

「内府に気に入られ、庇護してもらうことが出来れば、それで一応身の安全は保てる」

と思案したこともあったにちがいない。

この心の揺れ、これが一見矛盾撞着している両様の行為となってあらわれたと、ぼくは考えたい。浅野長政を欺《あざむ》いて秀吉の死を家康に内報したこと、大坂から下って来いといってきても、聞き入れてはなりませんと家康に内報したこと、すべてこう解釈してはじめて納得が行く。前田家へ顔出ししたのも、一面は偵察、一面はごきげんとりと二つの目的があったと、ぼくは見ている。ともかくも、この頃の三成の心は揺れていたとぼくは見ざるを得ない。

結婚のことだけでなく、家康はもう一つ太閤の遺命をふみにじっている。知行加増のことは秀頼が成人して自ら政《まつりごと》をとるまで一切しないとの誓書を無視して、勝手に気に入りの諸大名に加増を申しつけているのだ。

その最初は、島津義弘に五万石加増したことだ。もっとも家康が独断でしたのではなく、家康が提議し、他の大老や五奉行なども同意してそうなったのだから文句はないようなものだが、そこに至るまでは相当もめている。

「島津の高麗泗川《しせん》城での勲功は特別である。島津のあの大勝利があったればこそ、敵の攻撃がゆるみ、味方の引上げも出来たのだ。恩賞なくてはかのうまい」

と家康が言い出したところ、毛利・宇喜多や五奉行らは、

「起請文の儀にそむくことでござる」

と反対した。一体こういうことを起請文に書きのせたのは、大老中の有力者が私恩を売って諸大名を籠絡するようなことがあっては豊臣家のためにならないとの精神から出ている。人々が反対したのは当然だ。ところが、家康の目的はその私恩を売るにある。島津家が泗川で示した武勇は家康としては最も味方にほしいところだ。彼はこう理屈をつけた。

「秀頼公がご成人あってご自分で政治をおとりになるまで待つということになると、あと、十四、五年は待たねばならんことになるの。功あるを賞せずということになれば、罪あるも罰せぬわけだな。それでは悪いことのしがち、天下忽ち大乱となろう。信賞必罰は政治の根本という。十四、五年政治を休むつもりかの」

家康の本心はどうあろうとも、これは正論だ。もともとこの起請文は耄碌した秀吉が秀頼可愛さに書かせた、無理きわまるものだ。この堂々たる正論には敵することが出来ない。人々も同意せざるを得なくなり、島津家は加増を受けたのだが、なまじはじめ反対があっただけ、家康の目的は十分以上に達せられた。人々が最初から家康の発議に同意すれば、島津家の感謝は皆に均霑《きんてん》したろうが、こうなっては、

「すべて内府様のおかげ」

と、家康一人に集中したはずと思われるからだ。事実、この時から、島津家はせっせと家康のところへ出入りし、家康また島津家に遊びに行って懇親一方でないものがあったので、三成は嫉妬して島津家に文句を言っている。後に関ヶ原役に島津氏が三成に味

方したのは、他の事情によるので、本意ではなかったのである。

次は堀尾吉晴が四大老や五奉行らとの紛擾を調停してくれたというので、越前府中五万石を与え、その本領である浜松十二万石は息子の忠氏に譲らせた。場所もあろうに越前などに封じたのは、前田家の加賀から京へ出る途をふさいだのだ。次に細川忠興にも調停の功を賞して、豊後杵築《きつき》五万石を加増した。

まだあるが、これくらいにしておこう。これらはすべて家康が独断でしたことだ。前田利家が生きていたら、こうまで家康も傍若無人ではなかったろうが、その利家は閏《うるう》三月三日に死んでいる。他の大老や五奉行など、家康の眼中にはないのである。

相手方は不快だったにはちがいないが、どうすることも出来ない。今や大老というも、五奉行というも、虚器にすぎなくなった。すべては家康の独裁であった。天下は力ある者の所有する時代であった。秀吉亡きあとは家康が第一の実力者だ。こうなるのは最も自然なりゆきであった。

## 七

話は前後したが、利家は家康を訪問した時すでに病気をおして行ったのであり、家康が答問した時にはすっかり重態になっていて、家康にちょっとあいさつしただけで、あとは長男の利長が応対したほどであったが、その時から二十一日目、閏三月三日に死んだ。

この利家の病気中、三成は利家の邸に昼夜詰切りで看病していたと、関原軍記大成にある。

なぜ三成がこんなことをしたかといえば、加藤清正・福島正則一派の連中を恐れたのだ。この連中は高麗陣中に三成が依怙《えこ》をかまえて彼らの戦功の報告を手加減したことを含んでいたのだが、はじめのうちは別段なことはしなかった。しかし、間もなく三成党の小西行長と加藤清正・鍋島直茂・黒田長政・毛利勝信（豊前小倉城主）らの間に訴訟がおこった。問題は朝鮮引上げの時のことについてで、訴訟は小西から提起された。小西は、

「自分は、和議を成立させてから引上げた方が日本軍の利であると思い、この旨を被告の連中にも申し通じて、交渉にかかったのだが、被告らは一旦それを承知しながら、突如釜山を焼きはらって引上げにかかった。そのため計画すべて齟齬《そご》、ひどい苦戦でやっと帰国することが出来た」

と、こんな工合に訴えたらしい。らしいというのは、小西の訴状はのこっておらず、それにたいする清正らの反訴状しかのこっていないからだ。清正らは、

「自分らは内地から引上げ命令が来たから、皆で相談して、釜山に火を放って引上げて来た。小西からの話は寺沢広高からの触状《ふれ》でたしかに受取った。一体小西はこの戦争のはじめから和議じゃ和議じゃとばかり言い、しかもそれがインチキに満ちたものであり、太閤様までだまし申していたことを拙者共はよく知っている。またまたインチキをやる

のじゃわとは思うたが、お好きになされよと答えた。しかし、それでも待った。やがて小西らが熊川《ゆうせん》まで引上げて来たことを聞いたので、早く釜山に来るように通告した。そのうち、小西の寄騎《よりき》大名らが釜山近くまで来たので、この上はもう引上げてもよいと思い、釜山を焼いて引上げたのだ。小西の申し条はいつわりである」

と反駁状《はんばくじょう》を差し出した。

この裁判は中々結審せず、もみにもんだが、その間に、清正らの三成にたいする鬱憤《うっぷん》が爆発した。おそらく、小西の裏には三成がおり、この訴訟は三成がさせたのであり、清正らはそれを察知したのかも知れない。少なくとも、彼らはそう思ったにちがいない。でなければ、三成に飛び火するはずがない。

加藤清正・黒田長政・浅野幸長・池田輝政・福島正則・細川忠興・加藤嘉明の七人は、三月十三日、三成の許に使者を立て、自分らの朝鮮における武功をのべ、

「これらは人々の周知のことであるのに、軍目付《いくさめつけ》たる福原・垣見・熊谷・太田らは依怙《えこ》をかまえて、くわしく注進していない。われら帰国の後は踏み殺してくれんとまで腹を立てたが、福原は貴殿の縁者、他の三人は貴殿が目をかけておられる者共であるので、貴殿に免じて一応さしひかえているが、しかし、貴殿としてはそれでは済むまい。急ぎ四人に腹切らせらるべし」

とねじこんだ。

「これはしたり。貴殿らにかぎらず、朝鮮国で勲功あった人々は、その時々にご感状を

賜わり、その戦功の趣きはそのご感状面にくわしく書いてあるのでござれば、疑わしきことはいささかもなきはず。各々方へ各々方がふさわしいと思われるほどのご褒美がなかったのは、お気の毒ではござるが、これはすべて故殿下のおはからいでござれば、あの目付衆の責任ではござらぬ。なお、われら一人のはからいをもって、かの衆に腹切らせることの出来ぬは、各々ご承知のはず」

と、三成は突ッぱねたが、七人は飽くまでも腹を切らせよと言い張って、しげしげと使者を送った。

何せ、荒大名として世にひびいた連中ばかりだ。当時の三成の心理は、好意をもって見れば、

「気ちがいに刃物とはこれじゃ」

と軽蔑して、悪意をもってみれば、こわくなって、利家の看病を名として、前田家につめ切ったのである。七人は利家を尊敬している。前田家にいるかぎり、三成は安全でおられる。その前田利家にも、利長にも、家臣らにも三成はきらわれている。そこへ逃げこんで昼夜詰切りであったのだから、いかに彼が窮したかわかるのである。

その利家が死んだ。もう三成も利家のところへとどまっていることは出来ない。七人の大名らは、さてこそ機会到来と手ぐすねひいた。この頃では七人はこっぱ目付などに腹を切らせるくらいでは満足出来ない心になっている。

「治部少輔《しょう》に腹切らせる。切らずばふみつぶしてくれる」

と考えるほどに激しきっていた。あたかも利家の死について秀頼に弔詞を言上するために大名小名皆登城することになった。

「よし、その夜こそ」

と、はかりごとを定めた。

豊臣家の旗本に桑島治右衛門という者があって、かねて三成と親しかったが、七人の計画を漏れ聞き、三成の邸に馳せつけた。三成は驚いて、大老でもあればかねて親しくもしている宇喜多秀家と上杉景勝に相談しに人をやったが埒《らち》があかない。佐竹義宣にも相談した。当時佐竹は伏見住いであったが、秀頼に弔詞言上のために下って来ていたのだ。義宣は三成の邸に行き、

「この邸は危のうござる。他に行かれて然るべし」

とて、三成を三成の兄木工頭《もくのかみ》の乗物にのせて、中ノ島の宇喜多邸へ連れて行った。そこに上杉景勝も来て相談がはじまった。その結果、

「これをおさめ得るのは、内府よりない。内府からおさとしがあれば、七人も承服するであろうが、他の者では決しておさまらぬであろう」

との意見が一致した。

そこで、義宣は三成を女乗物にのせて伏見に向った。夜明け前に伏見につくと、義宣は三成を三成の屋敷に送りつけておいて、向島の家康の屋敷に行き、家康に会って嘆願した。

これは一見まことに思い切った策だが、よくよく考えてみると、これほど安全確実な策はない。家康がどんなに三成をにくんでいるにしても、彼の身分・貫禄・立場として、三成を殺すわけには行かない。大度量を見せて庇護《ひご》するよりほかはないのだ。ましてや、天下の人心を集めようとして一生懸命になっている時だ。殺すはずがない。三成としてはいやであったにちがいない。たがいに憎悪し合っている相手にあわれみを乞うのだ。いやでないはずはない。しかし、その不快を忍ぶなら、これほど安全確実な方法はないのである。

三成びいきの人々は、これをもって三成の死中活をもとめた英雄的大機略であると評するが、ぼくの解釈は上にのべた通りだ。機略などいりはしない。頭さえ確かなら最も安全な途であることがわかるはずである。三成は頭はよい人である。あとは恥を忍ぶだけのことだ。

さて、家康は、

「引受けた」

と答えて佐竹を帰したのであるが、その時のこととして、改正三河後風土記にこう伝えている。

家康の謀臣本多正信が、その夜、家康の邸に出仕したところ、小姓らが薬を煎じている。

「大殿は？」

「唯今まで起きておいでてございましたが、お風邪の気味で、ご寝所にお入りになりました。しかし、まだお目はさめておいでてございましょう」

「さらばおとりつぎしてくれ」

小姓らがとりつぐと、家康は寝所に召した。

「この夜更《よふけ》に何の用だ？」

「石田治部がこと、いかが思召しでございましょうか」

「おお、それを思案していたところよ」

すると、正信は、

「ご思案遊ばされているのでござるなら、申し上ぐることはござらぬ」

と、そのまま退出したというのだ。

正信はひょっとして家康が三成を殺しはしないかと案じて来たのであろう。ここは家康の人物価値が大暴騰するか大下落するかの大事な切所《せっしょ》だ。また、家康が天下取りになるにしても、このままずるずるにはそうはならない。必ずや大波瀾《はらん》があって、それを乗り切り、天下にその力を十分に示した上でなければならない。その大波瀾をおこしてくれるのは三成以外にはない。いずれよりしても、ここでムザムザと三成を殺してはならないのである。

改正三河後風土記のこの場面は、天下を望む家康と謀臣正信とのピタリと呼吸のあった姿を活写している好場面である。

話は前にかえる。加藤・福島らは三成が伏見にのがれたことを知って、地だんだふんで残念がった。

「逃げようとて逃がそうか？」

と七人とも伏見にかけつけ、それぞれの邸に兵を呼びよせ、今にも三成の屋敷にとりかけんとひしめいた。

家康は使者をつかわした。

「そなたらは皆故太閤恩顧の人々である。今はご幼少な秀頼公のお代はじめであれば、別して諸事に心をつけ、天下の静謐《せいひつ》をはかるべきに、このような騒動を引きおこすとは何ごとだ。武士が一旦口から出したこと、貫《つらぬ》かいでおこうかと申している由だが、わしもこうして和談の仲裁に乗り出した以上、同様だ。貫かいでおこうか。わしの仲裁を聞き入れることが出来ぬというなら、わしはせがれの秀康をつかわして治部少輔《しょう》をこの屋敷に引取る故、その途中でもよい、当家へ引取ってからでもよい、ずいぶん討取るがよかろう」

訓戒であり、威迫である。いかに七人が荒大名でも、家康を敵には出来ない。恐れ入って、万事をおまかせすると返事した。

家康は中村一氏と生駒親正を呼んで、

「こんどのこと一応は静まったが、七人の者共も心底からやわらいだわけではない。今後のことははかりがたい。治部少輔が世にあってはよくない。家をせがれ隼人《はやと》(重家)

にゆずって、佐和山に閑居するがよい、と、かように治部少輔に申せい」

と命じた。二人はかしこまって、家康の臣一人を同道して三成の邸に行って伝えた。

三成が面白かろうはずはないが、この際はこれよりほかに途はない。

「なにごとも内府様おさしずの通りにいたすでござろう。一両日中に改めてご返事申し上げます」

と答えて三人を帰し、宇喜多・上杉・佐竹・小西等と相談した上で、

「仰せの通り佐和山にまいります」

と、正式の返事をした。

後の関ヶ原役が三成と上杉氏としめし合わせて起こしたことは間違いないと思われるのだが、いつどこでその相談が行なわれたかは一切不明だ。関ヶ原役関係の古い史書はほとんど全部が、上杉家の家老直江兼続《かねつぐ》と三成とが、まだ七将さわぎの起こらない以前のある時期に密談して計画を立てたことにして、具体的にその情景など書いているが、ぼくには時間的に信じられないのだ。太閤の置目蹂躙《おきめじゆうりん》によっておこった家康と前田利家との反目がおさまったのは二月五日だ。この時まで、三成は利家を煽動して家康と戦わそうとしている。家康が利家の病気見舞に大坂に来たのは二月十一日だ。この時は三成は小西の屋敷に五奉行らを集めて家康襲撃を説いている。その後閏《うるう》三月三日に利家が死ぬまで、三成は七将をおそれて前田邸に詰め切りである。その閏三月三日に七将襲撃の報を受けて、佐竹義宣に伴われて宇喜多邸に行き、そこに上杉景勝も来て相談してい

るが、その時の相談は当面の危機をいかにして脱するかの問題でせい一杯だったろう。何せごく短時間だ。

だから、もし後の挙兵の相談が行なわれたとするなら、佐和山退去の忠告を家康から受けて、改めてその返事をするまでの期間においてであろう。三成が伏見を立って佐和山に向ったのは閏三月七日の未《ひつじ》ノ刻（午後二時）である。三月四日の早暁に伏見に来、四日の夜家康と本多正信との問答があり、五日に家康の七将への訓戒があり、その日に承服の返事をし、その日のうちに中村一氏らが三成の許に行って家康の忠告を伝えたとし、仮にそれが五日の夕刻であったとすれば、それから急使を大坂に出しても、上杉・宇喜多・小西らが伏見に来着するのは、六日の正午頃になろう。七日の未ノ刻までは二十六時間ある。上杉景勝には直江が供して来たであろうから、将来についての相談は十分に行なわれたはずだ。もちろん、ごく大ザッパな申し合わせであったろう。三成も直江も抜群の才子ではあるが、急な場合そうくわしい計画が立つはずはない。この年八月、上杉景勝は帰国の許しを得て会津に向っているが、その帰途、直江が佐和山に三成を訪うて、さらに計画を練ったことも考えられる。もちろん、信用の出来る家臣をつかわして文書で相談したこともあったであろう。

閏三月七日午後二時、三成は伏見を出て佐和山に向った。家康は次男秀康に命じて送らせた。秀康の家臣らは胴丸《どうまる》や腹巻をつけ、鉄砲切火縄《きりびなわ》の半戦《いく》さ支度であった。七将の襲撃を警戒したのである。

三成はこの時から一年二カ月、家康が諸大名をひきいて上杉氏征伐のために関東に向うまで、佐和山にこもって一歩も出なかったのである。

## 八

関ガ原役は三成の一世一代の大ばくちであった。威勢群雄を圧して、すでに事実上の天下様である家康を向うにまわして、これほどの大角力をいどみ得る人物は、他にはなかった。いれば黒田如水くらいのものだ。如水がこの戦争中その気になったことは如水伝で述べたが、如水の場合はすでに戦争がおこってからのことだ。既に生じた波瀾に乗じて天下を争おうとしたのだが、三成は自らの手で波瀾を巻きおこして、角力をいどみかけたのだ。彼の気宇の壮大さがわかるのであるが、一面から考えると、戦わざるを得なかったともいえる。家康の生きているかぎり、彼は再び世に出て働くことは出来ない。いつまでも佐和山にこもっていなければならないわけだが、彼はそんな無為な生活を長くつづけることの出来ない人間なのだ。彼は最も才気ある仕事師だ。秀吉の信任を得て権勢をふるい、天下の侯伯がその門前に奔走すること十五年にわたっている。年はといえばやっと四十だ。性格からいっても、閲歴からいっても、年齢からいっても、楽隠居でがまんなど出来るはずはない。豊臣家にたいする忠誠心があろうとなかろうと、彼は家康をたおさなければならなかった。再び権要の地にのぼり、好きな政治に縦横の手腕をふるい得るようになるには、それ以外に途はないのだ。ましてや、このままの情勢で推移するかぎり、天下は名実共に家康の手に帰することは明らかなのだが、そうなれば家康に好意を持たれていない彼が安全であるはずはない。天下を取《と》らない前においてこそ、家康も大人物としての寛弘ぶりを見せて大名らの心を攬らなければならないが、既に天下人《てんかびと》となった以上、そんな必要はないのだ。

ぼくは三成の豊臣家にたいする忠誠心を否定はしない。殊遇してくれた恩義にたいしても、人一倍の忠誠心があるべきであり、人間の善意を信ずる故に、あったにちがいないと思うが、彼を立上らせたのは、これにプラス前述のものであったと思う。

しかしながら、彼のこの挙には非常な無理があった。その第一は彼が不人気ものであったことだ。彼に味方した大きな勢力は皆豊臣家にたいしては外様《とざま》の大名である。三成はこれらが太閤の生前自分の家に親しく出入りしたのでこれを信頼したのであるが、関ガ原の大合戦では、いざ合戦となると、全力をつくして戦ったのは宇喜多秀家だけであった。毛利勢も、長曾我部勢も、一戦もしていない。島津勢は相当戦っているが、それは西軍敗れて、自らの退路をひらく時になってからであって、かんじんな時には全然戦っていない。小早川秀秋などは秀吉の甥でありながら裏切りまでしている。秀吉取立ての大名でもまじめに戦ったのは小西行長と大谷吉継だけだ。長束正家・安国寺恵瓊など一発の銃もはなたず敗走し、脇坂安治《やすはる》は裏切っている。

三成は信頼すべからざる人を信頼してことを起こしたのだ。以前外様大名らが彼に慕いよったのは、それが彼らの利であったからだ。彼らが西軍に味方したのは褒美の約束に釣られたからだ。もし三成に人気があったら、こんな連中だけが味方はしなかったろうし、合戦に際してももっと働いたろう。この時の兵数、三成方は十二万八千、家康方は七万五千、懸絶して三成方が多いが、すべてこれ烏合の衆であったのだ。あるいは明敏な三成のことだから、味方の大名らの恃《たの》むべからざることを知っていたかも知れない。恃むべからざる衆を恃んで戦わなければならなかった三成の心事はまことに悲壮なものがあるが、案外そうした心理洞察には鈍い人間だったかも知れない。彼は秀吉の好調時代に秀吉に仕え、その死まで権要の地にあって、かつて不遇の地にいたことのない人間だ。順境にばかりいて、逆境に沈んだことのない人間は、人間心理の洞察には鈍いものである。

三成が実戦の功を立てた経歴のないことも、敗因になっていよう。前に述べたように、三成が実戦したのは二度だが、二度とも見苦しい失敗をしている。これでは、諸将が彼の指揮に従順であるはずがないのである。この日の戦闘に東軍が整々たる戦いぶりを見せたのに、西軍が各隊ばらばらの戦闘をし、これはまだいい方で、三成が戦いをうながしたのに戦おうとしなかった隊が少なからずあったのは、そのためとしか思いようがない。

諸書は、関ヶ原戦になるまでの各地の前哨戦で、諸将が献策しても、三成が、

「万事大会戦で」

と答えて拒《しりぞ》けたことを記述している。武将としての実戦の手腕はないと思っている人

間に、せっかくの献策をしりぞけられては、いい気持がしないのも無理はない。諸将が戦意を失ったのは、これも原因になっているかも知れない。落穂集にこんな話が出ている。合戦の前夜、家康が赤坂に到着した時、島津義弘は甥の豊久を三成の陣につかわして、こう言わせた。

「忍びの者をつかわして、内府の本陣を偵察させたところ、皆々くたびれ果てて寝ています。夜討してしかるべし」

三成が返事にためらっていると、島左近が答えた。

「夜討は寡勢をもって大軍を討つの策でござる。敵に倍する勢《せい》を持ちながら夜討するということがござろうか。明日の合戦、味方大勝利たること疑いござらぬ。われらも久方ぶりに内府の押付《おしつけ》を見ることでござる」

押付というのは鎧の背の部分だ。敗走する姿を見るという意味だ。景気のよい壮語だ。

「兵庫（兵庫頭義弘）殿のお心づけの段、かたじけのうはござるが、唯今左近の申すように、明日の大勝利は疑いなきことでござれば、この旨、兵庫殿へよろしくご披露下され」

と三成も言った。豊久は左近の高言に腹を立てて、左近に言った。

「そこもとは唯今、内府の押付を久方ぶりに見ると仰せられたが、いつどこでごらんになったのでござる」

「拙者は若い頃武者修業して東国にまいり、武田信玄の家来の許に厄介になっていたことがござる。天正何年の頃おい、山県昌景が大井川のほとりで内府と戦って打ち破り、袋井畷《なわて》まで追いかけたことがござるが、その時、まさしく内府の押付を見申した」

と左近は答える。豊久は、

「人は成長するものでござる。その頃の内府と今の内府とを同じに考えられては大違いでござろうよ」

とせせら笑って立去ったというのだが、翌日の戦闘に石田勢は東軍の精鋭黒田・細川・加藤嘉明らの諸隊の猛攻撃を受けて苦戦に陥ったので、三成は右手にひかえて鳴りをしずめている島津隊に使者を馳せて横撃を頼んだが、島津隊はその使者が狼狽のあまり礼を忘れて馬上ながら口上をのべたというので、

「無礼千万、軍使の法をわきまえんか！」

とどなりつけて追いはらった。三成は自ら来て頼んだ。すると、豊久が出て応対して、

「今日の合戦は、混乱をきわめ、各隊めいめいに死力をつくして戦うよりほかはござらん。前後左右をかえりみるいとまはござらん」

と答えて、相手にならなかった。無上の戦術と自信している策を進めたのにすげなくしりぞけられた腹いせとは考えられないであろうか。島津隊は味方の諸隊が総くずれになって敗走にかかってから、密集して整々と退路をひらいているのだ。少なくとも、合戦は所詮負けにきまっているから、退却の時のために戦力をたくわえておこうというのであったことは明らかであろう。つまり、三成の指揮能力を信用しなかったのである。

関ヶ原戦は負けるべくして負けた戦争だ。明治年代にドイツの有名な戦術家が日本に来て、関ヶ原に遊び、案内の日本陸軍の参謀から、両軍各隊の配置・兵数を聞いて、「これでどうして西軍が敗けたのだろう。負けるはずはないのだが」と不審がったところ、参謀が戦い半ばに小早川秀秋が裏切りしたことを告げると、手を打って、「そうだろう、そうだろう」と言ったという話がある。ぼくはこのドイツの戦術家の説を信じない。兵数と陣形だけで数学的にことを考える参謀的迷妄と思っている。小早川秀秋の裏切りが決定打になっていることは事実だが、敗因は他に無数にある。それはすでに述べた。そしてその根本は、重ねて言う、三成の不人気にあり、それは三成の陰険な性格と人心洞察力の鈍さの当然な帰結であると。

三成のためにはかるなら、戦うべきではなかったのだが、思うに、戦わざるを得ない立場に追いつめられていたのであろう。豊臣家のためにも、彼自身のためにも、この機を逸しては、再び機会はめぐって来ないと思われたのであろう。負けるを承知で、千に一つを僥倖《ぎようこう》して立ち上ったとすれば、悲壮である。度々言う通り、三成はぼくにとっては好きな人物ではないが、それでも一掬《いつきく》の男の涙なきを得ない。

## 九

三成は戦場を離脱して、生まれ故郷の石田村近くにひそんでいる間に、田中兵部少輔吉政の手の者に捕えられた。吉政もこのへんの生まれなので、特に家康に命ぜられて厳重に探索していたのだ。この時、三成は痢病《りびょう》をわずらっていたという。

吉政は三成と懇意なかであったので、丁重にあつかったが、三成は昔の通り、吉政のことを「田兵《たひょう》、田兵」と呼んで、少しも卑屈な態度を見せなかったという。

こうして彼の捕えられる以前に、佐和山の居城は東軍に攻めおとされ、彼の父兄・妻子皆自殺している。

三成を捕えた後、吉政は治療を加えて、相当よくなってから、大津の家康の本陣に連れて行った。

この後のことは各書の説くところ区々《まちまち》で、いずれが正しいかわからないが、三成の態度が見事であったことは、いずれも一致している。

「治部が天下をとった様を見よ」

と人々が笑いはやした時、ニコリと笑って、

「わしが大軍をひきいて天下わけ目の合戦をしたことは、天地の破れぬかぎりは、語りつがれるのじゃ。少しも慚《は》じぬぞ。そうはやすことはないぞよ」

といったということ、いよいよ六条河原で、小西・安国寺とともに斬られに行く途中、のどが乾いたれば白湯《さゆ》がほしいと所望したところ、警護の者はあたりの民家をさがしたが、どこにも湯のわいているところがない、柿があったのでもらって来て、

「白湯はござらぬ。これでがまんして下されよ」

とさし出すと、三成は、

「柿は痰《たん》の毒じゃ。食うまい」

という。人々は、

「今首斬られる身が、何の毒断《どくだ》ちぞ」

と笑った。三成は、

「その方共のような者にはそのへんが似合の思案。しかし、大事を思う者は、たとえ首の座にいても、その際《きわ》まで命を大切にして、本意を遂げんと心がくべきものじゃ」

と言ったということ、ともに最もよく知られている。死に至るまで、傲岸不屈《ごうがんふくつ》であったのだ。あっぱれである。年四十一。

# 加藤清正

一

尾張《おわり》は加藤姓の多いところである。加藤とは加賀の藤原氏の意味で、王朝時代の名将であった藤原利仁《としひと》(芥川龍之介の名作「芋粥」に出て来る利仁将軍だ)が越前に居住して、その子孫が越前・加賀に蔓延《まんえん》し、加賀にあるものが加藤となったといい、尾張の加藤も皆その子孫ということになっているが、清正の家はそれらの加藤とはちがって、権中納言藤原忠家の子正家の末ということになっている。

正家から十一伝して清信に至る。美濃《みの》の斎藤氏に仕えて、尾張の犬山に住んでいたが、織田家との合戦で討死した。清信の子は清忠。これは尾張の愛知郡中村に居住し、武家奉公はしなかったらしい。帰農していたのであろう。

清正は清忠の子である。永禄二年(一五五九)の生まれである。父の死んだ時、わずかに三つであった。幼名虎之助。五歳まで中村で育った。

中村は秀吉の生まれ故郷であるだけでなく、虎之助の母は秀吉の母といとこ同士《どち》であ

った。虎之助が五歳になった時、母は、

「親戚の藤吉郎殿は織田家に仕えて、唯今では江州長浜で五万貫という大名になっておられる。この子の行末をこれに頼もう」

と思案して、虎之助を連れて長浜に行き、秀吉の母に会って頼み入ると、秀吉の母は、よくこそたずね参られたと迎え、秀吉に引き合わせた。以後秀吉の母の側で養育されたというのが、清正記《せいしょうき》の記述であるが、くわしく検討すると、この伝えにはいぶかしい点が多々ある。

清正五歳の時といえば、永禄六年だが、この頃、織田信長はまだ美濃も手に入れていない。秀吉が長浜の領主などであろうはずはない。やっと織田家の下級将校クラスになった程度である。

清正の生年には異説があって、永禄五年の生れともいうが、それにしてもその五歳の時は永禄九年で、秀吉はやっと信長の対美濃策のために墨股《すのまた》城を築いて、その守将となった年だ。長浜城主にはほど遠い。

しかしながら、清正が幼年の頃から秀吉の世話になったことは事実であろう。秀吉は肉親にたいする愛情の厚い人である。頼って来られれば、親戚の遺孤《いこ》をそのままにおく人ではない。

十五の時、前髪をおとして男となり、清正と名のった。烏帽子《えぼし》親には秀吉がなってやったろう。秀吉はこれに百七十石の知行をあたえた。

秀吉の家中に塚原小伝次という兵法者《ひょうほうしゃ》がいた。清正には遠縁にあたったというが、清正はこれについて兵法を学んだ。ある時、長浜の町で秀吉の家中の足軽で市足久兵衛《いちたり》というものが、人を殺してこもりものとなり、町中のさわぎとなった。罪をおかして一軒の家に閉じこもり、取りおさえようとして入って来る者を斬りはらって寄せつけないのを、当時「こもりもの」「やごもり」「とりこもりもの」などと言ったのである。人々が家を遠巻きにしてわいわいさわぐばかりであった時、清正は駆けつけ、ただ一人屋内に入り、そいつを打ちたおして捕縛《ほばく》したが、一カ所の疵もこうむらなかったので、報告を聞いた秀吉は、

「お虎め、かねてから物の役に立つべきものと思うていたが、あんのじょう、あっぱれな働きしたわ」

といって、二百石加増したという。

以上は清正記の記述であるが、清正十五、六歳の時ならば、天正元年・二年で、秀吉はたしかに近江長浜の領主となっている。撞着《どうちゃく》するところはない。これくらいのことはあったろう。乱暴足軽一人召捕ったくらいのことに二百石の加増は大きいが、秀吉という人は何か家来に功があると、本人がびっくりするほど褒美をくれたと伝えられている人だし、もともと肉親の情に厚い性質だけに、かねてから取立ての機会を待っていたと考えられるから、不思議はない。

清正が最初に戦功を立てたのは、天正九年の鳥取城攻めの時であったと伝えられる。

天正九年といえば、清正は二十三になっている。すっかり成人しているわけだが、どんな男になっていたか。

彼の容貌体格については、若い頃のことは記述したものはない。ずっと後年、江戸になってからのことが落穂集という書物に出ているが、それによると、彼は三尺五寸の刀を常《じよう》ざしの脇差にし、鯨尺四尺二寸に仕立てた着物を着て、裾が三里（膝脇の灸点）の少し下にかかるくらいであったという。ぼくは身長五尺五寸六分あるが、それで三尺七寸五分に仕立てた着物をかかとにかかる位に着ている。この計算から行けばどうしても六尺五、六寸の身長がなければならない。仮に肩と胸がうんと厚かったにしても、少なくとも六尺二、三寸の身長はあったろう。二十三歳なら、大体これくらいの体格となっていたと見てよい。相貌《そうぼう》想うべき偉丈夫である。

ついでだから書いておく。彼は長烏帽子形の冑《かぶと》で有名である。いつ頃からあの冑を用いはじめたのかわからないが、甲冑は単に防衛のためだけでなく、敵を威嚇《いかく》するためのものでもあるから、これはいやが上にも体格壮大に見せようとの計算から考案されたものに相違ない。

豊臣秀吉伝で述べたように、秀吉は鳥取城を壮大な長囲陣をもって陥れたのであるが、その長囲にかかる前のことだ。城下に到着した秀吉は、城の様子をみて、

「地の利を得た城だな。力攻めではいくまい。兵糧攻めにしてほし殺してくれよう」

といって、蜂須賀彦右衛門（正勝）を召し、

「搦手《からめて》の様子を見てまいるよう」

と命じ、清正を連れて行くように言った。

出発にあたって、清正は蜂須賀に、城の東方に小黒く見える森を指さして、

「城の様子を見ますにあの森の陰には兵を伏せねばならぬところであります。きっと伏兵がありましょう。老功のそなた様に若輩者の分際にてさし出がましくはござるが、足軽二、三十召連れられた方がよくはござるまいか」

正勝はきかなかった。

「大丈夫であろう。急ぎ乗れよ」

と、共に馬に乗り、城を左手に見て搦手の方にまわると、果して森陰から二十人ばかりの敵が槍をしごいて馳せ出して来た。

「虎之助、虎之助」

と正勝が声をかけると、清正は腰につけた半弓をとりなおし、矢つぎ早やに射た。射立てられて多数の負傷者を出し、敵はたじろいだ。そこを目がけて、清正は馬から下りて突進し、一人を討取って首を上げ、袋に入れた。彦右衛門もまた一人討ち取った。

「若輩者であるに、目も心もきいたいたしよう。あっぱれであるぞ」

と、秀吉は賞して、手ずから金子をすくってあたえ、百石の加増をしている。

手ずから金子をすくってあたえたというところ、これは信長もしていることで、秀吉はそのやり方を真似たのであろうが、まことにおもしろい。大きな櫃《ひつ》かなんぞに金銀を

ザクザクと入れて陣中にたずさえ、功ある者には、

「それ」

とばかりに両手ですくい上げてやったのであろう。ナポレオンは陣中にうんと勲章をたずさえて、有功者には即座に胸につけてやったというが、賞に機を逸しないのは士卒の心をつなぐ所以《ゆえん》だ。東西を問わず、微賤《びせん》から成り上った英雄はこうした人心の機微《きび》をよく知っているのである。

次はこの翌年、秀吉が高松城を攻囲する前、冠山城《かむりやまじよう》を攻めた時だ。この城は宇喜多家の希望によって、宇喜多勢に攻めさせたのだが、二万という大軍をもってしながら、城兵が小勢ながらよく防ぐので、攻めあぐんだ。

秀吉は虎之助を呼んで、

「杉原が攻口を見てまいれ」

と命じた。杉原は秀吉の妻の親類で、軍目付《いくさめつけ》として秀吉が宇喜多勢につけておいた人物だ。虎之助が行くと、杉原の手についていた伊賀・甲賀の忍びの者共が案内して、城間近に連れて行った。すると城の北の門腰に手弱い塀があり、たやすく乗越えることが出来そうだ。ちゅうちょなく、虎之助は乗り入った。敵は油断していてそのへんに影も見えない。しめた！　とばかりに、大音声《だいおんじよう》に、

「羽柴筑前が家来、加藤虎之助一番乗り」

と名乗りを上げた。

つづいて、甲賀者の美濃部某が乗り入って二番乗りと呼び立て、三番目には杉原の家来山下某が乗り入って名乗りを上げる。敵はおどろいて二十人ばかりで馳せ出して来、槍の穂先をそろえて突いてかかったが、虎之助の働き鬼神のごとく、十文字槍をふるって忽ち一人を突き伏せた。他の二人もまた勇をふるって働く。そのうち、味方の大軍がドッと乗り入って来て、城は落ちた。

以上は清正記の記述であるが、陰徳太平記では少し違う。城中の兵らは宇喜多勢を一旦撃退した後、何しろ陰暦四月末という暑い頃なので、汗を拭って一休みしたが、その時一人の兵が鉄砲の火縄を火のついたまま小柴垣にかけておいた。天気つづきで乾き切っているところである。一陣の南風が吹いて来るや、パッと柴垣に燃えつき、あれよという間にそばの藁家《わらや》にうつった。人々が狼狽している時、あたかも虎之助は塀の外に来ていたので、乗り入ったのだという。

とにかくも、虎之助の勇気と機転が冠山落城の機をつくったのである。秀吉が激賞したことはいうまでもない。

## 二

次の高名はその年の明智退治の山崎合戦においてであった。この時の秀吉軍の先鋒は高山右近、中川瀬兵衛、池田信輝の三人であったが、高山は、

「高名も不覚もまぎれぬこそ快けれ」

と称して山崎の南門を閉ざし、余隊の兵の通行を禁止して合戦をはじめたので、池田信輝は、

「さては高山は明智方となったか、この時節いたし方ないこと」

といって、淀川べりの畷道《なわてみち》を進んだと、甫菴太閤記にある。この南門のことを、清正記は宝寺の南門と書いているが、宝寺は天王山の山腹にある寺だ。その南門を打ったところで街道（西国街道）を東進するには支障はない。山崎には古来関所があって、そのその位置がちょうど南の町はずれに位置している。この関所の門のことにちがいない。

池田信輝が高山右近心変りかと疑ったほどだから、秀吉もいささか不審であったにちがいない。虎之助を呼んで、

「徒《かち》のもの二、三人連れて、高山が戦さぶり見てまいれ」

と命じた。

「はっ」

と答えて、虎之助は徒衆三人をつれて前線をさして走り出し、合戦の様子を見て歩いていると、明智方の先鋒部隊の中に、一騎目立ってさわやかに働いている者がある。

「日向守が先手伊勢与三郎が家来近藤（異本進藤）半助ぞ！」

と名のって、部下の者共に脇をつめさせ、鉄砲を連発させながら、高山が勢に割って入っての働き、まことに目ざましい。一体この時代の戦闘は、一騎討ちといっても、相当に身分ある戦士は単騎で戦闘したのではない。自分の左右に家来共を立て、これに鉄

砲か弓を持たせて掩護《えんご》させて戦ったものである。これを脇をつめるという。

虎之助はこれを見て、連れて来た徒《かち》の者共に、

「あの男、みごとじゃな。おれが討取ってくれよう。見ていよ」

というや、二尺九寸の陣刀を引きぬき、真一文字に走りより、渾身《こんしん》の力をこめて突いた。その刀が鞍《くら》の前輪をつらぬき、下腹部をズンと背までつきとおしたので、半助は馬上からまっさかさまに転落した。咄嗟のことに、半助の家来共はおどろきあわてて度を失った。虎之助はかまわずおどりかかって半助の首を掻き切り、腰につけた首袋に入れようとしていると、やっと気を取り直した半助の家来共がうしろから虎之助を斬ろうとした。しかし、これは虎之助が連れて来た徒の者共が駆けつけて斬りたおした。

虎之助は秀吉の本陣へ駆けもどり、合戦の情況を報告し、取った首を実検にそなえた。

『武勇を心懸くる者、手柄者とは汝たるべし、いよいよ武功をつくすべし』

と、秀吉はその場で自筆で感状を認《したた》めてわたし、なお当座の褒美として脇差をくれたと、清正記は伝える。

次はこの翌年の二月、秀吉が滝川一益を伊勢に伐《う》った時である。織田信長が本能寺で死んだ時、滝川一益は関東探題《たんだい》として上州厩橋《まやばし》（前橋）城にいた。彼は本能寺の変報に接するや、かねて帰属していた関東の諸将を招いて、ザックバランに本能寺のことを打ち明け、人質をかえした後、北条家にもこの旨を通報し、一戦《いくさ》して戦い敗れた後、所蔵した宝物を関東の諸将らにわけあたえて伊勢の長島城にかえって来た。

この時、秀吉はすでに山崎合戦で主君の仇を討ちほろぼして、勢い朝日の昇るようである。これに快くなかったのが信長麾下《きか》の将星中出頭第一であった柴田勝家だ。勝家は本能寺事変の時越前にいて、越中で上杉景勝とせり合っていたため、急には京都に駆けつけることが出来ず、やっとおさえの兵をのこして越前と近江の境までかえって来たところ、山崎合戦で明智がすでにほろぼされた報告を受取った。間に合わなかったのだ。

勝家を中心として、アンチ秀吉勢力が結成された。すなわち、越中富山に佐々《さっさ》成政、越前北ノ庄（福井）に柴田勝家、岐阜に信長の三男信孝、伊勢長島に滝川一益、日本中部を縦断してじゅずをつらねたように森列《しんれつ》していたのだ。

秀吉は敵方の首領たる柴田勝家が雪に閉ざされて北国から出て来ることの出来ない間に、このラインを寸断するのを得策として、山崎合戦のあった年の暮には大軍をもって岐阜城を圧迫して信孝に謝罪させ、翌年の二月には滝川を伐つために、七万五千の兵を三手に分ち、近江路から三道にわかれて伊勢に向った。一軍は弟秀長がひきいて土岐多《ときた》良《ら》越えから、一軍は甥《おい》の秀次がひきいて大君越えから、一軍は秀吉自らひきいて安楽《あんらく》越えから伊勢に入り、桑名で三軍合して、一益の本拠である木曾川河口の長島を攻める段取りであった。

安楽越えというのは、東海道の土山《つちやま》と鈴鹿の間の猪《い》ノ鼻から左にわかれ、黒川・山女《あけび》原《はら》を経て伊勢の安楽に出るのでこう呼ばれる。

安楽から一里少し行くと峯城がある。これには滝川の一族滝川詮益《あきます》がこもっている。

秀吉はこれにはおさえの兵をおき、道を北方にとり、他の二道から来た軍と合して桑名
近くへ行き、一益と戦ったが、勝敗はつかなかった。
　秀吉はここにはおさえの兵をのこしておいて南行し、滝川方の佐治《さじ》新助のこもってい
る亀山城を攻め、三日の後に攻めくずした。この時も虎之助は秀吉の命を受けて前線の
戦況視察に行っている。すでに諸勢は城中にこみ入って、城内の至るところに乱戦が行
なわれていた。その中に佐治の家来で近江新七というものが鉄砲隊を指揮して戦ってい
た。敵が近づくと、鉄砲で打ちたおさせるので、近づくことが出来ない。
　秀吉の部将木村隼人の甥の同姓十三郎という者が残念がって十文字槍をふりまわして
飛びこもうとするが、鉄砲隊のかためがきびしくて、飛びこみかねて見えた。そこへ行
き合った虎之助は持っていた二間半の大槍で、筒先をならべている鉄砲をいきなり叩き
つけ叩きつけうちはらうや、エイヤ！と大喝して新七を突いた。穂先はあやまたず新
七の肩先をついた。新七のよろめくところを、十三郎は、
「無念、出しぬかれたり！」
　とさけんで、槍をくり出し、腹部を裏表まで突きぬいてたおした。虎之助は、
「槍をつけたは拙者でござるが、突きたおされたのは貴殿でござる。首を上げ候え」
　といいすててなお城内深く進んだ。
　そのうち、佐治は降伏したが、敵も味方もこれを知らず、なおはげしい戦闘が継続さ
れていた。虎之助は大音に、

「城主佐治は降人となりたるぞ！　戦さはこれまでぞ」

と呼ばわり呼ばわり歩いたので、戦闘は一時にやんだ。

秀吉はこのことを木村隼人から聞いて、十三郎にも虎之助にも感状をあたえ、刀を一腰ずつあたえたが、虎之助のもらった刀は信国であったという。

賤《しず》ヶ岳《たけ》の戦いはこの時から二月後である。清正はこの時乗馬が二匹とも病気であったので徒歩で従ったが、大垣から賤ヶ岳まで二十里の道を、疾駆する秀吉について一歩もおくれなかったという。壮強驚くべきものがある。

賤ヶ岳七本槍の名は高いが、これは敵の佐久間玄蕃《げんば》・その弟柴田勝政（勝家の養子）が退却にかかった時、その追撃戦の時、秀吉側近の若武者、加藤虎之助清正・平野権平長泰・脇坂甚内安治・加藤孫六嘉明《よしあきら》・福島市松正則・糟屋《かすや》助右衛門武則・片桐助作且元の七人が、それぞれ槍をふるって抜群の功を立てたところから、有名になったのであるが、それは宣伝上手な秀吉がずいぶん宣伝につとめたからだという説が昔からある。この以前には今川義元と織田信秀とが参州小豆坂で戦った時に織田方の七勇士をたたえた小豆坂の七本槍というのが有名であったが、この時以後、賤ヶ岳七本槍に名をうばわれてしまった。秀吉の宣伝上手もだが、賤ヶ岳合戦は一種の天下分け目の戦いであるから、舞台もよい。こちらの方が有名になるわけでもある。

この時、虎之助は真先かけて飛出し、一番槍と名のって、敵の部将拝郷五左衛門隊の鉄砲頭戸波隼人という者を討取っている。

戦後、一様に三千石をあたえられたが、福島正則だけは五千石あたえられた。祖父物語にはこの時のこととして、おもしろい話を伝えている。秀吉の朱印状を取次ぎの杉原伯耆《ほうき》から渡された時、清正はいたけだかになり、

「市松もご一家、われらもお爪《つめ》の端でござる。こんどの槍、われら少しも市松におとり申さぬに、何でわれらの方が二千石少ないのでござる。気に入らねば、このお墨付、お返し申す」

とどなって、杉原におしかえした。大きな声であったので、秀吉の耳にとどいた。秀吉は、

「虎は総じて阿呆なやつじゃ。しばらく受取っておけい。やがて市松と同じにしてやる」

といって、間もなく加増して五千石にしてやったという。福島は秀吉のいとこ、清正はまたいとこで、血縁的に親疎《しんそ》があるのである。

この賤ガ岳合戦のあと、虎之助は物頭となり、鉄砲五百梃、与力二十人をあずけられたから、以後は部隊長としての働きとなる。この時、彼は主計頭《かずえのかみ》に任官したという。秀吉と徳川家康・織田信雄《のぶかつ》との合戦、すなわち犬山城攻めや小牧合戦にも相当な手柄を立てているが、格別目立つほどのことはない。小牧合戦の時二十六歳である。

三年後に九州征伐があるが、この時は諸大名だけが戦闘して秀吉の本隊は全然戦闘しないから、本隊づきである清正も戦闘はしない。従って武功の立てようはない。島津家

の勇将である新納武蔵《にいろむさし》と一騎討ちの戦闘をしたなどと講談で演ずるが、そういう事実はない。新納は当時すでに六十二だ。采配とっての戦さはしても、自ら刀槍をとって一騎討ちなどはしない。

九州平定の後、秀吉は肥後を佐々成政にあたえた。佐々は以前柴田勝家を中心とするアンチ秀吉党の有力なメンバーであり、勝家の敗死後も頑強《がんきょう》に抵抗し、勢い窮してついに秀吉に屈服した男だ。本来なら首をはねられても不思議はなかったのを、秀吉は助命して越中新川の一郡だけをあたえてお伽衆（話相手）としていたのであった。

この時すでに秀吉には外征の志があったのであるが、思うに、その先鋒に佐々を用いる気持があったのではないか。後に佐々の後任として肥後を半国ずつもらった清正と小西行長とが共に朝鮮入りの先鋒をうけたまわっていることをもって、そう考えられるのである。外征には兵糧その他の費用がうんとかかり、先鋒部隊ともあれば一層だが、肥後は天下の美国であるから、十分にそれにたえ得ると見たのだと思う。九州征伐の途上、秀吉は肥後の八代《やつしろ》から毛利輝元にあてた書状に肥後の豊かさに驚嘆して、

「こんな国は今まで見たことがない。老後はこういう国に隠居したいものだ」

と書いている。肥後は平野の多いところだ。有名な米産国だ。この大戦中にも自給自足が出来、配給の遅配欠配など全然なかったところである。農業中心の時代では天下第一等の美国であったに相違ない。

秀吉は佐々を肥後に封ずるにあたって、民政上のことについて実に周到な注意をあた

えているが、せんずるところは国侍や百姓共に仁心をもって接して、一揆など起こさせないようにせよというにあった。そのために秀吉は費用のかかる軍役や上方の普請など三年間免除してやるとまで言っている。まことに行きとどいた注意であった。

ところが、秀吉は平定の功を急いだため、土着侍——すなわち国侍だが、この連中に本領安堵《あんど》の朱印状を乱発して、そういう侍が肥後だけでも五十二人あった。だから、佐々としては肥後一国をもらったといっても、その中には五十二の小独立国をふくんでいるようなものだ。佐々は国入りするとすぐ検地をはじめた。これも三年間は行なってはならないと秀吉は指示している。いつの時代でも検地は増税のために行なわれるものだから領民を刺戟する。秀吉はそれを慮《おもんぱか》ったのだが、佐々としてはせっかく領主となっても収入の実数がわからんでは仕事にならないと思ったのであろう。とにかく検地をはじめた。

すると、はたせるかな国侍共は不安となり、一揆がおこった。佐々が入部《にゅうぶ》して二カ月目なのだから、佐々の責任というより、起こるべきものがついに起こったとも言えるし、佐々の民政手腕がゼロに近かったともいえるし、解釈はどうにでもつくのである。佐々の不運というのが一番正しいかも知れない。

とにかく、大さわぎになって、近隣の諸大名が皆駆けつけたが、一揆勢はなかなか手ごわく、七、八カ月もかかってやっと平定している。

このために佐々は京都に召還され、尼ヶ崎まで来ると、秀吉の使者が行き向い、切腹を命じた。佐々は同地の法華寺で腹を切った。清正記によると、その使者には清正が立ち、高声に秀吉の命令書を読んで聞かせて、切腹させたとあるが、川角《かわすみ》太閤記では、藤堂高虎が上使で行ったとある。川角太閤記の方が正しいであろう。

これで肥後は闕国《けっこく》となったので、秀吉はこれを二つにわけて、北半分を清正に、南半分を小西行長にあたえた。清正の所領二十五万石、熊本（当時は隈本）を居城とした。大名になったわけである。この時、清正三十。

小西は二十四万石、宇土《うと》を居城とした。肥後は全部で五十四万石あるから、五万石のこる勘定だが、これは公領として、二人がそれぞれに代官することになったという。

以上は清正記の記述で、川角太閤記では、清正二十六万石、小西十二万石とある。しかし、これは清正記の方が正しかろう。肥後国志にも小西二十四万石とある。

三

清正は天正十六年六月二十七日、隈本に到着、佐々の家老から城地を受取った。この際佐々の遺臣三百人を召抱えたという。それはそうだろう、五千石からにわかに二十五万石の大名になったのだ、大量に家来を召抱えなければならなかったはずである。

入部の後しばらくは領内巡視と一揆討伐に日を送る。しかし、大体において佐々の時のさわぎで国侍らの力も弱っているので、大して骨もおれず、領内は静穏《せいおん》となった。清正の幸運である。

一揆征伐に骨がおれたのは小西の方であった。小西の領内には天草があった。小西は入部すると、宇土城の普請にかかり、天草の地侍《じざむらい》志岐《しき》林専《りんせん》入道、天草伊豆守に手伝いを命じたところ、二人は、

「われらは先年関白殿下薩摩ご征伐の時、おん先手を仰せつけられ、薩州川内《せんだい》川まで船を出して忠勤をぬきんでたるにより、殿下ご感賞あって、天草郡を永代われら両人に下し給うとのご朱印状を下しおかれています。天下のご普請や軍役の際は、小西殿与力《よりき》を仰せつけられているのでござる故、お手につきもいたそうが、小西殿わたくしのご普請などに何しにお手伝い申そう。われらも似合の掻き上げの小城を持っておりますれば、その普請で急がしゅうござる」

と返答した。

これは清正記の記述だが、事実とすれば天草の二人侍《ふたり》も余計なことを言ったものだ。最後の「われらも似合いの城を持っている、云々」に至っては喧嘩売りの口上だ。気に入らずば討手をよこされよ。この城にこもって一戦つかまつろうという意味なのだから。

小西は怒って秀吉に訴えた。秀吉も腹を立てた。

「生意気を申す奴ばらじゃな。征伐せよ」

そこで、小西は征伐にかかったが、なかなか強い。最初につかわした三千人は一人のこらず討取られて、船頭と水子《かこ》だけが帰って来た。意外の結果に行長はおどろいた。よほど強いのだと思ったので、再征伐の準備をととのえる一方、清正へ助勢をもとめた。

佐々の時の一揆さわぎでもわかるように、こんな場合には遅滞《ちたい》なく助勢して手早く討《とう》平《へい》すべきものと定めてあったようである。清正は四人の者を大将として千五百人の助勢を送った。これと小西の勢六千五百人、合して総勢八千の人数はそれぞれ船に分乗し、志岐に向った。

志岐は天草の西北端、天草灘が東支那海にうつる海に面した位置にある。後に江戸時代になって天草代官所のあった富岡町の近くだ。ここは小さな半島のつけ根にあたるが、この半島の突端に袋という浦がある。征伐軍はここに上ってまる五日間敵の出ようを待って計をほどこすつもりで合戦しなかった。

志岐の城からこの浦まで二十町ばかり離れている。天草勢は干潟《ひがた》伝いに小西の陣営間近にやって来て、散々に悪口し、ついには唄につくってはやし立てた。

京衆《きょうしゅ》、京衆
なぜ槍せぬぞ
かぶすのかわの
すもとりか

という唄であったというが、よく意味がわからない。

あくまでも寄せ手を侮った天草人らのふるまいに、加藤家から加勢に来た四人は嚇怒《かくど》して千五百をもって突出した。小西勢も出た。こうして戦いがはじまり、天草勢を突きくずし、志岐城までおしつめたが、この城はなかなかの要害である上に、天草の諸方から馳せ集まって組織された鉄砲隊が三百人もあってなかなかの威力だ。寄せ手には有馬・大村・平戸・唐津あたりの大名らも援助に来て大軍勢となったが、わずかに二千の兵のこもる志岐城をおとしかねた。

小西は加勢に来た有馬が志岐林専と親類の関係になるので、有馬に、城を明け渡して下城すれば、関白殿下のご前よろしきように申し上げて悪いようにはしないと説かせ、自分の起請文を同封して送らせた。さすがに小西は堺の町人出身で、その秀吉に見出された動機は宇喜多家の外交がかりとして中央に往来している間に見せたはたらきであるというだけに、出来るだけ武力戦をしないことを心掛けたのだ。城中でも大いに意を動かしたが、まだ返事はしなかった。

清正は隈本にいて、出してやった軍勢からの報告を受けると、到底小西の手勢だけでは平定困難であると見たので、自ら一万の軍勢をひきいて隈本を出発、隈本の南方川尻と三角《みすみ》から船出して天草にむかったが、その直前、志岐城に使者を出した。

「加藤主計頭、これよりあつかい(仲裁)のためまかり出るであろう」

使者は志岐について城中に入り、この口上をのべた。

城中では前に有馬を通じての小西からの和平の話もあったことであり、大喜びで侍十人ほどを志岐の浜辺に出して清正を迎えた。

このところ清正びいきの人々にとっては面白くない話にちがいないが、清正は浜べに舟を近づけるや、いきなり鉄砲を斉射《せいしや》させて十人を撃ちたおし、「心よげに押し上り、大手の門の向いなる笠山（一本はげ山）に陣をとる」と、清正記にある。武略とはつまり敵をあざむくことではあるが、これはひどい。いのちを助けてやると甘言をもって近づけておいて、いきなり抜打に斬り殺すような所業だ。陰険にすぎる。同じあざむくにもさわやかに行きたいものだ。

この時の小西の気持はどうであったろう。余計なことをして、せっかくの和平工作をうちこわしてしまったと、うらめしく思ったのではなかろうか。後年朝鮮役で、行長は和平策をとり、清正はこれに反対しているが、この時すでにこうなのだからおもしろい。性格の相違から来るものであろう。

さて、清正は陣取りした後、小西の陣所へ行って、城攻めの相談をし、ついでに、

「貴殿のご人数は少ないようでござる。拙者手の者をお貸し申そう」

と、斎藤立本《りゆうほん》その他二人に千五百人をつけて小西陣営につかわした。

間もなく本戸《ほんど》（今本渡）城主天草伊豆守が、両方面から志岐城後ろ巻きの兵をつかわした。すなわち一手は木山《きやま》弾正という勇士が大将となり、弓三百張《ちよう》、歩行《かち》の兵二百、都合五百人をひきいてやって来て、清正の陣所に向い合った山に陣取り、一手は天草主水という者が大将として七百人の兵をひきいて来て、小西の陣所に相対する山に陣取った。天草勢は日時を打ち合わせておいて三面から合撃して小西・加藤をうちとる計画で、

城中にこのことを言ってやったが、城中では小西によって吹きこまれた和平待望の気分が尾を曳いていて、人々の心が決戦に一致せず、林専もはっきりした返事が出来ない。

「かような計は即時に決するようでなければ、ことは成らぬものじゃ。城中の様子心もとない。未練をのこさず帰って、籠城の用意なとしようわい」

と、天草主水は引き上げてしまい、木山弾正だけがのこった。

木山弾正は天草一の猛将だ。堅い決心をもって本戸を出て来ている。主水の退陣をこともせず、清正の陣所を見下ろす山に上って陣を張った。清正は見て、弾正の覚悟がわかった。使者を小西の陣へ出して、

「木山弾正、有無の一戦せんと思い定めているげに見え申す。われら明日弾正を打ち果し申すべければ、貴殿は城を堅固にとり巻いて、敵の出られぬようになされたし」

と申しおくり、戦いの用意をした。軍勢を三手にわけ、先陣三千は明朝辰の上刻（七時）に敵の山へ押し上る。二番手は二千、三番手を旗本とした。

先陣の大将分の者共が暇乞いにきた時、清正は、

「明朝のいくさ、わしも一番に乗り上げて押入るつもりである。味方の小西勢、敵の志岐勢ともに目をすまして見上げている高みでの合戦である。皆々一入《ひとしお》精を出せい」

といって、酒を飲ませた。すると、南部無《む》右衛門という勇士は意気激揚して進み出で、

「山上より大岩石どもくずれかかってまいろうとも、拙者は必ず一歩も退かず攻め上り申すでござろう」

と大言をはいた。

夜半から備えを立てなおし、夜が明けて定めの時刻となるや、先手《さきて》三千は本道をひたおしにおしのぼりはじめた。つづいて二番隊二千は左手の尾根《おね》を押し上る。清正は旗本の者共に、

「今日の先手《さきて》、必ず追いくずされて来るであろうから、その時は旗本勢は追い来る敵に横筋かいに槍を入れい」

といいおいて、自ら八十人をひきいて先手について上りはじめた。

弾正ははげしく弓隊にさしずして矢を射かけさせた。矢つぎ早やの精兵どもが三百張《ちょう》の弓をこぶし下りに射るのだ。忽ち射しらまされて、一番隊三千人は立往生し、それぞれの地物《ちぶつ》のかげにすくんだ。清正は庄林隼人を使番として一番隊に下知した。

「清正ここにあるぞ。昨夜も申したるごとく見物の桟敷《さじき》を前にしての合戦なり。臆病は見苦しいぞ、ただ押し上れ」

しかしながら、乱れ立った軍の常だ。聞きは聞いても、からだが言うことをきかない。

清正は腹を立ててくやしがり、側につきそう庄林隼人、森本儀太夫以下の者共に、

「先勢《さきぜい》敗軍の様子であるが、ここでわれらが手で追いかえして討取ろう」

いきり立っているところに、一番隊の者共が逃げかえって来た。見ると、その中に昨夜大言した南部無右衛門がいる。清正は怒って、

「無右衛門きたなし！　昨夜の大言はどうしたぞ！」

と恥しめると、無右衛門ははっとした様子で、

「南無三！　かかるはずではなかった！」

というなり、引きかえして、エイエイ声を上げてのぼって行った。そこに味方の勇士岡田善右衛門が重傷を負うて、家来に助けられながら退却して来たが、敵が大勢競いかかって退《ひ》きかねていた。無右衛門はその中におどりこみ、槍をふるって二度まで叩きかえしたが、三度目にはまた追いのけられて来た。

清正は三十人ばかりの敵の集団の中に突入して、両鎌槍《もろかまやり》をふるって四角八面に奮戦し、二人をたおし、庄林と森本も一人ずつ突き伏せ、なおも縦横に馳突《ちとつ》していると、五、六人の武者がそれぞれ弓をたずさえて馳せ下って来た。中の一際武者ぶりの見事なのが、声をかけた。

「これはおん大将ではおわさぬか。かく申すは木山弾正でござる。天草鍛冶《かじ》のきたえたる矢じり、一つまいらせん」

弓をきりきりと引きしぼって、今にも切って放さんず有様だ。清正はさわがず、

「いかにもこれは主計頭である。しかしながら、大将同士の勝負に飛道具はおもしろからず、太刀打ちせん」

と言って、両鎌槍をからりと捨てた。

「心得たり！」

と弾正は弓をすてた。

すかさず、清正は槍をひろい上げて突いてかかった。

「たばかるとは卑怯な！」

と弾正は怒ってののしったが、清正の槍法は鋭く、高股《たかもも》をかけとおし、槍玉にかけてはね上げ、谷底にはねおとしたので、弾正は絶息した。

このことも、清正びいきの人達は聞きたくないことであろう。フェア・プレーでないといえる。しかし、これは武略にかけたのだから、宮本武蔵の仕合ぶりと同じことで、当時としてはけなすべきことではなかったのかも知れない。だまされる方が不心得なのだ。だから、清正を讃美《さんび》することを目的としている清正記にもとりつくろわず書いてあるのだろう。

このようにして、大将が討たれたので、形勢は逆転して、天草勢は敗走した。

この時の戦いに、清正の槍の両鎌《もろかま》の一つが折れ、片鎌槍になったと、清正記にある。清正記だけでなく、諸書に伝えるところもほぼ同じで、天草合戦で折れたとしている。

しかし、先年東京の某デパートの展覧会に、清正の片鎌槍が出品されたのを見たことがあるが、それははじめから片鎌槍にこしらえたこと歴然たるものであった。鎌槍は両鎌にかぎったわけのものではない。はじめから片鎌のものもある。日本では鎌槍を創始し、その操法を工夫したのは、宝蔵院覚禅であるというが、中国には太古から両鎌・片鎌ともにあり、前者を戟《げき》、後者を戈《か》といって、それぞれに操法が工夫されている。

この敗戦で気力おとろえ、志岐城も開城降伏したので、清正は行長らとともに本戸におしよせ、三日の間、昼夜のわかちなく猛攻し、ついに四日目の朝、清正の手で乗り取り、城主天草伊豆守は妻子を刺し殺して腹を切った。

この最後の合戦の前夜、清正は将士を集めて酒をふるまい、自ら起って、

人は一代、名は末代
あっぱれ　武士の心かな

と歌いながら三度まで舞い、翌朝定めの時刻になると、井楼《せいろう》に上り、貝を吹き立て、

「かかれ、かかれ」

と叱咤《しった》して、無二無三に城に乗りこませたという。

天草一揆は十月はじめからはじまって、十一月二十五日には完全に鎮圧されたのだ。

清正は十二月二日に隈本を立って、大坂に上っている。

一揆さわぎのために、領分拝領のお礼言上も出来ずに来たので、そのための上坂であった。秀吉は一揆鎮定の功を賞した上、「高麗へ出陣することがあるかも知れんから、人数や船の用意をしておけ」と申し含めたと、清正記にある。事実だろう。この前々年島津征伐の帰途、肥後八代から秀吉が妻の北の政所《まんどころ》にあてた手紙の中に、

「高麗まで日本の内裏《だいり》へ出仕せよと早船を仕立てて命じてやった。もし命令通りにしなかったら来年征伐するぞと申してやった。わしの一生の間に唐国まで攻めとるであろ

う」

とある。新しく九州を手に入れて意気上って、女房に気焔を上げてやったのであろうが、それから満二年以上も立っているのだ、実現性のある計画として心中にかたまりかけていると見てよかろうと思う。

この頃まで、清正と小西との間はそう不和というではないが、この頃から不和がはじまったようである。元来が清正は真正直で物堅い性格であり、小西は前に言った通り堺の町家の出身で、宇喜多家の外交がかりをやっていただけに、弁口達者、才気縦横といった性格であり、まるで正反対だ。その上、境を接している大名というものは、いつの時代でもなかの悪いものだ。小宮山昌秀の垂統大記《すいとうたいき》に、国史と鍋島直茂譜をひいて、二人はよく領分の境目争いをしたが、行長は巧みに奉行らに取り入ったし、清正は質実で一向そういうことをしない。裁判毎にいつも清正がまけた。それで、清正は腹を立てていたと書いているが、最もありそうなことである。

秀吉の小田原征伐があったのは、翌々年の天正十八年であるが、清正はこれには従軍していない。しかし、陣見舞のために度々いろいろな献上物をたてまつっており、秀吉の凱旋《がいせん》の時は三州の岡崎まで出迎え、故郷中村の人々のために、

「中村はご在所でござる。このおついでにご一宿たまわらば、天下一の外聞（名誉）と、所の者共が切望しています」

と願ってやったので、秀吉は喜んで故郷に一泊し、中村の人々に付近千石の土地を永

代作りどり（無税）の特典をあたえたという。

この時、秀吉は清正を駕籠わきから離さずきげんよく話しかけたので、清正は岡崎から中村まで九里の道をずっと徒歩で供をしたという。秀吉にしてみれば、これで日本は完全に統一し、名実共に天下人《てんかびと》になったことだし、幼い時から手塩にかけた清正は今や二十五万石の大名となって見事な成人ぶりを見せていることだし、うれしくてならなかったのも道理である。

朝鮮の役がはじまったのは、翌々年の天正二十年（十二月八日改元して文禄となる）の正月であった。

秀吉は北の政所《まんどころ》に出した手紙通りに、九州征服の直後に対馬《つしま》の宗《そう》氏を介して朝鮮に入貢《にゅうこう》と国王の参覲《さんきん》を命じてやったのだが、埒《らち》があかない。あかないはずである。宗氏は朝鮮を恐れて秀吉のことば通りに伝えなかったのだ。しかし、秀吉の督促《とくそく》がきびしかったので、宗氏はやっと朝鮮を口説きおとして通信使を送らせることに成功した。このへんのところで秀吉をごまかしてしまうつもりであった。

通信使は天正十八年七月下旬に京都についたが、この時秀吉は小田原征伐をおわって奥州の方に行っている時であった。秀吉は九月一日に京都にかえったが、十一月になってやっと使節らに会った。国王の参覲を待っていたのに小ものの使節などよこしたので、気に食わなかったのであろう。

この時、使節らの持って来た朝鮮王の国書は、「殿下が日本を統一されたことを祝賀して使者をつかわします。以後どこよりも親しくいたしましょう。いささか土産物を持たせてやりましたからお笑納下さい」という意味の、つまり普通の賀状にすぎなかったのであるが、秀吉はこれを臣服を申しおくったものとして、大いに満足している。秀吉がそう思っただけでなく、大名らもそう思っている。思うに、朝鮮使節を案内して来た宗氏主従や、この問題に宗氏とともに関係するようになった小西行長らが、

「朝鮮王は殿下のご威光に驚嘆《きょうたん》し、おそれ、臣服しているのでございます。でなくて、どうして使者などつかわしましょう」

などとことば巧みに説いたのであろう。その上秀吉はもとよりだが、当時の大名らは学問なんぞない。むずかしい文字をならべ立てた漢文、しかも外交文書特有な荘重端厳《そうちょうたんげん》な文体のものを、漢文訓読《くんどく》式に読まれては、ついそうかいなとなってしまったのであろう。

が、それにしても、とんでもない間違いをしたもので、秀吉ほどの人間も、多年のトントン拍子の運のよさに、相当タガがゆるんでいたといわなければならない。彼のタガがゆるんでいなかったら朝鮮役などに踏切りもしなかったろうが、たとえ踏切ったとしても、あんなみじめな失敗におわらせはしなかったろう。まことに余儀ないことであった。

その後度々の交渉があったが、日本側の宗氏と小西行長は、適当に時を稼いでいるうちには秀吉の気もかわるだろうと思ったらしく、いいかげんな交渉をしており、朝鮮側

は朝鮮側で日本の事情にはまるで不通でまじめにならないのだから、埒《らち》のあくはずがない。ついに秀吉は外征命令を下した。

清正記によると、秀吉は、天正二十年正月五日に、清正に鍋島直茂と相良《さがら》長毎をそえて一手とし、小西に宗義智《よしとも》・松浦鎮信《しげのぶ》・有馬晴信・大村喜前・宇久（五島）純玄らをそえて一手とし、一日がわりに先鋒をつとめるように命じ、清正と小西を呼び出して、清正には朝鮮での制札・軍書一巻・南無妙法蓮華経の旗を下賜し、小西には制札・軍書一巻・名馬をあたえたとある。

清正のもらった妙法の旗は、元来織田家に伝わる軍旗で、秀吉が中国征伐に向う時信長からもらったという由緒あるもので、清正は感激して、

「この旗をおし立て、朝鮮国にて猛威をふるい、武功を立てんこと、ありがたき仕合せ」

と拝謝して退出したが、次の間で、小西に向って、

「ご辺はいかような旗をお用いになるおつもりでござる」

というと、小西は、

「紙の袋に朱の丸をつけたものにでもいたそうよ」

と言いすてたというのだ。朱の丸のある紙の袋は薬袋だ。堺の薬種屋の小せがれであることをいつも侮られている行長のレジスタンスである。まことにおもしろいが、行長がこんな答えをしたところに、平生から両人の間が不和であったことがわかるのである。

以上の通り清正記には、清正と小西とに一日交代で先鋒をつとめるように秀吉に命ぜられたとあるが、毛利家文書では全軍を九番に分ち、小西組が一番に、清正組が二番になっている。しかも、小西組の諸大名は、宗義智をはじめいずれも海島の領主で、当時の朝鮮通の人々である。共に先鋒を命ぜられたにしても、一日交代ということはなかったのではないかと思う。あとで朝鮮に渡った後、両者話し合ってそういう取りきめをした時期はあろうが。

秀吉の目的は朝鮮にはなかった。朝鮮を経由して明に入るにあり、この頃では朝鮮への交渉も、明への道案内をつとめよというのであった。秀吉は、諸軍が出動を始めるや、もう一度外交折衝《せっしょう》を試みる気をおこし、小西と宗義智にその使者を命じ、諸軍へは、

「しかじかの次第で小西と宗をつかわしたから、何分の返答があるまで、諸勢は壱岐・対馬に陣取って、朝鮮へは一人も渡るな」

と申し渡し、特に清正には、

「その方は朝鮮へ一、二里の近くの島に陣取りし待っていよ」

と命じている。

小西はもう一度外交折衝せよという秀吉の命令を受取った時、すでに兵をひきいて対馬の大浦に碇泊していたが、当惑した。彼らはことのはじめから秀吉をだましているだけでなく、朝鮮側にも秀吉の真の要求を告げていないのだ。今さら交渉をむしかえしてみたところで、朝鮮が承諾するはずはない。

小西と宗との相談はいく度も行なわれたろうが、いい工夫がつかなかったのであろう、正月十八日に秀吉の命令を受取ってから八十余日も二人は対馬を動かなかった。しかし、ついに一策を案じ出した。すなわち、兵をひきいて釜山に行き、釜山の鎮衛官《ちんえいかん》に兵を上陸させるから道を仮《か》せと交渉しよう、応じないにちがいないから、武力をもって押し上り、日本へは、『朝鮮はにわかに心がわりして敵意を見せていますので、ついに武力をもって押し上りました』と報告しよう。そうすればこれまでのことと一応辻褄だけは合わせられるという策。どちらが考え出したことか。苦しい小細工だが、他に方法はないのである。

「よろしかろう」

議一決して、四月十二日の朝、小西軍と宗軍とは対馬を出発、午後五時頃釜山についたが、これは宗義智の乗った船だけで、その部下の兵船や小西の兵団は釜山までは行かず、島々の陰にでもかくれていたらしい。

義智は釜山につくと直ちに上陸して、釜山の鎮衛官の役所に行き、道を仮せとの書面をさし出したが、果せるかな許さない。義智はそのまま帰船して、小西にこのことを通知し、翌払暁とともに釜山の海を蔽うて襲撃し、忽ちこれを陥れた。翌十四日には東萊《とうらい》城を攻め、これまた時の間に攻めおとした。万事予定の通りという次第だ。

清正はこの時、壱岐の風本《かざもと》にいた。朝鮮近くの島にいて待っていよとの秀吉の命であったが、対馬に小西勢がいる以上、それを越えて前進することは出来なかったのであろう。清正の家中の勇士木村又蔵の覚書によると、清正・鍋島・相良らの第二軍は、四月十七日に釜山に到着している。行長におくれること五日である。翌日、梁山に着いて、行長らの動静を聞くと、密陽、清道等を占領して尚州に向ったという。そこで、道を右にとって彦陽《げんよう》に向い、さらに慶州を目ざした。

古来世に伝えるところでは、行長や宗義智も清正と同じく壱岐の風本に船がかりして風待ちしていたが、二人は度々朝鮮にわたって海路に熟していたので、いくらか風が小やみした時、夜ひそかに抜け出して朝鮮に向った。夜が明けて、清正はこれを知り、

「出しぬきおった！」

と激怒して船を出したが、風波が強くてまた吹きもどされ、いよいよ怒ったというが、事実は以上書いた通りだ。しかし、こういう話が甫菴《ほあん》太閤記をはじめいくつかの書物に書きのこされているところを見ると、清正が行長に怒ったことが何かあったのであろう。思うに戦闘をはじめるなら第二軍たる清正に連絡してからはじめるべきであるのに、それをせず、はじめるやグングン奥地へ進んで行ったので、出しぬかれたと怒ったのではなかろうか。行長としては秀吉をごまかさなければならないから、出来るだけ戦線を奥深く進めておく必要もあり、かねてから不和のなかでもありするので、意識して相当以上に連絡を遅らしたのであろう。果してそうであったなら、清正の怒りも道理である。

二人のなかは一層悪くなり、ことごとに競い合い、いがみ合っているが、その最も対立的であったのは、小西が終始一貫して和平主義であったのに対して、清正は終始一貫

して秀吉の方針に最も忠実であったことだ。だから、その当初においては清正は主戦主義であり、明国まで攻め入ることをまじめに考えており、途中秀吉が和平を考えるようになると、彼もまた和平を考えるようになったが、その和平はあくまでも秀吉の意志に沿うてであり、和平になりさえすればどんな不利な条件でもかまわないという小西の行き方とは鋭く対立していた。

今日日本人は戦争に懲《こ》りて和平をよしとし、主戦を悪しとする気風があるが、歴史上のことは今日的考えを単純に移して判断するわけには行かない。小西は和平を望むあまりに秀吉をすら欺《あざむ》いている。戦争開始以前に秀吉を欺いたばかりか、朝鮮側にたいしても秀吉の意志を大いに割引きしてしか伝えていないことはすでに書いたが、後に和議がおこり、明の使者沈惟敬《しんいけい》が日本に来た時にも、同じ態度だ。秀吉の提出した条件を正しく明側に伝えず、明側の提出した条件をきわめて瞞着的《まんちゃくてき》にしか秀吉に伝えていないのである。この和議は、そのはじめは小西から朝鮮側に説いたのであるが、これを説くにあたって、小西は、

「日本の諸大名は皆外戦を欲していない。太閤が躍起になっているので、皆やむなく追随しているにすぎない。内心には厭戦《えんせん》の気分がみちみちている」

と言っている。和議をもち出せば必ず成立する可能性のあることを言わなければ、先方が話に乗って来ないと考えたからであろうが、戦争は継続中なのである。自国軍の秘密——というより弱点といってもよいことを敵側に漏《も》らすことの善悪は説明するまでも

なく明白だ。秀吉の外征が暴挙であることは言うまでもないが、そのこととこのことは別だ。これは初度の朝鮮役の時だが、二度目の役の時には、行長はもっとひどいことをしている。即ち敵側に、日本軍は海上の不安のために糧食の用意が乏しいから、清野《せいや》の計を行ない——民を山に逃げこませ、糧食を隠匿《いんとく》して、糧食の徴発の出来ぬようにせよと教えている。

小西が終始一貫和平主義を堅持して努力をつづけた志は大いに諒《りよう》とするが、そこには越えてならない矩《のり》がある。方法はその矩の内で講ずべきが、主にも国にも忠なる所以だ。小西にはその弁別がなかった。彼にはついに士人の魂がなかったと論断せざるを得ない。この小西にたいして、清正は常に真正直に秀吉の意を奉じ、その実現に努力している。ぼくは清正を迂愚《うぐ》に近い人間だとは思うが、その純忠で誠実な魂は買わないわけに行かない。

## 四

清正の武将としての働きは、日本国内では至って少ない。前述の天草の地侍一揆の鎮圧戦と、関ガ原役の時に小西の本城たる宇土城を攻めたことだけで、その他は朝鮮における働きであるが、前役における最も大きい功績は、二王子をとりこにしたことだ。清正と小西は京城に入って間もなく、それぞれその向う所を分掌《ぶんしよう》し、小西は西海に面した平安道を行き、清正は東海に面した咸鏡道《かんきようどう》を進むことになった。

清正は黄海道の安城（今の新幕）から東北に向って朝鮮の脊梁山脈《せきりょうさんみゃく》をこえて元山近くの安辺《あんぺん》に出、海に沿うた平野地帯を北して永興府まで行くと、町の入口に永興の朝鮮役人の立てた高札があった。家臣美濃金大夫に読ませると、国王李昖《りえん》は明国に退き、王子兄弟はここから奥へお通りという意味の文章であるという。国王や王子らが無事避難《ひなん》したことを民に知らせてその心を安定させるためのものであったろう。

「追いつめて二王子を生捕りいたそう」

と、清正が勇躍したところ、鍋島直茂は、

「異国の者の腹は奥深うござる。われらを切所にさそいこんで討取ろうとのはかりごとであるやも知れぬ。また、われらが勢はこの暑熱に十六日も押してまいり、人馬ともに疲れ果てている。ここは兵糧なども多糧にござれば、しばらく逗留して、漢城へ注進あって、さしず次第で漢城へ引き取ることにいたそうではござらんか」

と反対した。清正は、

「この高札を高麗人どもが立てたとお思いでござるか、われらはさようには思わず、ひとえに天照大神・八幡大菩薩の示現と覚える。されば神慮にまかせて追いかけて、王子らを生捕りにいたさん。鍋島殿はここにてお待ちあれ」

といい、所の役人を案内者として先きに立て、手勢八千をひきいて、明けても暮れても東北方へ向って進み、途中海汀倉《かいていそう》（今の城津《じょうしん》）で朝鮮軍を撃破し、満州国境に近い会寧府で二王子に追及して捕えた。永興府で鍋島直茂に別れてから五十二日目であった。

清正の軍は軍紀厳正で、釜山上陸以来秋毫《しゅうごう》も民を侵さなかったので、その占領している土地では民は皆平生とかわらず安らかに生業に従っていたというが、この時もそうであった。二王子をまことに手厚くとりあつかい、それに随従している宮女らが二王子に従って城を出る時には、前もって兵士らに、

「顔を見てはならない。その着ものに触れてはならない」

と厳重に戒めたという。

清正軍の軍紀が厳正であったのは清正が厳格な人間であったからであることは言うまでもないが、彼が秀吉の命に最も忠実であったからでもある。出兵にあたって、秀吉は諸将にたいして、軍紀について特に制書を下して、殺すべからず、掠奪《りゃくだつ》すべからず、放火すべからず、人をおさえ取るべからず、下人百姓らを徴発しほしいままに課役《かやく》その他非分のことを申しかけてはならぬなどと、実にきびしく訓令している。これをそのまま励行した大名らはまことに少なかったが、清正はいつもこれを遵奉《じゅんぽう》したのである。

朝鮮役がはじまって四年目、慶長元年六月、清正は秀吉の勘気をこうむり、急ぎ帰還せよとの命令が来た。

この勘気は小西やまた在鮮軍参謀部の格で朝鮮に来ていた石田三成・増田長盛・大谷吉継《よしつぐ》の三奉行らが、色々と清正のことを悪しざまに秀吉に報告したからである。

その一つは、行長がせっかく骨折って和議をまとめ上げようとしても、清正がこれを邪魔するというのであった。

前に述べたように、清正は秀吉の意志の最も忠実な遵奉者だ。秀吉の意志が和平に傾いた以上これには最も忠実に従うのであるが、かねてから不和なだけに、清正は、行長の和議はどうやら秀吉の意志とははるかにかけはなれた屈辱的なものであるらしいことを感知した。それで色々と水をさしたらしいのである。清正記には、「せっかく小西が明を説きつけ明から日本へ和を乞う使者をつかわす運びにしたのに、その使者にたいして清正は鉄砲足軽頭三宅角左衛門・いかるが平次に命じて狼藉《ろうぜき》追剝ぎさせた」と石田が秀吉に申し上げたとある。これは他書にはないことだから、そのままに信ずるわけには行かないが、石田が全然根も葉もないことを言うはずもなかろう。軍紀厳正をきわめている清正のことだからそんな乱暴なことをさせたとは思われないが、小西や石田にとっては、和議そのものに同意はしても秀吉の意志そのままを真向正直におし通そうとした妥協のない清正の態度はいろいろ邪魔であったには相違ない。

その二は、清正が咸鏡道にいる時、明の皇帝の使者と名のる者が来て、平壌で小西が明軍に敗れて漢城へ敗退したことを述べ、日本軍はいずれも敗戦、今や朝鮮全土から一人のこらず追い落された、将軍も速かに帰国されるがよい、皇帝は将軍の軍紀厳正にして非道を行なわないことを聞かれ、帰国の船を貸してやると仰せられている、然らざれば不日に四十万の大軍を以て攻めつぶすぞ、と、威迫した時、清正が、

「小西という者は武将ではない。本来は日本の堺の町人である。外国事情によく通じている故、案内者としてつかわされたのである。それが敗走したとて、日本の武威には何

の曇りもない。日本の真の武将とは、かく申す清正である。さし向けられる軍勢は四十万と申されるが、当地へは嶮しい山を越えねば寄せることが出来ぬ故、先ず日に一万が限度だ。一日に一万を討果すことは、わしにおいては何の造作もないことだ。四十日あればすべてを討取り得る。そうなった後、わしは無人の野《や》を行くごとく貴国に攻め入り、北京を陥れ、皇帝を生捕りにすること、朝鮮の二王子のごとくするであろう」

と答えて、これを文書にし、豊臣朝臣清正と署名《しよめい》して手交したことだと、清正記にある。同僚たる小西の名誉を落させるような悪口を言い、勝手に豊臣の姓を名乗ったのが不都合だというのだ。この事実も清正記にあるだけであるが、小西の悪口を言い、ほしいままに豊臣姓を名のったことが、秀吉の怒りの理由のうちに入っているのは事実だから、似たようなことはあったのであろう。思うに、行長が和議工作に熱中して戦機を逸したり、内冑《うちかぶと》を見すかされて平壌で敵の不意打ちを食らって見苦しい敗戦を喫して日本軍の武威をおとしたりしたことにたいする怒りが、ついこんなことばとなって出て来たのであろう。

清正は内地へかえると、比較的になかのよい増田長盛の宅を訪問して、とりなしを頼むと、増田は、

「治部（石田）と仲直り召されよ。さすれば、われら明日にても治部へ申して救解申すでござろう」

という。清正はかっと激して、

「八幡大菩薩も照覧あれ、治部めとは生涯仲直りなどはいたさぬ。きゃつ、数年朝鮮に在陣しながら一度の合戦にも出ぬくせして、人の陰言《かげごと》ばかり申しまわって人を陥《おとし》るるたくらみばかりしているきたなき奴でござる。かような奴と仲直りなど真っ平でござる。貴殿もまた貴殿だ。数年朝鮮にまかりあって昼夜苦労していた拙者がまいったのであれば、玄関までとは申さぬが、せめて次の間くらいまでは出て、『久しや、なつかしや』くらいのあいさつはあってしかるべきに、座敷にすわったまま動かず、首ばかりひねりまわしての挨拶とは、ありがたくもなし。所詮《しょせん》貴殿などのような礼儀も知らぬ人と相談してはならぬこと。向後は一切不通でござるぞ！」

と荒々しく言いすてて帰ったと、清正記にある。

清正のこの態度は相当ヒステリックだ。八ツあたりの気味がある。清正記にも、清正の家来らが、

「さてさて、物狂わしきお人かな。奉行衆の中に増田殿一人だけはじっ、こんにしておられたのに、これでは一筋の頼みの綱も切れた。やがてご切腹というかなしいことになるであろうぞ」

となげいたとある。石田らの仕打ちにたいしてずいぶん腹を立てていたことがわかるのである。

清正は秀吉の目通りを遠ざけられて邸に蟄居《ちっきょ》していたが、二十日ばかりの後、あの京洛の大地震があり、「地震加藤」の一幕があって、勘気赦免《しゃめん》となった。余震まだやまぬ

深夜の庭上で、提灯の明りで清正を見て、秀吉は涙を流したというが、幼い時から手塩にかけた清正が数年の異国の滞陣で痩せ黒ずんだ上に、この頃の蟄居の心労で一層やつれているのを見ては、時も時であり、終生心の温かさを失わなかった秀吉としては、最もありそうなことである。

　これから間もなく、秀吉は大坂城で明の講和使を引見したが、その講和条件の中に彼の要求が全然認められていないばかりか、日本にとって最も屈辱的なものであることを知った秀吉は激怒して、使節らを追いかえし、ここに二度目の朝鮮役がおこる。

二度目の朝鮮役は前役とちがって、日本軍は明の大軍に押され気味で、朝鮮南部の海に近接したあたりにしかいることが出来なかったのであるが、それでも蔚山《うるさん》の籠城戦と泗川《しせん》の合戦とは、まことに見事だ。

　この蔚山の籠城戦の立役者が清正である。

　蔚山は慶尚南道の東北部、蔚山湾の最も奥まったところ、太和江の河口に近い位置にある。ここに清正と浅野幸長《よしなが》・宍戸《ししど》元続《もとつぐ》とが築城をはじめたのは慶長二年の十一月中旬であった。あらまし出来たところで、清正は蔚山湾口に近い西生浦城にかえったのであるが、十二月二十二日の早朝、明・韓の連合軍数十万が不意に押し寄せて来た。城普請に夢中になっていた日本軍が周囲の偵察におろそかであったのが不覚であったのだ。日本軍は直ちに応戦したが、敵せず、城に入って籠城戦にもちこんだ。敵軍は十重二十重にこれを包囲した。

この報告はその日の夜半に、西生浦の清正の許にとどいた。清正は聞きもあえず、

「わしは日本を出る時、弾正（浅野長政、幸長の父）殿に、せがれのことくれぐれも頼むといわれて来た。この危難を見すごしにしては、弾正殿に合わせる顔がない」

といいつつ、黒糸縅《おどし》の鎧を着、冑の緒をしめ、小姓十五人、使番の士五人、鉄砲二十梃、徒《かち》の者三十人をひきい、小舟に乗り、ばれんの馬印を船首におし立て、（清正記には妙法の旗とある）もみにもんで蔚山湾を馳せおもむいた。この際清正は薙刀を杖づいて船上に立ちはだかり、

「水夫《かこ》共少しでもたるんだならば、即座に海底に斬り沈むるぞ」

といい、まじろぎもせず前方をにらんでいる様、ひとえに多聞天のようであったと、当時軍中にあった大河内秀元の陣中日記に記してある。清正記ではこの時清正の船二十艘、敵の番船百艘ばかりの警戒している中を真一文字に突破して城に入ったとある。

戦いは連日行なわれ、城中の苦戦は一方でなかったが、それより城中が苦しんだのは食糧と飲料水の欠乏であった。城の普請がまだ完成していないので食糧の貯蔵はほとんどなかったので、最初から食糧難であった。城には水が少なく城外から汲んでいたのであるが、その水の手を取り切られた。夜ひそかに城外の池に汲みに出ると、敵はその池の中に戦死者を多数投げこんだので、その水は血に濁っていたという。紙を嚙み、壁土を煮て食い、牛馬を殺して食い、夜中に城外に出て敵の戦死者の腰兵糧をさぐり取って来たという。

大河内秀元の陣中日記に、

『自分は脛当《すねあて》をやめて脚絆《きやはん》をはいていたが、そのうち脚絆が毎日ずり下るようになった。はじめのうちは気づかず、紐をむすび直しむすび直ししていたが、ある日ふと心づいて脚絆を解いてみると、足の肉がすっかりおちて、骨と皮ばかりになっていた」

とある。このような困難な籠城をしながら、清正は少しも屈する色がなかった。その頃清正と幸長とが宇喜多秀家らの在韓の諸将に出した手紙は実にみごとなものである。

『急ぎ申し入れます。去月二十二日、蔚山表へ大明軍数十万とりかけ、そのまま攻撃にかかりました。一体この城はこの寒空に際しての急普請でありますので、堀もなく、土手や塀も完成していませんでしたので、二十三日の総攻撃に早朝より四時間の合戦の後、総構えを攻め破られました。ぜひなく城中に引きこもり、本丸と三の丸とを堅固に守っております。敵は毎日攻撃して来ますが、その寄せ口には常に人塚をきずくほど多数の敵を討取っております。そのためでありましょうか、さしも大軍であった敵も殊の外に薄くなったように感じられます。残念なことに兵糧なくしてすでに絶食状態を数日つづけていますので、積極的に攻撃に出ることが出来ません。しかしながら、夜襲は毎夜して、勝利を得ています。当城は普請未完成のために兵糧のたくわえがなかったのでありますゝ。近日中にご加勢にお出でいただくことが出来ないとすれば、戦死するより外はないわけでありますが、それはそれで覚悟が出来ていますから、ご安心下さい。われわれは落城するについても、数日は必ず奮戦して敵に損害をあたえるつもりでおります。どうかそのように内地へご報告下さい』

というのだ。日付は正月一日（慶長三年）となっている。心すずしく覚悟をきめて、決して弱音を吐かない凛乎《りんこ》たる口上は男子中の男子のことばといってよいであろう。

大河内秀元の日記にはおもしろい記事がある。岡本越後守という者は以前清正の家中にいた者だが、子細あって日本を亡命して明に渡り、明の外人部隊に入っていたが、この時寄せ手の一人として蔚山攻囲軍に加わって来ていた。ある日、この者が寄せ手の軍使としてやって来て、和議をすすめた。清正は一応寄せ手の陣中に行き大将軍錫鎬《ようこう》に会いたいと申しおくった。するとその前日、岡本はただ一人ひそかに城門外にやって来て、

「明日の会見にはおいでにならぬように申して下され。会盟の席に力士を伏せておいて、主計頭様らを生捕らんとの密謀がござる」

と告げたというのだ。

城の囲みは、日本の大名ら十八人がそれぞれ兵をひきいてやって来て、正月四日に解けた。この最後の戦いで日本軍の討ち取った敵兵は一万人におよんだという。この籠城戦は日付にあやまりがあるのかも知れない。あまりに短いようである。

## 五

秀吉はこの年の八月に死んで、その遺言で外征はとりやめになり、在韓の諸軍は大体その年の末までに帰国したが、その時のこととして、清正記にこんな話が出ている。

石田三成は五奉行の一人として引上げて来る諸将を迎えるために博多まで出ていたが、諸将に、

「貴殿方伏見に上って秀頼様にお目通りされた上でそれぞれお国許へおかえりありたい。そして来年の秋にまたお上りあれ。その時は、茶の湯などいたして、おたがい楽しもうではござらぬか」

といったところ、清正は大きな声で、

「われらは治部少輔からお茶をいただこうが、こちらは七年の間異国にあって艱難《かんなん》し、兵糧一粒もなく、酒も茶もござらんによって、治部少輔には稗《ひえ》がゆでも煮てもてなし申そうぞ」

と、愛想もなく言ったので、三成は心に含んだというのだ。清正の三成ぎらいは深刻をきわめていたのである。

こういうわけであるから、関ヶ原役で清正が家康に味方したのは、もっとも必然なことであった。たとえ三成の挙が真に秀頼のために家康を除くにあったとしても、清正はそれを信じなかったに違いない。信ずることが出来なかったといった方が適当であろう。

ぼくは三成には佞姦陰険《ねいかんいんけん》な素質があったと見ているものであるが、もし百歩をゆずって近頃の通説に従って英雄の資質あり、また豊臣家にたいして忠誠心のあった人であるとしても、清正にたいしては彼の態度は常に腹黒いのだ。清正が三成を信ずることが出来なかったのは決して無理ではなかったと思っている。

関ヶ原役の時、清正は九州にいて、黒田如水とともに東軍のために戦い、小西行長の居城宇土と属城八代《やつしろ》を陥れており、戦後、肥後一国五十四万石の領主となった。熊本城の築城はそれからのことである。それまでにここに城がなかったわけではないが、清正はこれをうんと拡大して築きなおした。地名もこれまでは隈本といったのを熊本に改めた。隈の字は畏《おか》に畏《おそ》れると書くので、大名の居城としてはおもしろくないという理由からであった。慶長六年に着工して十二年に完成した。

熊本城はその石垣の築き方に独特のものがあり、日本の諸城郭中最も異色があるといわれている。石垣の傾斜工合には、下げ縄（垂直）・たるみ（緩勾配）・はねだしと三種類あるのだが、熊本城のはこの最後の「はねだし」で、裾がゆるやかに外に出て、その上に半弧形に積み上げる様式だ。こういう積み上げは角錘形の石の狭い小口を壁面に出し、広い小口を奥の方に入れないと出来ない。普通の石垣とくらべるとずいぶん多量に石材がいるわけであるが、そのかわり堅固でもあれば、よじのぼることも出来ず、城壁としては最も理想的なものだ。西南戦争の時、西郷軍の壮士らが、

「なんじゃこげん石垣、よじのぼるに何の手間ひまいるもんか！」

と走り上ろうとしたが、途中までのぼると、石垣の上の方が頭上にくつがえって来て空も見えないので、すごすごと下りたという。

この様式は林子平の海国兵談によると、朝鮮の城壁に多いというから、朝鮮在陣七年の間に、向うで学んで来たのであろう。

清正のことを、当時の書物に「石垣つきの名人である」と書いてある。名古屋城の天守閣は彼が一手に引き受けてこしらえたと名古屋市史にあるが、その石垣をきずく時、彼は幔幕を張ってわきから見えないようにしたという。当時としてはこういう技術は一種の軍事機密なのであるから、これは当然である。

肥後の各河川の堤防には、清正が築いたものがのこっていて、これまで決して崩れたことがないというので、肥後の人々は、

「清正公様の堤防は何百年たっても崩れはせんが、この頃出来たのは、科学的じゃのなんじゃのというても、すぐ崩れてしまいおるばい。何が科学じゃい」

といって、今日でも益々清正公崇拝熱を高めているが、この堤防も朝鮮式石垣築造法によるのではなかろうか。

清正は関ヶ原役で東軍に味方したとはいえ、豊臣家にたいする忠誠心を失っていたわけではない。関ヶ原役後、天下は徳川家に帰し、清正もまた江戸参覲《さんきん》するようになり、江戸に邸も営んだのであるが、その往来には必ず数百人の家臣を従え、大坂を通過する度に秀頼の許へごきげんを伺った。それを気にした家康は謀臣《ぼうしん》の本多正信が清正とじっこんな仲であるのを利用して、

「肥後守だがな、あれにその方の考えから出たこととして、かくかくしかじかと意見してみよ」

と命じた。

正信は清正の邸に行き、雑談のついでのようにして言った。

「拙者は貴殿にいつかおりを見て申したいことがあるのですがな」

「ほう、何でござろう。うけたまわりましょう」

「三カ条ござる。その一つは、唯今では中国・西国の大名衆は船で大坂に着かれると、そのまま駿府へなり江戸へなり参らるるのが普通でござるが、貴殿は以前とかわらず、先ず秀頼公のごきげんを伺い、しかる後にこちらにお出ででござる。大坂の方を重しとしていられるかに見え申す。おためによろしくないことではござるまいか。その二つは、天下太平の今日では、諸大名衆いずれも参覲の節に召具《めしぐ》せらるる家来の数をへらしていなさるのでござるが、貴殿には昔と変りなく多数をお従えでござる。殊の外に目に立ち、何とやら殺伐《さつばつ》に見え申す。三つは、当今は大名衆の顔にひげ立てられたるはなく、皆々きれいに剃りおとしていなさるが、貴殿は口ひげあごひげともにお立てでござる。殿中総出仕のおりなど、これまたまことに異風殺伐に見え申す。いずれも世間なみでないこと。世間なみにいたされてはいかが」

清正は答えた。

「拙者はご承知の通り、故太閤の一方ならぬ恩情によって成人いたした者でござる。御当家の世となって肥後一国の領主という大身になりましたことなれば、御当家の厚恩は忘れはいたさぬが、さればといって昔の恩を忘れるような軽薄は武士としていやでござる。次に参覲の従者のことでござるが、なるほど供の人数が少なければ費用もかからず、そういたしたくはござれども、拙者本国は遠くござる。万一にも急御用など差しおこりました節、時を移さず御用をつとめるためには、常に多数召連れている必要がござる。次に、第三のひげのこと。拙者も剃りおとしたらば、さぞさっぱりと気味よいことであろうとは存ずるが、若き頃より合戦にのぞんで、このひげ面に頰当《ほほあて》をいたし、冑の緒をしめる時の心持よきこと、今に忘れられませねば、これまたおことばに従い難うござる。折角のご忠告を一つも用い申さぬこと、心苦しくはござるが、以上の次第なれば、おゆるし下されとうござる」

さすがの正信もあきれて、二の句がつげず、かえって家康に復命すると、家康もあきれ、

「清正どのが」

と笑ったという話が、駿河土産という書物に出ている。愚直なまでな清正の誠実さと、古武士ぶりと、豊臣家にたいする忠誠心とがよく語られている話である。

慶長十六年三月、家康は上洛して二条城に入り、織田有楽斎《うらくさい》を通じて秀頼の上洛をうながした。秀頼はこの年十九になっている。家康としてはこれによって成人した秀頼の徳川にたいする気持を打診する気持もあったろうし、もし応じなかったら、これを口実にして武力に訴える気持もあったろう。大坂陣のわずかに三年前のことだ、老先き短い家康としては目の玉の黒いうちに豊臣家を何とかしておきたい気持があったと考えた方が自然だ。

もちろん、豊臣家としては、かつては江戸の爺《じい》といっていた家康などに呼びつけられて上洛することは、格式をおとすようでしたくない。秀頼もそうであったろうが、淀殿はなおそうだったろう。一体いつの時代でも後家さんは頑固なものだ。現実の情勢がどう変化しようと、法律的に認められている権利は一毫《いちごう》も失うまいとし、おやじの生きていた頃の格式は一分も落すまいとするのが常である。豊臣家の悲惨な最後は、淀殿という後家さんが家の主宰者《しゅさいしゃ》であったところに最も大きな原因があるとぼくは見ている。秀頼だけであったら、天下は実力ある者の天下であるべきで、天下取りの息子だというだけの理由で、実力のない自分ごときが心掛くべきでないと理解し、早や早やと大坂城を明け渡してどこか他に五、六十万石の領地をもらって引き移っただろうと思う。そうすれば、あの悲惨な最後はないはずだ。

とにかくも、豊臣家では上洛することを不見識として、なかなか煮え切らなかったが、これを危険と見て、清正は福島正則や浅野幸長と百方説得して、ついに上洛させる運びにした。

この時、三人は相談して、福島は万一の時の用心に病気と称して大坂に留守居し、清正と浅野とが秀頼の乗物の両側に菖蒲革《しょうぶがわ》のたっつけ袴をはき、大きな青竹の杖をついて徒歩で従ったという。とりわけ清正に至っては、士分の者五百人を小者のいでたちをさせて京都と伏見の町々に潜伏させ、自らは二条城では丸腰にならなければならないので、ふところに短刀を秘めていたという。

会見があってから三ヵ月目、六月二十四日、清正は熊本で死んだ。

清正の死については、古来毒殺説があるが、続撰清正記は別に毒殺とは言っていない。二条城のことがあった翌々月下旬、熊本に下ったが、途中の船から病気になり、熊本にかえりついて二、三日すると舌も不自由になり、次第に重くなって死んだとだけ書いてある。

ところが当代記には、清正の死はひとえに好色の故、虚《きょ》の病いであったと書いてある。虚の病いとは腎虚《じんきょ》のことだ。

ぼくには一説がある。梅毒だったのではないかと見ているのだ。彼がレプラで死んだという伝説は古いものだが、この時代はレプラと梅毒とが混同されていることが多い。前に伊達政宗伝で、清正が政宗にならって歌舞伎の遊女を上方から国許に招いて、歌舞伎の興行をしたことを述べた。もとよりこれは壮心すでに銷磨《しょうま》したことを徳川家に示して家の安泰を保つための策だったのだが、策は策としても、当時の歌舞伎遊女は単に伎芸を売るだけのものではなく、売春婦だ。清正としても大金をかけて呼び下した以上、その面で使用しないはずはなかろう。大いに豪興《ごうきょう》をのべたに相違ない。感染の機会は大いにあったわけだ。梅毒は当時新渡《しんと》の伝染病で、日本人にまるで抵抗素がなかったので、大流行をきわめ、一度感染すれば奔馬のごとくからだを冒し、この病気で死んだ大名は少なくないのである。浅野幸長・大久保石見守長安・結城秀康皆そうだ。単に罹病《りびょう》していた大名は、黒田如水のことはすでにその伝で述べたが、家康も、本多正信もそうだったという。続撰清正記によると、清正が歌舞伎遊女を熊本に呼び下したのは前後二回あるが、最初の女の名は八幡の国、二度目のは兵助・長介《ちようすけ》・清十郎・金作の四人であったという。

清正は豊臣家にたいする恩義はいささかも忘れはしないが、家の安泰ということにも、神経質なまでに気を配っている。江戸に宏壮な邸宅を営んだというのもそれだ。諸大名が江戸に宏壮豪華な邸宅を営むことは、徳川家にたいしていつまでも奉公しようとの心の表われと見て、徳川家は喜んだので、諸大名みな邸宅経営を競ったのだが、清正の邸宅の見事さはとりわけ当時の人々をおどろかした。彼の屋敷は三宅坂の旧参謀本部（現在・最高裁）のところにあったが、玄関から表の間は全部金ぱくをおいた襖に絵が描いてあり、外まわりの総長屋の軒まわりの丸瓦には金の桔梗《ききよう》の紋所が打ってあり、夜中でも光って見え、その門は矢倉門で桁行《けたゆき》十間あまりもあり、小馬ほどの犀《さい》（一書では虎）五匹が彫物《ほりもの》されて金が泥《だ》みてあったが、それが朝日にかがやいて品川沖に反射して、魚がおそれてよりつかず、漁師らがこまったとある。

名古屋城を家康が営んだ時、家康はこれを外様《とざま》大名の手伝い普請にした。当時やたらに城の手伝い普請が多かったので、直情径行の福島正則は、池田輝政が家康の女聟であるので、不平を言った。

「こう毎年お手伝いを仰せつけられては、費用も労力もかなわん。おことは大御所の聟じゃ、ちと申し上げてほしいの」

清正はひげをかきなでながら、正則をたしなめた。

「これこれ、気をつけて口をきけい。そんなにお手伝いがいやなら、国にかえって謀叛《むほん》の企てでもするがよいぞよ」

正則はハッとして口をつぐんだという。

清正が特に乞うてこの城の天守閣を一手普請にしているのも、石ひきに毛氈で包んだ巨石を青い大綱でからげ、ひき綱をつけ、その石上に自ら伊達な装束《しょうぞく》をし、片鎌槍を杖づいて立ち、花のように着飾らせた美少年を左右に数人ならび立たせ、大音声に木やりを唄ってひかせたので、人々が群集して市のように賑わったというのも、皆その狙いは一つ、徳川家のきげんを取るにあったのだ。この時、清正の宿所は織田家の菩提寺である万松寺であったので、人々は小姓たちにたいする恋慕の情を、

およびなけれど
万松寺の花は
おりて一枝
ほしゅござる

と唄ったという。

誠実な彼は、勢い日におとろえて行く豊臣家にたいする憂慮《ゆうりょ》と、自分の家の安泰を望

む気持の間に、苦しみなやむことが一方でなかったに違いない。彼が江戸往来の船中で論語を読みながら朱点を加えているのを、清正が可愛がって飼っていた猿が見ていたが、彼が厠《かわや》に行った間に、主人の真似をして書上に縦横に朱をなすくったところ、清正はかえって来てニコリと笑い、

「おお、おお、そちも聖人の教えが知りたいのか」

と言って、頭を撫でたという話は有名だが、論語を読む気をおこしたのは、悩みにたいする解決をもとめたためだと解釈することが出来よう。激烈果断を儒教の教えはきらう。二律背反的な条件があれば、そのいずれにも偏しない中庸《ちゅうよう》中正の道のあることを教えるのが儒教だ。彼はそれを知って論語を愛読するようになったとぼくは解釈している。

しかしながら、大坂の役の時まで彼が生きていたらどうであったろう。彼が健在であれば家康もあのように辛辣《しんらつ》無残な言いがかりによって戦争をはじめるようなことは先ずなかったとも思われるし、事情が切迫する前に、何か適当な方法を豊臣家のために講じたであろうとも思うが、それでも家康が無理におし切ったとすれば、清正のなやみは、もう論語ではどうにもならなかったろう。先立つこと三年にして死んだのは、清正の幸福であった。

一般庶民の間における清正の評判はその生前すでにすさまじいものがある。武張った空気の時代だから、前に述べた雄偉《ゆうい》な風采や朝鮮役における武名によることもちろんであるが、一つには彼が日蓮宗の熱心な信者であったことにもよろう。彼の評判は江戸に

おいて特に高く、人々は、

江戸のもがりに
さわりはすとも
よけて通しゃれ
帝釈《たいしやく》栗毛

と、彼を讃歌したという。関東は日蓮宗の盛んなところだ。

帝釈栗毛は彼の乗馬で、たけ六尺三寸あったという。当時の普通の馬は四尺を常尺としてそれをこえると七寸《ななき》、八寸《やき》などといったのだ。六尺三寸というばけものみたいに大きな馬だったわけだ。それに乗った清正の雄姿は想うべきものがある。江戸人らは神人を仰ぐような気持で仰ぎ見たろう。

ついでだから書いておく。清正は朝鮮在陣中現地人から鬼《き》上官とあだ名されたと伝えられ、それは彼の猛勇によると解釈されているが、ぼくの見るところではちがう。これは彼の長烏帽子形の冑から来たあだ名だと思う。中国芝居を気をつけて見ていれば気づくことだが、中国の幽霊は必ず長烏帽子形の冠をかぶっている。また「鬼」は漢字本来の意味は「幽霊」だ。日本でいう「おに」は中国では「夜叉」である。つまり、鬼上官とは幽霊将軍の意味だと思う。ほめたことばではなく、恐れ忌《い》んだことばであろう。

彼は今日でいえば師団長格としての軍人なら最も理想的な将軍、民政家としてなら最も理想的な知事であったろう。しかし、それ以上の器局はなかったろう。

＊本作品には今日からすると差別的表現ないしは差別的表現ととられかねない箇所がありますが、それは作品に描かれた時代が抱えた社会的・文化的慣習の差別性が反映された表現であり、その時代を描く表現としてある程度許容せざるをえないものと考えます。作者には差別を助長する意図はありませんし、また作者は故人であります。読者諸賢が本作品を注意深い態度でお読み下さるよう、お願いする次第です。

文春文庫編集部

本書は一九七五年に文春文庫より刊行された
「武将列伝」全六巻を再編集したものです。

文春文庫



武《ぶ》将《しよう》列《れつ》伝《でん》　戦国終末篇《せんごくしゆうまつへん》

定価はカバーに
表示してあります

2008年6月10日　新装版第1刷

著　者　海音《かいおん》寺潮五《じちようご》郎《ろう》
発行者　村上和宏
発行所　株式会社　文藝春秋
東京都千代田区紀尾井町3-23　〒102-8008
TEL 03・3265・1211
文藝春秋ホームページ　http://www.bunshun.co.jp
文春ウェブ文庫　http://www.bunshunplaza.com

落丁、乱丁本は、お手数ですが小社製作部宛お送り下さい。送料小社負担でお取替致します。

印刷製本・凸版印刷

Printed in Japan
ISBN978-4-16-713556-0

# 文春文庫

海音寺潮五郎の本

（　）内は解説者。品切の節はご容赦下さい。

海音寺潮五郎
**戦国風流武士　前田慶次郎**

戦国一の傾き者、前田慶次郎。前田利家の甥として幾多の合戦で武功を挙げる一方、本阿弥光悦と茶の湯や伊勢物語を語る風流人でもあった。そんな快男児の生涯を活写。（磯貝勝太郎）

か-2-42

海音寺潮五郎
**天と地と**（全三冊）

戦国史上最も戦巧者であり、いまなお語り継がれる武将・上杉謙信。遠国の越後でなければ天下を取ったといわれた男の半生と、宿敵・武田信玄との数度に亘る川中島の合戦を活写する。

か-2-43

海音寺潮五郎
**日本名城伝**

各地の城にまつわる興味深い史話を著者の史眼で再構成。熊本、高知、姫路、大阪、岐阜、名古屋、富山、小田原、江戸、会津若松、仙台、五稜郭の十二城を収録。（山本兼一）

か-2-47

海音寺潮五郎
**悪人列伝**　古代篇

悪人で聞こえた人物とその時代背景を見直すと、新しい、時に魅力的な人間像が形づくられる。蘇我入鹿、弓削道鏡、藤原薬子、伴大納言、平将門、藤原純友を収録。（磯貝勝太郎）

か-2-48

観音寺潮五郎
**悪人列伝**　中世篇

歴史上の人物は自分で弁護できないから、評者は検事でなく判事でなければならない。藤原兼家、梶原景時、北条政子、北条高時、高師直、足利義満を人間的史眼で再評価する。（梓澤要）

か-2-49

海音寺潮五郎
**悪人列伝**　近世篇

日野富子、松永久秀、陶晴賢、宇喜多直家、松平忠直、徳川綱吉。綱吉は賢く気性も優れていながら、性格の歪みが悲劇をうんだ。著者の人間分析がみごと。（岩井三四二）

か-2-50

# 文春文庫

歴史小説

（　）内は解説者。品切の節はご容赦下さい。

## 炎環
永井路子

辺境であった東国にひとつの灯がともった。源頼朝の挙兵、それはまたたくまに関東の野をおおい、鎌倉幕府が成立した。武士たちの情熱と野望。直木賞受賞の記念碑的名作。（進藤純孝）

な-2-3

## 銀の館（上下）
永井路子

室町後期、将軍足利義政の室として、その権勢をほしいままにした日野富子。しかしその実像は意外なものであった。富子と当時の庶民の姿を生き生きと描く長篇。（尾崎秀樹）

な-2-13

## 一豊の妻
永井路子

仲人口にのせられ夫婦になった二人は互いに呆れた。戦国の山内一豊夫婦を描く。「御秘蔵さま物語」「お江さま屛風」「お菊さま」「あたしとむじなたち」「能御前さまの嫁」「一豊の妻」収録。

な-2-15

## 美貌の女帝
永井路子

その身を犠牲にしてまで元正女帝を政治につき動かしたものは何か。壬申の乱から平城京へと都が遷る激動の時代、皇位を巡る骨肉の争いにかくされた謎に挑む長篇。（磯貝勝太郎）

な-2-17

## 北条政子
永井路子

伊豆の豪族北条時政の娘に生まれ、流人源頼朝に遅い恋をした政子。やがて夫は平家への反旗を翻す。歴史の激流にもまれつつ乱世を生きた女の人生の哀歓。歴史長篇の名作。（清原康正）

な-2-21

## 噂の皇子《みこ》
永井路子

三条帝の第一皇子・敦明にはかねてより奇妙な噂が。王朝時代の華やかさとその裏に潜む暗闇とは……。「噂の皇子」「桜子日記」「王朝無頼」「風の僧」「双頭の鵼」他三篇収録。（磯貝勝太郎）

な-2-24

# 文春文庫

## 歴史小説

（ ）内は解説者。品切の節はご容赦下さい。

永井路子
**山霧** 毛利元就の妻（上下）

中国地方の大内、尼子といった大勢力のはざまで苦闘する元就の許に、鬼吉川の娘が輿入れしてきた。明るい妻に励まされながら戦国乱世を生き抜く夫婦。歴史長篇の名品。（清原康正）

な-2-32

永井路子
**姫の戦国**（上下）

京の公家の娘悠姫は、駿河の今川氏親のもとに嫁ぐ。武家と公家の違い、激動する戦国の世にとまどいながらも、今川義元の母として時代を生き抜く女を描く、歴史長篇。（縄田一男）

な-2-36

永井路子
**闇の通い路**

築地の破れめから往きあう隣家の人妻との密通が幕府をゆるがす事件に。平安後期から鎌倉期の数奇な人間模様。「その眼」「わが殿」「重忠初陣」「闇の通い路」「宝治の乱残葉」他三篇収録。

な-2-38

永井路子
**朱なる十字架**

細川ガラシヤ——父は逆賊の明智光秀。夫は冷やかに父を見捨てた細川忠興。純粋な心と美貌を持った彼女に課せられた運命は苛酷で、禁制のキリスト教に救いを求めたが……感動長篇。

な-2-42

永井路子
**流星 お市の方**（上下）

生き抜くためには親子兄弟でさえ争わねばならなかった戦国の世。天下を狙う兄・信長と最愛の夫・浅井長政との日々加速する抗争のはざまに立ち、お市の方は激しく厳しい運命を生きた。

な-2-43

白石一郎
**怒濤のごとく**（上下）

清に圧迫され滅亡の危機が迫る明王朝を救わんと一人の男が立ち上った。その名は「国性爺合戦」で知られる鄭成功。日中混血の成功は抗清復明の旗のもと孤独な戦いを続ける。（縄田一男）

し-5-21

# 文春文庫

## 歴史小説

（　）内は解説者。品切の節はご容赦下さい。

南條範夫
### おのれ筑前、我敗れたり
斎藤道三、滝川一益、石田三成まで総勢十二将、いずれ乱世に天下を逃した者たち。彼らを敗者となした判断、明暗を分けた瞬間とは？　該博な筆が看破する戦国「敗北の記録」。（水口義朗）
な-6-19

南條範夫
### 一十郎とお蘭さま
藩主の美貌の側室お蘭の方を天上の星とあがめ、忠誠を誓う剣士、一十郎。維新で主従関係がなくなった後も一途に護り仕えるが。酷薄な美神に魅入られた男の究極の愛の物語。（亀和田武）
な-6-20

中村彰彦
### 名君の碑　保科正之の生涯
二代将軍秀忠の庶子として非運の生を受けながら、「足るを知り、傲ることなく、兄である三代将軍家光を陰に陽に支え続け、清らかにこの世に身を処した会津藩主の生涯を描く。（山内昌之）
な-29-5

中村彰彦
### 禁じられた敵討《あだうち》
明治十三年、元陸軍軍曹・川上行義は遂に父の仇を討ち果たすが――。表題作ほか新選組、二本松少年隊など時代の風雲に乗じきれずに散った荒ぶる魂を描く妙趣富む全六篇！（山内昌之）
な-29-6

中村彰彦
### いつの日か還る　新選組伍長 島田魁伝
新選組伍長として幕末の動乱を戦った寡黙な巨漢・島田魁は討幕派との全ての戦いに奮闘した。時に内部の軋轢に苦しみながらも新選組に忠義を尽くし続けた男の波瀾の生涯。（山内昌之）
な-29-8

中村彰彦
### 桶狭間の勇士
桶狭間の戦いで今川義元の首級を挙げた信長配下の二人の武将を待ち受ける数奇な運命。別々の道を歩んだ二人の生涯と、信長、秀吉の天下取りへの道のりを描く戦国歴史長篇。（萩野貞樹）
な-29-10

# 文春文庫

歴史小説

（　）内は解説者。品切の節はご容赦下さい。

## 槍ヶ岳開山
新田次郎

ハイカーの人気を集める槍ヶ岳は百五十年前に初登攀されている。妻殺しの呵責に苦しみながら、ひたすら未踏の道をひらいた播隆上人の苦闘を綿密な取材によって描く。（武蔵野次郎）

に-1-10

## 武田信玄（全四冊）
新田次郎

父・信虎を追放し、甲斐の国主となった信玄は天下統一を夢みる〈風の巻〉。信州に出た信玄は上杉謙信と川中島で戦う〈林の巻〉。長男・義信の離反〈火の巻〉。上洛の途上に死す〈山の巻〉。

に-1-30

## 武田三代
新田次郎

戦国時代、天下にその名を轟かせた甲斐の武田家。信虎、信玄、勝頼という三代にまつわる様々なエピソードから、埋もれた事実が明らかになる、哀愁に満ちた時代小説短篇集。（島内景二）

に-1-35

## 黒衣の宰相
火坂雅志

徳川家康の参謀として豊臣家滅亡のため、遮二無二暗躍し、大坂冬の陣の発端となった、方広寺鐘銘事件を引き起した天下の悪僧、南禅寺の怪僧・金地院崇伝の生涯を描く。（島内景二）

ひ-15-1

## 黄金の華
火坂雅志

徳川幕府は旗下の武将たちの働きによって成ったわけではない。江戸を中心とした新しい経済圏を確立できたこともまた大きい。その中心人物・後藤庄三郎の活躍を描いた異色歴史小説。

ひ-15-2

## 家康と権之丞
火坂雅志

家康の七男にあたる権之丞は小笠原家へ養子に出された。実の親に捨てられた思いのある権之丞は、天主教に入信。その上あろうことか大坂城へ入城し、父と闘うことに。（末國善己）

ひ-15-3